Sara Erb

TRANSLATOR OF THE UNIVERSE

BOOKAPI
VERLAG

Bibliografische Information der Deutschen Nationalbibliothek:
Die Deutsche Nationalbibliothek verzeichnet diese
Publikation in der Deutschen Nationalbibliografie;
detaillierte bibliografische Daten sind im Internet über
http://dnb.dnb.de abrufbar.

1. Auflage
@ 2022 Bookapi Verlag e.K.
Wallgrabenstraße 27, 89340 Leipheim

Coverdesign: Nina Hirschlehner
Lektorat/Korrektorat: Nina Hirschlehner
Layout & Satz: Stefanie Scheurich
Bildmaterial: freepik.com

Druck: booksfactory
ISBN: 978-3-9824015-1-5

Das Versagen der Kommunikation ist der
Anfang aller Gewalttätigkeit.

– Jean-Paul Sartre –

VORWORT

die Angst vor dem Anderen

Fühlst du dich allein und einsam? Wenn ja, zu wem versuchst du, Abstand zu halten? Wieso gönnst du dir nicht die tiefe Verbundenheit mit allen und allem?

Separation und Getrenntheit sind die Desaster unserer Zeit. Noch nie waren die Menschen dermaßen dauer-connected und gleichzeitig voneinander isoliert wie heute.

Der digitale Boom und unser adaptiertes Verhalten dazu zeigen vor allem eines: acht Milliarden Menschen auf der Suche nach Nähe, ohne den Mut, die sichere Bubble zu verlassen.

Die Angst vor dem Anderen lauert schließlich in allen Facetten fernab des Screens! Getarnt als Angst vor Verurteilung. Als Angst vor Zurückweisung. Als Angst vor möglichen Risiken und Fehlern.

Hinter dieser Angst vor dem Anderen steckt eine Urangst:

Die Angst ums Überleben.

Schließlich kann man »Fremdes« nicht einschätzen. Also verurteilen wir es erst mal als böse, bis es uns das Gegenteil beweist.

Tja, da wir uns nicht mehr im Zeitalter der Neandertaler befinden, wird es wohl Zeit, diese Einstellung zu überdenken.

Und genau hier kommen VERTRAUEN UND LIEBE ins Spiel.

Vertrauen gibt uns die Möglichkeit, das Gute in uns unbekannten Situationen zu sehen! Und dadurch die Chance, die Angst vor dem Fremden loszulassen. Liebe ist die Sprache des Herzens, der Seele. Sie ist die universelle Sprache des Lichts und in ihrer reinsten

Form bedingungslos. Mit Liebe und Vertrauen können wir aus der Getrenntheit in die Einheit gehen. Denn wir sind alle miteinander verbunden, weil wir mit dieser Planetin verbunden sind. Niemand bräuchte sich allein und einsam zu fühlen.

Warum ich euch all das hier erzähle, bevor ihr Alyras Love Story nachschmachten dürft?
    Weil das die Message der nachfolgenden Geschichte ist.
    »Was jetzt?«, fragst du dich?

Lies Alyras und Leonardos Geschichte und komm dann hierher zurück. Dann wirst du die Message erkennen. Und darfst sie gleich für dich und deine Liebsten umsetzen.

Viel Spaß mit TOTU!

Alles Liebe
    deine Sara

GRECUR
Die naturverbundenen Handwerker

Planetarische Eigenschaften:
Trockene Hitze, mediterrane Landschaft mit steinigen Stränden, zahlreichen Klippen und Ölbäumen. Grecurianische Städte strahlen durch die weißen Wände und blauen Türen majestätisch und dennoch einfach.

Eigenschaften der Grecurianer:
Naturverbunden, bodenständig, pflichtbewusst, einfach, handwerklich begabt

Gaben der Grecurianer:
Können mit Bäumen telepathisch kommunizieren
Handwerkliche Präzision/Kunstarbeit

Planetarisches Oberhaupt:
Theos, Alyras Vater

Weitere Bewohner:
Alyra, Diplomatin und Translator of the Universe
Ryan, Alyras Ex-Freund
Hektor, rechte Hand Theos' und Palastmanager
Don Pedro, bester Schmuckschmied Grecurs

Rüstungsvermögen der Grecurianer:
Lediglich passiv durch den Handel mit Bernstein

Beziehungen zu anderen Planeten:
Befreundet und verbündet mit Jupiter und Venus
Verfeindet mit Romdon und Anedar, da Grecurianer wie Jupiterianer eine äußerst konservative Einstellung zu unabhängigen Frauen haben

1

NERVÖS SCHOB ICH das warme Metall auf meinem Finger auf und ab. Mit jeder Bewegung funkelte der Bernstein, der von unserem Planeten stammte, golden im Sonnenlicht. Der Tropfen von Jupiter, der das Wesen der Fischhybridmenschen symbolisierte, brach das Licht direkt neben dem grecurianischen Bernstein. Sanft und lichtvoll wie die Sirianer selbst lag die Miniaturfeder daneben, alles eingefasst in eine transparente hauchdünne Glasschicht.

Ich liebte diesen Ring. Er repräsentierte das letzte Überbleibsel eines vereinten Universums, das sich über Jahrtausende aus Angst voneinander entfernt hatte.

Die Erzählungen über die zahlreichen Kriege, die unsere Ahnen gegeneinander führten, ließen mein Herz wild an die Brust hämmern. Hier saß ich nun. Mit einem Schmuckstück, das mich ausgewählt hatte. Ich als Bindeglied der Kommunikation. Ich als Aufrechterhalterin des Friedens. Eine Fünfundzwanzigjährige, die alles schlichten durfte, weil die erwachsenen Oberhäupter der Planeten zu stur dazu waren.

Ein lauter Seufzer entwich meiner Kehle. Uff. Ich hatte die glorreiche Aufgabe, all das zu ändern.

Mein Blick suchte Ruhe in den Wogen des Meeres, die tief unter mir mit spritzender Gischt an die Felsen peitschten, immer und immer wieder, konstant und dennoch stets anders. Sehnsüchtig sog ich die frische Brise in mich ein. Noch ein letztes Mal, bevor es für mich losging.

Warum war ich noch immer nervös? Ich machte das seit mehreren Jahren.

Weil von dir alles abhängt, du Blitzgneißerin, stichelte jemand neben mir. Eine Pinie. Dass die sich einzumischen hatten, war ja klar.

»Lass mich!«, gab ich trocken zurück, obwohl meine Gedanken auch gereicht hätten. Dass wir hier auf Grecur mit Bäumen telepathisch kommunizieren konnten, machte meine Aufgabe noch um einiges lächerlicher. Die Bäume verstanden wir, doch die Sprache der anderen Universumsbewohner nicht.

Ich lachte laut auf. Mein Blick schweifte über die weißen Häuser mit den blau gestrichenen Türen und Fensterläden, die eingebettet in Olivenbäume und Pinien eine prachtvolle Naturverbundenheit ausstrahlten.

Ja, so nannte man uns. Die naturverbundenen Handwerker. Dermaßen naturverbunden, dass wir mit Bäumen sprechen konnten.

Erneut hefteten sich meine Augen an den funkelnden Ring an meinem Finger. Zur sirianischen Feder, dem grecurianischen Bernstein und dem Tropfen des Jupiter brachte der neongrüne Code der Plejader eine Disharmonie in die Gesamterscheinung des Ringes, die lediglich die zarte Rosenblüte der Venus auszugleichen vermochte.

Ich musste schmunzeln. Unsere Planeten waren derart unterschiedlich. Der Pfeil der Anedarier durchschnitt alle anderen Symbole wie ein Durchmesser und deutete am Ende auf einen schwarzen Punkt.

Im Nacken stellte es mir unweigerlich die Härchen auf. Wie oft hatte ich diesen Ring schon betrachtet. Bewundert. Und ehrfürchtig von meinen Fingern geschoben. Was damals mit Romdon passiert war, mussten noch immer alle büßen. Irgendwie auch ich.

»Hey, Baby«, hauchte mir eine weiche Stimme ins Ohr und küsste meinen Nacken. Ich zuckte zusammen.

»Du hast mich erschreckt, Ryan«, gab ich zu und zog ihn dennoch sofort zu mir.

»Du bist aber auch schreckhaft wie ein Reh«, murmelte er mit seinen Lippen an meiner Haut und biss mir dann in den Hals.

Ich lachte auf und sofort lagen seine Lippen auf meinen. Mein Herz ging unweigerlich schneller und ich spürte den cremigen Nebel, der sich in meiner Brust ausbreitete, wenn Ryan mich küsste. Sein haselnussbraunes Haar wehte im Wind und kitzelte meine Nasenwurzel. Gerade als er meinen Mund mit seiner Zunge spalten wollte, läutete die dicke Glocke des Dorfturms metallene Klänge über das politische Zentrum Grecurs.

Ein aufgeschrecktes Zucken versiegelte meine Lippen und er ließ seufzend von mir ab. Der Glockenschlag war mein Signal, mich auf den Weg zu machen. Träge setzte er sich neben mich ins trockene Gras und riss ein paar Halme aus, nur um sie dann die Klippe hinabsegeln zu lassen. »So kann das doch nicht weitergehen, Alyra«, murmelte er.

Das wusste ich selbst. Doch ich liebte ihn!

»Du weißt, dass ich vor den Sitzungen immer angespannt bin.« Ich blickte in seine grünen Iriden. Er blieb ernst.

»Diese Sitzungen sind einmal im Jahr. Doch in deinem Kopf bist du gefühlt zehn Monate dort. Mir kommt vor, du tust nichts anderes mehr und bist dauernd ... *dort*. Und nicht hier bei mir.« Etwas aggressiver riss er an einem Grasbüschel, das sich hartnäckig in der Erde hielt. »Es fühlt sich an, als würde ich dich verlieren«, schob er nach.

Ich riss die Augen auf. »Nein! Das tust du nicht«, verteidigte ich – mich? uns? – vehement. »Du weißt, dass nachher alles besser werden wird.« Das stammelte ich nur plump vor mich hin. Ich wusste, dass unsere Hochzeit vermutlich gar nichts an meiner

Situation ändern würde. An dieser Aufgabe. Trotzdem! Ich liebte diesen Kerl aus tiefstem Herzen. Zehn Jahre Beziehung wollte ich nicht einfach wegwerfen. Ich würde kämpfen.

»Wird es das?«, schob er eine gefühlte Ewigkeit des Schweigens später nach.

»Ja!« Erneut fühlte ich die Lüge, die aus meiner Kehle kroch und zeitgleich meinen Magen zusammenzog. Wieso wollte er meine Lage nicht verstehen?! »Ryan ... unsere Existenz hängt davon ab.«

»Das behauptest du immer.«

»Weil es so ist!« Wut stieg in mir hoch. »Dir ist schon klar, dass dieser Ring und meine Person den Frieden bewahren, oder?«

»Du weißt schon, dass Friedenswächter in keiner Erzählung die Guten waren, oder?«, keifte er und rückte ein Stück von mir ab. Das wurde mittlerweile zur Gewohnheit. Mir stiegen Tränen in die Augen.

»Ich liebe dich«, versuchte ich den Streit zu schlichten. Auch das war zur Gewohnheit geworden.

»Ich dich auch«, gab er schwach bei. Mein Herz war offen und voller Liebe, doch er brauchte immer mehr. Mehr und mehr. Meine Aufmerksamkeit war gefühlt nie genug. Und dennoch: Ich gab Ryan nicht auf.

Mit einem zarten Kuss auf seine Wange erhob ich mich vom struppigen Untergrund. Um uns lagen zahlreiche ausgerissene Gräser. Ryan blieb am Boden sitzen und starrte stur über die Klippe ins Meer hinaus.

»Schön, oder?«, wollte ich ablenken.

»So schön wie du, Alyra«, erwiderte er. Bevor ich meine Überraschung ausdrücken konnte, fügte er hinzu: »So schön und nicht greifbar wie du.«

Mein Atem rasselte, als ich durch die großen Eisenstäbe des Eingangstores auf unser Anwesen trat. Der Palast glich eher einem moderneren Bauernhaus als einem Luxusgebäude. Doch das wollte mein Vater so. Ein liebevolles Miteinander auf anarchischer Ebene, zumindest unter Männern. So bodenständig und zufrieden die Einwohner Grecurs auch wirkten, genauso konservativ und engstirnig konnten sie sein. Wir waren im gesamten Universum als handwerklich Begabte bekannt, doch Innovation assoziierte man eher mit den Technikgeaks auf den Plejaden. Wir galten als konservativ und bescheiden.

Es wunderte mich bis heute, dass ich meinen Posten in den Sitzungen tatsächlich ohne gröberen Gegenwind ausüben durfte. Bellor zählte dabei nicht. Der war aus Prinzip gegen alles. Beim Gedanken an ihn stellte es mir die Gänsehaut auf. Wenn ich bloß an seine schwarze Metallrüstung und das rot glühende Auge dachte, erschauderte jede Zelle meines Körpers. Meine Schultern zuckten zusammen, als würde er direkt vor mir stehen. Nein, mit dem Sprecher von Romdon wollte sich wirklich keiner anlegen.

»Da bist du ja!« Mit hektisch wedelnden Armen eilte der fünfzigjährige Mann mit braun gewelltem Haar zu mir. »Wir sind schon spät dran!«, schob er nach, griff mir unter die Arme und wedelte mich über den blühenden Garten durch die blauen Pforten ins Haus. Kühle Luft empfing uns im Foyer, sodass ich erleichtert aufatmete. Die Pflanzen, die in großen Terracotta-Töpfen auf dem Boden des Entrées standen, begrüßten mich mit einem ehrfürchtig gesprochenen: »Eure Majestät«. Sie wussten, dass ich das nicht mochte, wollten mir jedoch Respekt erweisen – vor allem vor meinem Vater. Gierig inhalierte ich den kalten Sauerstoff, während ich den breiten Schultern vor mir durch die Hallen folgte.

Die Hitze auf Grecur im Juli machte mir stets zu schaffen. Ich bewunderte die Bewohner von Jupiter seit jeher für ihre Fähigkeit, unter Wasser leben zu können. Was gäbe ich dafür in den Sommermonaten! Vielleicht hatten wir in meiner Kindheit den Planeten deshalb so oft besucht. Oder es lag schlichtweg an der engen Freundschaft zwischen Dad und dem planetarischen Oberhaupt von Jupiter, Torus.

»Theos, Sie sind spät dran«, empfing uns Hektor und wurde dabei seinem Namen gerecht.

Ich konnte nur die Augen verdrehen. »Beruhig dich, Hektor. Ohne mich kann der Rat ohnehin nicht starten.«

Theos warf mir einen strengen Blick zu, den ich mit einem Achselzucken von mir abschüttelte. Meine voluminöse Löwinnenmähne wippte dabei wild. Ich liebte meine Haare.

Hektor geleitete uns in die Teleportationskammer. Während die Plejader mit ihren hypergalaktischen Flugscheiben reisen konnten, bediente sich der Rest von uns der guten alten Quantenphysik. Zumindest hatte es mir mein Privatlehrer einst so erklärt. Glaubte ich.

»Haben Sie alles dabei, Miss Alyra?«, fragte Hektor und ich sah an seinem Gesichtsausdruck, dass er keine Antwort darauf wollte. Ich schob den Ring auf meinem Finger dichter an die Handfläche.

»Ja, alles dabei.« Ich nickte und schaute zu dem Mann an meiner Seite, der sich soeben sein hellbeiges Leinenshirt glatt streifte. Mit der weißen Leinenhose, die locker mit einer Fischerschnur um seine Hüften gebunden war und den Jesuslatschen sah er auch genauso aus wie eben jener.

Ich blickte in den riesigen Spiegel an der Wand hinter dem Teleportationstunnel und verkniff mir ein Grinsen. Mein aufwendig verziertes Lederoberteil präsentierte die handwerklichen Künste unserer Zunft um einiges besser. Die Goldverzierungen aus dünnen Metallästen rankten sich meine Taille entlang. An dem BH-artigen Bustier, welches meine Oberweite betonte, war anschmiegsame Seide genäht, die betont mit den goldenen Verzierungen meinen Körper hinab floss und in der Mitte meiner Oberschenkel sein knappes Ende fand. Mein dunkelbraunes Cape war reichlich mit kleinen Bernsteinen bestickt, *DER* Ressource unseres Planeten. Himmel, ich liebte diesen Look einfach! Der in Gold gefasste Ring harmonierte symbiotisch mit dem dunklen Braun des Capes und dem Kastanienbraun meiner Haare.

»Bist du fertig mit deinem Selbstliebe-Moment?«, erkundigte sich der Jesusverschnitt ungeduldig.

»Ja, Paps, bin ich.« Nun grinste ich doch. Und *er* verdrehte die

Augen. Ich wusste, dass er damals wenig begeistert gewesen war, dass ausgerechnet *seine* Tochter die Auserkorene für diese Aufgabe zu sein schien. Doch ich hatte den Ring gefunden und das hatte etwas zu bedeuten, so prophezeite es zumindest Reyna. Und als Oberhaupt des Sirius musste sie es schließlich wissen. Die meditierten den ganzen Tag und bewegten sich dank ihres erweiterten Bewusstseins in feinstofflichen Sphären. Ich mochte sie, denn sie hatte sich damals für mich eingesetzt. Vor allem vor Torus vom Jupiter und meinem eigenen Vater. Die beiden Patriarchen sollten dringend mal ihre Sicht auf die moderne Welt ändern.

Doch das würde heute bestimmt nicht passieren.

Mein Atem wurde schneller. Heute fand der intergalaktische Rat auf dem Planeten des Wassers statt. Und scheiße, war ich nervös!

JUPITER
Die das Leben feiernden Fischhybriden

Planetarische Eigenschaften:
90 % des Planeten mit Wasser bedeckt, die meisten Jupiterianer leben unter Wasser in Korallenriffen. An Land überzeugen weiße Sandstrände, Kokosnüsse mit Rum und schattenspendende Palmen. Der Land-Palast wurde extra für interplanetarische Versammlungen gebaut und besteht zu einem großen Teil aus Korallen.

Eigenschaften der Jupiterianer:
Neugierig, wissbegierig, klimatisch anpassungsfähig, stets in Feierlaune, locker

Gaben der Jupiterianer:
Können mit Delfinen und Fischen telepathisch kommunizieren
Können Emotionen erfühlen, da fließend wie Wasser und mit Wasser verbunden
Können sich in Meerjungfrauen und Meermänner verwandeln und unter Wasser atmen

Planetarisches Oberhaupt:
Torus, Vater von Leonardo und Elea (Torus steht für Schwingung und Frequenz und spielt auf die Gabe an, Emotionen erfühlen zu können)

Weitere Bewohner:
Leonardo, Sohn des jupiterianischen Königs
Elea, Tochter des jupiterianischen Königs

Rüstungsvermögen der Jupiterianer:
Korallenschwerter

Beziehungen zu anderen Planeten:
Befreundet mit Grecur
Verbündet mit Plejaden
Verfeindet mit Romdon und Anedar, da Jupiterianer wie Grecurianer eine äußerst konservative Einstellung zu unabhängigen Frauen haben.

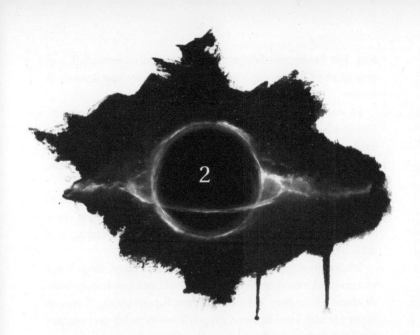

ICH KONNTE HÖREN, wie alle Anwesenden die Luft einsogen und anhielten, als wir uns rematerialisierten. Die Repräsentanten Jupiters standen wie immer in Reih und Glied aufgestellt, doch sie waren mir noch nie vorgestellt worden. So genau brauchte ich sie auch nicht zu kennen, schließlich kam ich alle sieben Jahre hierher. Heute war mein zweites Mal. Die Gesichter waren mir fremd und das durfte so bleiben.

Hinter den Repräsentanten versammelten sich zahlreiche Fischmänner und Fischfrauen, die uns zujubelten und winkten. Jupiter war bekannt für Feiern und ausgelassene Partys. Wieso also sollten sie nicht auch aus einem stinklangweiligen Empfang eine Fete machen?

Fließende Klänge mischten sich mit dumpfen Beats unter die Leute. Einige wippten beim Winken zur Musik, während andere uns einfach bloß anstarrten und lasch die Hand wedelten.

Meine Kehle drückte die Angst, die mir im Hals stecken blieb, wie einen riesigen Kloß hinunter. Sie plagte mich jedes einzelne

Mal. Ein Fehler, ein kommunikatorisches Missverständnis, nur eine falsche Übersetzung und der Frieden könnte sein jähes Ende finden.

Es stand nicht gut um die Harmonie in unserem Universum. Das wurde mir in diesem Augenblick erneut bewusst. Die Oberhäupter aller Planeten standen im unnötig großen Sicherheitsabstand zueinander im Foyer des Jupiter-Palasts, der sich gute fünfzig Meter vor uns präsentierte.

Dieser Ort *erstrahlte*. Nicht wie unsere upgegradete Version eines Bauernhauses auf Grecur. Doch das war okay. Das war unser Wesen. Bodenständig und zufrieden. Das beschrieb Grecur und seine Bewohner. Genau genommen alle außer mich.

Ich konnte regelrecht fühlen, wie mich das Tragen dieses Rings von meiner Urnatur entfernte. Wie ich wild und ungehorsam wurde, wenn ich ihn trug. Vater kannte diese Nebenwirkung. Dennoch fühlte ich mich unwohl, wenn das pflichtbewusste Ich der brennenden Leidenschaft weichen musste. Gleichzeitig liebte ich es!

Der Palast thronte mit orangen Korallensäulen vor uns, die definitiv übermalt worden waren, um die Farbe zu intensivieren. Das weiche Türkis der Mauern spiegelte die eigentliche Lebensform der Jupiter-Bewohner wider. Torus hatte diesen Land-Palast nur für uns erbauen lassen. Er selbst wohnte im Aqua Castle tief unter der Meeresoberfläche. Der Großteil seines Volkes tat es ihm gleich. Darum herrschte an Land auch pure naturbelassene Schönheit. Weiße Sandstrände verschmolzen beinahe übergangslos mit einem glasklaren türkisen Meer.

Obwohl Grecur eine der wundervollsten Landschaften aller Planeten aufwies, überwältigte mich die Schönheit Jupiters jedes Mal aufs Neue. Hier war alles ... exotischer. Das galt nicht nur für die Landschaft, wie man munkelte. Die Jupiterianer standen für pure Lebenslust, Freude und Abenteuer. Etwas, das die bodenständigen und arbeitenden Grecurianer nie wirklich auslebten.

Der Sand unter meinen Römersandalen, die bis über die Knie verliefen, war perlweiß und fein, als hätte man ihn tausendfach gesiebt und gemahlen. Die Kokosnüsse über uns zogen die Palmen nach unten und boten so schattige Plätze unter dem ansonsten siedend heißen Sonnenball am blauen Himmel.

»Theos, mein alter Freund! Schön, dich zu sehen!« Ein nur so vor Testosteron strotzender Mann mit bläulich schimmernder Haut und wildem kurzem Haar in hellem Braun kam auf meinen Vater zu und umarmte ihn herzlich. Das brauchte ich nicht zu übersetzen. Die beiden verstanden sich durch ihre enge Freundschaft und über Jahre anerlernten Gestikulationen auch ohne mich.

Seine schimmernde Haut war lediglich im unteren Bereich mit einer helltürkisen Karottenhose bedeckt, so wie es alle Fischhybriden über Wasser zu tun pflegten. Auch das hatte mir mein Privatlehrer auf Grecur gelernt und alle sieben Jahre, wenn der Rat auf diesem Planeten tagte, bestätigte sich dieses Wissen.

Mein Magen zog sich kurz zusammen. Wäre es uns nur möglich, die Sprachen der anderen Planetarier zu erlernen und die Bildung unseres Universums auf einen sprachlichen Schwerpunkt zu verlegen, gäbe es diesen gesamten Schlamassel nicht, der mich bereits über zehn Jahre begleitete.

Mein inneres Ich grinste bis über beide Ohren. *Tu nicht so, du magst den Schlamassel doch!* Stimmt. Mochte ich. Trotz der Nervosität, die mich vor jeder intergalaktischen Versammlung quälte, liebte ich all das hier. Den Austausch. Das Kennenlernen der anderen Kulturen. Obwohl ich nie viel zu sehen bekam von den wundervollen Planeten. Dafür waren alle zu skeptisch den anderen gegenüber. Das Einzige, was ich an meiner Aufgabe verabscheute, war die Tatsache, dass sie meine Beziehung bedrohte.

Selbstbewusst richtete ich meine Brust hoch und streckte meinen Hals. Ich würde Ryan heiraten, weil ich ihn liebte und er mich. Nichts würde mich davon abhalten. Auch keine intergalaktischen Ratsversammlungen.

»Alyra, wow, bist du groß geworden!« Nun riss Torus mich an seine top durchtrainierte Brust. Er trug weder Schuhe noch ein Shirt und winkte in dem Moment, in dem er die Umarmung löste, zwei Frauen in seidig transparenten Kleidern herbei, die uns ausgehöhlte Kokosnüsse mit karamelliger Flüssigkeit reichten.

»Was ist das?«, wollte ich fragen, als mein Vater schon mit seinem engen Freund auf eine erfolgreiche Besprechung anstieß und dabei: »Ehre dem Rum«, jubelte. Echt jetzt?

»Können wir loslegen?«, fragte ich und bemühte mich dabei, nicht genervt zu wirken.

Torus nickte plötzlich ernst und als hätte das Wetter umgeschlagen, verstummte die Musik und es wurde mucksmäuschenstill an diesem weißen Sandstrand mit türkisem Meer. »Die anderen warten bereits auf uns.«

Die Party war beendet. Mann, ich hasste es, die Spaßbremse zu mimen, doch ich wollte hier keine unnötige Zeit vergeuden. Die Sehnsucht nach Ryan trieb mein Herz zurück nach Grecur, denn ich wusste, dass ich unsere Beziehung wieder aufblühen lassen konnte. Ich brauchte nur da zu sein. Und das würde ich. Nach dieser Ratsversammlung.

Torus führte uns an seinen Landsleuten vorbei durch die Pforten des prächtigen Palasts aus Muschelwerk, Korallen und Kokosholz. Dabei schwenkte er sein Rumgetränk überschwänglich in den Händen, sodass immer wieder sofort versiegende Rumtropfen in den Sand spritzten.

Ich folgte den Oberhäuptern Jupiters und Grecurs, darunter meinem Vater, erhobenen Hauptes.

Im großen Saal des Palasts starrten mich fünf weitere Augenpaare an, als wir eintraten.

»Hallo, Reyna«, begrüßte ich die lichtvolle Gestalt, die mich als Einzige sanftmütig anlächelte, während sie starrte.

»Sei gegrüßt, Alyra«, sprach sie und ich wusste, dass nur ich ihre Sprache verstehen konnte. Dankbar drehte ich den Ring an meinem Finger. Reynas Kopf zierte ein weißes Seidenband mit einer weißen Feder, die direkt zu ihrem dritten Auge mündete. Es sollte die Leichtigkeit der Bewusstseinswechsel symbolisieren und bei Meditationen helfen, hatte sie mir einst erklärt. Diese Feder trug ich als Miniatur in meinem Ring. Sie galt als Symbol der spirituellen Bewusstseinserweiterung auf Sirius und jeder Sirianer, der ein bestimmtes Stadium des meditativen Trancezustandes erreicht hatte, bekam sie verliehen.

»Hallo, Irina«, grüßte ich weiter. Das machte ich immer so, um jedem die erwartete Aufmerksamkeit zuteilwerden zu lassen. Und auch, weil ich die Einzige war, mit der sich alle unterhalten konnten.

»So schön, dich wiederzusehen, meine Liebe«, hauchte Irina sanft und warf mit einer unglaublich anmutigen Handbewegung ihr rötliches Haar über die zarte Schulter. Ihr wallendes Kleid blühte schier in diesem sinnlichen Apricot-Ton, der perfekt zu ihrem rosigen Teint und den Haaren passte. Es war rücken- und schulterfrei und betonte ihre pralle Brust, die zart von dem dünnen Stoff bedeckt wurde. Der Kranz aus wilden Rosenblüten, der ihre wallende Mähne zierte, ließ sie übersinnlich erscheinen. Irina war eine pure Göttin der Schönheit und strotzte nur so vor Sexyness und Weiblichkeit. Ich hatte einst ein Buch über ein Pärchen namens Adam und Eva im Paradies gelesen. So wie Irina hatte ich mir diese Eva stets vorgestellt.

Mein Vater grummelte ein schnelles Hallo in unserer Sprache und lugte dabei so unauffällig wie möglich zu ihr, ehe er seinen Blick wieder erhobenen Hauptes über den Rest der Anwesenden schweifen ließ.

Ich konnte nicht anders, als zu schmunzeln. Dass er ein Auge auf Irina geworfen hatte, war mir schon bei den letzten drei Sitzungen klar geworden. Dass sich seine Wangen in dem Moment röteten, als Irina ihm zuzwinkerte, machte es halt offensichtlich. Der On-off-Blickkontakt blieb, während ich mich den weiteren planetarischen Oberhäuptern zuwandte.

»Hallo, Orun«, begrüßte ich die eindringlich stierenden braunen Augen, die mit schwarzem Kajal betont waren. Sein muskulöser Körper wirkte wie eingegossen in die anliegende Ledermontur mit matten Metallelementen, die sich genauso biegsam wie das Leder selbst seinen Körperbewegungen anpassten und mit jeder

Atmung dehnten. Die Plejader repräsentierten in unserem Universum Innovation und Fortschritt im Einklang mit technischen Ressourcen. Allerdings brauchten sie für die Erschaffung ihrer Biotech-Devices Planeten wie unseren mit natürlichen Rohstoffressourcen. Ein großer Bernstein prangerte an seiner Brust wie ein zweites Herz. Durch das gelbe Harzgestein huschten unzählige kleine neongrüne Ziffern. Seine Finger umschlossen das Ding wie einen Schatz, den er vor aufdringlichen Blicken schützen wollte. In jenem Fall meinen.

»Hallo, Alyra«, presste er hervor und ich spürte, wie sich die Härchen in meinem Nacken aufstellten. Die Plejader und die Grecurianer waren nicht unbedingt best friends. Das hätte aber auch nie geklappt. Für sie waren wir ein viel zu zufriedenes, nichts wollendes, unambitioniertes Volk und ein bisschen hatten die Plejader da sogar recht.

Ich schluckte den Argwohn und zwang mir ein Lächeln auf die Lippen. *Du bist hier, um den Frieden zu wahren, Alyra, also winken und lächeln!*, erinnerte ich mich.

Ich lächelte weiter, doch mein Grinsen blieb mir auf der Visage stecken, als ich zum nächsten planetarischen Oberhaupt überging.

»Ha-hallo Bellor. Schön, dass du es einrichten konntest«, stammelte ich und klatschte mir mental eine runter. Bei niemand anderem war es derart wichtig, stark zu wirken. Bellor roch Schwäche wie ein Bluthund und wartete jedes Mal nur auf einen Fehler, der uns den Frieden kosten könnte. Seine Rüstung wirkte wie ein Panzer und war mit schweren Fellen überzogen, die ihm in dieser tropischen Hitze hier auf Jupiter die Schweißperlen auf die Stirn trieben. Dennoch behielt er seine Montur an. Sogar den gehörnten Helm, der ihn mit seinem einen rot funkelnden Auge wie der Teufel persönlich wirken ließ. Ich spürte regelrecht, wie er es genoss, von mir ehrfürchtig gemustert zu werden. Mist. Die Kette aus losen Zähnen, die bei jedem Atemzug an seine Rüstung klimperten, ließ mich kurz zusammenzucken.

»HMPF.« Das war alles, was ich von ihm bekam. Immer. Zumindest am Beginn der Versammlungen. Wenn es um Ressourcenaufteilung und Waffendeals ging, wurde er gesprächig. Immerhin brauchte ich seine Antipathie nicht persönlich zu nehmen. Er hasste nicht nur mich oder Frauen, sondern schlichtweg alles und jeden.

Ich zwang mit aller Mühe ein Lächeln auf meine Lippen und konnte in den zahlreichen Spiegeln an den Wänden sehen, wie unnatürlich das aussah. Schnell huschte mein Blick zur nächsten Person, die mich bereits ungeduldig wartend mit großen Augen fixierte.

»Alyra! Hi, schön, dich wieder zu sehen!«, freute sie sich und drückte mich kurz an sich. Nun wurde mein Lächeln wieder seiner Definition gerecht.

»Kyra, du Wundervolle! Wie schön, auch dich zu sehen! Geht es allen auf Anedar gut?«, fragte ich nach.

»Alles wunderbar. Wenn uns die Plejader nicht rund um die Uhr observieren würden, könnten wir uns friedlich unseren Kampfausbildungen widmen.« Sie grinste schief und strotzte dabei vor Sarkasmus. »Doch eure bescheuerten Flugscheiben nerven!«, fauchte sie nun in Oruns Richtung, dessen Blick sich zusehends verfinsterte. An Kyras bellender Stimmlage brauchte es keine anedarischen Sprachkenntnisse, um zu verstehen, dass sie ihm nicht gut gesinnt war. Das beruhte auf Gegenseitigkeit. Orun knurrte wie ein Hund und stierte das planetarische Oberhaupt von Anedar an, als wolle er sie auffressen. Sofort streckte ich die Hände aus, damit sie nicht aufeinander losgehen konnten. Das konnte bei den beiden Völkern mit ihrer offensiven Natur schon mal geschehen.

»Okay, jetzt wartet doch erst mal, wir haben noch gar nicht begonnen. Das besprechen wir sofort, ja?«, versuchte ich Commitment von der extrovertierten, jedoch sehr unabhängigen und kämpferisch begabten Kyra zu gewinnen.

Sie nickte steif, zeitgleich schnaubte ein Orun *on fire* dicke Luft aus. Na das startete ja glorreich.

Ich wandte mich in der Reihe weiter und begrüßte wie immer noch meinen Vater der formellen Etikette zuliebe und zu guter Letzt den Gastgeber, der in diesem Fall Torus war. Der schwenkte noch immer genüsslich seinen Rumcocktail in Händen.

Reyna musterte ihn verständnislos. Auf Sirius trank man nicht. Genau genommen nie. Wie auch, die Bewohner schlüpften nur für interplanetarische Reisen in Körper und lebten ansonsten in feinstofflicher Seelengestalt ein friedliches Dasein. Ich stellte mir das Ganze etwas langweilig vor, doch dieses Licht, das Reynas Aura umgab, wirkte auch beruhigend auf mich. Deshalb lugte ich auch immer zu ihr, wenn Dinge drohten, überzukochen.

»Gut, dann wären wir somit vollzählig«, beendete ich die Empfangsrunde, während mir Dad das Protokoll reichte, um den ersten Punkt vorzulesen. Darauf stand ... Leonardo?

Gerade als ich Theos fragen wollte, was das zu bedeuten hatte, schob sich Torus ein Stückchen vor mich und verkündete mit einer Handbewegung: »Nicht ganz, meine Liebe.«

Ich übersetzte das gleich in alle Sprachen und er wartete, bis ich damit fertig war. Mein Ring glühte bereits.

»Ich darf euch heute das erste Mal meinen Thronfolger vorstellen. Er wird dabei sein, um in den nächsten Jahren meinen Platz als planetarisches Oberhaupt einnehmen zu können.« Torus grinste breit, während ich übersetzte. »Begrüßt mit mir ganz herzlich meinen erstgeborenen Sohn: Leonardo!« Das sprach ich nicht in sieben verschiedene Sprachen, denn Torus' ausholende Handbewegung in Richtung Tür schien mir klar genug.

Durch die Pforten stolzierte ein Typ mit ebenso bläulich schimmernder Haut wie sein Vater und derselben helltürkisen weiten Hose. Natürlich trug er kein Shirt, sodass jeder freie Sicht auf sein perfektes Sixpack hatte. Himmel, waren diese Jupiterianer arrogant und selbstverliebt! Stolz präsentierte er seine durchtrainierte Brust und fuhr sich durch das dunkle Haar, welches silbrige Strähnen durchzogen. Er winkte diplomatisch in die Runde und wandte sich dann mir zu.

»Du bist also die Besondere hier?« Er sagte das dermaßen abschätzig, dass ich ihm am liebsten sofort eine reingehauen hätte. Arroganter Mistkerl. Er verzog amüsiert den Mund, als er meine Antipathie ausmachte, und ich kräuselte die Lippen.

»Und du bist also der Frischling hier?«, erwiderte ich und streckte meinen Hals gerade.

Er lachte auf und ich war froh, dass uns sonst niemand verstehen konnte. Außer sein Vater, doch Torus war gerade damit beschäftigt, sein Erscheinungsbild im Spiegel zu überprüfen.

Der Blick des Thronerben durchbohrte mich mit einer Wucht, die mich kurz die Luft anhalten ließ. Er musterte mich dermaßen unverblümt vor allen anderen, dass ich mir mit aller Mühe verkniff, rot zu werden. Dann ließ er seine prüfenden Augen meinen Körper hinab- und wieder hochgleiten und hielt schließlich an meinem Bustier inne. Ein Schmunzeln machte sich auf seinen markanten Zügen breit und er fuhr sich erneut durch die silbrigen Strähnen, die einen wilden Kontrast mit seinem ansonsten braunen Haar bildeten.

»Politisch gesehen bin ich noch der Frischling, ja. Aber auch nur hier.« Sein Blick suchte erneut den meinen und er zwinkerte zweideutig. Wow. Seine unverfrorene Art war ja ... absolut inadäquat! Heiß, aber inadäquat. Was fiel ihm ein? Ryan wäre nie dermaßen taktlos gewesen.

Ich löste mich von seinem Blick und sprach erleichtert in die Runde: »Nun denn, lasst uns beginnen!«

Leonardo fand sich neben seinem Vater ein und die Pforten wurden geschlossen.

Die intergalaktische Ratsversammlung hatte somit offiziell begonnen. Und dieses Mal musste ich für eine Person mehr übersetzen. Eine Person, die ich vielleicht noch weniger mochte als Bellor oder Orun.

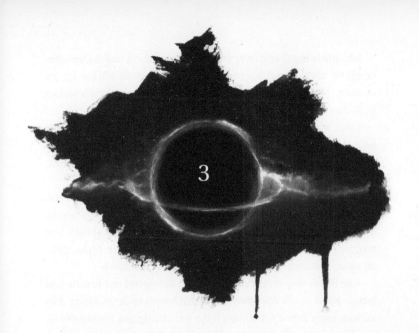

3

WIR ALLE ÄCHZTEN unter der drückenden Hitze, die uns kurz vor Einbruch der Nacht noch ein letztes Mal ihre mächtige Anwesenheit beweisen wollte. Obwohl Torus diesen Land-Palast extra für uns gebaut hatte, eins hatte er nicht bedacht: Dass unsere Körper – anders als die Fischhybriden – unter Hitze schlappmachten.

Irina band sich ihr rötlich wallendes Haar mit einer kreisenden Fingerbewegung am Hinterkopf zu einem lockeren Dutt und wirkte dabei feminin-majestätisch wie immer. Ich schmiss mir meine Mähne im Sekundentakt um die Schultern, doch das machte die Sache nicht gerade besser. Im Gegenteil fühlte es sich eher an, als würde ich mich föhnen, so heiß war die Luft bereits im Foyer des Jupiter-Land-Palastes.

Fassungslos schielte ich zu Bellor. Dass der unter seiner mit Fellen behangenen Rüstung noch nicht erstickt war, konnte nur daraus resultieren, dass er ein Herz aus Eis hatte.

Reyna nahm ihre Feder vom Kopf und wedelte sich wie ich mit meinen Haaren die Hitze ins Gesicht.

Ich spürte regelrecht, wie meine Konzentration und Aufnahmefähigkeit unter der drückenden Glut litt. Gequält blickte ich zu meinem Vater, der leidend lächelte, sich jedoch nicht anmerken ließ, dass auch er bald einging.

Orun von den Plejaden grinste triumphierend in die Runde. Sein Anzug war aus temperaturregulierenden Materialien gefertigt, das hatte er mir einst erzählt. Ich mied bewusst seinen Blick, um ihm keine versehentliche Fratze zu schneiden.

Kyra, gewöhnt an feucht-tropisches Klima von ihrem Planeten, der übersät mit Wasserfällen und Dschungellandschaft einem Tropenparadies glich, erhob als Erste das Wort und sprach laut aus, was der Großteil wegen der erstickenden Hitze nicht mehr zu sagen vermochte. »Wir sollten eine Pause machen!«

Alle Blicke wanderten zu mir und ich übersetzte mit Freude und letzter Kraft in alle Sprachen. Einer nach dem anderen nickte daraufhin, sogar Bellor schob sein Kinn unauffällig gen Schlüsselbein.

»Gut, dann soll es so sein, liebe Freunde!«, verkündete Torus unverblümt und ich übersetzte. »Lasst uns einen Happen essen, das Buffet ist ohnehin bereits angerichtet. Danach machen wir weiter.« Er blickte gütig zu Leonardo und nickte kurz. Sein Sohn, der sich die letzten sechs Stunden als arroganter Sohn-von-ich-bin-ja-sowas-von-wichtig-für-die-Welt entpuppt hatte, breitete seine Arme aus und sprach in die Runde: »Bitte folgt mir in den Festsaal zum Dinner!«

Ich übersetzte es auf Plejadisch, Sirianisch und Grecurianisch, bevor die Botschaft überflüssig wurde, weil bereits alle Leonardo nachhechteten zur herbeigesehnten Raubtierfütterung. Irina, Reyna und ich waren die Letzten, die das Foyer verließen.

»Gut siehst du aus, Alyra. Wie immer«, flüsterte mir Irina mit einem schmeichelnden Zwinkern zu.

»Ich danke dir, Irina. Das kann ich nur zurückgeben. An euch beide«, bezog ich Reyna mit ein.

»Danke dir, Alyra. Ich achte darauf, auch meine körperliche Hülle gut zu pflegen. Auch wenn ich sie nicht sehr häufig benutze.«

Ein zurückhaltendes Lächeln zeichnete sich auf ihren schmalen rosigen Lippen ab.

Dass die Sirianer auf ihrem Planeten großteils außerhalb ihrer grobstofflichen Hüllen lebten, bewunderte ich ebenso wie die Fähigkeit der Jupiterianer, unter Wasser *und* an Land lebensfähig zu sein.

Unser Universum barg viele wundervolle Planeten und könnte in Gemeinsamkeit eine machtvolle Einheit bilden. Doch die Angst vor den anderen, die Skepsis und der Argwohn, der alle – selbst die hochspirituelle Reyna – beherrschte, machte das schier unmöglich. Der Gedanke daran trieb mir das Unverständnis dermaßen in die Glieder, dass mir ein lautes Ausschnauben entwich.

»Was beschäftigt dich, Alyra?«, fragte Reyna sanft nach.

»Ich bin mir sicher, dass du das bereits weißt«, konterte ich. Sie besaß die Gabe, bestimmte Ist-Zustände zu erfühlen. Nur brachte ihr das bei unseren Sitzungen leider nichts, da sie das Gefühlte nicht kommunizieren konnte. Maximal an mich.

Leonardo führte uns in einen prächtigen Saal, der temperaturtechnisch zwar noch immer einer Sauna gleichkam, jedoch durch die plätschernden Springbrunnen an den Ecken das Gefühl von Erfrischung in uns assoziierte.

Hier drin fanden sich zahlreiche Palmen, die tatsächlich aus dem Boden ragten. Die liebevolle Wertschätzung der Natur war das Bindeglied zwischen Jupiter und Grecur. Ansonsten waren wir von Grund auf verschieden. Ich hatte nie verstanden, wie Theos und Torus eine langfristige enge Freundschaft aufrecht erhielten. Schließlich war Jupiter alles, was Grecur nicht war: laut, auffallend, verantwortungslos, locker, unbekümmert und protzig. Mäßigkeit und Pflichtbewusstsein zählten eher weniger zu den Werten Jupiters.

Genau so protzig, unbekümmert und laut erschien mir auch der Prinz. Ich beobachtete, wie er sich vor Reyna drängelte und am Buffet bediente. Wow. Taktlos hatte ich vergessen. Doch das schien mir nur der Prinz zu sein.

»Geht's dir gut, Liebes?« Die vertraute Stimme hinter mir riss mich aus meinen antipathischen Gedanken.

»Äh, ja! Sehr!«, stammelte ich, ehe ich mich umdrehte und … Torus vor mir stehen sah. Die beiden hatten beinahe dieselbe Tonlage, doch ihn mit meinem Vater zu verwechseln, hatte ich bis dato noch nie geschafft. Ich brauchte dringend Nervennahrung.

»Es ist wirklich wundervoll mit anzusehen, wie erwachsen und feminin du geworden bist in dem letzten Jahr«, lobte er, sodass ich mich genau nicht erwachsen und feminin fühlte, sondern eher wie ein Kleinkind, dem von der Tante in die Backe gekniffen wurde.

Ich räusperte mich und streckte unauffällig den Hals. »Danke, Torus.«

»Ich möchte dir nun nochmal persönlich meinen Sohn vorstellen. Du hattest bereits das Vergnügen bei den Verhandlungen, doch noch nie unter vier Augen«, meinte er lächelnd. Und das sollte auch so bleiben! Ich wollte den Prolo nicht unter vier Augen kennenlernen! Einmal im Jahr in einer Runde reichte völlig. Doch Torus wedelte mit seinem Arm bereits wild durch den Raum, bis ein Algenburger in sich stopfender Leonardo auf ihn aufmerksam wurde. Na toll.

Behutsam stellte er seinen Teller beiseite und stolzierte in unsere Richtung.

Nett sein. Du bist die Diplomatin, Alyra, versuchte ich mir gut zuzureden und rief mir das Mantra in Erinnerung: *zurückhaltend, freundlich, vernetzend.* Das hatten mir Hektor und mein Vater über Jahre eingeimpft. *Wir sind die ohne Waffenausstattung. Bei einem Krieg würden wir zerstört werden. Deshalb: zurückhaltend, freundlich, vernetzend. Gute Verbindungen sind die Grundlage unserer Existenz.*

Mein Vater nickte mir wissend von der anderen Seite des Buffets zu, als wäre diese Zusammenführung von den beiden Oldies geplant. Was sie ziemlich sicher auch war.

»Liebste Alyra, Translator of the Universe, darf ich dir meinen Sohn vorstellen: Leonardo!« Torus machte die gefühlt hundertste schwenkende Armbewegung und ich war mir sicher, dass das ein Unterwasserding war, was an Land einfach nur auffällig rüberkam.

Leonardo grinste mich frech an und streifte sich eine silbrige Haarsträhne aus dem Gesicht. Seine dunklen Haare standen wild in alle Richtungen. Vermutlich sah er im Wasser genauso aus wie jetzt. Ein blauer Schimmer überzog seine durchtrainierte Brust und seine breiten Schultern und erstreckte sich reliefartig über das stählerne Sixpack. Das ich nur deshalb so gut betrachten konnte, weil er shirtless zu einer interplanetarischen Sitzung auftauchte.

Nicht verurteilen, Alyra, so sind die Jupiterianer eben!, schimpfte meine innere Stimme wild stampfend. Stimmt. Eine urteilende Haltung hatte uns erst in die Separation getrieben.

»Es freut mich, Leonardo, dich persönlich kennenzulernen«, säuselte ich. Tat es nicht. Widerwillig streckte ich ihm die Hand entgegen und zwang mir ein Lächeln ins Gesicht. Uff.

»Freut mich ebenfalls – Alyra.« Sein Blick durchbohrte mich unverfroren und als er meinen Namen sagte, zuckte etwas in mir zusammen, von dem ich noch nicht wusste, ob es Entsetzen oder Erregung war. Er betonte meinen Vornamen als wäre er purer Sex. Die Schamesröte schoss mir ins Gesicht.

»Heiß hier drin!«, flüchtete ich mich in die plausibelste Ausrede, die ich zur Hand hatte, während sich Torus unauffällig in Theos' Richtung zurückzog. Mit meiner Hand wedelte ich mir Luft zu, doch wir wussten beide, dass die Geste keinerlei Funktionalität aufwies.

»Ja, seit sechs Stunden ist es hier ziemlich heiß geworden«, gab er zurück und kaute grinsend auf seiner Lippe.

Fassungslos starrte ich ihn an. Der machte wohl Witze? Doch anstatt sich für seine plumpe Anmache zu entschuldigen, wanderte sein Blick erneut meinen Körper entlang. Das hatte er gefühlt sechs Stunden lang gemacht.

»Findest du alles, Leonardo?«, fragte ich und hob sein Kinn mit meinem Zeigefinger zurück auf Augenhöhe. Nun bohrte *ich* meine Iriden in seine blauen Augen. Dabei erkannte ich eine Sanftheit, die seiner gezeigten Natur gänzlich widersprach.

Leonardo lächelte verschmitzt und ich unterdrückte den Drang, ihn süß zu finden und ihm eine reinzuhauen. »Ich ... ja.« Er grinste breit. Gut, nun wollte ich ihm nur mehr eine reinhauen.

»Gut. Dann kann ich mich ja jetzt am Buffet bedienen, bevor ich wegen eines Hitzekollaps vor die Hunde gehe.« Mit einem Satz drehte ich mich von ihm weg und marschierte anmutig und elegant zum Buffet. Ich wusste, dass ich dabei umwerfend aussah, schließlich hatte ich mein Auftreten oft genug vor dem Spiegel trainiert, um keine nonverbalen Kommunikationsfehler passieren zu lassen. Auch hier war es klar, was ich sagen wollte: Lass mich in Ruhe.

Doch der Jupiter-Prinz hatte neben Mäßigkeit und Zurückhaltung auch Empathie nicht für sich gepachtet.

»Ich helfe dir bei der Auswahl.« Er grinste und wollte mit Erklärungen zu den dargebotenen Speisen beginnen.

Ich schob ihm die Hand vor die Nase. »Danke, aber ich entscheide selbst, was ich möchte ...« Ich musterte ihn kurz, um meinem Beisatz mehr Wirkung zu verleihen. »... und was nicht.«

Ohne seine Reaktion abzuwarten, wandte ich mich den Speisen zu. Es gab Algenburger, gekochte Bananen mit gebratenen Algen und etwas, das aussah wie Fisch, doch ich bezweifelte, dass die Jupiterianer sich selbst auf den Grill warfen. Meine Entscheidung fiel auf den Algenburger.

»Gute Wahl. Das ist mit Abstand der Beste«, versicherte mir die nervige, leider viel zu sexy Stimme über meine Schulter. Im Spiegel an der Wand erkannte ich jedoch nicht nur Leonardo, sondern ...

»Schnupperst du gerade an meinen Haaren?!« Entsetzt fuhr ich um mich, sodass der akkurat platzierte Algenburger auf meinem Teller umkippte. Grrrrrr.

Erschrocken – na endlich! – warf Leonardo die Hände in die Luft. »Unschuldig im Sinne der Anklage«, sprach er sich selbst frei und zwinkerte.

Irina lächelte amüsiert, als sie sich ein paar gekochte Bananen auf ihren Teller lud und das Schlachtfeld gleich wieder verließ, um nicht ungewollte Mittelfeldspielerin zu werden. Ich konnte es der Oberhäuptin des Harmonieplaneten nicht verübeln, es war ihre Natur.

Orun und Bellor rückten etwas näher zu uns, um die aufkeimende Kriegsenergie in sich aufzusaugen. Die beiden genossen Situationen wie diese. Ich ignorierte beide Männer und zog Leonardo aus dem Buffetsaal zurück ins Foyer.

»Kannst du dich bitte zusammenreißen? Wir haben hier eine wichtige Aufgabe!«, rief ich ihm in Erinnerung. Dafür erntete ich ein unbekümmertes Achselzucken.

»Du machst deine Aufgabe ja eh klasse.«

»Du nicht!«, fuhr ich ihn an. Wutentbrannt stampfte ich in den Boden und wollte kehrtmachen, als er meine Taille fasste und mich nahe zu sich heranzog. Huch, das kam unerwartet. Der feine Geruch von Meersalz und Sand kroch in mein Näschen und ließ mich kurz nach Luft schnappen.

Er grinste wissend.

»Lass mich gefälligst los!« Protestierend schob ich ihn von mir weg.

»Es tut mir leid. Ich wollte nicht, dass unser Start so holprig wird«, entschuldigte er sich und mimte binnen Sekunden den schuldbewussten Meermann. Große blaue Augen warteten auf Gnade und ich konnte nicht anders. Ich musste schmunzeln und schaffte es nicht, es zurückzuhalten. Der Typ hätte einen Oscar verdient für diese Darbietung und würde bestimmt ein herausragender Nachwuchs-Politiker für Jupiter werden.

Sofort wechselte er zurück auf Mister Unwiderstehlich und fragte in den Raum: »Du magst mich, oder?« Er grinste, doch sein Blick strahlte einen Hauch von Unsicherheit aus. Wieso war es ihm wichtig, ob ich ihn mochte?

Ein Funken Wärme breitete sich in meinem Brustkorb aus, während wir uns gegenseitig mit Blicken maßen. Himmel, war mir heiß! »Ändert das irgendetwas an unserer Zusammenarbeit?«, wich ich aus. Die Antwort kannte ich nämlich selbst nicht so genau.

»Das ist kein Nein.« Er grinste breiter. Als wäre das möglich gewesen.

»Es ist auch kein Ja, Leonardo«, stellte ich klar, während ich mit nagender Verwirrung zurück in den Festsaal stolzierte – nun genauso protzig wie er. Und es fühlte sich gut an, die grecurianische Bescheidenheit für einen kurzen Augenblick abzulegen und in das Wesen der Jupiterianer zu schlüpfen. Pure Lebensfreude, flirtende Unterhaltungen und die Fähigkeit, Herausforderungen mit lösungsorientierter Leichtigkeit und einem ausgeprägten Optimismus zu begegnen – das hatte schon was. Vor allem für jemanden, der sich unter den Verantwortungsbürden eines ganzen Universums ohnehin wie zerquetscht fühlte.

Wir tagten noch unglaubliche drei Stunden, bevor die interplanetarische Versammlung von Torus, dem diesjährigen Gastgeber, für beendet erklärt wurde. Dabei lag es wie immer an Bellor, dass wir so lange diskutierten. Sein Waffenbunker war das vielleicht bestgehütete Gut dieses Universum und er handelte haushoch um Materialien von anderen Planeten. Prinzipiell ging es ihm um Softwares und Codierungen der Plejader. Romdon und die Plejaden wurden sich am Ende stets einig, doch es war auch immer ein Kampf, vor allem aus meiner Sicht. Die schnellen Wortgefechte in alle Sprachen zu übersetzen, kostete mich viel Kraft und mein Ring glühte, als würde er kurz vor dem Schmelzpunkt stehen. Immer wieder wechselte ich den Finger, um mich nicht an dem Metall zu verbrennen. Die Waffendeals wurden meist nur zwischen den beiden kriegerischsten Planeten abgeschlossen, denn Anedar brauchte kein Waffenmaterial. Kyra bildete alle ihre Kriegerinnen optimal im Nahkampf aus.

Heute bildete sich allerdings Leonardo ein, seine Korallenschwerter gegen vorprogrammierte Plejadenrüstungen einzutauschen.

Falls ein intergalaktischer Krieg ausbrechen würde, hätten die drei friedvollsten Planeten von uns ohnehin keine reellen Überlebenschancen. Grecur wurde als Rohstoffbunker angesehen und handelte intensiv mit Irina von der Venus um Rosenöl, jedoch nie um Waffen. Kyra tauschte ein paar Bernsteine gegen Pfeilspitzen, doch nur, weil sie mich mochte, nicht weil sie das Steinmaterial benötigte.

Reyna vom Sirius fungierte bei den Verhandlungen ohnehin eher als Passiv-Anwesende, die wie ein Orakel um Meinung gebeten wurde, wenn man sich auch nach Stunden noch nicht einigen konnte. Sie war mit Abstand die Weiseste und auch Älteste von allen, obwohl ihr Körper dem einer dreißigjährigen Blondine mit Engelslocken glich. Sie bot manchmal heilende Frequenzen im Austausch gegen energetisch gereinigte Plejadercodes an und war auch bereits einen Deal mit Grecur eingegangen, um Bernsteine mit heilenden Informationen aufzuladen. Doch im Großen und Ganzen wollte Sirius autark bleiben.

Erschöpft übersetzte ich die Verabschiedungen aller in die jeweiligen Sprachen und übermittelte formelle Grüße und das immer gleich bleibende: »Bis zum nächsten Mal«, bevor Theos und ich uns auf zum Strand machten, um auf die Erhöhung zu steigen, die unser Portal zurück zu Grecur darstellte.

»Ich danke euch für eure Anwesenheit«, beteuerte Torus und drückte meinem Vater noch eine Kokosnuss mit Rum in die Hand. »Gute Reise!«, winkte er und ging ein paar Schritte zurück.

Ich wedelte meine Hand schwach und gerade als ich mich fragte, wo Leonardo abgeblieben war, rannte der Prinz mit wild fuchtelnden Armen durch die türkise Tür und die orangen Korallensäulen und rief: »Halt! Wartet! Auf Wiedersehen!«

Doch das Portal aktivierte sich bereits und brachte unsere Zellen zurück nach Hause. Ich biss mir auf die Lippen und schluckte das aufkommende Bedauern eisern hinunter.

4

MÜDE SOG ICH die vertraute warm-frische Luft ein und atmete tief aus. Geschafft. Es war vorbei. Ich war zurück und konnte nun meinen Pflichten als Verlobte nachkommen. Bescheiden. Zufrieden. Wie Grecurianer eben waren. Bei dem Gedanken zog sich mein Magen zusammen, doch ich ignorierte das und zwang mir ein Grinsen auf den Mund. Denn ich hatte viele Gründe, um happy zu sein. Ryan zum Beispiel. Außerdem brauchte ich diesen Leonardo nun ein gesamtes Jahr nicht mehr sehen. Mein Magen zuckte wild. Auch das ignorierte ich.

Obwohl ich hundemüde war, wollte ich sofort zu Ryan. Mein Herz ging auf bei dem Gedanken und ich fühlte die Geborgenheit, die sich in meinem Brustkorb ausbreitete. Ryan liebte ich. Mit ihm wollte ich alt werden. Ein zügelloser Leonardo, der es nicht mal geschafft hatte, sich anständig zu verabschieden und mit seinem Sixpack lockte, würde meinen Entschluss maximal festigen. Ich brauchte Ordnung. Klarheit. Geborgenheit. Mein Magen zuckte schon wieder. Himmel, ich durfte nicht so viel grübeln! Zumindest nicht mehr heute. Und über Leonardo gar nie.

»Nacht, Dad!«, rief ich Theos zu und hüpfte vom Teleportationspodest aus der Kammer, vorbei an einem verwirrten Hektor in die grecurianische Nacht.

Der Himmel tauchte die mediterrane Landschaft unseres Planeten in ein wohliges Azurblau. Die höchsten Pinien kitzelten die dunkelblaue Decke sanft und zeigten wie Propheten auf die Sterne. Dankbar lauschte ich dem Zirpen der Grillen, während ich die Sternbilder am Horizont mit meinen Augen nachfuhr.

Ich zögerte kurz, bevor ich durch den bescheidenen Palastpark aus den Toren rannte. Je dichter ich zum Zentrum kam, umso intensiver spürte ich die vom Tag gespeicherte Wärme in den Straßen. Ich trug noch immer mein ledernes Bustier, dessen angenähte Seide sanft meine Schenkel umschmeichelte, während ich schnellen Schrittes zu Ryans Haus ging.

Ich freute mich, ihn zu sehen und auf unsere Hochzeit. Obwohl er wohl bereits schlafen würde. In dem Moment, in dem ich an die späte Stunde dachte, läutete die Stadtglocke sanft die Tageswende ein. Mitternacht. Jap, definitiv würde er bereits schlafen. Er wusste, dass Ratsversammlungen sehr, sehr ausgedehnt stattfinden konnten, und da mein Vater mit dem Oberhaupt von Jupiter gut befreundet war, hatten wir dieses Mal bereits vorab gewusst, dass es nach der Sitzung noch den ein oder anderen Drink geben würde. Oder auch davor.

Gedankenverloren streifte ich durch die nächtliche urbane Szenerie und dachte dabei an Torus' schaukelnde Kokosnuss. Ein winziger, eventuell heftig unterdrückter Teil in mir bewunderte die Jupiterianer für ihre pure, lockere Lebenslust. Auf diesem Planeten war das Leben ein Fest und diese Einstellung, so gegensätzlich sie zu den grecurianischen Werten auch sein mochte, gefiel mir irgendwie. Vielleicht lag es aber auch am Ring. Behutsam drehte ich das Friedenssymbol der Planeten um meinen Ringfinger. Mist. Ich kannte die beeinflussende Wirkung des Rings und hätte ihn sofort ablegen sollen.

Suchend blickte ich an meinem engen Outfit hinab. Doch da gab es weit und breit kein Täschchen zum Einschieben von ... Ringen.

Dabei fiel mir auf, dass dieses Kleid das womöglich unfunktionalste war, das ich jemals besessen hatte. Meine Lippen zogen sich breit auseinander. Das Kleid hatte etwas Jupiterianisches. Ha! Unglaublich, dass Theos nicht protestiert hatte.

Die nächste Seitengasse bog ich ein. Sie war nur schwach beleuchtet, doch auf Grecur gab es keine kriminellen Machenschaften, so hatte man es mir zumindest gesagt. Dennoch verspürte ich jedes Mal ein leicht nervöses Kribbeln im Bauch, wenn ich Ryan nachts besuchte. Das tat ich oft und mittlerweile protestierte mein Vater auch nicht mehr. Ich war schließlich alt genug. Behutsam ließ ich meine Finger über das Türsims über mir gleiten, um den Eingangsschlüssel zu ertasten. Zum Glück war ich recht groß, sodass ein Anheben der Fersen genügte, um nach dem kleinen bronzenen Schlüssel zu greifen. Hach, freute ich mich auf Ryan und seinen männlichen Geruch!

Mein Herz pumpte wie wild, als ich den Schlüssel steckte und vorsichtig im Schloss drehte. Ich wollte ihn nicht wecken, sondern mich ganz unauffällig neben ihn legen und schlafen. Meine schwer drückenden Augenlider hielten das auch für eine tolle Idee. Leise schob ich die Tür hinter mir zu und kniff die Augen zusammen, als das Pinienholz im Schloss knackte. Als hätte das die Sache leiser gemacht.

»Alyra?« Er war wach? Siehe da, vom Gang aus erkannte ich das schwache Flackern einer Lampe, deren gedimmtes Licht aus dem Schlafzimmer einen Schatten in den Flur warf. Oh, now we're talking! Ein wissendes Grinsen verdrängte die müde Mimik in meinem Gesicht. Er hatte unsere Sexlampe angemacht!

»Ryan, du bist ja noch wach!«, freute ich mich und steuerte Richtung Schlafzimmer.

»Äh, ja, warte kurz! Ich muss noch aufräumen!«, haspelte er nervös.

Ich lachte amüsiert. »Wir sind seit zehn Jahren zusammen, müh dich nicht ab«, meinte ich, während ich die Tür zum Schlafzimmer aufschwingen wollte. Die mir prompt vor die Nase geknallt wurde.

Okay, was sollte das denn jetzt?! Ein Funken Wut stieg in mir hoch, denn ich hasste es, wenn man mir Türen vor der Nase zu knallte.

»Was wird das?«, schnaubte ich ungeduldig durch das Holz.

»Einen Moment! Ich wusste nicht, dass du so schnell kommst!«, haspelte er und schön langsam fragte ich mich, was er da drinnen alles aufzuräumen hatte. Dennoch wartete ich ungeduldig vor der Tür ... Bis ich eine zweite Stimme hörte.

»Da raus?«, flüsterte jemand. Eine *sie*.

»Ja, mach schon!«, kommandierte jemand. *Er*.

Reflexartig stieß ich mit meinem linken Fuß die Tür auf und was ich vorfand, brach mein Herz in tausend Teile.

Ryan stand mit großen Augen neben seinem Bett, dessen Laken zerwühlt auf einem Haufen kauerten. Benutzt. Sie erstarrte, als ich in den Raum trat – wortwörtlich –, wie ein Reh. Ich kannte sie nicht, doch das machte es nicht unbedingt besser.

Meine Augen starrten die beiden im Pendelblick an und in dem Moment war es reine Wut, die mein Herz wie Kleber zusammenhielt. Ansonsten wäre ich wohl schon zusammengebrochen. Das gedimmte Licht, das über ein Jahrzehnt *unsere* Sexlampe war, flackerte entschuldigend im ansonsten dunklen Raum. Das Mädchen musste mindestens fünf Jahre jünger als ich sein, ich schätzte sie auf Anfang zwanzig. Maximal. Sie bedeckte ihre helle Haut mit dem knappen Kleid, mit dem sie offenbar gekommen war. Ryan ignorierte sie und starrte nur mich an. Wartend auf meine Reaktion.

»Raus hier!« Ich wollte das Mädchen nicht anschreien, doch die Wut auf Ryan breitete sich unkontrolliert in mir aus und übertrug sich auf alles, was mir vor die Nase kam. Das war auch sie. Vor Angst zusammenzuckend stieß sie mit dem Rücken gegen die Wand, bevor sie hastig die Tür zur Terrasse öffnete und sich der unangenehmen Situation entledigte. Ich schaute ihr nach und konnte nicht glauben, was mir da gerade geschehen war.

Erst als das Mädchen gänzlich in der Nacht verschwunden war, wandte ich mich Ryan zu. Der schluckte, als würde es ihm nun an den Kragen gehen. Schlauer Junge. Eigentlich wollte ich ganz ruhig und stoisch nach einer Erklärung fragen. Doch er ertrug die Stille im Raum nicht.

»Ich hatte das nicht gewollt!«, ächzte er und warf die Hände in die Luft. Das war wohl nicht sein Ernst?! Meine Wut brodelte wie ein aktivierter Vulkan. Ich hoffte, den Ausbruch noch etwas verzögern zu können.

»Du warst immer abweisend und Renata hat sich angeboten. Und da ist es irgendwann mal passiert«, stammelte er. Die Wut-Lava in mir stieg rasant an und fand nun ihren Höhepunkt.

»Das kann unmöglich dein Ernst sein! Du gibst *ihr* die Schuld für deinen Betrug?!«

Er machte einen Satz zurück, denn ich lehnte mich nach vorne und bäumte mich auf, als wäre ich Bellor höchstpersönlich. Zum ersten Mal in meinem Leben verstand ich die Wut und den Hass, den Bellor gegen alles und jeden hegte. Auch er war verletzt worden. Betrogen. Verraten. Zerstört.

Während mein Herz weiter in kleine Teile zusammenfiel, schoss ich Eispfeile aus meinen Augen, in der Hoffnung, Ryan würde erstarren und tot umfallen. So kannte ich mich nicht, vielleicht war es der Ring? Ach, scheiß drauf!

»Ich ... sie hat ... du warst nie da!«, warf er mir nun vor.

»Und anstatt mit mir zu reden oder einfach Schluss zu machen gehst du lieber fremd?!«, schrie ich ihn an und ging auf ihn zu. Ich war nun einen guten Meter von Ryan entfernt. Sicherheitsabstand sozusagen. Sonst hätte mein verletztes Ich ihn tatsächlich gemeuchelt. Ich hatte die Tat nun ausgesprochen. Ryan war mir fremdgegangen. Mein Magen rumorte wie wild und mein Brustkorb zog sich zusammen. Hass mischte sich zur Wut und verdrängte die Verletztheit.

»Wir hatten doch nicht einmal zum Reden Zeit. Es kam mir vor, als wolltest du all das nicht. Als gehörtest du nicht hierher, sondern auf einen anderen Planeten. Sei ehrlich, dir ist Grecur doch ohnehin zu langweilig.« Er verschränkte die Arme.

Mein Mund klappte fassungslos auf. Wie konnte er nur?! Ryan zeigte nicht einmal einen Hauch von Reue! Oder Anstand. »Sag mal, spinnst du?! Ich wollte das alles – mit dir! Und du ... du bumst mit einer anderen, während ich Grecur vor einem Krieg schütze! Du undankbarer Mistkerl!«

Ich schrie. Ich fauchte. Ich fühlte mich wie eine Furie. Und gut dabei. All das musste raus. Der Vulkan brodelte und ging über. Es floss aus mir heraus. Doch Worte reichten nicht. Ich spürte, wie meine Finger zuckten und mein Brustkorb schier zerriss. Ich ...

»Ahhhhhhh!«, schrie ich aus tiefstem Herzen meinen Schrei der Zerrissenheit und rannte diesen letzten Meter auf ihn zu, um ihm direkt ins Gesicht zu schlagen. Was ich nicht schaffte. Stattdessen donnerte meine ausgestreckte Faust mit voller Härte gegen die Wand. »Ich hasse dich, du Arschloch!«, schrie ich noch nach und spürte bereits, wie sich Hass und Wut mit dem Schlag in die Wand kanalisierten. Zurück blieb nur der Schmerz. Mist. So wollte ich das nicht.

Keuchend zog ich meine Faust aus der Wand. Dabei hinterließ ich einen blutigen Fleck. Autsch! Der Schmerz kam in Wellen und ich fühlte, wie mir langsam schwindelig wurde.

»Alyra ... Es tut mir wirklich leid«, stammelte Ryan und huschte aus dem Zimmer, vermutlich um mir Verbandszeug zu holen. Oder sich selbst zu erhängen. Letzteres wäre mir recht gewesen. »Ich wollte all das nicht, ich hab nicht nachgedacht«, murmelte er weiter, als er bereits den Flur erreicht hatte.

Doch das hörte ich gar nicht mehr richtig. Regungslos starrte ich auf meine Hand. Um meinen Ringfinger baumelte das glänzende Metall des Friedensrings. Des Rings, der mir meine Gabe verlieh, alle Sprachen unseres Universums zu verstehen. Der einst geschmiedet wurde, um den Frieden zu besiegeln. An diesem Ring hingen die Bedingungen des Friedensvertrages. Er entschied über Krieg und Frieden.

Pures Entsetzen kroch mir die Wirbelsäule hoch und brachte jedes Härchen meines Körpers zum Sträuben. Denn genau dieser

Ring baumelte nun mit zerborstenem Emblem um meinen Finger. Die Miniatursymbole der einzelnen Planeten mussten bei dem Crash zu Boden gefallen sein.

Mit zuckenden, blutüberströmten Fingern suchte ich das dunkle Holz danach ab und fand lediglich die weiße Feder von Sirius. An der Wand blitzte der kleine Bernstein, der das Symbol unseres Planeten war, wie eine gemauerte Fliese. Daneben steckte der kleine Pfeil von Anedar. Den Rest fand ich nicht.

Das Entsetzen floss in Verzweiflung über und nun wandelte sich die brodelnde Wut in Wellen der Trauer.

Und ich weinte.

Spätestens jetzt hätte ich den Tropfen Jupiters nicht mehr gefunden. Die Boten der Verletztheit flossen quer über mein Gesicht, während mein Atem durch meine Lungen rasselte. Mein Magen krampfte und ich fühlte mich, wie ich wohl auch aussah. Scheiße.

Mit einem Satz sprang ich hoch und verließ Ryans Zimmer wie zuvor diese Renata. Durch die Terrassentür. Denn das Letzte, was ich jetzt sehen wollte, war er. Der bloße Gedanke an ihn riss mein Herz auseinander, als wäre es ein Brot, das man im Kreise der Familie teilte.

Ächzend humpelte ich über den Garten zurück in die dunkle Gasse. Dann rannte ich. Schneller, immer schneller, ohne zurückzublicken. Ich rannte in Rekordzeit den Berg hoch zu meinem Ort, der über die Jahre zu unserem geworden war.

Erst als ich die Silhouette der vertrauten Pinie, die am Abgrund der Klippe ihr Zuhause hatte, ausmachte, atmete ich kräftig aus. Mit einem letzten kraftlosen Schritt ließ ich mich ins trockene Gras plumpsen und starrte in den schwarzen Horizont, der von wogenden Wellen umspielt wurde.

Ich starrte erneut den zerstörten Friedensring an, dessen Emblemteilchen in Ryans Zimmer verteilt lagen. Eine einsame Glasspitze baumelte noch lose am Rand des Metalls, quasi als letztes Überbleibsel des Emblems mit den einst harmonisch eingefassten Planetensymbolen.

Verdammt!

Ich hatte heute den Frieden beendet.

Ich hatte meine Gabe verloren. Spätestens beim nächsten Treffen ohne kommunikatorisches Bindeglied würde es Feuer und Flammen zwischen unseren Planeten regnen.

Es war meine Schuld. Und es war Ryans Schuld. Nein, ich wollte mich nicht aus der Verantwortung ziehen wie er. Es war meine Schuld.

Wie eine Masochistin schaffte ich es nicht, den Blick von dem kaputten Ring zu lösen. Die Schärfe meiner Sicht verschwamm mit jeder Träne, die sich in meiner Netzhaut bildete und sich über meine Wangen ergoss, als hätte sie ein Battle mit dem Meer persönlich vereinbart.

Ich hätte noch die Klippe hinabspringen können. Doch dafür war ich zu pflichtbewusst. Den Schlamassel musste ich wieder gerade biegen. Aber zuerst musste ich mich in den Griff kriegen. Tränen strömten weiter und weiter und das Weinen fand kein Ende. Ich gewährte mir die Phase des Trauerns, schließlich hatte ich heute eine ganze Menge verloren.

Meinen Verlobten.

Eine Hochzeit.

Die Aussicht auf Familie.

Meine Gabe.

Die Möglichkeit, Frieden walten zu lassen.

Mein Herz.

Letzteres musste genauso aussehen wie der kaputte Ring an meinem Finger. Zerborsten.

5

DIE SONNE KITZELTE meine Nase, als mich die glühende Hitze aus dem Schlaf riss. Mein Gesicht klebte vor lauter Tränen und mein Haar stand wirr zu Berge, das spürte ich auch ohne die Bestätigung eines Spiegels.

Die Pinie hatte mich gestern irgendwann in den Schlaf gesungen und schluchzend wog ich mich in meinem Schmerz. Mir tat jedes Gelenk meines Körpers weh.

Ich rappelte mich vom vertrockneten Gras hoch und zupfte mir ein paar Halme vom Oberschenkel, die durch das Liegen dort hafteten. Mein Seidenkleid war aufs Wildeste zerknittert. Himmel, so konnte ich nicht den Palast betreten! Andererseits konnte mein Äußeres kaum schlimmer aussehen als der zerbrochene Ring, der traurig an meinem Finger baumelte.

»Dann hüpf ins Meer und behaupte, du warst Sonnenaufgangsschnorcheln«, schlug die Pinie neben mir mental vor.

Bäume waren einfühlsame Wesen, doch anhand ihrer Vorschläge und Ideen, die sie unaufgefordert einbrachten, wenn man neben ihnen sinnierte, konnte man klar erkennen, dass sie keine menschlichen Wesen waren.

»Kein Mensch glaubt mir, dass ich mit diesem Kleid schnorcheln gehen wollte«, gab ich schwach in Gedanken zurück.

Und dann rannte ich. Mit zerfetztem Seidenkleid, struppigem Haar, schwitzigem Körper und getrockneten Tränen. Ich war vielleicht eitel, doch mein Pflichtbewusstsein siegte immer. So war es mir seit jeher antrainiert worden. Die Lederriemen meiner Römersandalen-Overknees sperrten mir die Blutbahnen ab und ich fühlte, wie meine Waden schwer wurden unter der mangelnden Durchblutung und dem Druck der Hitze. Doch es war nicht wichtig. Nichts an meinem Aussehen oder den Geschehnissen von gestern war wichtig. Es zählte einzig und allein die Rettung des Universums. Ich musste wissen, ob mir dieser Ring wirklich meine Gabe genommen hatte. Ich musste zu hundert Prozent sicher sein.

Wie eine wild gewordene Furie hechtete ich schier humpelnd durch die großen Tore über den gepflegten mediterranen Garten durch die blauen Pforten des bescheidenen Grecur-Palasts.

»Dad!«, rief ich und hörte meine hysterische Stimme im Foyer widerhallen. Die Spiegel an der Wand offenbarten mir das Ausmaß der Verwüstung. Ich musste revidieren: Mein Look sah weitaus entsetzlicher aus als der zerbrochene Ring an meinem Finger.

Bevor ich es mir anders überlegen und mich im Garten verstecken konnte, eilte ein schockierter Hektor in lindgrüner Leinenhose und hellbraunem Shirt herbei. Dabei wirkte er wie ein umgekehrter Baum. Und dennoch besser als ich.

»Miss Alyra, was ist vorgefallen?!« Er warf sich entsetzt die Hände vor den Mund. Ich hätte es genauso gemacht. »Ihr Vater hat sich große Sorgen gemacht, als Ryan berichtete, dass Sie gestern Nacht seine Gemächer verlassen haben!«

»Ryan ist hier?!«, fauchte ich und sah im Spiegel, dass ich der Medusa in dem Moment einen Tick zu sehr ähnelte. Dennoch konnte ich meine aufflammende Wut nicht zügeln. »Wo ist er, Hektor? Sag es mir! SOFORT!«, schrie ich den armen Mann an.

Fuck. Ich wusste, dass er nichts für all das hier konnte, und dennoch schaffte ich es nicht, die Flammen zu bändigen. Hatte dieser Ring nach seinem Tod seine ungebändigten Kräfte auf mich übertragen? Diese wilde, leidenschaftliche, unzähmbare Art kannte ich nicht an mir. Dennoch waren es Eigenschaften, die ich mir seit jeher gewünscht hatte.

Verstohlen blickte ich auf das goldene Metall mit dem zerbrochenen Emblem. Erst Sekunden später bemerkte ich, dass Hektor seinen zittrigen Zeigefinger Richtung Salon streckte.

Ich schoss in den Salon und war bereit, Eisblitze auf den Verschmäher unserer Liebe zu schießen. Doch als ich Ryan sah, kam alles anders.

»Alyra, Liebes, wo hast du bloß gesteckt? Und wie siehst du denn aus?« Der Vorwurf in Vaters Stimme löste einen Mix aus Enttäuschung und Wut in mir aus.

Mit bebenden Lippen zeigte ich auf Ryan. Ich wollte etwas sagen. Ich wollte ihn anschreien. Ich wollte stark wirken. Doch ich konnte ihm lediglich in seine sanften Augen blicken, die mich reumütig anblinzelten, als wären sie aus dem Schoß der Unschuld geboren worden. Wie konnte er nur?!

»Du!« Mein Zeigefinger tat dasselbe wie Hektors vorhin.

»Es tut mir alles so leid, Alyra! Ich wollte, ich konnte doch nicht, ich meine …«, brabbelte es unkoordiniert aus ihm heraus, während sich meine Augen zu Schlitzen formten.

Noch ein Wort und ich würde ihn erwürgen müssen. Oh ja, das wollte ich. Nicht. Fuck, ich liebte diesen Scheißkerl!

Die Erkenntnis überrannte die Wut wie Usain Bolt seine Wettkampfmitstreiter bei den Olympischen Spielen. Und obwohl ich es nicht wollte, brach ich auf meinen Knien zusammen und in Tränen aus. Scheiße.

Es fühlte sich erneut an, als wäre mein Herz in Millionen kleine Splitter zerborsten. Das konnte man nicht heilen. Es war kaputt. Wohl für immer. Der nagende Verrat fraß die letzten Zellen Liebesempfindung auf und ließ eine emotional geschundene Körperhülle am Boden zurück.

Mein Vater hievte mich auf das Sofa, während Ryan das Weite suchte. Durch die mit Tränen benetzten Wimpern erkannte ich lediglich seine fliehende Silhouette. Feigling.

»Wieso redest du noch mit ihm?«, warf ich Theos vor. Das schaffte ich noch, obwohl mein Körper vor Trauer zitterte. Und Wut. Er zitterte vor allem vor Wut.

»Er hat mir versichert, dass er dich nicht gehen lassen wollte und eine Freundin bei ihm war und du die Situation falsch interpretiertest. Er hat sich Sorgen um dich –«, wollte er Ryan verteidigen, doch ich ließ ihn nicht zu Ende sprechen.

»Wie bitte?! Er hat mich hintergangen! Da gibt es nichts misszuverstehen, wenn sich eine Fremde nackt in seinem Bett räkelt, oder?« Ich funkelte meinen Vater an und konnte meine Wut auch nicht vor ihm bändigen.

Das planetarische Oberhaupt Grecurs senkte sein Haupt, sodass ihm das wuschelige braune Haar ins Gesicht fiel. »Es tut mir so leid, Alyra. Ich wollte ihm glauben«, gab er schwach zu. Ja, das hatte ich auch gewollt.

Ich rappelte mich vom beigen Leinensofa hoch, das auf dunklen Holzpfeilern fußte, und blickte meinem Vater lächelnd in die Augen. »Du kannst nichts dafür, dass Ryan das Aufmerksamkeitspensum eines Kleinkindes hat. Ich werde es verkraften.« Würde ich nicht. Ich tätschelte seine Hand, um die Lüge zu bekräftigen. So bescheiden mein Vater und sein Volk waren, genauso naiv konnte er sein. Er glaubte mir, als ich mir nicht geglaubt hätte.

»Außerdem haben wir gerade ganz andere Sorgen«, setzte ich an und schob mir den kaputten Ring vom Finger.

Vaters Augen weiteten sich schockiert. Mit kreidebleicher Miene starrte er mich an. »Wie konnte das geschehen, Alyra?« Ich hörte den gut getarnten Vorwurf hinter all der Erschütterung.

Reumütig senkte ich mein Haupt. »Gestern ist so einiges geschehen, Vater.«

Er nickte stumm, sodass sein Bart weich auf der Brust zusammengeknautscht wurde. »Was sollen wir nun tun?«, fragte er mich.

»*Du* bist das planetarische Oberhaupt, Theos.« Ich zwinkerte ihm den Hinweis zu, erntete dafür aber einen fragenden Blick. »Okay, ich finde, wir sollten einen Rat einberufen. Um uns zu vergewissern, dass die Gabe tatsächlich weg ist.«

Er nickte, als wäre *ich* die Königin. »Und wenn sie weg ist?«, hakte er zögernd nach. Sein Blick heftete sich an den filigran geschliffenen Couchtisch aus dunklem Holz vor uns.

»Und wir sollten mit offenen Karten spielen und den Friedensvertrag neu besiegeln«, fügte ich an und wich seiner Frage bewusst aus.

»Und wenn sie weg ist?« Nun sah er zu mir hoch.

Ich schluckte trocken und erwiderte die Besorgnis seiner sanften braunen Iriden. »Wenn sie wirklich weg ist, haben wir ein Problem.«

Es dauerte keine drei Stunden.

Im Minutentakt trudelten die Oberhäupter der Planeten durch den Lichtkanal in der Teleportationskammer ein. Hektor und sein Team hatten alle Mühe, in so kurzer Zeit ein kleines Empfangscatering auf die Beine zu stellen, doch wie immer zauberte er ein wahres grecurianisches Kulinarikwerk aus seinen pflichtbewussten Ärmeln.

Während der Palast aka bescheidenes Bauernhaus auf Vordermann gebracht wurde, inspizierte ich mein Äußeres. Nun stand ich da und staunte über mich selbst, dass ich es geschafft hatte, in drei Stunden das Chaos der letzten Nacht abzuwaschen und meine feminine Hülle in eine sexy Lederkluft zu schälen. Zufrieden betrachtete ich mich in dem großen Spiegel hinter dem Lichtkanal. Man sah mir nicht an, dass ich gerade eine Trennung durchmachte. Aloe Vera EyePads und Rosenöl sei Dank.

Irina stieg sinnlich und feminin wie Aphrodite höchstpersönlich vom Sockel und warf Theos einen verführerischen Blick zu, während sie sich von Hektor ein Glas Rotwein in die Hand drücken ließ. Mein Vater errötete wie eine Peperoni, sodass ich mich fragte, ob er sich wohl jemals trauen würde, über das verstohlene Blickeaustauschen hinauszugehen. Vermutlich nicht.

Reynas weiße Feder wehte im Wind, der sich einen Weg von der Küste in den Palast gebahnt hatte. Sie grüßte mich mit einem sanften Lächeln und strahlte dabei wie pures Licht in ihrem weißen langen Kleid.

Kyra wirkte schweißgebadet, als sie sich auf Grecur rematerialisierte. Hatte sie die Nacht durchtrainiert? Ich wusste, dass auf Anedar Nahkampf mit Atmen gleichgesetzt wurde. Dennoch wirkte Kyra richtig erschöpft. Ihr braunes Haar war zu einem schlaffen Zopf geflochten und ihr Croptop klebte an ihrer Haut genauso wie der knappe Minirock aus schwarzem Leder. Ihr Bauch ging in schneller Bewegung auf und ab. War sie gerannt?

Gerade als Kyra vom Sockel stieg und von Hektor in die Halle begleitet wurde, erschien Bellor. Der verbitterte Krieger stierte mich schief grinsend an. Fuck, wenn ich meine Gabe wirklich verloren hatte, waren wir alle geliefert.

Bis jetzt hatte ich zu keinem ein Wort gesagt und Hektor hatte jeden Gast sofort von Theos und mir in den Salon abgeleitet, um nicht vor Beginn des Meetings das eventuell entstandene Problem zu entlarven.

Mächtig, mit erhobenem Haupt und rausgestreckter Brust stampfte Bellor mit seinem gehörnten Helm und den zahlreichen Fellen über der Rüstung an mir vorbei. Sein rot leuchtendes Auge schielte zu mir, als wüsste er, was geschehen war. Himmel, ich war ja sowas von geliefert!

Gerade als mein diplomatisches Pokerface zu bröckeln begann, bejubelte ein erfreuter – und leicht angetrunkener? – Torus meinen Vater und umarmte ihn fest. Hinter ihm erschien … Leonardo. Ich ignorierte das Pulsieren meiner Adern durch den erhöhten Herzschlag und starrte entschlossen in mein eigenes Spiegelbild.

Du magst ihn, oder?, stichelte eine getopfte Palme neben der Tür.
Nein, natürlich nicht! Ich finde ihn schrecklich!, gab ich zurück.

Du weißt schon, dass ich deine Gedanken lesen kann, oder?, provozierte sie weiter.

»Ach, halt die Klappe!«, fauchte ich.

Leonardo blinzelte mich verdutzt an. »Ich wollte dich nur höflich begrüßen, wie es der Prinzessin des Gastgeber-Planeten gebührt«, hauchte er und zog zögernd seine Hand zurück.

»Warte, du verstehst mich?« Ich blinzelte ungläubig und spürte, wie meine Augen vor überschwänglicher Hoffnung weit hervortraten.

»J-aaaaa?«, bestätigte er verwirrt. »Aber wo du es sagst: Wieso sprichst du nicht in meiner Sprache, wo du die Translatorin bist?«

»Äh, ahm ja! Ja, klar! Das vorhin galt übrigens nicht dir!«, versicherte ich ihm und warf der Topfpflanze einen scharfen Blick zu, um vom Sprachenthema abzulenken. Bis jetzt sah es so aus, als würde sich meine finstere Vermutung bestätigen.

»Wem dann?«, hakte er nach. Mist. Er grinste amüsiert und fuhr sich mit der blau schimmernden Hand durch das feuchte Haar, das paradoxerweise dennoch zu Berge stand. »Mach ich dich nervös?« Sein Blick bohrte sich in meinen und für einen Moment verlor ich mich gänzlich in der Wärme seiner pulsierenden Leidenschaft. Alles an Leonardo war ... frei. Er versprühte pures Vida und zündelte in diesem Moment in meinem Inneren mit verkokelter Lebensfreude und Liebeslust.

Meine Hände fingen an zu schwitzen und ich spürte diese kleine Flamme auflodern, die mich gänzlich aus dem Konzept brachte und dennoch den Schmerz der letzten Stunden von Neuem entfachte.

Meine Lippen bibberten. Nicht weinen, Alyra! Sei stark!

»Es sind alle da, bist du bereit?« Theos schob sein Gesicht zwischen uns und lächelte, sodass sein Oberbart sich mit den Lippen zu einer Welle formte. Dank seiner breiten Schultern und der männlichen, muskulösen Statur verdeckte er Leonardo fast gänzlich. Ich sah nur den wirren Haarschopf hinter den Schultern meines Vaters umherschwingen und verkniff mir ein Lachen. Selten war ich meinem Vater dermaßen dankbar für seine Taktlosigkeit.

»Ja, Paps, das bin ich.«

55

Der Salon war voll und kommuniziert wurde mit verhaltenen Gesten und zurückhaltenden Blicken. Keiner traute den anderen wirklich. Dazu war ich da. Oder da gewesen. Das würde sich jetzt gleich endgültig herausstellen.

Ich fühlte, wie mein Brustkorb enger wurde und meine Brüste aus dem figurbetonten Bustier hervortraten. Für diese Notfallversammlung hatte ich ein ebenso sexy Outfit gewählt, mich jedoch für ein etwas längeres Kleid entschieden, das in einem Elfenbeinweiß bis zum Terracottaboden hinabfloss. Die Goldverzierungen am Bustier blieben und die braunen Lederelemente ebenfalls. Sie harmonierten mit dem Weiß und dem Gold. Meine Sandalen behielt ich einfach an. Unter der langen Robe dienten sie ohnehin nicht als Eyecatcher. Dennoch bereute ich es, dass ich mich nicht noch mehr zurechtgemacht hatte.

Sieben kritische Augenpaare – und Leonardos zwinkerndes – warteten auf eine Erklärung. Schließlich fanden unsere intergalaktischen Versammlungen normalerweise im Jahrestakt statt. Nicht jeden Tag.

Theos schob mich an den Schultern sanft in die Mitte des Raumes und nickte mir aufmunternd zu. Ich fühlte mich wie ein Schlachtschaf vor seinen Schlächtern. Imaginär schluckte ich einen Kloß die trockene Kehle hinunter und versuchte, meinen Herzschlag zu beruhigen.

Hektor balancierte ein Weinglas auf dem Silbertablett mit Bernstein-Verzierungen, das ich mir hastig schnappte und exte.

Kyra zog die Braue hoch, während Torus leise jubelte. Leonardo grinste frech wie immer. Natürlich tat er das. Für ihn war das bestimmt alles ganz witzig hier.

»Ich habe euch erneut zusammenkommen lassen, um«, ich räusperte mich, um meine Stimme zu stärken, »um den Friedensvertrag zu erneuern.«

Leonardo trat einen Schritt vor und hakte nach: »Wieso konkret wäre das vonnöten?«

»Wieso sprichst du überhaupt meine Sprache?«, konterte ich,

ohne auf seine Frage einzugehen. Die Bombe würde ohnehin gleich platzen.

»Ich wollte deiner Sprachkompetenz nahekommen.« Er wackelte anzüglich mit den Augenbrauen, sodass ich wusste, dass ich lediglich eine Scheinantwort erhalten hatte. Dem Prinzen von Jupiter war auch nichts zu peinlich.

»Sprich auf Jupiterianisch!«, befahl ich ihm, sodass er sein aufgeschrecktes Zucken in den Augen nicht verbergen konnte.

»Mi tan ji so min hauk.«

Ich überspielte die aufflammende Panik, die in mir hochkroch, und starrte Leonardo mit einem gezwungenen Grinsen an. »Komm mal schnell mit!«, presste ich durch meine Zähne, um den Schein zu wahren. Ich faltete meine Hände mit beschwichtigender Mimik, nickte um die tausend Mal und vermittelte mit hochgehaltenem Zeigefinger, dass wir eine kurze Besprechung bräuchten. Dann wedelte ich Leonardo hastig zu mir, hakte mich bei ihm unter und schritt aus dem Salon durch das Foyer in die Küche. Zurück ließ ich sieben planetarische Oberhäupter, die murrend auf ihre Übersetzungen warteten. Vergebens.

»Hey, willst du es wirklich so schnell angehen, Alyra?«, stichelte er.

Ich schob ihn in die Küche, schloss die Tür hinter mir und griff nach seinem Kiefer, um es zusammen zu knautschen. Die Art, wie sich seine Lippen dabei verführerisch in meine Richtung spreizten, ignorierte ich gekonnt.

»Gefällt dir erneut, waf du fiehft?«, nuschelte er.

Ich biss mir auf die Lippe, um der Versuchung zu widerstehen, ihn zu küssen und ihm dann eine reinzuhauen. »Konzentrier dich, Schönling!«

»Du findest mich schön?«

»Arrrrgh!« Ich stieß mit dem Fuß gegen eine der Kommoden. »Halt die Klappe!«

»Galt das nun auch nicht mir?«, provozierte er durch die geknautschten Lippen weiter. Ich drückte fester zu.

»Aupf!« Das geschah ihm recht.

»Hör mir jetzt gut zu, Leonardo. Wir haben ein Problem und es scheint, als könntest nur du mir helfen.«

Er grinste durch meinen festen Griff hindurch. »Was brauchst du denn, Alyra?« Er richtete sich auf und fasste an mein Handgelenk. Nicht, um meinen Griff von seinem Kiefer zu lösen, sondern um mit seinem Daumen sanft über meinen zu streichen.

Ich riss mich sofort von ihm los. »Kannst du damit aufhören? Arschloch!« Entsetzt blitzte ich ihn an, doch das schien ihm nur zu gefallen. Gut, dann die Ignorier-Methode. »Welche Sprachen kannst du sprechen?«, lenkte ich ab und griff mir einen der Äpfel aus der prall gefüllten Obstschale.

»Zwei.«

»Welche zwei?«, hakte ich genervt nach und rollte mit den Augen. Musste man dem alles aus der Nase ziehen?

»Meine und deine. Wieso?« Er grinste frech.

»Wieso sprichst du grecurianisch? Niemand in diesem Universum spricht die Sprache eines anderen – nur ich.« Letzteres murmelte ich fast lautlos.

Leonardo schmunzelte selbstverliebt. »Weil wir die tollsten Wesen dieses Universums sind. Klare Sache, oder?« Er zwinkerte, doch als ich Eispfeile aus meinen Augen auf ihn schoss, wurde er ernst. »Wir besitzen ein höchst adaptives Genmaterial.«

Ich schob die Brauen verständnislos zusammen.

»Unsere Gene passen sich unserer Umgebung an. Deshalb mutieren unsere Körper zu halben Fischen, wenn wir im Wasser sind. Dieses adaptive Genmaterial speichert quasi alles, was wir brauchen könnten, um leichter zu leben. Sprich: Alles, mit dem wir häufig in Kontakt treten. Da dein Vater ziemlich häufig mit unserem Vater jupiterianische Partys besuchte und dabei Grecurianisch sprach, hat unser Genpool eure Sprache in unserer Kindheit adaptiert. Diese Prägungen funktionieren übrigens nur bei Kindern, da die Genadaption mit den Wachstumsgenen verknüpft ist. Daher verstehen dich Elea und ich, nicht aber Torus und alle anderen.«

Er grinste selbstgefällig, während mir der Kiefer hart aufs Schlüsselbein klappte. Mein Gehirn pochte und tausend Fragen prasselten auf mich ein, allen voran die Wichtigste von allen: Wieso nutzte das bisher niemand? Ich kannte die Antwort bereits. Weil sich in diesem Universum gefühlt alles und jeder hasste, wie mir schien.

»Du willst mir also sagen, dass deine Gene Sachen aus deiner Umgebung, mit denen du öfter zu tun hast, kopieren?«

Er nickte sichtlich stolz, dass ich es verstanden hatte, und zwinkerte mir zu. Ich ignorierte es gekonnt.

»Du besitzt also ein aus der Kindheit geprägtes, manipuliertes Hybridgen, das es dir ermöglicht, mich zu verstehen? Beziehungsweise die grecurianische Sprache?«

Er grinste mit wippenden Augenbrauen und blies seinen Brustkorb auf, als wäre der nicht ohnehin sichtbar genug.

Okay, das reichte. Mit geballter Faust drückte ich ihm die Fingerkuppen in die Brust. Er krümmte zusammen.

»Was soll das?«, fluchte er.

»Ich sehe deine Muckis auch ohne dein Luftmatratzengepumpe. Du bist schließlich halbnackt, Fischhybridmann.«

Ihm stand der Mund weit offen und um den Triumph voll auszukosten, zeigte ich ihm mein siegesreiches Lächeln nicht und biss stattdessen in den Apfel. 1:0 für Alyra.

»Du bist ganz schön schlagfertig«, gab er zu und erhob sich wieder. Seine blauen Augen funkelten mich an, als würde er das antörnend finden.

»Und du bist ganz schön unverschämt«, erwiderte ich und biss ignorant in den Apfel. Dafür, dass ich letzte Nacht betrogen worden war, machte ich mich ganz gut als eiserne Prinzessin.

»Das ist nur schlecht, wenn man regelkonform und konservativ ist. Ansonsten ist unverschämt sexy.«

Ich ließ beinahe den Apfel fallen und drehte mich zu ihm. Da hatte er den wunden Punkt getroffen. Zu hundert Prozent. »Ich bin nicht konservativ. Jedoch pflichtbewusst. Und mit unverschämt meine ich in erster Linie deine offensichtliche Anmache.« Hätte ich den Apfel nicht gehalten, wäre ich wohl umgekippt. Der Typ machte mich ganz unsicher.

»Willst du denn nicht begehrt werden?«

Natürlich!

Ich antwortete nicht.

»Denn glaub mir, das tut hier ohnehin jeder. Vermutlich sogar Bellor.«

Okay, stopp. Mir kam die Galle hoch. »Schluss, Leonardo! Was ich dir jetzt sage, ist wichtig! Ich brauche dich, um eine Eskalation zu verhindern.« Vorsichtig pulte ich den zerbrochenen Ring von meinem Finger. Ich hatte das kaputte Emblem nach innen gedreht, damit man es nicht gleich erkennen konnte.

Leonardo sog scharf die Luft ein. »Was ist passiert?«, wollte er wissen und sah entsetzt zu mir hoch. Seine Reaktion machte mir das Ausmaß der Gefahr erst richtig bewusst. Theos hatte weniger entsetzt reagiert, vielleicht lag es aber daran, dass er in erster Linie versucht hatte, mich zu trösten. Als ich mich im Bad zurechtgemacht hatte, klopfte er alle zehn Minuten an die Tür, um zu sehen, ob es mir gut ging. Oder um zu prüfen, ob ich keinen Mord plante. Ich wollte Ryan nie wieder sehen und hoffte, dass ich das schaffte. Noch weniger wollte ich jedoch nun über ihn sprechen. Am allerwenigsten mit Leonardo.

»Lange Geschichte, kurzes Ende: Der Ring ist kaputt und der Friedensvertrag somit ungültig. Temporär. Wir müssen ihn erneuern. Nur verstehe ich niemanden mehr, was die Sache erheblich komplizierter macht. Und du sprichst immerhin meine Sprache«, erklärte ich geduldig und warf den Apfelbutzen in den Mülleimer.

Leonardo sagte nichts, sodass ich im Kühlschrank nach einer Flasche Rotwein griff, sie entkorkte und mir die kühle rote Flüssigkeit in ein Weinglas goss. Sekunden später floss der Inhalt meine Kehle hinunter. Ich liebte Lambrusco!

Der jupiterianische Prinz blinzelte irritiert.

»Was? Ich brauche das jetzt. Du hast mal abgesehen davon am allerwenigsten das Recht, mich dafür zu verurteilen«, konterte ich seinen Blick.

»Was willst du mir damit sagen?«, hakte er nach. Seine Augen zogen sich zu Schlitzen zusammen und erst jetzt fiel mir auf, wie markant sein Kiefer geschnitten war. Wow. Für derart raffinierte Gesichtszüge würden manche Menschen töten. Anedarier und Romdonianer taten es vermutlich auch.

»Ach, komm schon! Jeder weiß, dass Jupiter das Feiern erfunden hat.«

Er beobachtete mich, wie ich mein Glas ein zweites Mal füllte und den Inhalt exte. Gut, das war Absicht. Weil ich nicht wusste, ob ich so kess sein konnte, wo ich ihn doch brauchte.

Doch Mister Unwiderstehlich schien ohnehin recht angetan von seinem Image auf Grecur. Sein breites Grinsen wirkte durch die hüpfenden Augenbrauen irritierend gruselig.

»Ich geh mal davon aus, dass du das als Kompliment aufgefasst hast.«

»Alles aus deinem Mund hört sich für mich wie ein Kompliment an, Babe.« Er zwinkerte, wobei sein Eckzahn weiß hervorblitzte.

Ich zögerte. Schlagen oder trinken? Millisekunden später kippte ich den roten Inhalt der Lambruscoflasche in mein Glas. »Prost, Arschloch«, cheerte ich ihm zu, verschränkte einen Arm unter der Brust und kräuselte die Lippen, während ich ihn fixierte. Und er tat das auch. Au scheiße, das war nicht gut.

Leonardo drückte sich von der Theke weg und schwang sich auf meine Seite. Seine Arme stützte er links und rechts von mir ab, sodass ich seinen Atem auf meinen Lippen fühlen konnte. Tiefes Ozeanblau zog meinen Blick in seine Tiefe. Für einen Moment fühlte ich mich wie benebelt. Unsere Lippen berührten sich beinahe und obwohl mir das hier unangenehm war, konnte ich meinen Blick nicht von ihm lösen. Sein rauer, salziger Atem versetzte mich in einen wehmütigen Zustand, der sich nach dem Meer Grecurs sehnte.

Ich betrachtete Leonardos Mienenspiel, das im Hundertstelsekundentakt eine bunte Darbietung an Emotionen präsentierte. Auf einen flirtenden Blick folgten ernste Züge, ein unsicheres Zucken und schließlich ... Angst? Als hätte er geahnt, dass ich seine Angst entlarvte, stieß er sich auf die Seite und raunte mir ins Ohr: »Für eine diplomatische Prinzessin vom bodenständigsten aller Planeten nimmst du kein Blatt vor den Mund.« Er grinste. »Du brauchst meine Hilfe. Nicht?«

Was sollte das denn jetzt? Ich antwortete nicht.

»Ich weiß, dass du sie brauchst. Hast du ja vorhin gesagt.« Er grinste noch breiter. Himmel, wie selbstgefällig dieser Kerl war! »Auf jeden Fall möchte ich dich wissen lassen, dass ich dich trotz deiner arroganten und wenig liebevollen Art unterstützen möchte.« Das Grinsen ging in ein Schmunzeln über.

Ich konnte nur die Augen rollen und kippte schnell einen weiteren Schluck Lambrusco runter. Jetzt war auch schon alles im Eimer. Dennoch wunderte ich mich über mein unvernünftiges Verhalten. Schließlich sollte ich noch einem gesamten Universum mit Mimik und Gestik mitteilen, dass ich mein Amt als Translatorin gezwungenermaßen niederlegte. Das musste Leonardos Aura sein, die mich Herausforderungen plötzlich mit riskanter Leichtfertigkeit angehen ließ.

»Was willst du dafür?«, fragte ich nach seinem Preis und schob die Brauen zusammen.

Leonardos durchtrainierter Oberkörper rückte näher an mich heran, sodass seine Finger die meinen berührten. »Ein Essen. Ein schlichtes Essen ohne blöde Kommentare. Ich möchte dich kennenlernen.«

Mir entwich ein tiefes Seufzen. Dabei hatte ich keine Ahnung, ob es aus Antipathie oder Anziehung hervorgerufen wurde. Mist, ich musste mich wirklich unter Kontrolle halten.

Ich hasste Männer seit Ryans Verrat. Remember, remember. Vielleicht sollte ich mir das tätowieren lassen.

»Alyra?«, hakte Leonardo nach und strich sich zum gefühlt hundertsten Mal durch sein Haar, das wie Seide durch die Finger glitt und dennoch eine Standfestigkeit aufwies, die ich physikalisch nicht erklären konnte. Musste ein Jupiter-Phänomen sein.

Ich rückte näher an seinen trainierten Oberkörper. »Kein Date?«, hakte ich skeptisch nach.

»Natürlich nicht«, bestätigte er.

Ich hob meine Augenbraue und beäugte den Prinzen eindringlich. »Du bist seltsam, weißt du das?«

Er grinste erneut, als wäre es ein Kompliment. »Unverschämt, seltsam ... Dafür, dass du mich so abstoßend findest, hast du mich schon ausgiebig studiert.«

Ich stieß entsetzt Luft aus. Sofort stieg mir die Röte in die Wangen. Ertappt. Fuck.

Sein Grinsen wurde breiter und er zwinkerte.

»Nervig und arrogant hab ich vergessen!« Ich verdrehte die Augen, nahm sein Handgelenk und schleifte ihn aus der Küche. Noch bevor er protestieren konnte, verkündete ich: »Ja. Ich gehe mit dir essen.«

6

FUNKEN SPRÜHTEN DURCH den Raum, als Bellors rote Iris feurig blitzte und er laut etwas rief, das sich wie eine Kriegserklärung anhörte. Das Schwingen seines spitzen Speers und die offensive Entschlossenheit in seinem Blick machten das auch ohne Übersetzung deutlich.

Irina suchte sofort Schutz bei meinem Vater, während Kyra ihre Pfeile aus dem Köcher zog und auf Bellors Haupt zielte.

Bellor schrie etwas, das ich metakommunikatorisch als: »Wage es bloß nicht!«, geraten hätte, während Orun von den Plejaden den Knopf auf seiner Brust drückte, um dem codierten Bernstein, durch den zahlreiche grüne Codes huschten, Anweisungen zu geben. In diesem Fall wollte er seinen biotechnologisch optimierten Anzug wohl zum Aufbrechen bewegen.

»Mach irgendwas!«, fluchte ich in Leonardos Richtung.

»Das hab ich doch schon! Du siehst ja, wie das endet«, gab er zähneknirschend zurück, ehe er sich hinter der Buffettafel versteckte. Mist. Weder die Tatsache, dass er ein Mann war, noch sein charmantes Auftreten hatten uns am Ende geholfen. Als Bellor Wind davon bekam, dass meine Gabe und somit der Friedensvertrag futsch waren, gab es für den Kriegsfürsten kein Halten mehr. Seine lang ersehnte Rache war zum Greifen nah und auch der gebildete Leonardo konnte seine Kriegsgelüste nicht stillen, da er die Sprache Romdons nie erlernt hatte. Ich bezweifelte, dass sie uns am Ende rausgerissen hätte.

»Stopp!«, warnte ich Kyra, die erschrocken zusammenzuckte und dann etwas Verteidigendes in ihrer Sprache murmelte. Durch die Gestikulation konnte ich nur raten, was sie mir mitteilen wollte.

»Ich denke, sie meint, sie würde sich das nicht gefallen lassen von Bellor und sich besser gleich wehren, bevor ihr Planet Verluste erleidet«, mutmaßte Leonardo. So hätte ich das auch geraten.

Reyna wurde fast durchsichtig, bis ich verstand, dass sie ihre körperliche Hülle verließ und per Seelenreise auf Sirius zurückkehrte.

Theos brachte Irina zum Teleportationskanal, Torus folgte ihm und zischte seinem Sohn zu. Während Bellor wutentbrannt das Buffet abräumte und Geschirr quer durch den Raum splitterte, nur um an den Wänden zu zerbersten, stieß Kyra einen wilden Kampfschrei aus. Und ehe ich mich's versah, war Leonardo weg.

Dad eilte herbei und gab einen Ton von sich, der wie ein Posaunenhorn klang und alle für einen Moment innehalten ließ. Zumindest alle, die noch hier waren. Also Bellor und Kyra. Er deutete mit seinen Händen ein T, was international als Pause zu verstehen war, und faltete dann friedvoll seine Hände, wie es Reyna zur Begrüßung stets zu tun pflegte. Auch diese Geste kannten wir alle. Es bedeutete Friede.

Empört warf Kyra ihren Pfeil zu Boden und stierte Theos an, als wäre *er* der Feind.

Würde es zu einem intergalaktischen Krieg kommen, wäre das auch so. Mit hochgehaltenen Armen verließ ich das Eck, in dem ich bis dato fassungslos gestanden hatte, und stellte mich vor Kyra. Mit einer sanften, jedoch bestimmenden Bewegung drängte ich sie in die Teleportationskammer und nickte Bellor als Geste der Dankbarkeit zu, dass er zumindest für den Moment niemanden abmurkste.

Kyra drückte mich an sich, nickte entschlossen, zeigte auf mich und kreuzte die Finger, was wohl »Freunde« bedeuten sollte. Dann löste sie sich in Licht auf, um durch das Portal auf Anedar zurückzukehren und die Hiobsbotschaft eines möglichen, sehr wahrscheinlichen Krieges kundzutun.

Theos versuchte Selbiges mit Bellor, doch der riss sich aggressiv von ihm los und stampfte beinahe wiehernd wie ein aufgebrachter Hengst zum Kanal. Als seine dicken Felle, die über der Rüstung lagen, meinen Oberarm streiften, erstarrte ich. Ein kalter Schauder strich meine Wirbelsäule hinab, sodass es mir alle Härchen aufstellte. Die Absichten Bellors waren in diesem Augenblick ganz deutlich und klar.

Romdon würde es nicht dabei belassen.

Romdon wollte Rache.

Romdon wollte Krieg. Einen Krieg, der nicht bloß eine Wahrscheinlichkeit darstellte, sondern ganz sicher auf uns zukommen würde.

Meine Härchen sträubten sich in alle Richtungen, sodass sich sogar meine Haare fliegend anfühlten. Alles in mir schrie: »Tu doch etwas!« Und diesen Ruf konnte und wollte ich nicht ignorieren.

Ich hatte uns diese Katastrophe eingebrockt. Doch einen Krieg würde ich verhindern. Sofern mir die Zeit dazu blieb. Ich musste diesen Ring kitten. Irgendwie. Und zwar schnell.

Als würde mich die Erde unter meinen Füßen tragen, eilte ich aus dem Palast mitten in die Stadt. Die Hitze drückte sich in jede freie Hausritze und hing wie ein Schleier zwischen den Gassen, sodass sich fast niemand auf den Straßen aufhielt.

Es war vierzehn Uhr und die typische Zeit, um sich entweder zu Hause im Kühlen zu verkriechen oder am Strand in der Sonne zu räkeln. Ich bevorzugte Letzteres, wobei Ryan immer lieber zu

Hause gehockt hatte. Deshalb machte ich es mir schon seit Jahren zur Gewohnheit, die Nachmittage allein am Strand zu verbringen. Mit Büchern und Notizen über interplanetarische Versammlungen, um besser zu werden und meine Auftritte als Übersetzerin zu optimieren. Pflichtbewusstsein wurde Grecurianern förmlich bei der Geburt injiziert, und obwohl ich oftmals gerne eine Pause gemacht hätte, drillte mich meine innere Coachin stets auf Leistung.

Zur Sehnsucht des Meeres paarten sich zahlreiche weitere Gedanken. Teils grausame Horrorvorstellungen über Angriffe Romdons, derer wir hilflos ausgeliefert wären. Teils auch attraktive junge Prinzen mit blau schimmernder Haut und wildem Haar und einem Grinsen, das unverschämt war. Unverschämt sexy.

Mit Mühe wischte ich meine Gedanken fort und schüttelte den Kopf, um dem mentalen Chaos Herrin zu werden.

Mit zittrigen Fingern hob ich die metallene Schleife, die an der Tür prangerte, und ließ sie mehrmals auf das lackierte Türkis der Holztür klopfen. Darunter splitterte die Farbe ein wenig. Ich konnte erkennen, dass die Klopfstelle schon mehrmals überpinselt worden war, mit mäßigem Erfolg, wie sich herausstellte.

Die Tür schwang auf und ein kleiner runder Greis mit grauem Haar und einem Lächeln wie ein Buddha stand im Rahmen. »Alyra, Mädchen! Was machst du denn hier?«, fragte er, während er seine dicken Arme um meinen Oberkörper legte und mich mit einer Stärke an sich presste, dass ich mir einbildete, eine Rippe knacken zu hören. Ich zuckte zusammen.

»Hallo, Don Pedro! Ich brauche dringend deine Hilfe.« Ernst blickte ich den alten Mann an, dessen sanftes Lächeln sich verfinsterte.

»Das klingt nicht nach einem Kaffeekränzchen«, stellte er enttäuscht fest und watschelte mit seinem runden Bauch in die Küche. Ich folgte ihm wie eine Löwin, denn ich wollte niemanden stören. Don Pedro hatte zahlreiche Kinder und noch mehr Enkel und Enkelinnen. Gesamt hätten sie vermutlich eine Fußballmannschaft aufstellen können. Ich wusste, dass alle gemeinsam in dieser Villa wohnten, denn Don Pedro gehörte zu den wohlhabenderen

Männern Grecurs. Seinen Status als tüchtiger Geschäftsmann und bester Schmied der Stadt konnte ihm seit über einem Jahrzehnt niemand streitig machen. Seit sich meine Mutter in seine Schmuckstücke verliebt hatte und Theos ihren Verlobungs- sowie Ehering hier anfertigen ließ, galt Don Pedro quasi als *der* Schmuckschmied schlechthin. Durch diesen Imagelift hatte die Königsfamilie – obwohl mein Vater die Bezeichnung hasste – immer etwas gut bei ihm.

Don Pedro wies mich auf einen Stuhl an einem riesigen Esstisch, den ich auf gute vier Meter Länge schätzte. Ein Stich im Herz löste eine Welle von Wehmut in mir aus, die den Schmerz über Moms Verlust aufflammen ließ.

»Was brauchst du, meine Liebe?«, fragte er, während er mir eine Tasse Kaffee vor die Nase stellte und sich mit seinem dampfenden Getränk neben mich setzte. Das Buddha-Lächeln umspielte erneut seine Mundwinkel und legte die Augenpartie in tiefe Falten. Ich mochte den alten Mann und sollte öfter zum Quatschen vorbeischauen.

»Du kennst doch die Legende des Friedensrings, oder?«, begann ich und der Schmied nickte, während eines seiner Kinder ein paar seiner Enkel in den Garten jagte, wohl damit wir unsere Ruhe hatten. »Tja, du weißt auch, dass dieser Ring, den ich beim Lesen am Strand im Sand gefunden habe, mir eine Gabe verliehen hat, ja?«

Er nickte erneut.

»Du weißt auch, dass der Ring den Friedensvertrag symbolisiert?«, hakte ich weiter nach.

Er richtete sich auf und wurde ernst. »Alyra, ich kenne die Bedeutung des Rings, die Prophezeiung über dich und deine Funktion bei den interplanetarischen Versammlungen. Jeder tut das und wir sind alle stolz auf dich. Ohne dich gäbe es womöglich keinen Frieden mehr.« Er sah mich an wie ein Vater, dessen Tochter die Schule mit ausgezeichnetem Erfolg abgeschlossen hatte. Der stolze Ausdruck, der sich auf seinem Gesicht ausbreitete, ließ meinen

Magen krampfen. Ich biss mir unweigerlich auf die Lippe, um die Enttäuschung, die ich gleich spüren würde, besser zu verdauen. Dann streckte ich zögerlich meinen Arm aus.

Don Pedros Gesicht fiel in sich zusammen wie ein Kartenhaus. Das Buddha-Lächeln wich dem erschrockenen Ausdruck des kleinen Kevin McAllisters, als er erfuhr, dass ihn seine Familie zu Hause vergessen hatte. Autsch. Ich schmeckte Blut auf meiner Unterlippe und leckte es rasch weg. Wenigstens lenkte mich das protestierende Pochen von der Welle an Erschütterung ab, die Don Pedro soeben losgetreten hatte. Als wäre es weniger tragisch, wenn er es leise flüsterte, hauchte er: »Wie ist das passiert?«

Seine Hände lagen auf den Wangen, der Mund stand weit offen und seine großen hellblauen Augen starrten mich an, als hätte ich gestanden, einen Delfin ermordet zu haben.

»Ich ... Ryan ist mir fremdgegangen und ich bin ausgerastet«, gab ich zu. Ich wollte Ryan eigentlich nicht mitschuldig machen, doch ... irgendwie auch schon. Er hatte es verdient und den Hass, den er in mich eingepflanzt hatte, würde ich wohl nie zur Gänze loslassen können. Männer konnten solche Arschlöcher sein und ich schwor mir in diesem Moment, mich nie mehr auf einen dieser triebsüchtigen Bestien einzulassen. Das hatte ich schließlich nun davon. Die Welt stand in Flammen, weil ein einziger Kerl seine Stoßstange nicht unter Kontrolle hatte. Wow.

Erst jetzt merkte ich, dass Don Pedro nichts sagte. Er starrte mir lediglich in die Augen und ich erkannte etwas in seinem Ausdruck, das ich so gar nicht leiden konnte. Mitleid.

»Du brauchst mich nicht zu bemitleiden, mir geht es gut. Jetzt bin ich froh. Wir waren zu unterschiedlich«, log ich mich selbst an, indem ich die Causa runterspielte.

Sein Blick änderte sich nicht. Konnte Don Pedro Gedanken lesen?

»Wie dem auch sei, ich brauche deine Expertise. Kannst du den Ring reparieren?« Nervös kaute ich auf meiner aufgebissenen Unterlippe. Wie masochistisch von mir.

Das zerbrochene Emblem spiegelte sich im warmen Licht der Küchenlampe. Mit einer dürren Brille auf der knolligen Nase musterte der alte Mann den kaputten Ring skeptisch, bis das Urteil kam.

»Der Ring selbst ist ganz. Gold bringt so schnell nichts um. Doch das Emblem ist komplett hinüber. Das müsste ich erneuern, der Teil stellt kein großes Problem dar«, erklärte er und ich wusste, dass da noch ein Aber kam.

»Aber?«, hakte ich nach, als er den Ring weiter betrachtete, ohne seinen Satz zu beenden.

»Aber«, führte er fort. War er gerade eingeschlafen gewesen? Er sollte dringend an seinem Kaffee nippen. Ich tat es und sog das feine Aroma in die Nase, das mir sofort ein wohliges Gefühl bescherte. »Alle Planeten hatten eine Gabe beigelegt, um sie im Ring zu vereinen. Die Einheit der Symbole repräsentiert den Friedensvertrag. Wir wissen nicht, ob zur Wiedererlangung deiner Gabe der Ursprungszustand des Ringes vonnöten ist. Doch eins ist gewiss: Für eine Wiederherstellung des Friedensvertrags ist er es bestimmt.«

Ich schnaubte laut aus, sodass meine Lippen vibrierten. Autsch. Die Unterlippe brabbelte Blutspritzer, doch das war mir gerade egal. Denn viel schlimmer war die Anspielung, die Don Pedro mir gerade zu vermitteln versuchte.

Ich hatte bereits daran gedacht, doch den Gedankenfetzen sofort verdrängt. Zu schmerzhaft war die Option. So sehr hatte ich gehofft, dass trotz des kaputten Rings meine Gabe blieb, doch dem war nicht so. Noch mehr hatte ich allerdings gehofft, dass Don Pedro den Ring kitten konnte, ohne Gesamtheit aller Symbole. Doch er hatte recht. Es machte Sinn. Die Prophezeiung besagte schließlich, dass die Einheit der Planeten in diesem Ring die Friedensmacht aufrecht erhielt. Ergo war es nur logisch, dass es alle Symbole brauchte, um den Frieden zurückzugewinnen. Für Einheit und Gleichheit. Und vermutlich war es auch essentiell, um die Magie des Ringes wiederherzustellen. Verdammt!

Mit großen Augen starrte ich in das helle Blau von Don Pedros Iriden. »Du brauchst alle Symbole, hab ich recht?«

Er nickte stoisch und presste die Lippen zusammen.

»Nicht nur das. Mir fehlt die Magie. Irgendetwas muss mein Vorfahr nicht überliefert haben. Ich fühle, dass sich die Bestandteile abstoßen. Beinahe so, als hätten sie ein Eigenleben. Es kann gut sein, dass das Emblem wieder zerbricht. Die Symbole besitzen immense Macht. Du brauchst nicht nur alle Symbole, sondern gut möglich auch Hilfe und Wissen der anderen, um den Ring in seinen Urzustand zurückzubringen.«

Ich hörte Don Pedros Worte wie ein Rauschen in meinen Ohren. Doch ein Gedanke blieb ganz klar und kreiste quälend durch meinen Geist. »Ich muss also zu Ryan«, stellte ich fest und ohne das zweite Nicken abzuwarten, schob ich den Ring vom Finger, legte ihn vor Don Pedro auf den Küchentisch und verließ die schöne Villa, um jenes Haus aufzusuchen, das sich in meinem Kopf in ein Gruselkabinett verwandelt hatte.

7

MEIN HERZ ZOG sich zusammen wie ein Nachtschattengewächs bei Helligkeit, als Ryan die Tür öffnete und sich nervös in den Rahmen lehnte.

»Ähm, hi«, stotterte er und ich sah ihm an, dass er nicht so recht wusste, was er machen sollte. Ich vermied seinen Blick und erklärte mein Anliegen, während ich so tat, als würde ich in die Gasse blicken. Absoluter Bullshit.

»Wer ist da, Babe?«

Ich zuckte zusammen, als ich die piepsige weibliche Stimme aus der Küche rufen hörte. Das winzige Ich, das versucht hatte, einem Konflikt auszuweichen, wurde in diesem Moment von meinem Temperament geköpft – und der Kopf schwungvoll in eine Ecke gerollt. Ich trat über die Schwelle und drückte Ryan mit einer Wucht aus dem Weg, dass er handlungsunfähig nach Luft schnappte.

In der Küche stand sie. Blond, viel zu schön, viel zu dürr, viel zu jung. Bäh. Das konnte doch unmöglich sein scheiß Ernst sein?! Ich begutachtete meinen Ex-Freund mit einem Blick, der alles ausdrückte, was ich gerade fühlte. Entsetzen. Ungläubigkeit. Mitleid.

Wie versteinert starrte er mich an.

Blondie räusperte sich und bewies damit ihre Unfähigkeit für Empathie.

»Was?!«, kreischte ich einen Tick hysterischer als gewollt.

Ryan hier mit seiner Neuen anzutreffen ... damit hatte ich nicht gerechnet. Zumal ich gar nicht gewusst hatte, dass die beiden nun tatsächlich miteinander gingen. Renata und Ryan. Mir kam die Galle hoch bei dem Gedanken. Scheiße verdammt! Ich biss mir auf die Unterlippe, um Tränen zurückzuhalten. Diesen Triumph würde ich ihm nicht gönnen.

»Alyra, ich wusste nicht, dass du vorbeischauen wolltest«, haspelte sich Ryan durch die Situation. Ich bohrte meinen Blick in seinen und hätten Blicke töten können, wäre er in diesem Moment vermutlich in tausend Stücke zersprungen. So konnte ich lediglich die Schuld erkennen, die über seine Iriden huschte.

Fuck, ich liebte diesen bescheuerten Mistkerl noch immer. Mein Herz pochte wie wild in meiner Brust, als würde es Alarm schlagen. Dabei wusste ich selbst, dass meine Gefühle sich in diesem Moment heftig überschlugen. Mein Puls brodelte und die Sehnsucht riss mich in eine Tiefe, von der ich nicht gewusst hatte, dass sie existierte. Ich musste die Beherrschung gewinnen. Schließlich hatte Ryan mich verletzt. Mich betrogen. Mich beschämt. Ich sollte ihn hassen. Ich hasste ihn auch. Oh ja! Oder? Die Sehnsucht, die sich in mir zu Wort melden wollte, wurde mit einem Schlag von meiner Wut totgeschlagen. Gut so. Wut konnte ich besser kontrollieren als Sehnsucht. Glaubte ich zumindest. Meine Nasenflügel blähten und ich biss mir von innen in meine Mundhöhle, um Contenance zu bewahren. Ein aufgesetztes Lächeln und geballte Fäuste später, fühlte ich mich beherrscht genug, um zu sprechen. »Ich brauche die Symbole des Rings. Sie liegen in deinem Schlafzimmer verteilt.«

Etwas unbeholfen trat er von einem Fuß auf den anderen, bis ich hinzufügte: »Kannst du sie holen? Oder soll ich selbst in deinen

Laken wühlen?« Ich rollte die Augen und als sich Blondie scharf räusperte, schoss ich ihr einen giftigen Blick entgegen, sodass sie lediglich scharf die Luft einsog und schluckte. Gut so. Lieber war ich die böse, gefährliche Ex als die weinerliche, armselige.

Ryan eilte in unsere einstige Liebeshöhle und während mein Herz erneut in ein paar Teile mehr zersprang, hörte ich seine Hände über das dunkle Parkett tasten.

Eine gefühlte Ewigkeit später, in der Blondie und ich einfach so taten, als stünden wir jeweils allein in der Küche, kam Ryan mit einer zu einer Schale geformten Hand. Behutsam ließ er die Symbole in meine rieseln.

»Ich hoffe, sie sind vollzählig«, meinte er schwach und es klang ehrlich. »Es tut mir leid«, fügte er an, während ich zählte. Die Rosenblüte der Venus sowie der schwarze Punkt Romdons wurden überdeckt von dem zuckenden neongrünen Code der Plejaden. Gut, drei weitere Symbole waren da. Ich hatte den Pfeil Anedars, den Bernstein von unserem Planeten sowie die Feder des Sirius bei mir. Fehlte lediglich ...

»Wo ist der Tropfen Jupiters?«

»Ich konnte ihn nicht finden«, gestand Ryan und zog die Schultern schützend zu seinen Ohren. Mist. Natürlich nicht. Es war das wohl vergänglichste Symbol und außerhalb des Emblems der grecurianischen Hitze hilflos ausgeliefert.

Die Symbole waren unvollständig. Wie ich, nachdem sich Ryan ein jüngeres, blonderes, offenbar auch blöderes Modell gesucht hatte.

»Scheiße!«, entwich es unkontrolliert meiner Kehle.

Renata schluckte, Ryan starrte. Die beiden hatten Angst vor mir und irgendwie genoss ich das in diesem Moment.

»Danke.« Das war alles, was ich sagte, bevor ich aus der Tür floss wie eine Königin und für mich beschloss, Ryan keine Träne mehr nachzuweinen.

Es war bereits später Abend, als ich endlich in den Palast zurückkehrte. In meiner Tasche befand sich der Ring, den Don Pedro zu kitten versucht hatte. Wir wollten es versuchen, in der minimalen Hoffnung, dass der Tropfen Jupiter nicht allzu relevant war. Er war es. Durch das Zusammenschweißen des Rings und die Wiederherstellung des Emblems mit Symbolen von sechs Planeten änderte sich rein gar nichts. Meine Gabe war nicht zurückgekehrt. Ich bestätigte es mir, indem ich ein altes Lexikon vom Sirius aufschlug, das Don Pedro in seiner Bibliothek hatte verstauben lassen. Aus welchem Grund auch immer. Ich konnte kein einziges Wort ohne die Übersetzungsspalte entziffern.

Hektor wedelte mir – hektisch wie immer – entgegen, während er mich mit Fragen löcherte, die ich weder beantworten konnte noch wollte. Ich suchte meinen Vater, doch er war weder im Foyer noch im Salon oder in der Küche.

Abrupt blieb ich in der Teleportationskammer stehen und drehte mich zu meinem Privatlehrer aka treuesten Dienstmitglied des Palastes um. »Wo ist Theos?«, forderte ich eine Antwort ein. Ich weiß, dass es forsch war, seine Fragen zu ignorieren und stattdessen meine zu stellen. Doch die Menüauswahl für die Woche und der Farbcode für die neuen Markisen in meinen Gemächern waren temporär meine kleinsten Sorgen. »Danke«, hauchte ich, nachdem der kleine dürre Mann Mitte fünfzig den Zeigefinger in Richtung Treppe streckte.

Dad saß auf seinem Bett und schenkte sich gerade ein Glas Lambrusco ein, als ich sein Schlafgemach betrat. Verwundert blickte er hoch und kippte dabei einige Tropfen auf den Boden. Das schien ihm allerdings gänzlich egal zu sein. »Alyra, ich muss dich sprechen. Wo warst du?«, fragte er und nahm einen großzügigen Schluck des prickelnden Rotweines.

Ich nahm ein Glas aus der Vitrine und streckte es ihm entgegen. Ein Prost und zwei Schlucke meines Lieblingsgetränks später legte mein Vater seinen wuchtigen Arm um meine Schultern und säuselte schon leicht angetrunken: »Ich schicke dich nach Jupiter.«

Mit einem Satz prustete ich den Lambrusco zurück in mein Glas. »Bitte was?!«, keuchte ich, obwohl ich ihn ganz klar verstanden hatte.

»Ich will dich unter keinen Umständen verlieren«, jammerte er und ich hörte an seinen langgezogenen Vokalen, dass diese Flasche keineswegs seine erste war.

»Was hat das genau mit Jupiter zu tun, Dad? Du verlierst mich doch nicht!«, protestierte ich.

Ihm entwich ein helles Wimmern, das mich aufhorchen ließ. Erschrocken drehte ich meinen Oberkörper zu ihm.

»Du weißt, was los ist, Alyra, du bist nicht bescheuert.«

Ich blinzelte nur. Natürlich wusste ich es. Ich war schließlich Teil des Problems. »Ich biege das gerade, Dad, ich verspreche –«

»Du tust gar nichts, Tochter!« Mit einem Satz sprang er vom Bett und torkelte vor mir. »Keineswegs lasse ich zu, dass du dich in Gefahr bringst. Du bist meine Tochter und ein Krieg ist Männersache, Alyra!«

Wow. Der Lambrusco hatte offenbar die Hinterwäldler-Mentalität rausgelockt. Kein Kommentar.

»Du hast keine Ahnung, wozu Bellor und die Romdonianer fähig sind«, fügte er bei, nachdem ich erschrocken zurückwich.

»Ich bin kein Kind mehr, Vater. Ich habe den Friedensvertrag vernichtet, ich werde ihn erneuern. Vertrau mir!«

»Nein, das wirst du nicht!« Herrisch strich er seine beige Leinenhose glatt und sich über den Bart, als wäre es eine Krawatte, die ihn seriöser wirken ließ. »Ich möchte, dass du zu Torus gehst, bis die Dinge geklärt sind. Romdon könnte jederzeit angreifen und wir besitzen absolut unbrauchbare Waffen im Vergleich zu Romdon, Jupiter und den Plejaden. Wir haben weder robuste Panzerwaffen noch Korallenschwerter geschweige denn programmierte Angriffsdrohnen. Wir sind schutzlos und können maximal defensiv vorgehen.« Dad schluckte einen besorgniserregend großen Kloß hinunter, den er mit einem enormen Schluck Lambrusco nachspülte. Heilige Pinie, der Mann sollte dringend dem Rotwein abschwören.

»Ich –«

»Kein aber, Alyra! Tu, was ich dir befehle! Einen weiteren

Verlust überlebe ich nicht!« Eine Träne floss still über seine Wange. Er sah mir vorwurfsvoll in die Augen.

Erst jetzt erkannte ich den Schmerz und die Angst, die sein Gemüt beherrschten. Er hatte Angst vor diesem Krieg. Er wusste, dass es Grecur zahlreiche Ressourcen kosten würde. Die mögliche Bedrohung Romdons ließ den Schmerz über Moms Tod in ihm auflodern. O Gott, wie taktlos ich doch war.

»Es tut mir leid, Dad. Ich gehe nach Jupiter.«

Als wartete er auf ein hundertprozentiges Commitment, nahm er meine Hände und legte sie in seine. Sein Räuspern war deutlich.

»Ich verspreche es, Theos.«

Ein schwaches Lächeln umspielte seine Mundwinkel, während die Angst in seinen Iriden der Hoffnung wich und er mich fest an sich drückte. Immerhin gab man mir so die Möglichkeit, den fehlenden Tropfen Jupiters zu beschaffen.

Zum Glück gab es im Teleportationskanal keine Gepäckbeschränkungen. Ich stopfte bereits den fünften Koffer mit vollster Muskelmasse zu. Drei davon waren schon nach Sekunden wieder aufgesprungen. Ich brauchte mehr.

»Alyra, was tust du da?« Theos stand im Türrahmen und zog die linke Braue hoch, als er mich auf Koffer Nummer fünf hocken sah, während ich ächzend: »Hiiiijah!«, rief. Als hätte das etwas gebracht.

»Ich packe, Dad. Wie du es wolltest«, erklärte ich ächzend. Hatten wir noch irgendwo einen sechsten Koffer?

»Seit sechs Stunden?«, hakte er ungläubig nach. »Ich habe dich bei Torus zum Frühstück angekündigt. Es ist vier Uhr morgens, Liebes!« Er blinzelte ungläubig. Dass er das nicht verstand, war mir schon klar.

»Dad, ich fahre nicht auf Urlaub. Du schickst mich auf unbestimmte Zeit weg. Ich packe somit *alles* ein, was ich für relevant halte.« Mit einem bösen Blick in seine Richtung hüpfte ich mit Anlauf auf den Koffer. Das gegerbte Leder ächzte unter den Nieten, die ihn gequält zusammenzuhalten wollten. Ich drückte mein gesamtes Körpergewicht auf das viereckige Reiseutensil unter mir, dann hörte ich endlich das erleichternde Klicken der beiden Schnallen. Geschafft.

»Fertig!« Ich strahlte in Theos' Richtung. Der verdrehte bloß die Augen.

»Frauen.«

Hach. Den Sexismus musste man diesem Mann wohl intravenös ausleiten.

»Du hast Mom genauso geliebt wie mich. Und sie war schlimmer, wenn es um Kleider ging«, konterte ich und legte den Kopf schief.

Er schmunzelte. »Woher sie das hatte, ist mir bis heute ein Rätsel. Wir sind friedfertig und bescheiden!« Es klang beinahe wie ein Protest.

»Dennoch können wir modeverliebt und ästhetisch sein, Vater.« Ich zwinkerte und er seufzte. Das planetarische Oberhaupt Grecurs hasste es, wenn jemand anderes Recht behielt. Vor allem, wenn es seine eigene Tochter war. Eine *weibliche* Person.

»Schlaf oder Lambrusco?«, fragte er, um vom Thema abzulenken.

Ich lachte amüsiert. »Was denkst du denn?«

Und Minuten später hockten wir gemeinsam zwischen fünf Koffern mit einer Flasche Lambrusco und zwei Gläsern, die klirrten und so symbolisch die Ära des Friedens ausläuteten.

8

DER MORGEN GRAUTE und ich spürte, wie die kühle Luft der Nacht den ersten Sonnenstrahlen wich. Es war Zeit.

Obwohl ich es hasste, von meinem Vater Befehle erteilt zu bekommen, versuchte ich meine Abschiebung nach Jupiter positiv zu sehen. Der Tropfen Jupiters war das letzte Ringsymbol, das mir fehlte, um den Ring – das Symbol des Friedensvertrags – zu kitten. Vielleicht konnte ich so beides erreichen: Meinen Vater glücklich machen und das Universum vor einem drohenden Krieg befreien. Mein Temperament, das jahrelang von grecurianischer Bodenständigkeit unterdrückt worden war, loderte klar für Letzteres. Universaler Frieden über happy Dad. Klare Sache. Doch mein Pflichtbewusstsein machte die Sache kompliziert. Und die Tatsache, dass ich Mister Arrogant vermutlich über den Weg laufen würde, sprach nicht unbedingt für die Einhaltung von Theos' Befehlen.

Es war bereits sieben Uhr morgens, als ich in den Salon spazierte. Einige Haushälterinnen halfen mir beim Tragen der Koffer und stellten sie bereits in die Teleportationskammer. Hektor gab ein gekünsteltes Schluchzen von sich und wedelte mir mit einem Taschentuch hinterher. Ich winkte mit einem beschwichtigenden Lächeln, welches mir gänzlich verging, als ich meinen verkaterten Vater schnarchend auf dem hellen Sofa im Salon vorfand.

Einen leichten Boxer in die Magengrube und ein absolut verstörendes Grunzen später schoss er hoch und umarmte mich wie ferngesteuert heftig.

Ich erwiderte die Umarmung und drückte ihn fest an mich. »Es kann unmöglich sein, dass deine Tochter mehr Lambrusco verträgt als ihr alter Herr«, stichelte ich leise in sein Ohr und schmunzelte.

»Gar nicht wahr«, meinte er stumpf und griff sich an die Schläfe. Sein Gesicht sah zerknittert aus und sein verzogener Mund zeigte, wie heftig das Pochen in seinem Kopf an die Schädeldecke donnern musste.

Ich lächelte amüsiert. »Gut, Dad. Ich lasse dich und dein neues Haustier – Kater Lambrusco – dann mal weiterschlafen. Achte auf dich und wenn irgendetwas passieren sollte, nimm mit mir oder Torus unverzüglich Kontakt auf, okay? Wir lassen Bellors Rachsucht nicht siegen, klar?«

Ich machte mir Sorgen um meinen alten Herrn, doch ich wusste sehr wohl, dass ich den sturen Grecurianer nie umstimmen hätte können. Er würde erst ruhen, wenn ich auf Jupiter war. Wenn er wenigstens *mich* in Sicherheit wusste. Wenn sich Moms Geschichte nicht wiederholte. Wenn er nicht noch einen seiner *femininen Schätze*, wie er uns liebevoll nannte, verlor.

Mit einem letzten Kuss auf seine Stirn erhob ich mich und trat in den Teleportationskanal.

»Grüß meinen Freund von mir«, war das Letzte, das mein Ohr vernahm, bevor sich meine Körperzellen mit biophotoner Masse füllten und sie mein Ich durch das Raum-Zeit-Kontinuum hinfort nach Jupiter trugen.

Mich empfingen rund zwanzig junge Frauen in knappen Kleidern, die mir lächelnd zu winkten. Wow. Mit einem solch überschwänglichen Empfang hatte ich so früh am Morgen nicht gerechnet. Zumal ich ganz genau wusste, dass rund 80 Prozent der Jupiterianer soeben ihren Rausch der letzten Nacht ausschliefen. Wie mein Vater. Vielleicht verstanden sich Torus und mein Dad deshalb so gut.

Das planetarische Oberhaupt Jupiters watschelte leicht unkoordiniert auf mich zu. Natürlich hatte meine Ankunft ihn nicht davon abgehalten, Feste zu feiern und Rum aus Kokosnüssen zu schlürfen.

»Alyra!« Er streckte seine Arme in die Höhe und schlang sie um mich, als wäre ich ein Baum, den er ehren wollte. Die Rumfahne zog sich durch meine voluminöse Haarmähne in meine Nase. Ich schob ihn sanft, aber bestimmt von mir weg und lächelte, damit die diplomatischen Gepflogenheiten gewahrt wurden.

Obwohl er verkatert war, erinnerte er sich an meinen Gabenverlust. Es folgte ein wildes Gestikgefuchtel, das mich mehr verwirrte als sonst. Schließlich folgte ich ihm in den Land-Palast, durch die roten Korallensäulen hindurch in das Foyer, in welchem ich vor zwei Tagen noch die letzte offizielle interplanetarische Versammlung übersetzt hatte.

Einige der Empfangsmädchen in knappen Kleidern watschelten uns nach und geleiteten mich in meine Gemächer. Sie offerierten mir frische Drinks in Kokosnüssen, die ich dankend ablehnte. Einfach, weil ich mir nicht sicher war, ob sich darin ein Frühstückssaft oder Rum befand. Und ich war dann doch mehr der Rotwein-Typ.

Mit einer faltenden Handgeste verbeugte ich mich leicht und lächelte dankend, um den Mädchen zu verdeutlichen, dass sie sich entfernen durften. Die letzten Koffer wurden in mein Zimmer getragen und erst als das letzte bildhübsche Mädchen in transparentem Minikleid die Tür schloss, ließ ich mich erleichtert aufs Bett fallen.

Die nächsten Stunden verbrachte ich mit auspacken. Torus klopfte ganze zwei Mal an die Tür und fragte mit Gesten und Mimik, ob ich etwas bräuchte. Ich schüttelte lächelnd den Kopf und faltete die Hände in Dankbarkeit. Einfach weil ich wusste, dass jede Mimik an meinen Vater berichtet werden würde.

Erst als ich meine Kofferinhalte in die Kommoden geschichtet hatte, nahm ich die Einrichtung des Raumes klar wahr.

Mein Zimmer erstreckte sich über zwei Bereiche: den Eingangsbereich mit Kommoden in hellem Türkis und einem großen und breiten Wandspiegel sowie den Schlafbereich. Dieser lag eine Stufe erhöht im südlichen Bereich des Raumes. Das Bett hatte die Form einer Muschel und die geöffnete Muschelschale fungierte als Himmelbett. Ich schlief darin und symbolisierte die Perle! Wow, das war wirklich poetisch. Jupiter hätte sich zu einem romantischen Planeten wie die Venus mausern können, wenn der Rum nicht gewesen wäre. Doch der Status als Party- und Lebenslust-Planet war seit Jahrhunderten im gesamten Universum bekannt. Und so schnell wohl nicht veränderbar.

Ich schob das letzte Lederbustier in die Kommode und schloss die Lade. Vermutlich hatte ich um die zwanzig meiner geliebten Lederbustiers mitgenommen. Und ziemlich sicher doppelt so viele Seidenkleidchen. Ich liebte Looks wie diese und auf warmen Planeten konnte ich schlecht in Pelz und Metallmontur rumlaufen wie Bellor. Grecur und Jupiter waren im gesamten Universum für ihre atemberaubenden Naturlandschaften bekannt. Während wir mit zahlreichen üppigen Küsten prahlen konnten, bot Jupiters Natur weiße Sandstrände und kristallklares Wasser, welches die vielfältige Unterwasserwelt erahnen ließ. Anedar punktete dafür mit Millionen von Misty Waterfalls, die sich harmonisch in eine fjordähnliche Naturlandschaft einfügten und ein frisches, feuchtes Klima schufen. Die Venus überzeugte mit blumigen Wiesen und Rosenfeldern, die die Sinne betörten. Alles auf dieser Planetin strotzte nur so vor Weiblichkeit und Harmonie. Dennoch hatten die Bewohner der Venus die weibliche Stärke abgelegt und sich ganz ihrer Rolle als Mutter und Nährende verschrieben. Was mir persönlich etwas sauer aufstieß. Mein Vater dagegen liebte die klassische Rolle der Frau, die auf der Venus von Geburt an konditioniert wurde. Vielleicht war das der Grund, wieso er Irina, dem planetarischen Oberhaupt der Venus, mit ihren langen wallenden Haaren in zartem Rot gänzlich verfallen war. Dieses Bild stellte für ihn die ideale Frau dar: Bildschön, wohl duftend, verführerisch und dennoch pflichtbewusst, vor allem in Bezug auf Familie und Kinder. Mom war genau so gewesen. Ich hingegen ... Bei mir lief offenbar einiges schief, denn ich konnte keines dieser Attribute mit reinem Gewissen vertreten. Vielleicht lag es daran, dass ich als Auserwählte für die Rolle als Übersetzerin des Universums galt, vielleicht war ich aber auch einfach bloß eigensinnig und rebellisch. Wer wusste das schon so genau.

Insgeheim verteufelte ich mein Temperament in diesem Moment. Es hatte mir die Misere erst beschert. Ohne die brodelnde, unkontrollierte Impulsivität hätte ich niemals gegen die Wand geschlagen. Ich, eine Bürgerin Grecurs! Eine der Friedvollen und Bodenständigen!

Mist. Was hatte ich bloß angerichtet.

In meinem Kopf drehte sich alles. Tausend Gedanken prasselten auf mich ein. Ryan. Renata. Zerwühlte Bettlaken. Ein Bernstein, der in die Wand gedrückt war. Scherben eines Emblems. Das funkelnde rote Auge Bellors. Ein flirtender jupiterianischer Prinz. Lambrusco, der mir die Kehle hinunterglitt und mich das erdrückende Gefühl von Schuld ertrinken ließ. Eine ratlose Reyna, die sich aus ihrer körperlichen Hülle zurück auf Sirius beamte. Ein verkaterter Vater, der seine Sorgen und Ängste um seine Tochter und seinen Planeten in Rotwein ertränkte. Oder es zumindest versuchte.

Scheiße, ich musste hier raus. Mein Schädel brummte. Erst jetzt spürte ich die Nachwehen der letzten Nacht, die im Zeichen des Lambruscos gestanden hatte. Doch der Wein war nicht der einzige Grund für das Pochen an meiner Schädeldecke. Die Schuld kochte mein Blut und trieb mir den Puls durch die Venen, dass ich nach Luft schnappte. Raus, ich musste raus.

Mit einem Satz sprang ich von meiner Bett-Muschel, hechtete die Treppe hinunter und drückte die schweren Pforten des Landpalastes auf, um durch den Sand zum Ufer zu rennen. Ja, rennen. Denn einige der spärlich bekleideten jungen Frauen eilten mir bereits nach. Vermutlich war das Vaters Werk, sie zu 24/7-Observation zu verdonnern. Bestimmt hatte auch Torus die Idee, mich bewachen zu lassen, für gut befunden.

Deshalb rannte ich schneller, immer schneller, um meine unfreiwilligen Begleiterinnen abzuwimmeln und endlich meine Ruhe zu haben. Am Ufer. Allein. Mit mir und meinen Schuldgefühlen, weil ich den Frieden des Universums auf dem Gewissen hatte. Mist. Ich würde Ryan in einem späteren Leben dafür umbringen. Wenn wir dann noch existierten.

9

VERDAMMT, TAT DAS gut! Ich grub meine nackten Zehen beinahe sehnsüchtig in den Sand, um die kühle Schicht unter den aufgeheizten Körnern zu erreichen. Das Rauschen der Wellen beruhigte meine Sinne auf eine Art, die ich nötiger hatte als erwartet. Die Palmen hingen schwer in die Küste und ließen sich von den zahlreichen Kokosnüssen biegen wie Gummistangen. Links und rechts von mir erstreckten sich felsige Klippen, die mich vor Blicken – und dem Palasttrubel – schützten.

Die Ruhe hier war fast berauschend. Hätte ich jetzt noch eine Flasche Lambrusco und einen gekitteten Ring bei mir gehabt, hätte ich behauptet, dass es nicht perfekter sein hätte können. Mit Betonung auf hätte.

Als ich meinen Blick über den einsamen Strand schweifen ließ, wunderte es mich, dass sich hier keine Meerjungfrauen am Ufer tummelten. Es war einfach unglaublich schön. Ich liebte Jupiter für seine Naturlandschaften.

Genussvoll schloss ich die Augen und ließ die Sonne ihre wohlige Wirkung auf meinem Gesicht entfalten. Herrlich.

Bis mich ein Ge-huch-e und Ge-oh-e aufhorchen ließ. Meine Ohren zuckten und wenig später erkannte ich einige der Palastdienerinnen, die zu mir eilten. Mit einem Lächeln und dennoch furchteinflößend. Mist.

Schnell rappelte ich mich hoch, nahm meine Römersandalen in die Hand und rannte die Küste entlang über den heißen Sand, der mich zusätzlich motivierte, Gas zu geben. Scheiße, war das heiß!

Wo sollte ich jetzt hin? Die Seite, aus der ich gekommen war, wurde gerade von bildhübschen Mädchen überrannt, die ihre Aufgabe, auf mich aufzupassen, etwas zu ernst nahmen – für meinen Geschmack.

Ich erreichte die felsige Klippe, die sich bedrohlich über mir erstreckte, und stapfte ins Wasser, um im seichten Uferabschnitt weiterzurennen. Die würde ich schon noch abhängen, solange sie sich nicht in Meerjungfrauen verwandelten. Denn dann hätte ich keine Chance.

Das Meer spritzte unter meinen nackten Fußsohlen, während ich durch die abebbenden Wellen rannte, als ginge es hier um Leben und Tod. Und siehe da, vor mir erstreckten sich felsige Hügel, die teils ins Meer ragten, teils am Strand thronten, und mit hohlen Ausbuchtungen vom Wasser über die Jahrtausende geformt worden waren. Wow. Das perfekte Versteck.

Mit einem letzten Blick hinter mich huschte ich in das Höhlenlabyrinth, das die Natur hier geschaffen hatte. Es wurde leise hinter mir und ich erkannte durch einen Felsenspalt, dass eine große, schlanke Blondine mit einem Handwinken alle zurückpfiff. Sie musste die Anführerin sein. Ein paar stützten sich röchelnd auf ihren Knien ab, einige atmeten einfach bloß erleichtert auf. Dann drehten sie sich um und watschelten zurück in den Landpalast.

Ich drückte meinen Hinterkopf erleichtert gegen den kühlen Fels. Der Sand hier drinnen war noch feucht, vermutlich weil immer wieder Wasser vor spritzte. Meine Neugier trieb mich weiter ins Innere der Felshöhlen und ich staunte nicht schlecht. Mit jedem Schritt wurden die Höhlen höher, die Gänge jedoch schmaler. Behutsam drückte ich mich durch die engen Felsspalten, um mehr von Jupiters wunderschöner Natur zu erkunden. Die Vegetation hier drinnen erinnerte mich an Anedar. Die tropische Feuchte Jupiters wich unter dem Schutz der Felsformationen einem kühlen, feuchten, fast nebligen Klima. Einem anedarischen Klima. Genau das brauchte mein Kreislauf gerade.

Die Teleportation, die klimatische Umstellung von trockener auf feuchte Hitze, die Konzentration, die es brauchte, um die Handzeichen, die man mir gab, zu verstehen ... All das erschöpfte mich mehr, als mir lieb war.

Ich tastete mich an den feuchten Felsen weiter in eine Höhle, die sich nun mächtig vor mir erstreckte. Meine Augen wurden groß, als ich das Loch gute fünfzig Meter über mir entdeckte, das der Sonne Raum gab, sich zu entfalten. Das Licht floss in die Höhle wie Seide über glatt rasierte Haut. Die feuchten Felsen leuchteten in einem schimmernden Grün-Blau, das mich unweigerlich an das durchtrainierte Sixpack Leonardos erinnerte.

Geh weg, Gedanke, weg mit dir. Das war wirklich das Letzte, das ich nun brauchte. Eine Romanze inmitten von Trennungsschmerz. Nein, sicher nicht. Ich wusste, dass meine Sinne sich von der ansehnlichen Hülle blenden ließen, weil es zwischen Ryan und mir schon lange nicht mehr aufregend geknistert hatte. Meine Sinne hatten einfach Lust. Das war es aber auch schon. Keine Gefühle, keine sonstige Regung. Natürlich nicht! Ich würde nie, nie, nie einen derart arroganten und selbstverliebten und unverschämten und ...

Ich würde einen Typ wie Leonardo nie und nimmer attraktiv finden. Er verkörperte alles, was ich abscheulich fand.

Was dir gesagt wurde, dass du abscheulich finden sollst, korrigierte eine leise Stimme in mir.

Ich ignorierte diesen Gedanken und schritt langsam durch die riesige bläulich schimmernde Höhle zum Lichtkegel in der Mitte. Um nicht auf etwas zu treten, das mich zwicken konnte, schlüpfte ich in meine Sandalen, band die ledernen Schnürsenkel dreimal um meine Knöchel und vollendete das Gebinde mit einer Masche.

Im Lichtkegel der Sonne legte ich mich in den Sand. Obwohl er aufgeheizt war, konnte man darauf liegen, ohne sich zu verbrennen. Ich blinzelte lächelnd gegen das warme Licht und schloss schließlich die Augen, um die Wärme auf meiner Haut und die Ruhe dieses Ortes in mich aufzusaugen. Und um mir einen Plan zu überlegen, wie ich von Jupiter aus den Frieden wiederherstellen konnte.

»Sieh doch, was ich gefunden habe!« Ich rannte begeistert zu dem trainierten großen Mann, der mich im Schatten einer Pinie beobachtete und dabei sanft lächelte. Mit einem Satz ließ ich mich in seinen Schoß fallen und gab ihm einen leidenschaftlichen Kuss auf seinen Mund. Ryans Lippen waren das weichste, was ich seit meinem Stoffhäschen Ursula jemals berührt hatte.

»Zeig her«, forderte er und zog mich näher zu sich heran. Mit einer schwungvollen Bewegung schlang er seine muskulösen Arme um meine Taille und gab mir einen Kuss auf meine linke Brust, die lediglich von einem Bikini bedeckt war. Mit einem Kichern streckte ich ihm den Ring entgegen.

»Wow«, hauchte er und ich nickte anerkennend.

»Sollen wir es als Zeichen unserer Liebe sehen?«, flüsterte ich ihm in die Halsbeuge und drückte meine Lippen sanft auf seine gebräunte Haut. Seine Iriden funkelten voller Temperament. Er nahm mein Gesicht in seine Hände und drehte mich mit einer fließenden Bewegung auf den Rücken und zeitgleich über mich. Ich spürte, dass seine Hose geballt war, und atmete schwer.

»Oh«, flüsterte ich und wurde rot. Ryan und ich dateten uns bereits über einen Monat, doch so weit waren wir noch nie gegangen. Zumal er wusste, dass ich noch Jungfrau war.

»Sorry, Babe«, flüsterte auch er und zog sich zurück. Mein Herz machte einen Satz, als würde es protestieren.

»Nein, warte. Bleib hier.« Ich lächelte schüchtern.

»Ich kann es nicht steuern. Du bist einfach so sexy.« Auch er wurde rot.

Ich zog sein Gesicht zu mir und presste meine Lippen auf seine. Als könnte er es nicht kontrollieren, machte er mit und spaltete mit seiner Zunge liebevoll meine geschwollenen Lippen. Wir küssten uns und blieben in der Pose. Nicht, um es zu tun, sondern um uns darauf vorzubereiten. Schließlich waren wir am Strand und auch wenn das unser abgeschiedenes Plätzchen war, wäre mir eine solche Aktion tausendmal zu riskant. Zudem ließ mich mein Vater regelmäßig observieren, damit der einzigen Prinzessin Grecurs auch ja nichts passierte. Ich verdrehte die Augen bei dem Gedanken und Ryan stoppte seine lingualen Liebkosungen.

»Alles okay?«

»Ich ... ich habe Angst, mein Dad könnte uns erwischen«, gestand ich.

Ryan schob sich von mir und ich sah es ihm an, dass er es nicht wollte.

»Dann lassen wir es und warten auf einen geeigneten Moment. Was hältst du von heute Abend? Bei mir? Ich bereite alles vor.« Er grinste und mein Herz tat es auch. Wie gut er aussah! Bereitwillig nickte ich und stützte meine Hände in den Sand, um aufzustehen.

»Und deine Mom?«, hakte ich nach.

»Ist heute aus mit Dad. Date Night.« Er zwinkerte.

»Ich freue mich, Ryan«, gestand ich und wurde wieder rot.

»Ich mich auch, Babe«, raunte er und blickte mich viel zu sehnsüchtig an. Ach herrje! Ich streckte ihm meine Hand entgegen, um ihm aufzuhelfen, doch Ryan winkte mit einem Kopfschütteln ab.

»Ne, lass mal, ich ... brauche noch kurz«, erklärte er mit einem Blick zu seinem Genitalbereich.

Meine Wangen glühten, als ich verstand, was er andeutete. »Sorry.«

»Warum entschuldigst du dich dafür? Glaub mir, das ist ein gutes Zeichen, Alyra«, meinte er lachend und zwinkerte. Sein braunes Haar fiel ihm in die Stirn und er leckte sich über die geschwollenen Lippen. Huch, ich musste jetzt gehen.

»Ich zeig den Ring meinem Dad, okay? Sieht schließlich alt und teuer aus, vielleicht vermisst ihn auch jemand. Sehen wir uns später?«

Ryan schüttelte wild sein Haupt. »Du bist das pflichtbewussteste Mädchen, das ich jemals getroffen habe. Ich würde ihn behalten.« Er grinste.

»Ich darf dich daran erinnern, dass auch du pflichtbewusst bist. Du hast es wohl temporär einfach vergessen. Aus verständlichen Gründen.« Nun lugte ich zwischen seine Beine und er lachte.

»Spiel das nur gegen mich aus, ich setze auf Revanche!« Er wollte nach mir greifen, doch da huschte ich schon über den heißen Sand in Richtung Palast und streckte ihm kess die Zunge raus.

Ich war ja sowas von gespannt, was Dad zu meinem Fund sagen würde!

Als ich durch die bescheiden gehaltenen Pforten des ländlichen Grecur-Palastes tanzte und Vater eifrig mein Fundstück vor die Nase hielt, klappte ihm ungläubig der Kiefer runter. Hektor betrat den Raum und erschrak beim Anblick des Schmuckstückes dermaßen, dass die beiden Lambruscogläser auf dem Tablett klirrend zu Boden fielen und in Milliarden Splitter zerborsten.

»Ist es, was ich denke?«, hauchte Hektor durch die vorgehaltenen Hände.

»Ich denke, das ist es, Hektor«, murmelte mein Vater betroffen.

Verwirrt schloss ich die Hand, um die Aufmerksamkeit auf mich zu lenken. Für diese Reaktion wollte ich eine Erklärung. Erhobenen Hauptes lugte ich meinen Vater an, als Mutter den Raum betrat. Edel. Anmutig. Königlich. Selbst aus der ultimativen Bescheidenheit schaffte sie es, grazilen Prunk hervorzuholen. Ihr Bernstein-Collier funkelte im Sonnenlicht, das durch die breite Terrassentür in den Salon strahlte.

»Sieh dir das an, Liebling!«, flüsterte mein Vater, als hätten wir den Überschatz schlechthin im Haus.

Nachdem meine Mutter ebenfalls mit großen Augen auf den Ring in meiner wieder aufgefächerten Hand starrte und mich fassungslos und gerührt zugleich anblinzelte, wurde ich unsicher. Vielleicht hielt ich den Überschatz in Händen?

»Was habt ihr denn alle?«, fragte ich unsicher und ließ meinen

Blick von einem ungläubigen Hektor über eine gerührte Mutter bis hin zu einem kopfschüttelnden Vater schweifen.

»Das kann unmöglich sein. Man vermutete ihn in einer der zahlreichen Fjordhöhlen auf Anedar.« Dad keuchte das beinahe.

»Was ist das denn für ein besonderer Ring?«, hakte ich nach und fühlte mich wie eine Nebendarstellerin auf einem Set voller Hollywoodlegenden, die den Dreh schon raus hatten.

Mom trat näher an mich heran, kippte meine Finger über den Ring und blinzelte stolz. »Das, mein liebstes Kind, ist der verschollene Friedensring. Jener Ring, der den Frieden in dieses Universum zurückbringen kann. Jener Ring, von dessen Legende ich dir vor dem Einschlafen immer erzählte. Mit diesem Ring kann der Frieden wiederhergestellt werden!«

Sie erklärte es dermaßen gerührt, dass ihr eine Träne über die zart-rosige Wange kullerte. Der Stolz über meinen Fund spiegelte sich in ihren Augen.

»Wir haben doch Frieden, oder nicht?«, hakte ich gänzlich verwirrt nach.

Mom schluckte, bevor sie zögerlich antwortete. »Na ja, jein. Wir bekriegen uns nicht, das ist korrekt. Doch niemand hat Kontakt, alle Planeten leben völlig isoliert voneinander und Romdon tüftelt vermutlich schon über Jahrtausende nach einem Racheplan.«

»Das ist reine Spekulation, Hera!«, fuchtelte mein Vater wild mit seinen Armen.

»Du bist naiv zu glauben, Romdon würde sich nicht rächen wollen, Theos«, konterte sie.

»Dann hätte Bellor es doch schon längst getan! Das ist jetzt 30.000 Jahre her, Hera! Vielleicht weiß er gar nicht mehr, was damals geschah«, knurrte Theos meine Mutter an, die ihn anstierte und mit hochgehobenem Zeigefinger antworten wollte, doch ich hielt sie ab.

»Also ich weiß mal definitiv nicht, was geschah. Wieso brach vor 30.000 Jahren ein Krieg aus?«

Mom ließ ihren Blick beinahe poetisch aus dem Fenster schweifen und blickte in den mediterran angelegten Garten, bevor sie zu erzählen begann. »Laut unseren Geschichtsbüchern und Überlieferungen...«

»...die wir an Schulen nicht lehren, um den Schein des Friedens zu wahren«, grätschte mein Vater dazwischen und kassierte sofort wieder einen strengen Blick seitens meiner Mutter. Mit einem schnellen Räuspern und verlegenem Grinsen ließ er sich auf dem hellen Sofa nieder und Mom fuhr fort.

»Also laut unseren Geschichtsbüchern und Überlieferungen hatte unsere Vorfahrin Clea, quasi deine Urururururgroßmutter, eine Affäre mit dem Vorfahr Bellors, Malik.«

Mir klappte der Kiefer hart aufs Schlüsselbein, doch ich sparte mir meine entsetzte Anmerkung.

»Das war auf rein körperlicher Basis«, beschwichtigte mich meine Mutter, »doch Malik musste etwas richtig gemacht haben, schließlich ging ihre Affäre laut Überlieferungen über mehrere Jahre und das ohne Kommunikationsgrundlage. Rein körperlich, denn Cleas Seele liebte deinen Urururururgroßvater.« Mom verhaspelte sich bei der Vielzahl an Urs und dennoch wussten wir beide, dass wir sie noch mindestens verdreifachen mussten, um auf die Ahnenreihe von vor 30.000 Jahren zu kommen. »Doch Malik bestahl Grecur hinter Cleas Rücken, indem er Bernstein ohne die Erlaubnis der Königsfamilie absonderte.«

Vater fügte vorsichtig hinzu: »Die damals noch den königlichen Status hatte. Unser politisches System hat sich in dieser Hinsicht etwas weiterentwickelt.«

Ja, aber auch nur in dieser Hinsicht, dachte ich und eine Pinie im Garten bejahte meine telepathische Meinung.

»Was geschah dann?«, hakte ich nach.

»Clea machte Schluss und der Vorfahr Bellors, Malik, griff aus Wut darüber Grecur an«, erzählte meine Mutter weiter und mir klappte erneut der Kiefer runter. Alles klar, 30.000 Jahre später und Romdon hat sich rein gar nicht weiterentwickelt. Ich hatte

94

beinahe ein bisschen Mitleid mit der kriegerischen Rasse unseres Universums, doch es verflog binnen Millisekunden und ich lauschte weiter der Geschichte meiner Mutter.

»Jupiter half zu Grecur und Romdon holte sich Unterstützung von den Plejaden, die wegen wirtschaftlicher Aspekte und Vergünstigungen – damals war Romdon noch ein Planet voller Bodenschätze – einwilligten. Sirius und die Venus wollten sich raushalten, doch als sie zu Kollateralschäden wurden, weil die Plejader neue Technologien experimentell auf ihren Planeten testeten, wurden auch sie aktiv und schlossen sich Jupiter und Grecur an. Anedar half zuerst auch zu uns, wurde jedoch von Romdon bestochen und wechselte die Seiten. Sie griffen allerdings nie die beiden Frauenplaneten an, aus moralischen und werteethnischen Gründen.«

Absolut fokussiert hing ich meiner Mutter an den Lippen. Ich hatte davon noch nie gehört und ein bisschen verstand ich sogar, wieso. Es hätten sich lediglich Kontrastmeinungen und Lager gebildet und am Ende hätte es die grecurianische Bevölkerung in eine wilde Diskussion getrieben, die zwecklos gewesen wäre, da bis auf Torus und Theos niemand miteinander interagierte in diesem Universum.

»Anedar galt damals in diesem Weltenkrieg als neutralster Planet. Und laut den Überlieferungen hatten die Anedarierinnen sogar eine Doppelfunktion inne und waren nie wirklich zu Romdon und den Plejaden übergelaufen. Doch das sind Spekulationen«, winkte Mom ab und drehte sich vom Fenster zu mir.

»Und wie ging es weiter? Sie befanden sich im Krieg und dann? Wieso hat man sich gegen Romdon verschworen? Was hat das alles mit diesem Ring hier zu tun?« Ich deutete neugierig auf das noch immer sagenumwobene Objekt in meiner Hand. Wunderbar, ich hatte gedacht, der Fund wäre etwas Schönes und Freudebereitendes.

Nun ergriff Hektor das Wort. »Das kann ich Ihnen gerne näher erläutern.«

Theos gab ihm mit einem langsamen Nicken sein Ok.

»Eines Tages trat bei der plejadischen Kampfausrüstung ein Fehler auf und plötzlich implodierten ganze Heere auf Romdon, die sich dort für weitere Kämpfe vorbereiteten.«

Ich warf erschrocken die Hände vor den Mund, während meine Mutter gequält die Augen zusammenkniff. Sie stellte sich das Szenario wohl gerade bildlich vor und bei dem auffliegenden Gedanken daran kam mir bereits die Galle hoch.

»Okay weiter?!«, forderte ich mit beschleunigender Handbewegung, um diese Szene zu überspringen.

»Äh, natürlich, Miss! Also die Gase, die durch die Implosion in die Atmosphäre aufstiegen, waren derart explosiv und giftig, dass niemand mehr eindringen hätte dürfen.« Irgendwie wurde die Story nicht magenberuhigender. Ich hielt mir besänftigend die Hand auf den Bauch. »Doch die Plejader kamen pünktlich zur Kriegsversammlung und durch den Eintritt ihres Raumschiffs in die romdonianische Atmosphäre zerriss es Romdon schier.«

Okay, ich glaube, es war Zeit, um sich zu übergeben. Moms Lider flatterten erneut nach unten und ich biss mir tapfer auf die Unterlippe und blähte die Nasenflügel, um das Ende der Geschichte zu erfahren. Himmel, kein Wunder, dass diese Geschichte aus den offiziellen Büchern gestrichen worden war.

»Übrig blieb ein kahler Planet ohne Ressourcen, mit einer verseuchten Oberfläche und nur wenigen Überlebenden – nämlich jenen, die zum Zeitpunkt der Explosion in den unterirdischen Waffenkammern verweilten. Die Plejader im Raumschiff überlebten auch und erlitten lediglich leichte Verletzungen durch die Explosionswelle beim Eintritt in die Atmosphäre.«

»Wussten denn die Plejader nichts von den technischen Fehlern an der Ausrüstung?«, fragte ich ungläubig.

»Nein, Miss«, antwortete Hektor in gewohnter Manier. »Damals war Fehlercode-Tracking wohl noch nicht erfunden gewesen«, fügte er seine Vermutung bei.

Mir rauchte der Kopf. Ein Gefühl von Atemnot stieg in mir hoch, sodass ich mir panisch zu wedelte, bevor mich meine

Mutter ans offene Fenster zerrte und mir sanft den Rücken streichelte.

»Ich weiß, Liebes, das ist etwas viel. Du hättest die Ahnengeschichte noch erfahren, allerdings später.« Auf ihrer Lippe kauend lächelte sie steif. Bevor eine Erklärung folgen konnte, bemerkte Hektor bereits eifrig: »Ja, Miss, dieses Wissen hätte ich Ihnen mit 18 Jahren unterrichtet. Zu jenem Zeitpunkt schätzt man Jugendliche als pflichtbewusst genug ein, um bestimmte Informationen für sich zu behalten. Denn dieses Wissen ist rein der Familie des planetarischen Oberhaupts und dessen engstem Lehrer, also mir, vorbehalten. Und Don Pedro«, hängte er noch beiläufig an, doch meine Augen wurden bei dem Namen riesig.

»Wieso Don Pedro?« Ich stellte die Frage lauter und fordernder als gewollt, doch die Neugierde zerriss mich schier.

Hektor fühlte sich ertappt und blickte hilfesuchend zu meiner Mutter. Den Augenkontakt mit meinem Vater vermied er vehement, um keine Rüge zu erhalten.

Meine Mutter ergriff das Wort, während Hektor nervös vom einen auf den anderen Fuß trat. Himmel, der Mann sollte sich mal ein Lavendelbad gönnen. Mom besänftigende Hektor mit einer ruhigen Handgeste aufs Herz und schilderte die Geschichte weiter: »Clea trug eine weiche Güte in sich. Als sie davon hörte, wollte sie nur noch Frieden und schaffte es, eine Sitzung einzuberufen, zu jener auch ihr Ex-Lover Malik auftauchte. Mit Händen und Füßen wurde ein Friedenspakt geschlossen, damit kein Planet mehr solche Verluste erleiden musste. Dabei wurde nichts Konkretes ausgehandelt, sondern einfach nur, dass sich jeder fortan nur noch um sich kümmerte. Das konnte man auch gestikulativ gut deuten.« Sie legte ihre beiden Handflächen zusammen, schob sie rapide auseinander, um eine Grenzsetzung zu symbolisieren, und blickte dabei starr. Dann drehte sie sich um und blieb ein paar Sekunden so, bevor sie sich wieder zu uns wandte und fortführte: »So in etwa kannst du dir das vorstellen. Malik willigte ein, die Trauer über seine verlorenen Krieger übertrumpfte den brodelnden Hass ob der Bodenschätze. Er gab laut Überlieferungen paradoxerweise auch nie den Plejadern die Schuld, sondern einfach allen. Nun zu Don Pedros Familie: Ein Vorfahr von Don Pedro schmiedete den Ring. Jeder steuerte etwas vom eigenen Planeten bei, was sie gerade vor Ort hatten. So entstand der Friedensring und damit der Pakt.«

»Wer bekam den Ring?«, fragte ich eifrig. Mittlerweile fühlte ich mich so tief drin in der Story, dass ich mir einbildete, die Magie dieses Rings regelrecht zu spüren. Das warme Metall in meinen Fingern pulsierte ob meiner Aufregung.

Nun ergriff mein Vater wieder das Wort. Er hatte lange dagesessen und einfach nur beobachtet, doch ich war mir sicher, dass er größtenteils an ein kühles Glas Lambrusco gedacht hatte. Mühsam verkniff ich mir ein Schmunzeln. »Also, Liebes, das wird dich als neumodische junge Frau bestimmt erfreuen: Da Anedar sich als neutralster Planet bewies, übergab man der damaligen Anedar-Oberhäuptin Rhiannon den Friedensring und machte sie zur Friedenswächterin. Da Anedarierinnen für Frauen einstanden und durch ihre ausgeprägten Nahkampfleistungen auch das Männliche vertraten, sah man in Anedar auch eine schöne Repräsentation aller Planeten.« Theos räusperte sich. Nicht um Aufmerksamkeit zu generieren, denn die hatte er, sondern eher, um seine Missgunst dazu zu unterdrücken.

Wut stieg in mir hoch, die die brave, pflichtbewusste Alyra in mir lächelnd unterdrückte. Alle meine Erzieher hatten wunderbare Arbeit geleistet. Ich ignorierte den flammenden Knoten in meinem Inneren und lud meinen Vater mit einer beteuernden Geste ein, fortzufahren. Doch meine Mutter ergriff das Wort, fast so, als wollte sie mit dieser Geste für Feminismus und Gleichberechtigung einstehen.

»Dennoch brodelte der Hass in Malik und den gab er an jede Generation weiter – bis zu Bellor. Das Motto hieß: Auf eine geeignete Gelegenheit für Rache warten. Obwohl rein theoretisch die Plejader Schuld an der Romdon-Explosion hatten, gaben die

Vorfahren Bellors allen anderen die Schuld, allen voran Grecur natürlich und Anedar, weil die sich nicht richtig einmischen wollten.«

Hektor ließ seinen Blick sinken und starrte auf den Fußboden, während mein Vater sich erneut aufbäumte und gegen die Spekulation seitens meiner Mutter rebellierte.

»Stop, ihr zwei. Euer Gezanke hilft meinen drohenden Kopfschmerzen gerade nicht weiter. Lasst mich das kurz zusammenfassen: Es herrscht also seit 30.000 Jahren ein Pseudofrieden, da zwar jeder voneinander isoliert ist und sich aber dennoch nicht mag. Einige da draußen lauern auf Gelegenheiten, alte Rechnungen zu begleichen. Uralte Rechnungen, um genau zu sein. Der Ring war verschollen geglaubt und daher schwebte der Friedenspakt in einer Grauzone?«, fasste ich zusammen und formulierte den letzten Teil als Frage. Das hatte ich mir aus den Gutenachtgeschichten zusammengereimt, doch meine Mutter und Theos nickten zeitgleich und ich fühlte mich in diesem Moment unendlich erwachsen.

»Laut der Prophezeiung, die unsere Ahnen damals erhielten, würde der Ring einmal von einer oder einem Auserwählten getragen werden«, erklärte Mom weiter. »Jene Person würde dann auch die Gabe besitzen, Einheit im Universum zu besiegeln und mit ihrem Licht die Glocken der Veränderung einläuten. Was auch immer das konkret bedeutet. Kannst du dich daran erinnern? Ich hatte es dir als Kind oft erzählt.«

Ich nickte stoisch. »Wie wurde die Prophezeiung allen vermittelt, wo sich doch niemand verstehen kann?«, hakte ich nach.

Meine Eltern sahen sich ratlos an.

»Du stellst wirklich interessante Fragen, Liebes«, meinte Dad.

Mom tätschelte meine Hand. »Wie gesagt, hatte man wohl einiges gestikulatorisch angedeutet. Ich denke, dass das damalige sirianische Oberhaupt, das die Prophezeiung empfing, einfach sehr akkurat gestikulieren konnte. So wurde wohl auch der Friedenspakt geschlossen. Mit Handgesten und Mimik. Doch darüber können wir nur spekulieren, es ist schließlich schon einige Jährchen her.« Sie lächelte sanft, während Dad mit sarkastischem Ton: »Einige Jährchen«, in sich hinein murmelte.

»Wieso habt ihr euch nie zusammengesetzt und den Pakt erneuert, um sicherzugehen?«, fragte ich und kam mir dabei wie ein Schulkind vor. Ich sah das Problem einfach nicht.

»Einerseits, weil es nicht vonnöten war, schließlich herrscht seit Jahrtausenden eine Art Waffenstillstand durch den einstigen Friedenspakt. Der damals aus einer absoluten Notsituation heraus geschlossen wurde. Ohne Details oder klares Framing. Es ging lediglich darum, ein Symbol zu kreieren, das für Frieden steht, damit nicht weitere Planeten vernichtet würden. Andererseits, weil wir niemanden verstehen«, erklärte Mom.

»Das ist doch bei Dad und Torus auch kein Thema«, warf ich in den Raum. Der erste Teil machte zwar Sinn, doch ein bisschen mehr progressives Denken hätte ich dem Universum dann doch zugetraut.

»Na ja, auf einer ausgelassenen Party, wo viel Alkohol fließt, ist Kommunikation eher zweitrangig. Man trinkt und tanzt und lacht.« Sie schenkte meinem Vater einen vielsagenden Blick. »Du kannst das nicht mit einer politischen Zusammenkunft vergleichen, auf welcher man komplexe Gegebenheiten und Verträge aushandeln soll. Da sind sprachliche Barrieren um einiges mehr im Weg.«

Darauf sagte ich nichts. Sie hatte recht, das war keineswegs zu vergleichen.

Mein Hirn hatte Mühe, all die Informationen zu verarbeiten und zu entschlüsseln, doch eins wurde mir schnell klar: »Bin ich also die Auserwählte?« Ich wollte es ruhig sagen, doch die Panik in meiner Stimme ließ kein Fünkchen gespielte Gelassenheit zu.

»So scheint es wohl«, meinte mein Vater bitter und schüttelte weiterhin den Kopf.

Mein Magen krampfte. Ihm missfiel der Gedanke, dass Frauen politisch wirkten. Und nun schien es, als würde eben ich als Friedensbotin fungieren. Seine knirschenden Zähne bestätigten meinen Verdacht.

Ich guckte traurig zu Boden. Mist. Das wollte ich doch alles gar nicht.

Mutter stieß Theos mahnend in die Rippen und winkte den Kopf eisern in meine Richtung. Schnell räusperte er sich und sprach gezwungen: »Gratuliere, Alyra! Du erfüllst die Prophezeiung und leitest eine lichtvolle Ära in diesem Universum ein! Natürlich helfe ich dir mit allem und fungiere als dein Mentor.« Das aufgezwungene Lächeln galt mir, der unsichere Blick ging an meine Mutter, die semizufrieden nickte und dabei die Augen rollte. Emanzipierter wurde das Gespräch wohl nicht mehr.

»Ich danke dir, Vater«, sagte ich, nur um es gesagt zu haben, nicht weil ich es so meinte. »Was geschieht nun? Was muss ich tun?«

»Wir sollten nun eine interplanetarische Zusammenkunft einberufen, auf möglichst neutralem Terrain, und dann solle laut der Prophezeiung wohl Magisches geschehen.«

»Theos! Wir haben seit Jahrtausenden keinen Kontakt zu anderen Planeten, wie willst du das bewerkstelligen?«, hauchte meine Mutter. Der ängstliche Ton in ihrer Stimme ließ mich erschaudern.

»Wir werden Gesandte über die Teleportationskanäle aussenden, um die Einladungen zu verteilen«, meinte Theos und nickte unsicher.

Mom schaute besorgt zu mir, schenkte mir prompt ein weiches, erzwungenes Lächeln und huschte dann mit Hektor ins Foyer, um die weitere Vorgehensweise anzuweisen und zu organisieren. Sie war schon immer die eigentlich treibende Kraft hinter Theos gewesen, doch das hätte er niemals zugegeben.

»Wieso können wir nicht alles so lassen, wie es ist?« Ich verstand es nicht und schob die Brauen wartend zusammen, während mich mein Dad friedvoll musterte.

»Weil wir verantwortungsbewusst sind und es einen Grund hat, wieso die grecurianische Oberhauptnachfolgerin den Friedensring gefunden hat. Dieses Omen dürfen wir nicht ignorieren.

Wir wissen nicht, was es konkret bedeutet, doch es wird Veränderung bringen. Das spüre ich.« Mit diesen Worten verließ er den Salon.

Ich starrte auf das Schmuckstück vor mir und überlegte lediglich eine Millisekunde, ob ich es einfach ins Meer werfen sollte.

Die Frage, die mir am meisten auf der Zunge brannte, hatte ich allerdings nicht gestellt: Wie kam der Ring von der Ringträgerin Anedars an den Strand Grecurs?

Eine feuchte Masse riss mich aus dem Schlaf. Der Boden unter mir war nass und meine Ohren vollgesaugt mit Sand. Bäh, was?!

Ich schoss hoch, als ich realisierte, dass ich im Nassen lag. Hektisch blickte ich um mich und musste entsetzt feststellen, dass das Meer von allen Ritzen in die Höhle spülte. Fuck!

Es fiel mir wie Schuppen von den Augen. Kühler, noch feuchter Sand. Feuchte Wände. Algen, die noch angefeuchtet im Sand harrten. Wie konnte ich die Zeichen nur so dermaßen ignoriert haben?! Mein Herz pochte wild gegen meine Brust, als ich mich zu orientieren versuchte. Alles sah nun irgendwie anders aus und auch die Sonne lächelte nur mehr schwach durch den Spalt gute fünfzig Meter über mir. Wenn ich Glück hatte, würde sich die Höhle zur Gänze mit Wasser füllen und ich konnte aus dem Spalt aussteigen. Doch dazu musste ich es erstmal bis da hoch schaffen, ohne vom Meeressog ertränkt zu werden. Nein, ich musste *jetzt* hier raus, bevor die Flut ihren Höhepunkt erreicht hatte.

Ich lief hastig zu jenem Felsspalt, aus dem ich gekommen war, doch ich kam keine drei Meter mehr durch den Spalt. Die kleinere Höhle, die ich dahinter ausmachen konnte, war bereits auf zwei Meter mit Wasser gefüllt, welches nun rasant in diese große Höhle hier prasselte.

Panisch flüchtete ich zur nächsten Spaltöffnung. Nein! Dasselbe, nur sogar schlimmer. Mein Puls eskalierte, als ich zur nächsten Felsöffnung hechtete und sie bereits mit Wasser gefüllt war. Meine Hoffnung schwand mit jeder Sekunde und mit jedem Felsspalt, der einen eventuellen Weg nach draußen bereit gehalten hätte. Mit Betonung auf hätte. Das Wasser stieg in einem Tempo, sodass ich das Blut in meinem Gehirn rauschen hören konnte. Die Angst kroch in meine Fasern, genauso schnell, wie die Gewalt des Meeres diese Höhle flutete. Das Wasser stand mir bereits bis zum Bauchnabel und ich fing panisch an zu schreien.

»Hilfe! Hilfe! Hört mich jemand?« Noch nie in meinem gesamten Leben hatte ich mich dermaßen hilflos und ärmlich gefühlt. Ich würde wohl in dieser Höhle sterben. Mein Herz setzte kurz aus und mein Brustkorb zog sich entsetzt zusammen. Feel you, Brustkorb!

Meine Brüste hoben sich und die Panik stieg noch mehr, als ich erkannte, dass das Meer meine Oberweite berührte. Sanft und dennoch erbarmungslos.

»Hilfe!«, rief ich erneut. Aussichtslos. Ich war irgendwo. Das Meer berührte meinen Hals und ich holte tief Luft, obwohl das gar keinen Sinn machte. Mein Körper wurde leicht und nur Minuten später verlor ich den Kontakt zum sandigen Untergrund. RIP, Alyra. Das war ja wohl der schrecklichste Move aller Zeiten. Zuerst die Welt ins Chaos stürzen und dann abdanken. Ich würde hunderte Inkarnationen brauchen, um dieses Karma auszugleichen.

Himmel, ich würde Dads Herz brechen! Alles in mir schrie ob meiner Aussichtslosigkeit. So durfte das jetzt nicht enden. Nein!

Ich strampelte wie wild und gerade, als ich den festen Entschluss gefasst hatte, diese Aktion hier zu überleben, schwappte das Meer über meinen Kopf und zog mich mit einer Anziehung unter Wasser, der ich nicht Herrin werden konnte. Ich spürte, wie meine Lungen gequält nach Luft röchelten und voller Widerstand Wasser in mich pumpten. Mein Brustkorb zog sich zusammen und riss irgendwie auch auf, als würde er platzen. So fühlte es sich zumindest an. Ich strampelte mit meinen Beinen, verlor jedoch den Gleichgewichtssinn. Die Sonne schimmerte mittlerweile dermaßen schwach durch die Felsöffnung am Horizont, dass alles um mich herum schwarz und bedrohlich wirkte. Das Wasser tauchte mich in Dunkelheit und die Angst, die mir durch die Knochen fuhr, lähmte mich auf eine tödliche Art und Weise. Ich spürte, wie die Lebensgeister aus mir traten und gerade, als ich das Bewusstsein verlor, fühlte ich breite Arme, die mich auffingen, und einen harten Körper, der mich fest an sich drückte. Lippen pressten sich auf meine und pumpten Sauerstoff in meine Lungen.

War ich noch unter Wasser?

Alles wurde schwarz und mir schlecht und schwindelig.

Mein Hirn war weich wie Watte und genauso weich und wattig fühlten sich die Lippen an, die mich berührten. Ein unglaublicher Druck fiel von meinen Schultern und alles wurde wieder schwer.

Ich vernahm Geräusche, Wellen, ein Rauschen, ein Husten. War das ich? Dann war ich gänzlich weg.

Kalt. Nass. Warm. Wohlig. Ein Brummen. War das mein Kopf? Wo war ich?

»Alyra?« Ich vernahm eine Stimme, die sich anhörte, als läge ihr Ursprung kilometerweit entfernt. Mein Körper bibberte. Mir war schlecht, doch ich konnte mich nicht bewegen.

»Alyra?«, fragte jemand erneut. Eine starke Hand schob sich unter meine Schultern und hob meinen schlaffen Körper an. Starr und kalt, das konnte ich spüren. Plötzlich röchelte meine Lunge und ich spürte sofort erneut ein weiches Paar Lippen auf meinen liegen, die Sauerstoff in mich zu stoßen versuchten. Die Berührung war sanft und salzig und hätte ich es nicht besser gewusst, hätte ich behauptet, dass diese Mund-zu-Mund-Beatmung als Kuss durchgehen hätte können. Die Watte in meinem Hirn breitete sich wieder aus und verschluckte die einzigen klaren Gedanken, die ich eben gefasst hatte. Zurück blieb rosa Kaugummi, der meine Synapsen davon abhielt, klar zu denken.

»Ryan«, hauchte ich. Es musste Ryan sein. Seine Lippen waren genauso weich. Seine Arme genauso stark.

»Wer ist Ryan?«, fragte die Stimme. Schade. Kein Ryan.

»Ryan«, rief ich dennoch. Mein Beinahe-Tod hatte wohl jeglichen Stolz aus mir rauseliminiert. Ich wollte Ryan zurück. Zumindest für jetzt.

»Alyra, kannst du mich hören?«, fragte dieser Jemand.

Ich nickte steif und spürte erst jetzt, wie sehr mein Rücken schmerzte. Mein Kopf dröhnte, als hätte ich literweise Kokosnüsse mit Rum getrunken.

Langsam wich die Watte aus meinem Gehirn und meine Lunge röchelte erneut. Die Lippen kamen zurück und ich genoss die Berührung beinahe mehr als den kostbaren Sauerstoff, den sie mir schenkte.

Ich atmete tief ein und plötzlich überkam es mich. Alles wollte raus, was nicht in die Lungen gehörte. Ich schoss wie wild hoch und spuckte Wasser wie eine Fontäne.

»Sorry, Ryan«, hauchte ich.

»Ich bin nicht Ryan«, erklärte mir jemand, der tatsächlich nicht nach Ryan klang. Ich röchelte weiter und spuckte und keuchte und erst als mein Kreislauf sich wieder beruhigt hatte, versuchte ich, die Augen zu öffnen. Sie brannten und waren verklebt von Salzablagerungen des Meeres. Ich spürte, dass diese kleine Unannehmlichkeit auf meinen gesamten Körper zutraf.

Ich blinzelte und spürte, wie sich vor mir eine Silhouette abbildete. Dahinter das Meer, schwarz wie die Nacht selbst. Und alles kam zurück.

Jupiter. Die Höhlen. Ebbe. Flut. Ertrinken. Starke Arme, die meinen beinahe leblos im Wasser schwebenden Körper auffingen. Weiche Lippen. Sauerstoff. Luft! Luft, so viel Luft!

Ich atmete schwer und riss entsetzt die Augen auf. »Leonardo«, hauchte ich und blickte in ein scharf gezeichnetes Gesicht mit kantigen Kieferzügen, das meinen Blick etwas unsicher erwiderte.

»Was, wieso, was machst du hier?«, ächzte ich. Meine Lungen brannten und ich fiel erneut in ein heftiges Husten, um die letzten Wasserpartikel aus meinen Atemwegen zu schleudern.

»Ein Danke hätte es auch getan«, konterte er und schmunzelte.

»Ich, Entschuldigung. Natürlich danke.« Ich biss mir auf die

Lippe und griff mir an die Schläfen, als mich eine Welle Schwindel überkam. Seine starken Arme stützten mich, als ich langsam nach hinten kippte. Sein Gesicht war meinem nun ganz nah, sodass ich seinen Atem auf meinen Lippen spüren konnte.

»Geht's?«

Ich konnte nicht antworten. Ging es? Irgendwie gerade nicht und dabei dachte ich nicht an meine fast kollabierten Lungen.

»J-ja.« Das war gelogen. Sein Geruch nach Meersalz und Sonne betörte meine Sinne und ich war definitiv zu schwach, um mich unter Kontrolle zu haben. Ich konnte es nicht verhindern, als mein Gesicht näher an seines rückte und sich unsere Lippen fast berührten. Fast. Nur ganz kurz. Denn eine Millisekunde, bevor meine Unterlippe auf seine traf, zuckte er zusammen und schob mich von sich weg.

Ich starrte ihn verwirrt an, unfähig, meine Verletztheit in diesem Moment zu verbergen. Was tat ich da überhaupt?!

Über sein Gesicht huschten binnen Millisekunden zahlreiche Emotionen. Angst. Lust. Bedauern. Leidenschaft. Eiserne Disziplin.

Was passierte hier gerade? Er starrte mich noch immer an und ich hatte einfach keinen blassen Schimmer, was ich sagen sollte.

»Danke.« Das war alles, was mir gerade einfiel neben *Arschloch* und *Ryan*.

»Dir ist bestimmt noch schwindelig. Ich möchte dich nicht überstrapazieren«, erklärte er ruhig. Ich hörte an seiner Stimme, wie viel Kraft ihn diese Beherrschung kostete.

»Ich, ja. Stimmt. Sehr schwindelig. Ich bin gerade nicht ich selbst«, log ich. Log ich überhaupt? Die Aktion eben klang tatsächlich nicht nach mir. Ich küsste für gewöhnlich nicht fremde Männer am Strand im Dunkeln. Schon gar keine, die ich eigentlich nicht mochte. Hasste. Ab jetzt hasste ich Leonardo. Das würde es einfacher machen, ihm aus dem Weg zu gehen.

»Du hast mich geküsst«, warf ich ihm vor.

Er zog die Augenbrauen hoch, erwiderte jedoch nichts. Stattdessen grinste er. Tja, jetzt glaubte er bestimmt, ich hätte vollkommen den Verstand verloren.

»Ich glaube, wir sollten dich in den Palast bringen. Du brauchst Ruhe, schließlich wärst du beinahe ertrunken. Hast du denn die Anzeichen für die geebbte Sandfläche nicht gesehen?«, fragte er ernsthaft interessiert.

»Doch. Ich, nein. Ich war abgelenkt«, sagte ich schwach, um meine Verwirrtheit nicht erklären zu müssen.

Leonardo nickte stoisch, sodass sein wildes braunes Haar geschmeidig wippte.

»Was hattest du überhaupt hier zu suchen?« Ich schob meine Brauen zusammen und visierte ihn an, während ich die Arme verschränkte und ein weiteres Keuchen unterdrückte.

»Ich war schwimmen. Und habe deine Hilferufe gehört«, erklärte er trocken.

Warum griff ich ihn denn nun so an? Er hatte mich gerettet, verdammt noch mal. Der Sauerstoffentzug brachte wohl auch meinen Hormonhaushalt gehörig durcheinander.

»Kannst du selbst laufen oder soll ich dich tragen?«, lenkte er vom Thema ab, während er sich vom noch warmen Sand erhob und mir seine Hand entgegenstreckte.

»Ich schaffe das selbst, danke.« Erhobenen Hauptes richtete ich mich auf und hob meinen Körper, der sich noch immer schwach und schwer anfühlte, vom Sand.

Langsam zog der Stolz wieder bei mir ein und ich war dankbar dafür. Sonst hätte ich noch ernsthaft geglaubt, dass ich Leonardo küssen wollte und es nicht maximale Verwirrtheit gewesen war.

Ich marschierte Richtung Palast und schwankte immer wieder zur Seite, ließ mir jedoch nichts anmerken. Vielleicht war das jedoch der Grund dafür, dass Leonardo wie ein Bodyguard hinter mir herlief und jedes Mal, wenn es mich seitelte, zusammenzuckte und hinter mich sprang, um mich zu stützen. Ich drehte mich nicht um, erkannte jedoch seine blau schimmernde, geschmeidige Haut aus dem Augenwinkel.

Diese Seite hatte ich ja noch gar nicht von ihm kennengelernt. Doch das riss ihn auch nicht aus dem Prinz-ich-kann-alles-haben-und-bumse-mich-durch-die-Welt-Image.

Um nicht an Leonardo zu denken, dachte ich stattdessen an Ryan. Und erinnerte mich daran, was vorgefallen war. Der Sand kühlte meine vom Tag leicht verbrannten Sohlen und die Dunkelheit wirkte sich außergewöhnlich ruhig auf mein Gemüt aus.

Mit dieser Ruhe spürte ich auch Klarheit in meinem Geist und eine wichtige Erkenntnis: Ich wollte gar keinen Typen an meiner Seite. Keinen Ryan. Und schon gar keinen Leonardo.

Als ich am nächsten Morgen von einer atemberaubend schönen Blondine geweckt wurde, brüllte mein Kopf nach Ruhe und Flüssigkeit, was meine Lungen zum Röcheln brachte.

Ich begrüßte das Mädchen, das vielleicht zwanzig sein musste, mit einem Keuchen und einer entschuldigenden Handbewegung.

Sie drückte mir wortlos ein Glas Wasser in die Hand. Ich leerte es auf ex.

»Danke.«

»Ich bin Elea, freut mich, dich endlich kennenzulernen«, stellte sie sich vor. Sie sagte es auf Grecurianisch. Ein weiches Lächeln umspielte ihren warmen Blick. Elea war die Unschuld und Jungfräulichkeit in Person.

»Hi, Elea, freut mich ebenfalls beziehungsweise wieder. Wir kennen uns von früher. Allerdings bin ich dir nicht böse, dass du dich nicht mehr erinnern kannst, wir waren wirklich klein und auch meine Erinnerung an die wenigen Male, als mein Vater uns auf euren Planeten mitgenommen hat, sind verschwommen.« Mit einem Lächeln, das nicht mal ansatzweise so rein wie ihres war, faltete ich meine Hand in die ihre. Aufrichtige Gesten hatte ich wohl durch meine jahrelange Tätigkeit als Diplomatin verlernt. Alles musste immer perfekt sein und wirken. Da in den seltensten Fällen alles perfekt war, war mein Auftritt auch immer gekünstelt. Diplomatisch, aber nicht echt. Eleas Lachen war echt. Ich vermisste Echtheit.

»Brauchst du frische Kleidung?«, fragte sie lieb, während sie ihren Zeigefinger auf meinen Körper richtete und an mir herabblickte. Ich war ... nackt?!

»Scheiße, sorry! Ich wusste nicht, dass ...«, begann ich eine plausible Ausrede zu suchen, doch Elea grinste nur zurückhaltend.

»Mach dir keine Sorgen, Alyra. Viele schlafen nackt. Wenn sie überhaupt an Land schlafen.«

Ach ja, die Fischhybriden. Ich erinnerte mich an Hektors Unterrichtseinheit über jupiterianische Gepflogenheiten. Zirka achtzig Prozent der Jupiterianer lebten hauptsächlich unter Wasser. Sprich: nackt, lediglich mit Fischflosse. Da ihre DNA hybrid programmiert war, konnten sie auch an Land leben. Doch die meisten bevorzugten die Unterwasserwelt. Ich hätte sie auch gerne einmal erblickt. Doch diese Welt lag viel zu tief unter der Meeresoberfläche und beim schieren Gedanken daran, unter Wasser zu sein, stellten sich mir alle Körperhärchen auf. Die Sache von gestern musste ich wohl noch verarbeiten.

Elea blinzelte mich noch immer geduldig an. Sie wartete wohl auf eine Antwort.

»Nein, danke, ich habe alles dabei«, winkte ich ab. Ich lächelte weich. So fühlte ich mich auch. Wie Elea mit ihrer geballten Ladung Unschuld auf diesem Partyplaneten überleben konnte, war mir ein Rätsel.

Es klopfte an der Tür. In dem Moment, in dem ich Elea wild meinen Kopf zu schüttelte, um ihr klar zu machen, dass ich niemanden empfangen wollte, fragte sie gedehnt: »Jaaaaa?«

Himmel, die Jupiterianer hatten wohl noch nie etwas von Schamgefühl gehört.

Ich konnte mich eben noch in die Bettdecke einwickeln, die aus einem halb durchsichtigen Leinenmaterial bestand, bevor die Tür aufging. Im Rahmen stand Leonardo.

»Verdammt, was willst du hier?«, ächzte ich und drehte mich von ihm weg. Schließlich war ich halbnackt. Und er ein Fremder. Die Mund-zu-Mund-Beatmung von gestern und der Beinahe-Kuss änderten daran rein gar nichts.

Leonardo schob seinen geschmeidigen, trainierten Körper über die Schwelle und stolzierte herein wie an jenem Tag, als ich ihn das erste Mal bei der Ratsversammlung gesehen hatte. Von wegen beschützerisch. Er schien ganz der Alte zu sein. Arrogant, narzisstisch, aufmerksamkeitssüchtig und unverschämt. Vor allem unverschämt.

Ich funkelte ihn wild an. »Raus hier, Leonardo!«

»Ja, raus hier, Leonardo, sie ist noch nackt!«, fügte Elea hinzu und streckte ihre Arme offenbarend in meine Richtung. Himmel, das sollte er doch nicht wissen! Nun würde er bestimmt nicht gehen. Natürlich nicht. Im Gegenteil: Er grinste breit und kommentierte die Situation nur mit einem brauenwippenden: »Dann komme ich ja gerade richtig.«

»Leo, du bist so ein Arsch«, schmiss ihm Elea um die Ohren. Oha, das waren ja ganz liebevolle Töne.

»Geh halt zu Dad petzen, das kannst du doch so gut, Schwesterherz«, konterte er. Schön langsam wurde mir so einiges klar.

»Ihr seid ...«

»Ja, leider«, ächzten die beiden synchron und stierten sich an, als wären sie Erzfeinde.

»... ja lieb zueinander, wollte ich eigentlich sagen.« Ich verzog den Mund. »Okay, Leute. Bevor hier noch ein Mord geschieht, löse ich das Ganze mal auf. Danke, Elea, für deine Hilfe. Danke, Leonardo, für gestern. Aber ich brauche jetzt meine Ruhe.«

Die Diplomatin in mir erhob sich elegant und schleifte die Laken so anmutig wie möglich nach. Ich sprach ruhig und geduldig. Es fühlte sich gut an, wieder die Kontrolle zu bewahren.

»Wenn du etwas brauchst, ruf mich, okay?« Elea wartete auf mein Nicken. »Vielleicht können wir ja Freunde werden«, fügte sie hinzu und ich hörte die Hoffnung in ihrer Stimme, als sie meine Hand ergriff und mich verbündend anblinzelte. Sie musste fürchterlich einsam sein. Kein Wunder, wenn der Bruder nur mit sich selbst und anderen Frauen beschäftigt war.

»Das wäre schön«, sprach ich und meinte es aufrichtig. Mir würde eine Freundschaft bestimmt guttun, zumal ich auf Grecur alle Freundschaften in die Brüche hatte gehen lassen, um mich voll und ganz auf meine Rolle als universelle Vermittlerin fokussieren zu können. Erst jetzt, viel zu spät, erkannte ich, was ich damals alles aufgegeben hatte. Dabei hatte ich bis vor Kurzem gedacht, dass der Tag, an welchem ich den Ring im Sand fand und sich die Prophezeiung erfüllte, der beste Tag meines Lebens war. Falsch gedacht. Mehr und mehr floss dieses befreiende Gefühl von Erlösung in mich. Leider noch immer gepaart mit Pflichtbewusstsein und Schuldgefühlen. Hmpf.

Elea schlich wie eine Katze an Leonardo vorbei und schnaubte wütend, als sie auf Augenhöhe mit ihm war. Er schnaubte zurück und ich musste mir ein Lachen verkneifen. Ich hatte immer Geschwister gewollt, doch dass sie eine Plage werden konnten, daran hatte ich nie gedacht.

Leonardo blieb wie angewurzelt stehen, als Elea mit einem fragenden Blick die Türklinke hielt. *Er* hatte wohl nicht vor zu gehen.

»Ich kläre das, danke, Elea«, beteuerte ich.

Eleas blondes Haar wehte ihr nach, als sie sachte die Klinke drückte und die Tür hinter sich schloss.

»WAS?« Ich rollte genervt die Augen und drehte mich um, um ins Bad zu gehen und die Tür zu schließen. Leonardo blieb einfach stehen und rührte sich keinen Millimeter. »Bist du angewachsen oder einfach bloß ein perverser Stalker?«

»Ich warte auf dich. Ich möchte dir etwas zeigen. Damit du deinen Aufenthalt hier etwas mehr genießen kannst.«

Aha. Wie selbstlos von ihm.

»Außerdem möchte ich nicht, dass du dich nochmal fast umbringst«, fügte er zwinkernd hinzu.

Ich schnaubte, wie zuvor Elea. Wäre er mein Bruder, hätte er schon längst das Zeitliche gesegnet.

Ich schmiegte meinen schlanken Körper so sexy wie nur möglich ins Badezimmer und schloss mit meinem Fuß die Tür. Er wollte Spielchen? Das konnte er bekommen. Diese Seite von mir hatte ich ohnehin viel zu lange im Käfig eingesperrt.

10

ICH WÜRDE IHM dermaßen den Arsch aufreißen.

»Und du hast es einfach geschehen lassen?!«, keuchte ich vor Wut. Ich konnte nicht glauben, wie jemand dermaßen opportunistisch sein konnte.

»Du wolltest deine Kleidung ausziehen. Ich habe dich dabei nur gestützt«, meinte er unschuldig und warf die Arme hoch, als hätte er nichts getan.

»Du hättest mich aufhalten müssen!«, fauchte ich ihn an. Nicht laut, sondern durch meine knirschenden Zähne hindurch, sodass Torus nichts davon mitbekam. Denn wenn das jupiterianische Oberhaupt es wusste, würde es auch sofort mein Vater erfahren. Und *das* wollte ich wirklich vermeiden. Theos brauchte nicht zu wissen, dass ich nach nicht einmal vierundzwanzig Stunden auf einem fremden Planeten beinahe gestorben, geküsst und nackt vom Prinzen gesehen wurde. Himmel, wenn das rauskam, war ich geliefert!

Es wäre mir lieber gewesen, Leonardo hätte mir nicht auf die Nase gebunden, dass er mir beim Ausziehen geholfen hatte. Ich konnte mich ohnehin nicht mehr an gestern Abend erinnern. Zumindest an nichts mehr nach dem Teil mit dem Beinahe-Kuss. Wie ich auf eigenen Beinen zurück in den Palast gekommen war, war mir bis jetzt ein Rätsel. Vielleicht ... nein, ich wollte es gar nicht erst wissen.

»Ich war damit beschäftigt, dich zu halten. Ich habe dir geholfen.«

»Du hast mir geholfen? Geholfen, mich vor dir nackt auszuziehen?« Ich schoss visuelle Todespfeile nach ihm.

»Ja. Mit der Kleidung konntest du ja schlecht zu Bett gehen. Sie war nass und salzig und klebrig. Aber sehr sexy.« Er grinste.

Ich warf die Hände hoch und rollte die Augen. Das führte zu nichts. »Gut, lassen wir das.«

»Was ist denn dein Problem? Du kennst schließlich auch *meinen* nackten Körper.« Seine Achseln zuckten, als wäre es tatsächlich keine große Sache.

»Ich kenne aber nicht den Teil da unten.«

»Wenn es das ist, was du sehen willst ...«, grinste er und fing an, seine ohnehin tief hängende Leinenhose aufzuknöpfen.

»Nein, stopp! Ach du heilige Pinie!«, rief ich und schützte meinen Blick mit vorgehaltener Hand.

Leonardo lachte amüsiert. »Mach dich mal locker, Alyra. Du bist hier schließlich im Urlaub.«

So, das reichte. Ich stapfte wütend auf ihn zu und schob meine Visage direkt vor seine. Mit Wut im Bauch drückte ich meinen Zeigefinger auf seine Brust, mit jedem Wort aufs Neue: »Ich. Mache. Keinen. Urlaub. Das hier. Ist. Verbannung. Gefangenschaft. Unfreiwillig. Kapiert?«

Sein Gesicht wurde ernst und ich erkannte viel zu spät, was er anvisierte. Sein Blick fixierte meine Lippen, während er seine eigenen leckte. Ich drückte ihn von mir weg.

»Ich bereue, dass ich mich gestern zurückgehalten habe«, sagte er. Einfach so. In den Raum. Und ließ es hier drin stehen. Ich drehte mich zu ihm um und paarte die Bewegung mit einem überraschten Wimpernaufschlag.

»Was war denn gestern?«, hakte ich unschuldig nach.

»Ernsthaft?« Er verschränkte die Arme vor der Brust. Seine Muskeln traten hervor und sein Sixpack ging auf und ab, als würde er schwer atmen. Das sanfte Blau seiner Augen starrte mich ungläubig an. Die silbrigen Strähnen in seinem braunen Haar glitzerten beinahe im aufgehenden Licht der Sonne. Er war schön, das konnte ich nicht leugnen. Doch den Beinahe-Kuss, den konnte ich leugnen.

»Ich kann mich an nichts erinnern«, log ich und verschränkte ebenfalls die Arme vor der Brust. Meine trat um einiges offensiver hervor, dem helltürkisen Bustier sei dank. Es lag beinahe noch enger an als mein Lieblingsbustier aus Naturleder, welches ich bei der letzten planmäßigen Ratsversammlung getragen hatte.

Leonardos helle Augen blitzten auf, als hätte ich ihn herausgefordert. Mit einer fließenden Bewegung beugte er sich zu mir vor und ehe ich reagieren konnte, lagen seine Lippen auf den meinen. Ich keuchte und dann fiel mein Herz in die Hose. Gerade als er mit seiner Zunge meine Lippen spalten wollte, schob sich mein Verstand dazwischen und ich riss mich von ihm los.

»Was sollte das?!«, schnaubte ich und starrte ihn an, als wäre er der Teufel höchstpersönlich. Was er ja auch irgendwie war. Der Typ entlockte mir alles, was meinem Good Girl Image nicht gut bekam.

Er taumelte wie betrunken zurück und erwiderte meinen Blick mit einer Wehmut, die ich nicht einordnen konnte. Was wollte er denn nun? »Ich ... es tut mir leid. Boah, ich kann mich ...«, stammelte er.

Ich rückte mir mein Bustier zurecht, während er noch die passenden Worte suchte. Das schien den Prinzen wohl zu stören. Mit einer ruhigen und dennoch bestimmten Handbewegung nahm er meine Hände in seine und legte sie neben meinen Hüften für mich ab.

»Es tut mir leid. Ich habe wirklich Mühe, dir zu widerstehen.«

Mein Herz pochte wie wild und ich war dankbar, dass die Wellen laut genug rauschten, um das Pumpern zu übertönen. Ich wollte etwas sagen, doch mir blieben die Worte im Hals stecken. Deshalb schaute ich ihn an wie ein Reh.

Leonardo biss sich auf die Lippe, fluchte etwas in seiner Sprache und riss sich von mir los. Nur um dann durch die Tür aus dem Palast zu verschwinden. Ich sah von dort aus, wie er an der Küste ins Meer sprang, sich seine Beine in Flossen verwandelten und er abtauchte in die Kühle des Ozeans.

Diese Kühle hätte ich jetzt auch gebraucht.

Doch Mister Arrogant und Eingebildet hatte hier drin ein Feuer entfacht, das wohl nicht mal der gesamte Ozean mit geballter Kraft auszulöschen vermochte.

Mist. So hatte ich mir meine Rettungsmission fürs Universum nicht vorgestellt. Ich musste hier weg. Dringend. Bevor noch mehr geschah, von dem ich wollte, dass es geschah.

Um mich abzulenken, suchte ich Torus auf, um ihn mit wilder Gestikulation zu fragen, ob er den symbolischen Tropfen Jupiters für mich besorgte. Ich hoffte noch immer, dass der Ring dadurch gekittet werden könnte. Der Tropfen war das letzte Symbol, das mir fehlte. Vielleicht würde dann auch meine Gabe wieder auftauchen. Wir könnten den Frieden neu besiegeln, ich könnte jeden verstehen, vermitteln, diplomatisch vorgehen und am Ende könnte ich weiter auf Grecur meinem Ex-Freund nachheulen. Denn genau das wollte ich tun, um einen soliden Schlussstrich ziehen zu können.

»Alyra!« Torus' muskulöser Körper kam auf mich zu. Sein Unterarmschmuck aus Perlmutt klirrte an meiner Schulter, als er mich umarmte und anlächelte. Ich erwiderte seine Umarmung und bekam unweigerlich ein schlechtes Gewissen. Sein Sohn und ich waren uns schon sehr nahe und es fühlte sich an, als würde ich seine Gastfreundschaft nicht würdigen, indem ich hier nicht nur gastierte, sondern auch seinen Sohn ablenkte. Ein unschuldiges Grinsen, das verdächtig nach Schuld roch, zog sich über meine Lippen. Jene Lippen, die Leonardo vor einigen Minuten noch berührt hatte.

Ich legte den zerbrochenen Ring in meiner Hand offen und zeigte mit dem Finger auf das kaputte Emblem und dann hinaus aufs Meer.

Zum Glück war Torus ein schlauer Mann. Er nickte, wies mich an, mitzukommen, und ich folgte ihm durch die großen Hallen, die in buntesten Farben dekoriert waren und so eine Unterwasserwelt imitierten. Wir blieben in der Küche stehen. Okay, food over mission, ich hab's verstanden. Liebevoll drückte er mir einen Teller mit gekochten Bananen und gebratenen Algen in die Hand. Ich begutachtete die Mahlzeit und Torus kniff Zeigefinger und Daumen zusammen und küsste die Geste, während seine Hand entzückt vor seinem Mund schwang. Dass das die Geste für »schmeckt köstlich« war, wusste ich.

Elea kam herbeigeeilt und lächelte mich freundschaftlich an. »Alyra! Hat dich Leonardo dann noch Kleidung drüberwerfen lassen? Dieser Stalker!«, posaunte sie durch die Küche.

Meine Wangen wurden genauso rot wie die Ohren der Küchenhilfen und Torus' Augen weiteten sich ins Überdimensionale, als Elea ihrem Vater erklärte, was heute schon geschehen war. Gut, dass sie den letzten Part nicht miterlebt hatte.

»Ich hab ihn rausgeschmissen, alles gut«, log ich und zwinkerte ihr zu. Sie klopfte mir anerkennend auf die Schulter, während Torus unser Gespräch eifrig mitverfolgte, obwohl er Grecurianisch nicht verstand.

»Er kann eine echte Plage sein, ich weiß. Wimmele ihn einfach ab und lass ihn ja nicht seinen Charme auspacken. Das kann gefährlich werden. Ich weiß, wie er wirken kann und er weiß das noch besser.« Sie lehnte sich gegen die Küchentheke und warf ihr langes blondes Haar in den Nacken, sodass die Spitzen die Anrichte streiften. Elea war wirklich unglaublich sexy. Ihr Bruder leider auch. Das mit dem gefährlichen Charme hätte sie mir einen Tag früher sagen sollen.

Torus murmelte seiner Tochter etwas zu, winkte mir und verließ dann die Küche.

»Er besorgt dir den Tropfen«, erklärte Elea.

»Oh, super, danke.«

»Wollen wir etwas unternehmen?« Sie strahlte mich an wie die Sonne persönlich.

Ich blinzelte etwas irritiert. »Seid ihr denn nicht nervös wegen Bellors Kriegsansage?« Ich musste das fragen, denn während mein Vater nervös auf Grecur saß, schien Jupiter sogar in einer Kriegserklärung einen Grund zum Feiern zu sehen.

Elea streifte mir über die Schultern und lächelte sanft. »Wir haben wirklich massig Korallenschwerter und schon einen Deal mit den Plejaden. Sie unterstützen uns mit technischen Devices und erhalten von uns ebenfalls Unterstützung. Korallen eignen sich offenbar gut als Material für ihre Bauten. So ganz habe ich das nicht verstanden, Leonardo war ziemlich ungenau. Keine Ahnung, wie er den Deal überhaupt aushandeln konnte.«

Ich riss die Augen auf und verschluckte mich an einem Happen gekochter Banane. »Leonardo hat den Deal ausgehandelt?«, hustete ich in meinen Teller.

Elea nickte, teils stolz und irgendwie aber auch genervt. »Er verfügt über großartiges diplomatisches Geschick und hat großes Interesse an Technik, das er immerhin mit Begeisterung und Geklatsche zum Ausdruck bringen kann. Deshalb hat Dad ihn das machen lassen. Vermutlich wäre Leonardo sonst nie zum Handkuss gekommen. Torus regiert gern und gibt nur ungern die Kontrolle ab.« Leonardos Schwester erklärte mir die politischen Familiengeschicke, während sie sich ein paar gebratene Algen mit mir gönnte.

Ich mochte sie. Obwohl sie Leonardos Schwester war, unterschieden sich die beiden wie Tag und Nacht. Elea war quirlig und herzlich, vielleicht etwas naiv, aber keineswegs dumm. Ihr Körper glich jenem einer Sirene und obwohl ich mir sicher war, dass sie um ein Dutzend Verehrer hatte, strahlte sie pure Unschuld aus. Auch ihre Haut schimmerte in einem leichten Blau, heller als die ihres Bruders.

Mittlerweile hatte sie ein Krönchen aus Perlen aufgesetzt, die auch in ihre Haare eingeflochten waren. Zahlreiche kleine Zöpfchen, die ihr langes offenes Haar mädchenhaft in Szene setzten.

»Du bist wirklich schön«, gestand ich.

Sie grinste. Ihre Wangen erröteten, sodass es wirkte, als hätte sie einen zarten Apricot-Blush aufgetragen. »Danke. Und das von *dir*, das bedeutet echt was«, antwortete sie und zwinkerte, während sie sich einen weiteren Happen Alge in den Mund legte.

»Was meinst du?«, hakte ich nach.

»Hast du dich schon mal im Spiegel angeschaut? Du bist das Schönste, was mir jemals untergekommen ist. Vermutlich uns allen.« Sie stocherte auf ihrem Teller und teilte eine gekochte Banane mundgerecht auf.

»Ich danke dir, doch Schönheit liegt auch im Auge des Betrachters. Ich bin mir gewiss, dass ich nicht das Schönste bin, was euch jemals über den Weg gelaufen ist.« Ein leises Lachen entwich meiner Kehle und ich schmunzelte. Natürlich wusste ich, dass ich gut aussah. Doch den Superlativ für mein Aussehen zu verdienen, das war doch nochmal eine ganz neue Nummer.

Elea schluckte ihren letzten Happen hinunter. Mein Blick wanderte von ihrem leeren zu meinem vollen Teller. Wann hatte sie ihre Mahlzeit verschlungen? Ich stopfte mir eine Kochbanane in den Mund, um aufzuholen.

»Alyra. Glaub mir. Wenn Leonardo einmal zugibt, dass ihn eine Frau vom Hocker reißt, dann soll das was heißen.«

Meine Banane blieb mir im Hals stecken und ich hustete schwer. Elea klopfte mir zart auf den Rücken, um mir zu helfen. Holy Moly, was hatte sie da eben gesagt?

»Huch, heiß hier«, log ich und fächerte mir mit beiden Händen zu, um die Röte in meinem Gesicht zu rechtfertigen.

»Komm, lass uns schwimmen gehen!« Leonardos Schwester riss mich mit sich und aus dem Palast. Tropische Hitze empfing uns. Die Sonne brannte erbarmungslos auf uns nieder.

Ich war grecurianische Hitze gewohnt, doch das hier war …

fordernd für meinen Kreislauf. Hier fühlten sich dreißig Grad wie vierzig an. Deshalb beeilte ich mich, Elea ins kühle Nass zu folgen, und schlüpfte aus meinem knappen Kleid, um nur in Bustier und Unterwäsche ins Meer zu hüpfen.

Wir schwammen hinaus und Elea zog mich immer wieder mit ihrer Flosse mit. Ein Gefühl von Freiheit breitete sich in mir aus, das ich schon lange nicht mehr gefühlt hatte. Nicht einmal vor der ganzen Misere mit meiner verlorenen Gabe, dem zerbrochenen Ring und dem ungültigen Friedensvertrag.

Ich ließ mich im Meer treiben und genoss die Wärme auf meiner Haut, die die Wellen immer wieder abkühlten. Eine Symphonie aus Sonne und Wasser umspielte meinen Körper. Ich genoss das Gefühl meiner Haare, die fließend auf der Wasseroberfläche trieben. Herrlich. Zumindest für diesen Moment war es das.

Hoffentlich konnte Torus den Ring reparieren. Das würde mir mein Leben um einiges erleichtern. Wenn nicht, würde ich weiter nach einer Lösung suchen müssen. Auf Anedar, auf der Venus, auf den Plejaden und auf Sirius. Nach Romdon wäre ich nicht einmal gereist, wenn sie mit Sicherheit die Lösung für das Ringproblem gehabt hätten. Dort kam bislang niemand lebend zurück.

Wehmütig dachte ich an den schwer verletzten Gesandten, den Bellor uns *zurückgab*, nachdem er vor einigen Jahren unsere Einladung zur interplanetarischen Versammlung erhalten hatte. Er war damals erschienen und hatte unseren Mann, der für uns die Einladungen zu allen Planeten durch den Teleportationskanal brachte, wohl nur deshalb nicht ermordet, weil noch nicht klar gewesen war, ob der Friedensvertrag offiziell außer Kraft getreten war oder nicht.

Romdon war im Universum als der dunkle Planet bekannt, der von Schatten durchzogen und von Monstern regiert wurde. Monster, die einst normale Planetenbewohner gewesen waren. Doch vom Krieg gezeichnet und von Hass zerfressen, ging es ihnen Jahrtausende später nur mehr um Rache und Gewalt.

Gänsehaut breitete sich auf meiner Haut aus, sodass ich erst

Sekunden später den Stupser an meinem Fuß spürte. Ein Delfin lugte aus dem Wasser und wartete auf eine Reaktion von mir.

»Sie lädt dich ein, mit ihr zu schwimmen«, rief mir Elea zu und tauchte im selben Moment auch schon wieder unter. Ihre Flosse glitzerte türkis im Licht der Sonne. Jupiterianer waren atemberaubende Wesen.

Ich griff vorsichtig nach der Finne und sofort schwamm das Delfinweibchen mit mir los. Sie zog mich durch die Wellen und hüpfte immer wieder leicht aus dem Wasser. Ich lachte herzlich. Hach, was für ein Tag!

Erst als die Sonne schon tief am Horizont hing, verließen wir das Wasser. Hauptsächlich aus dem Grund, weil mir schon Fischhäute zwischen den Fingern wuchsen und meine Haut schrumpelte, als hätten wir mich in Säure eingelegt.

Wir schlenderten zurück in den Palast und an der Pforte wartete bereits Torus auf uns. Neugierig rannte ich zu ihm, doch er schüttelte nur enttäuscht den Kopf. Ich tat es ihm gleich.

»Er hat den Tropfen integriert und alle Symbole vom besten Ionisierer des Planeten zusammenfügen lassen. Doch offenbar wurde der Ring aus einem speziellen Material gefertigt. Unseren Leuten ist er immer wieder auseinadergefallen«, übersetzte Elea Torus' Worte.

Mit eingezogenen Schultern nahm ich den immer noch kaputten Ring und seine Einzelteile in meine Hände und lächelte dem besten Freund meines Vaters dankbar zu. Immerhin hatte er es versucht. Wie Don Pedro. Dieser hatte den Ring immerhin zusammenschweißen können und für kurze Zeit war das Emblem auch wiederhergestellt, jedoch nicht seine Magie. Und kurze Zeit darauf zerbrach das Emblem erneut, wie es Don Pedro befürchtet hatte. Als würden sich die Planetensymbole ohne die Friedensmagie voneinander abstoßen. Wortwörtlich.

Meine intergalaktische Reise blieb mir wohl nicht erspart. Ich musste nun aktiv werden. Sonst würde die Hälfte der Planeten in diesem Universum vernichtet werden.

»Ich möchte helfen und das alles wiedergutmachen«, leitete ich ein und Elea erklärte ihm, was ich sprach.

»Das wissen wir, doch du kannst nichts tun. Romdon rüstet sich bereits und die Plejaden und wir haben einen Deal. Wir sind ebenfalls dabei, uns zu wappnen. Das Einzige, was du jetzt noch machen kannst, ist deinem Vater den Gefallen zu tun und hier zu bleiben, bis der Krieg vorüber ist.«

»Du weißt genauso gut wie ich, dass Grecur, Venus und Sirius diesen Kampf nicht überleben werden, Torus!« Meine Stimme wurde lauter als gedacht und ich biss mir auf die Lippe, um meine Gefühle unter Kontrolle zu bringen.

»Ich weiß, Alyra. Doch diese Verluste können weder du noch ich mehr verhindern.« Er drehte sich um und stolzierte erhobenen Hauptes in das Entrée des Palastes. Elea und ich blieben fassungslos zurück. Die Symbole in meinen Händen starrten mich schuldzuweisend an.

Ich wusste, dass ich von nun an auf mich allein gestellt war. Ich musste Torus hintergehen. Ich würde meinen Vater in undenkliche Sorgen stürzen, wenn er davon erfuhr.

Ich brachte mich selbst in Gefahr und könnte sterben. Doch das war es mir wert.

Leider konnte ich Elea nicht einweihen. Sie hätte mich nicht allein reisen lassen und sofort ihren Vater um Hilfe gebeten. Doch ich kannte Torus. In seinem Blick erkannte ich die Entschlossenheit, mit der er auch bei den interplanetarischen Versammlungen in die Verhandlungen ging. Sein Entschluss stand fest. Jupiter führte als einer der aktiven Planeten den Krieg an, die Kollateralschäden mussten passieren, um das Unausweichliche geschehen zu lassen. Durch und durch ein Politiker.

Nur dumm, dass mein Heimatplanet Teil des Kollateralschadens werden würde. Grecur verfügte lediglich über handwerkliche Fähigkeiten und Waffen, die mehr Kunst als Tötungswerkzeug waren.

Sirius verschrieb sich dem Pazifismus und meditierte in feinstofflichen Bewusstseinsdimensionen.

Die Venus bestand aus sanften, weichen, empathischen Frauen, die ihre Aufgabe im Gebären und Schöpfen sahen – nicht im Töten.

Wir drei würden draufgehen. Und dann würde ein Ungleichgewicht im Universum herrschen, wenn nur die aktiven, offensiven Yang-Planeten überlebten. Wenn alles Yin, alles Weiche, Weibliche, Friedliche ausgelöscht wurde.

Himmel, je mehr ich darüber nachdachte, desto klarer wurde mir das Ausmaß der Zerstörung. Wenn ich nicht sofort etwas unternahm, würde es das Universum in dieser Form nicht mehr geben.

Zögernd blickte ich zu Elea. Nein, ich wollte ihr unschuldiges Wesen nicht mit meinem Kram belasten. Deshalb drückte ich sie schnell an mich, murmelte ein noch schnelleres: »Danke, ich gehe mich nun ausruhen«, und rannte auf mein Zimmer, um mir einen Fluchtplan zu überlegen.

11

DAS GEMEINSAME DINNER ließ ich ausfallen. Ich behauptete, dass ich zu müde wäre und keine gute Gesellschaft abgäbe, und bat um eine Kleinigkeit, die ich am Zimmer konsumieren konnte. Eine von Eleas Dienerinnen brachte mir einen großen Krug Wasser mit einer Frucht, die ich nicht benennen konnte, und einen Kokosmilch-Pudding mit Papaya. Ich verschlang die süße Speise, während ich mich wie eine Wilde durch die Atlanten aus der Bibliothek wühlte, die mir in einer Sprache, die ich nicht mehr sprechen konnte, erklären wollten, wo sich die planetarischen Portale für Teleportationen befanden.

Den Teleportationskanal des Palastes konnte ich schließlich schlecht nehmen. Dort standen zig Wachen und ungefähr dreimal so viele Bespaßerinnen. Wie sexistisch ich das fand, konnte ich niemandem sagen, zumal ich dankbar für die Gastfreundschaft war. Mir hätte es schlimmer ergehen können, da wollte ich nicht die Sitten des Planeten kritisieren.

Zwei Stunden Entzifferungsmühe und einen leer geschaufelten

Kokosmilch-Pudding später fand ich in den Karten der Atlanten ein nahe gelegenes Portal. Es war lediglich zehn Minuten Fußweg entfernt und im Landesinneren. Also *nicht* in einer Höhle am Meer. Sehr gut. Das verminderte die Gefahr zu sterben für mich um ein Vielfaches.

Ich packte die kleine Tasche von den fünf – oder waren es sechs? – die ich hierher mitgenommen hatte. Wechselkleidung, kleines Messer, Kamm für meine Mähne und ein Jäckchen aus Alpakawolle für Planeten wie die Plejaden, von denen ich wusste, dass sie ein kühleres Klima aufwiesen als das mediterrane Grecur oder der tropische Jupiter.

Den Ring und die Symbole schnürte ich in einen kleinen Lederbeutel, den ich mir an einer Lederschnur um meine Taille band. Unter keinen Umständen durfte ich ihn verlieren. Deshalb behielt ich ihn besser immer bei mir am Körper.

Ich blickte noch ein letztes Mal durch das schwach beleuchtete Zimmer und wollte gerade über die Terrasse nach draußen, als jemand an der Tür klopfte. Knock, knock, knock. Ich zuckte mit jedem Pochen zusammen. Mein Herz machte einen Satz und ich visierte die Tür an, in der Erwartung, sie würde gleich aufschwingen. Schnell schmiss ich mich aufs Bett und ließ die Tasche unter dem Kopfkissen verschwinden.

»Ja, herein.« Ich versuchte, so cool wie möglich zu wirken. Nicht wie jemand, der gerade abhauen wollte. Doch meine Gesichtszüge gehorchten mir nicht mehr, als der blau schimmernde, viel zu gut trainierte Körper von Leonardo den Raum betrat. Mit ihm hatte ich nicht gerechnet.

»Geht es dir gut?«, erkundigte er sich und schloss die Tür hinter sich. »Vater meinte, dir sei nicht wohl.« Er wirkte gar nicht so selbstbewusst und playboy-mäßig wie sonst. Eher schüchtern.

Ich richtete mich auf und vergrub die Tasche noch tiefer unter den Kissen. »Mir geht es gut, danke.«

Er verschränkte die Hände hinter seinem Rücken und schüttelte sich eine Haarsträhne aus der Stirn. Ich wusste nicht, was ich sagen sollte. Und er offenbar auch nicht. Die Stille im Raum erdrückte mich schier und ich hoffte, dass er meinen Herzschlag nicht so laut hören konnte wie ich. Ein Lächeln huschte über seine Lippen und seine Mundwinkel zuckten, als er scheu fragte: »Darf ich dir Gesellschaft leisten?«

Nein, ja, nein. Lieber nicht. Mist. Mein Hirn setzte aus und immer, wenn es das tat, wurde es ehrlich. »Das geht nicht, ich muss weg.«

Fuck. Ehrlich war nicht gut. Ich klatschte mir innerlich eine, doch Leonardo kam schon wie ein Raubtier auf Beutejagd zu mir. Er witterte Informationen und ich erinnerte mich noch gut an Hektors Worte, als er wieder und wieder betonte, dass Jupiterianer neugierige Wesen seien und auch nicht locker lassen würden, ehe sie ihre Informationen bekamen. Dennoch versuchte ich mein Glück.

»Ich mache einen abendlichen Spaziergang.« Das glaubte er doch nie. Er kam weitere Schritte auf mich zu und fixierte dabei meine Lippen. Herrgott, konnte der Kerl auch mal an etwas anderes denken. »Ich hab jetzt keine Zeit für dich, Leonardo«, blockte ich ab, bevor mein Hirn wieder einen automatischen Betriebsservice vollzog.

Der Prinz Jupiters kämmte mit seinen Fingern sein Haar hinter die Schläfen und grinste breit. Seine Brust prangte wie ein »Berühr mich«-Schild vor mir. Wahnsinnig unfair. Jupiterianer wurden mit einem Körperbau für Götter gesegnet. Einfach so. Genau genommen hatte es aquatische, fortbewegungstechnische Gründe. Durch die straffe Haut und die definierten Muskelpartien konnten sie sich schneller und wendiger im Wasser bewegen. Dennoch war ich mir ziemlich sicher, dass Leonardo noch ein bisschen trainierte.

»Wieso?«, hakte er nach.

»Weil ich allein sein will.« Das stimmte sogar.

»Bist du dir sicher?« Er wippte mit den Augenbrauen und ließ sich auf mein Bett fallen. Unverschämt. Als wäre es sein eigenes Schlafgemach, streckte er seine Arme aus und gähnte laut. Sexy.

Doch als er über die Laken strich, blieb er an dem Henkel meiner Tasche hängen und starrte mich fassungslos an. Nun war ich wohl aufgeflogen. Ich prustete Luft aus meinen Lungen und verdrehte die Augen, als er mich anstarrte wie eine Schwerverbrecherin.

»Was guckst du so?« Ich warf die Arme hoch. »Ich will Wiedergutmachung leisten. Und dein Vater lässt mich nicht weg. Da hab ich mir eben Plan B überlegt.« Meine Rechtfertigung klang tatsächlich plausibel, doch Leonardo starrte mich noch immer an.

»Du willst das Universum allein retten? Du kannst nicht eine einzige Fremdsprache, wie hast du dir das konkret vorgestellt?«, überprüfte er meinen Plan B. Mist. Den Punkt hatte ich unter Risikofaktor eingestuft, da ich ihn nicht lösen konnte.

»Ich werde mich schon durchgestikulieren«, konterte ich.

»Wie bei der Ratsversammlung, meinst du?«, konterte er.

»Du hattest ja nicht unbedingt mehr Erfolg, hm?« Es knisterte im Raum und das lag nur zur Hälfte an unseren feurigen Aussagen. »Ich habe keine Zeit, mit dir zu diskutieren. Romdon rüstet sich bereits. Wenn der Ring nicht bald gekittet wird und ich meine Gabe zurückerhalte, kann der Friedensvertrag nicht neu besiegelt werden und die Hälfte des Universums wird ausgelöscht. Zu dieser Hälfte gehört übrigens auch meine Heimat.« Ich verschränkte die Arme vor der Brust und er stemmte die Ellbogen auf seine Knie, um sein Gesicht in den Händen zu stützen.

»Ich könnte dich ja begleiten«, nuschelte er und visierte dabei die kleine Kommode an der Wand gegenüber von uns an.

»Äh nein, sicher nicht.«

»Wieso nicht?« Er drehte sich zu mir, sodass ich einen Hauch seines Meersalzduftes zu schnuppern bekam. Alles an ihm roch nach Freiheit und Sehnsucht. Sehnsucht nach Liebe, nicht nach ihm per se, da war ich mir sicher. Oh ja, sowas von sicher. »Suchst du nach Argumenten im Äther?«

Ich schniefte aus, bohrte meine Arme in die weiche Matratze und lehnte mich nach hinten. Ja, tat ich irgendwie. »Musst du nicht auf einer eurer zahlreichen Partys einer Frau ihr Herz stehlen?«, bläffte ich ihn an.

Er guckte nur böse. Oops, hatte ich da etwa einen wunden Punkt getroffen?

»Du kannst nicht mit«, beschloss ich die Causa. Keine Ahnung, wieso, aber ich wollte ihn nicht dabei haben.

»Wie willst du denn den Planeten verlassen ohne einen Gehilfen?«

»Ich habe ein Portal zehn Minuten von hier entfernt gefunden«, erklärte ich gewappnet.

»Du meinst das Portal im Landesinneren? Es ist inaktiv.«

Ich drehte mein Gesicht entsetzt zu ihm.

»Die Kartographen sind nicht unbedingt die schnellsten in Bezug auf Updates. Sorry, Babe.« Leonardo zuckte seine breiten Schultern und überprüfte unschuldig seine Hände, als wären sie frisch manikürt.

»Welches Portal ist aktiv?«, fragte ich und hoffte, dass er es mir einfach sagen würde.

Leonardo legte stattdessen seine Beine in einen Schneidersitz, schob sich die gepackte Tasche dazwischen und schaukelte das Ding wie ein kleines Baby, ehe er aufzuzählen begann: »Lass uns das nochmal festhalten. Du brauchst jemanden, der dir einen sicheren Weg aus dem Palast weisen kann. Du brauchst jemanden, der ein aktives Portal kennt. Du brauchst ein Gefährt, um nicht auf Portale angewiesen zu sein.«

»Das stimmt doch gar nicht!«, protestierte ich. Natürlich stimmte es. Mit einem Gefährt wäre ich tausendmal schneller, als ständig nach Portalen suchen zu müssen.

Leonardo sah mich schief an. »Zuuuuufällig«, begann er gedehnt, »kenne ich jemanden, der dich aus dem Palast bringen kann, ein aktives Portal auf Jupiter kennt, das sich ganz in der Nähe befindet und zuuuufällig hat dieser Jemand Verbindungen zu den Plejaden, die ihm ein Raumschiff leihen würden. Was für ein Zufall, oder?« Er zwinkerte amüsiert und grinste dabei dermaßen breit, dass ich sogar seinen Weisheitszahn erblicken konnte.

Ich schnaubte niedergeschlagen. Wieso ausgerechnet er? Ich sehnte mich nach Ruhe und Zeit für mich. Nicht nach Ablenkung von Ryan, denn das war Leonardo allemal. Eine viel zu gute Ablenkung. Eine Ablenkung, die ich ehrlich nicht wollte. Und dennoch schwebte sie seit meiner Ankunft um mich herum. Böse, sehr böse. Offenbar beglich ich bereits mein schlechtes Karma.

Sanfte blaue Augen warteten auf ein finales Okay. Mit so viel Wertschätzung hätte ich gar nicht gerechnet. Seine Geste machte es mir um einiges einfacher, zuzusagen.

»Gut, dann komm mit. Wir brechen in zehn Minuten auf. Treffpunkt ist hier bei mir.«

Ich unterdrückte ein Schmunzeln, als er ein angetanes Klatschen imitierte und dann ein theatralisches *Goodbye* wedelte, ehe er sich aus meinem Zimmer schlich.

»Warte!«, rief ich und er drehte sich mit einem selbstgefälligen Lächeln um.

»Das hier ist eine wichtige Mission. Keine Ablenkungen, keine Flirtereien, kein Spaß. Kapiert?« Ich warf ihm einen tadelnden Blick zu, den er empört erwiderte.

»Was denkst du denn von mir! Ich bin hochprofessionell und Spaß – Spaß kenne ich nicht. Kannst du mir das buchstabieren?« Leonardo setzte ein siegessicheres Grinsen auf und zwinkerte mir zu.

Na, wenn das mal gut ging.

DIE PLEJADEN
Die technisch begabten Cyberexperten

Planetarische Eigenschaften:
Der Planet besteht aus Codes, Programmierungen, Visualisierungen und reflektierendem Metall. Es ist heiß dort, unnatürlich und durch holographische Nachrichten, Brillen mit Scans und zahlreichen Lichtern ein visueller Overload. Zwar futuristisch, jedoch nicht im Einklang mit der Natur. Alles basiert auf Fakten und berechneten Technologien. Jegliches Essen fluoresziert und bringt auch die Mundhöhlen zum Leuchten.

Eigenschaften der Plejader:
Technisch begabt, ernst, cool

Gaben der Plejader:
Können mit den richtigen Codes alles kreieren, schöpferisch im technischen Sinne
Sind den anderen Planeten auf technischer und digitaler Ebene weit voraus
Keine körperlichen Gaben, doch die von ihnen entwickelten Anzüge und Raumschiffe können das Raum-Zeit-Kontinuum anderer Planeten umgehen sowie Schwarze Löcher im Universum durch Quantenfeldtechnologie aufspüren und dadurch binnen Millisekunden gigantische Strecken zurücklegen.

Planetarisches Oberhaupt:
Orun, bedeutet in der nordischen Mythologie »der Metallgott«

Weitere Bewohner:
Elektra, Oruns rechte Hand

Rüstungsvermögen der Plejader:
Drohnen

Kugelsichere und Gammastrahlensichere Anzüge
Raumschiffe, die auch unter Wasser schweben können
Kampfjets
Zahlreiche Angriffs- sowie Verteidigungssysteme

Beziehungen zu anderen Planeten:
Befreundet mit niemandem
Verbündet mit Jupiter und Grecur durch Bernsteinbedarf
Verfeindet mit Romdon und den Gefühlsplaneten Venus und Sirius

12

FEUER. BOMBEN. SCHÜSSE. Pure Gewalt. Zerstörung. Ich zuckte zusammen, als ich das Entsetzen am Himmel wahrnahm. Alles wurde schwarz, Dunkelheit breitete sich über Grecur aus. Es hagelte Kugeln und Bomben. Funken sprühten über die Küste unseres schönen Planeten, der Himmel brannte. Wie das gesamte Universum. Ich drückte die Lider fest aufeinander, um meinen eigenen Tod abzuwehren. Als wäre das möglich.

Doch plötzlich wurde es leise. Zu leise. Die Stille, die sich um mich ausbreitete, brachte meine Lider dazu, die Lage zu inspizieren. Ich fand mich inmitten eines Plenums wieder. Niemand sah mich, dennoch duckte ich mich, denn ich stand genau in der Mitte des Raumes.

Ich erkannte eine blonde Frau mit weißer Feder am Haupt, doch es war nicht Reyna. Eine sinnliche Frau mit langen roten Haaren, die Irina bis auf die Haarspitze glich, saß neben der Sirianerin. War ich in eine Versammlung geplatzt?

Zögernd schweifte mein Blick durch den Raum in der Hoffnung, ein bekanntes Gesicht zu erhaschen. Und da war es. Das Ebenbild meines Vaters.

»Opa?«, fragte ich, doch der alte Mann blickte durch mich hindurch, als wäre ich nicht hier. Nein, das konnte nicht sein, das musste ein weit älterer Vorfahr sein, schließlich lag die Friedensversammlung Jahrtausende zurück. Doch er schien ihm wie aus dem Gesicht geschnitten. Ich schluckte ob der verblüffenden Ähnlichkeit der Gesichtszüge.

Bellors Vorfahr schrie wild durch den Raum und hatte es offenbar auf eine Vorfahrin Kyras abgesehen. Das enge Leder, das die Bewohnerinnen Anedars auszeichnete, wurde von einem Halfter mit Pfeilen und einem elegant geschwungenen Bogen zu einer Rüstung avanciert.

Alle schrien sich an, während die Sirianerin seelenruhig etwas notierte. Das Oberhaupt der Venus breitete sanft ihre Arme aus, die sie mit den seidigen Trompetenärmeln wie eine Engelsgestalt erscheinen ließen. Es wurde ruhig. Erneut zu ruhig.

Und eine Dienerin, offenbar von Jupiter, brachte auf einem weißen Samtpolster sieben kleine Symbole. Mit einer anmutigen Verbeugung legte sie die Gaben vor die Sirianerin, die die Gruppe anwies, sich zu erheben. Der kriegerische Romdonianer machte zwar Anstalten, doch der Rest tat, was sie wollte. Sie versammelten sich um das samtige Polster und die blonde Sirianerin, die ich auf Mitte fünfzig schätzte, hielt einen goldenen Ring hoch.

Ich verstand kein Wort von dem Gemurmel, das die Sirianerin von sich gab, doch das brauchte ich auch nicht.

Sie gaben sich alle widerwillig die Hände und dann wurde es hell. Ein Strahlen ging von dem Ring aus, das den gesamten Raum in weißes Licht tauchte und ich sah weiße Tauben durch die Luft flattern, die Herzen in die Höhe trugen. Jeder murmelte etwas mir Unverständliches vor sich hin und dann wurde das Licht kanalisiert und für eine Millisekunde sah es aus, als würde diese geballte Energie in den Ring gezogen werden.

»Nun sind wir vor uns selbst geschützt. Der Friedenspakt ist besiegelt. Der Frieden an diesen Ring gekoppelt. Möge er lange währen und die wüsten Energien des Argwohns, die wir in diesem Ring von uns allen bündelten, nie freigesetzt werden, um einen weiteren Krieg zu verhindern.« Das sagte mein Urgroßvater.

Obwohl man ihnen ansah, dass sie kein Wort Grecurianisch verstanden hatten, nickten alle – während ich entsetzt die Augen aufriss und zu Boden ging. Was hatte ich bloß getan?

Ich keuchte und fuhr hoch, um den Husten zu beruhigen. Mein Atem ging schwer und ich verlor die Orientierung. Wo zur Hölle war ich? Das war weder mein Bett auf Grecur noch auf Jupiter.

Desorientiert wollte ich aufstehen und stolperte volé über eine blinkende Treppe. Die vielen Lichter brannten in meinen Augen und ich kniff sie mühselig zusammen, um nicht noch mehr geblendet zu werden. Himmel, was war das hier?

Durch meinen Wimpernkranz erkannte ich eine technologisch überfortschrittliche Landschaft, die die Nacht in bunte Lichter tauchte. Flugscheiben drehten ihre Runden und Sendemasten mit holographischen Nachrichten sprangen mich schier an. Funktürme blinkten erbarmungslos die Ruhe weg. Die Decke über mir war aus transparentem Material, das eine seltsame Ähnlichkeit mit Metall aufwies. Über meinem Kopf raste eine Schwebebahn vorbei. Ich zuckte erschrocken zusammen.

Ich war auf den Plejaden, richtig. Die Erinnerung kehrte zurück in mein Gedächtnis.

Wir hatten es mit Leonardos Hilfe einwandfrei geschafft, den Palast zu verlassen und das Portal im Südeingang des Land-Palastes zu nutzen. Orun empfing uns zwar mit wenig Begeisterung, wirkte aber dennoch erleichtert, uns zu sehen. Es wollten wohl auch die Plejader, dass dieser Krieg verhindert wurde, bevor er begann. Obwohl die Plejader rüstungstechnisch extrem gut aufgestellt waren. Im Gegensatz zu meinem Heimatplaneten Grecur.

Halb erleichtert atmete ich aus. Doch der Schrecken des Traumes saß mir noch immer in den Gliedern. Ich hatte diese wüsten Energien freigesetzt, die jetzt Krieg und Zerstörung verursachten und so das gesamte Universum gefährdeten. Es stürzte gerade ins Verderben und das war meine Schuld.

Weil *ich* wütend auf Ryan war.

Weil *ich* verraten wurde.

Weil *ich* alles auf das eine Pferd gesetzt und mir nicht selbst Liebe und Anerkennung geschenkt hatte. Fuck! Hätte ich nicht die Konditionierung Grecurs auf mir sitzen, die besagte, dass eine Frau einen Mann brauchte, um glücklich zu werden, hätten Ryan und ich vielleicht schon lange Schluss gemacht.

Je mehr ich darüber nachdachte, desto mehr wurde mir bewusst, dass unsere Beziehung schon lange keinen mehr glücklich gemacht hatte. Ich lebte in einer Bubble und offenbar musste sie zerstochen werden, damit ich mich selbst finden konnte.

Nur doof, dass das das Universum büßen musste.

»Ten dan zin«, flüsterte eine Stimme hinter mir, zu zart für Orun, zu bestimmt für Leonardo.

Ruckartig drehte ich mich um und blickte in ein stark geschminktes Augenpaar, das in hellem Braun leuchtete. Der dunkle Lidschatten sorgte für einen Smokey-Eyes-Effekt, den die dunkel angemalten Lippen zusätzlich betonten.

Als hätte meine Visage es gefragt, fügte die Frau im Türrahmen hinzu: »Elektra, Oruns rechte Hand und die Hauptprogrammiererin der Plejaden.« Sie lächelte kurz und wurde dann sofort wieder ernst. Ich verstand lediglich ihren Namen und etwas mit Orun und kleisterte mir mit den lückenhaften Informationen, die ich erhielt, zusammen, dass sie wohl Oruns Gefährtin sein musste.

»Freut mich, ich bin Alyra, doch das weißt du wohl schon«, erwiderte ich mit winkender Hand lächelnd, obwohl es keinen Sinn ergab. Ich sprach Grecurianisch, sie Plejadisch. Mehr als unsere Namen würden wir wohl beide nicht verstehen.

Sie nickte ernst.

»Leonardo?«

Elektra zeigte zur Tür und tippte mit dem Zeigefinger nach unten, ehe sie ziemlich zweideutig zwinkerte.

Ich zog verdattert die Augenbraue hoch, doch Elektra ging nicht weiter darauf ein. Alles klar.

»Geht es dir wieder besser?«, fragte die Plejaderin, die ich auf dreißig, vielleicht auch jünger schätzte, mit einem Zeigen auf mich und einem aufmunternden, nickenden Lächeln.

Ging es mir jemals schlecht? Verwirrt zuckte ich mit den Schultern in der Hoffnung, eine kleine Erklärung auf Pantomime zu erhalten.

Elektra warf ihre dunkelbraunen Haare über die Schulter, sodass man ihren Sidecut erblicken konnte. Ihre Augen waren dermaßen stark mit Kajal umrandet, dass ihre Iriden beinahe leuchteten. Vielleicht hatten die Plejader aber auch einfach eine spezielle Form von Kontaktlinsen kreiert. Wenn ich die fluoreszierenden Cupcakes auf dem Nachtkästchen betrachtete, wäre das gar nicht mal abwegig.

»Dir haben die vielen Lichter hier etwas zugesetzt«, erklärte sie und imitierte mit ihren Händen ein Blinken, während sie den Blick durch den Raum schweifen ließ. Sie führte weiter aus, dass ich wohl einen leichten Schwindelanfall gehabt haben musste, indem sie ihren Handrücken theatralisch auf die Stirn warf. Sie schenkte mir ein schmales Lächeln und ich wusste nicht, ob das faktisch oder beleidigend gemeint war. Der Diplomatie wegen entschied ich mich für Ersteres.

»Oh, dann bedanke ich mich ganz offiziell für eure Gastfreundschaft.« Ich nickte überschwänglich dankbar, um die Message klarzumachen.

Elektra schnalzte mit der Zunge und ließ ihren Daumen über eine Einbuchtung in der Wand gleiten. Der Raum wurde in ein warmes, sanftes Licht getaucht und ich blinzelte vorsichtig.

Elektra beobachtete mich amüsiert. Sie zwinkerte, während sie auf das Licht zeigte und die theatralische Ohnmachtsgeste erneut machte, als würde sie Gefallen an dieser aufgezwungenen schauspielerischen Tätigkeit finden. Dann stopfte sie sich einen der fluoreszierenden Cupcakes in den Mund und tat dabei so, als würde sie davon einen Orgasmus bekommen. Sie verdrehte genüsslich die Augen und stöhnte leicht, als sie die süße Masse in ihrem Mund verteilte. Jap, sie fand sogar definitiv Gefallen an Schauspielerei und Theatralik.

Aus Neugier nahm ich auch eines dieser Teile. Obwohl ich mir nicht sicher war, ob ich den Verzehr überlebte. No risk, no fun. Ich biss vorsichtig ab und riss überrascht die Augen auf.

»Die sind richtig gut!«, rief ich und trommelte mit der freien Hand auf meinen Oberschenkel.

Elektra lachte und es wirkte sogar ehrlich. Sie sagte etwas in ihrer Sprache, machte dazu ein Herz vor ihrer Brust und schniefte verliebt. Sie kaute heftig auf ihrem Muffinstück rum, schluckte und streckte mir dann die Zunge raus. Diese leuchtete in grellem Pink.

Sofort biss ich ein weiteres Stück vom Muffin ab, kaute wie wild darauf rum und schob die süße Masse die Kehle hinunter, während ich einen Spiegel im Zimmer suchte.

»Wie cool!«, freute ich mich wie ein Kleinkind, das neues Spielzeug bekommen hatte, und betrachtete mich nebenbei im Spiegel, um mein Äußeres zu checken. Ich sah gut aus. Sehr gut sogar. Noch immer setzte das türkise Lederbustier meine Brüste in Szene. An dem knappen Oberteil hingen seidige Stoffe, die feminin meine Rundungen umspielten und bis zur Mitte meines Oberschenkels reichten. Der Stoff war zwar blickdicht, dennoch leicht und luftig. Ich liebte grecurianische Handarbeit. Die Goldverzierungen mit kleinen Bernsteinen, die den seidigen Stoff an meinen Körper schmiegten, waren sorgfältig von Don Pedro höchstpersönlich hergestellt worden. Er hatte mir auch ein Collier aus dem Gold gefertigt, das mit grecurianischem Bernstein besetzt war und so perfekt zur Goldverzierung passte. Das glänzende Metall schlängelte sich wie eine Schlange um meinen Körper. Ich sah umwerfend aus. Ha! Love it! Das Einzige, was dem Look den Wow-Effekt nahm, waren meine braunen Augen, die zwar an Bernstein erinnerten, jedoch von Schatten der Schuld durchzogen wurden.

Schnell stopfte ich den Rest des Muffins in meinen Mund und bat Elektra, mich zu Orun zu bringen. Ich wollte erneut einen Versuch starten, den Ring zu reparieren. Vielleicht gelang es den Plejaden mit einer technischen Lösung, den Friedensring wiederherzustellen, der mir die Gabe zurückschenken sollte.

Die coole Plejaderin wies mich an, ihr zu folgen. Dabei schwang ihr schwarzes Ledercape mit hohem Kragen elegant im Türrahmen. Die Plateaustiefel, die sie trug, mussten massiv schwer sein. Sie schlurfte über den metallenen Boden wie ein Teenie, der keine Lust hatte, zur Schule zu gehen. Die Stiefel wiesen eine holographische Optik auf, die temporär perfekt zur neonpinken Zunge passten, die sie jedem entgegenstreckte, der an uns vorbeiging. Mit den zahlreichen Nieten, die Kragen, Hosenbund und Oberarmpartie säumten, wirkte sie wie eine coole Rebellin.

Erst als wir das Gebäude, das wohl eher ein Raumschiff war, verließen und ins Freie traten, erkannte ich das hightech Material, aus dem ihr eng anliegender Anzug gefertigt sein musste. Das Grau schmeichelte ihrem olivfarbenen Teint. Der Anzug war schulterfrei geschnitten und betonte ihr zartes Schlüsselbein, das etwas hervortrat. Ansonsten war jedoch gar nichts zart an Elektra. Im Gegenteil hatte ich sogar ein bisschen Angst vor ihr. Mit den Plateaustiefeln hätte sie mir direkt den Schädel zermalmen können. Was sie hoffentlich nicht vorhatte. Nervös zuckte ich bei dem Gedanken daran zusammen.

Ich folgte Elektra über einen von Laternen gesäumten Weg, die uns nachleuchteten, als wir sie passierten. Auch hier war die Nacht bereits eingebrochen und ich schätzte die Zeit auf circa Mitternacht. Falls es hier so etwas wie Zeit-Systeme gab. Das hatte mir Hektor leider nicht beigebracht.

»Alyra, hier bist du ja wieder!«, rief Leonardo freudig und mit einem Hauch Sarkasmus über den asphaltierten Platz, den wir gerade querten.

Orun stand hinter ihm und faltete seine Hände hinter dem Rücken ineinander. Shit, wieso machte ich das hier nochmal? Ich würgte einen Angstkloß den Hals hinunter, bevor ich mein diplomatisches Pokerface aufsetzte und dem planetarischen Oberhaupt zu nickte.

»Du hast einigen Wirbel angerichtet durch die Vernichtung des Rings«, eröffnete er seine Willkommensrede, die sich so gar nicht einladend anhörte. Dabei gestikulierte er wild mit den Händen, erzeugte einen Tornado und simulierte eine Bombenexplosion. Gut, bis hierher brauchte es keine sprachlichen Kenntnisse, dass ich Mist gebaut hatte und wie schlecht es um die Lage des Universums stand, konnte man recht augenscheinlich mit Händen demonstrieren. Das dunkelblonde Haar Oruns schimmerte im grellen Licht der zahlreichen Röhren, Türme, Laternen und Flugscheiben. Dass die Plejader ein Faible für Kleidung mit holographischen Effekten hatten, machte die Sache noch schriller. Dieser Planet war schlichtweg das Gegenteil Grecurs. Ich hatte noch keine einzige Pflanze zu Gesicht bekommen. Existierte hier überhaupt Natur? Die Plejaden schienen durch und durch technisch geprägt zu sein.

Die Lichter leuchteten, blinkten und blitzten durch den Himmel und gönnten nicht mal der Nacht ihre Ruhe. Alles war in Blau, Violett und in graues Metall getaucht. Faszinierend und dennoch befremdlich. Vor allem für eine wie mich. Eine bodenständige, naturverbundene Grecurianerin.

»Diese Vernichtung geschah nicht planmäßig«, stellte ich mit einer »versehentlich« andeutenden Geste klar und spitzte die Lippen, während sich meine Nase schmal machte und meine Iriden seine muskulöse Statur anvisierten. Das war mein böser Blick. Und er funktionierte. Immer.

Er winkte ab und ich triumphierte innerlich.

»Leonardo ...« Orun deutete auf meinen Kumpanen. Er mimte eine Lupe und kniff die Augen zusammen, während er den Boden ablugte. Dann streckte er den Zeigefinger in die Höhe und verzog sein Gesicht zu einem – freudigen? – Ausdruck. Ich interpretierte das als: »Ihr sucht eine Lösung für euer Problem?«

»Ja, das tun wir«, gab ich zu und nickte eifrig.

Seine braunen Augen, die ebenfalls mit schwarzem Kajal betont waren, fixierten die meinen. Ohne seinen Blick von mir abzuwenden, verschränkte er die tätowierten Arme vor der trainierten Brust, sodass die Muskeln seines Bizeps stark hervortraten. Mir fiel in diesem Moment erst auf, dass ich gefühlt nur von top trainierten Männern umgeben war und grinste. Das kam nicht gut an. Orun schob ernst seine Brauen zur Nasenwurzel. Alles klar, der Kerl hatte ein großes Thema mit Anerkennung. Huch, da litt ein inneres Kind offenbar ganz heftig vor lauter Unterdrückung.

Schnell räusperte ich mich. »Wir brauchen Hilfe.« Nun verschränkte auch ich die Arme vor der Brust und verkniff mir ein Grinsen, als Oruns und Leonardos Augenpaare mein hervortretendes Dekolleté anstarrten. Hach, Männer.

»Was hast du vor?«, hakte er nach, wies mir mit einer Geste an, Vorschläge zu bringen, und riss widerwillig seinen Blick von mir beziehungsweise meinen Attributen los. Traurigerweise wirkte er nun netter. Hach, Männer.

»Ich möchte den Ring reparieren. Alle eingesammelten Symbole findest du in diesem Beutel.« Ich verteilte den Inhalt des kleinen Beutels auf meiner Handfläche, den ich für die Ringutensilien gepackt hatte, und symbolisierte eine Schmiedebewegung, wie ich sie bei Don Pedro des Öfteren beobachtet hatte. »Meinst du, ihr könnt ihn kitten?« Hoffnungsvoll sah ich zu Orun hoch, der seine Arme aus der Verschränkung löste und sie neben seinen Hüften ablegte. Die Geste wirkte beinahe wie ein Friedensangebot.

»Ich hoffe es«, murmelte er leicht nickend. Sein Blick blieb auf dem Schmuckmassaker in meinen Händen haften.

»Ich hoffe es auch. Die Reparaturen auf Grecur und Jupiter sind bereits gescheitert.« Ich mimte mit den Armen ein X vor meinem Oberkörper in Kombination mit der Schmiedebewegung von Don Pedro. Immerhin waren die Planetennamen universell verständlich.

»Danke, Alyra.« Er faltete die Hände in einer mir bekannten Geste.

Ich schenkte Orun ein liebevolles Lächeln in der Hoffnung, dass die Message korrekt vermittelt wurde, und bemerkte im Augenwinkel, wie Leonardo missbilligend dabei zusah.

Oruns Iriden blitzten kurz auf und ich bildete mir ein, ein schmales, unscheinbares Lächeln über sein Gesicht huschen zu sehen. Er erinnerte mich irgendwie an Kyra von Anedar. Diese Entschlossenheit in den Augen, dieser Kampfgeist. Die ernste Miene, hinter der sich ein weicher Kern versteckte. Orun war jedoch um einiges urbaner.

Der Bernstein an seinem Anzug blinkte plötzlich rot in seiner Herzgegend. Alarmiert riss ich die Augen auf.

»Stirbst du jetzt?«, entwich mir ein schockiertes Ächzen und Elektra lachte amüsiert. Sogar Orun entlockte meine Überfürsorge ein Schmunzeln.

Er deutete auf den futuristischen Overall, in dem er steckte. »Kum bi zah rinn y poszem.« Er deutete etwas mir Unverständliches, das mir einen gehetzten Ausdruck der Ratlosigkeit aufs Gesicht zauberte.

Leonardo kicherte amüsiert und kassierte dafür ein genervtes Knurren.

»Ich denke, er will dir die Technik des Anzugs nahelegen, damit du nicht wieder einen halben Schlaganfall bekommst, wenn eines seiner Lämpchen aufleuchtet.« Den abschätzigen Tonfall ignorierte ich.

»Woher willst du das wissen?«, äffte ich und zog die linke Braue hoch, um meine Missgunst klarer zu verdeutlichen.

Leonardo richtete sich auf, bohrte seinen Blick in meinen und murmelte: »Weil ich äußerst gut darin bin, Kohärenzen herzustellen. Deshalb bin ich dabei, vergessen?«

Orun nickte, obwohl er unmöglich wissen konnte, worüber wir sprachen. Voller Optimismus mimte er einen Scan mit beiden Handflächen, schmiss sich symbolisch offenbar wohltuende Nahrung in den Rachen und simulierte einen Schrittzähler, indem er ging und auf seine Uhr tippte. Das erriet ich lediglich, weil sich

Theos einst einbildete, so etwas mit den Plejaden auszuhandeln, um die Vitalität der Grecurianer zu steigern. Das Projekt misslang gänzlich, doch Dad zählte immerhin ganze zwei Monate fleißig seine Schritte. Dabei zeigte er uns jede Anzugsfunktion vor. Nach seiner eindrucksvollen, wortlosen Präsentation wussten wir, dass die plejadischen Biotechnik-Suits von ID-Scan und Ortungssystem über Bedienung für Raumschiffe sowie Reminder für ausreichende Vitaminzufuhr bis hin zu Schrittleistungszähler so ziemlich die gesamte Verantwortung für ein achtsames Leben der Plejader übernahmen. Das rote Blinken eben war die Erinnerung für Letzteres gewesen.

Als ich ein »Ahhhh« von mir gab, grinste Orun. Er grinste! Ich hatte Orun noch nie lächeln, geschweige denn grinsen gesehen. Nun konnte ich in Frieden sterben.

»Alles klar«, antwortete ich und musterte fasziniert die eng anliegende Ledermontur mit Hightech-Material-Teilen. Einige Elemente bestanden aus mattem Metall, vermutlich die Vitalwerte-Überprüfer. Mich faszinierte Biotechnologie schon immer, nur leider hatte ich keine Ahnung davon. Und auch auf Grecur konnte mir niemand erklären, wie die Symbiose aus Biologie und Technologie funktionierte.

Orun pendelte seinen Finger mit erhobenen Augenbrauen zwischen mir und seinem Anzug hin und her. Das hätte man falsch verstehen können. Leonardos Zähneknirschen zufolge tat er das auch. Er gab vor, in einen Anzug zu schlüpfen, und deutete fragend auf mich.

»Ja«, gab ich nickend zu, etwas übereifrig.

Orun zeigte auf Elektra und wies mich wedelnd an, mit ihr zu gehen.

Ich nickte und er lächelte, während er seinen Daumen in die Höhe streckte. Orun sagte noch etwas auf Plejadisch, während er den Ring und die Symbole einforderte und mit seinem Finger vorsichtig darin wühlte. Das war wohl das Zeichen für: »Ich versuche, die Misere zu reparieren.«

Wann war es passiert, dass Orun nett geworden war? Vielleicht lag es daran, dass wir uns nicht richtig verstanden? Verblüfft starrte ich ihn an und schob mein Kinn stoisch zum Schlüsselbein, um ein Nicken anzudeuten. Er tat erneut Selbiges und machte am Absatz kehrt. Die silbernen Schnallen seiner Plateaustiefel klirrten über den Asphalt, als er zurück in das futuristische Gebäude stolzierte. Edel, anmutig und unglaublich elegant, wenn man bedachte, dass sein Schuhwerk um die zehn Kilo wiegen musste. Zumindest hörte es sich nach Schwergewichten an.

Erst jetzt kam Leonardo wieder auf mich zu. Mit schwungvoller Freude legte er seinen Arm um meine Schulter und grinste Elektra erwartungsträchtig an. »Dann los, Elektra!«, zwinkerte er ihr zu, während Elektra ihre braunen Iriden rollte.

Sie winkte uns hinter sich. Darauf folgte ein weiteres lautes, klirrendes Schlurfen von viel zu schwerem Schuhwerk, das in den Ohren wehtat, und blendende Nieten, die die Lichtervielfalt der Stadt reflektierten. Herrje, ich sehnte mich wirklich nach einer Pinie oder einem Delfin.

Der Morgen graute bereits und verdrängte die Nacht, die bei diesem Geblinke ohnehin keine richtige Chance auf Entfaltung gehabt hatte. Elektra hatte uns akribisch genau erklären wollen, wie sie die plejadische Technik mit der DNA ihrer Bewohner fusionierte. Das hatte Leonardo immerhin aus den Grafiken und Visualisierungen herausdeuten können, mehr allerdings nicht. Wir konnten lediglich hoffen, dass Orun mit der Reparatur des Rings Erfolg hatte. Ich hatte wirklich keinen blassen Schimmer, wie ich dieses Pantomime-Raten auf den anderen Planeten sonst überleben sollte.

Was uns Elektra allerdings recht ansehnlich mit klirrenden Zähnen und wackelnden Händen verdeutlichen konnte, waren die Eigenschaften der plejadischen Materialien. Die Anzüge konnten Temperaturen regulieren und Hitze sowie Kälte ableiten und speichern, je nach Atmosphäre. Das unterstützte wohl auch den

Körperhaushalt dabei, energieeffizient zu arbeiten. Kein Wunder, dass Orun und Elektra wirkten, als hätten sie hundert Jahre durchgeschlafen. Beide Gesichter strahlten in einem rosigen Teint und die wachen Augen wirkten beinahe bedrohlich durch die schwarzen Striche, die sie betonten. Vitalwerte on top. Ich brauchte so einen Anzug.

»Die Teile sind ultimativ bequem«, lobte ich den hautengen Jumpsuit, in dem ich steckte. Das hellgraue Hightech-Material glich von der Textur her gebürstetem Leder und fühlte sich auch so an. Nur viel leichter und atmungsaktiver. Und agiler. In dem Anzug konnte ich mich bewegen, als wäre er eine zweite Haut. Die Hose reichte bis zu meinen Knöcheln, dafür sparte man obenrum mit dem Stoff. Der V-Ausschnitt wurde durch die breit geschulterten Metallelemente in hellem Grau betont und erinnerte mich an die Tanktops, die Ryan so gern trug. Der metallene Gürtel mit zahlreichen Knöpfen glich schier einem Cockpit. Hoffentlich besaß das Ding eine Kindersicherung, nicht, dass ich mich noch durch die Luft schleuderte oder den Jumpsuit versehentlich auszog.

Während ich mich im Spiegel begutachtete, musterte Leonardo mich. Durch den Spiegel blickte ich in sanfte blaue Augen, die mich sehnsüchtig anfunkelten.

Schnaubend drehte ich mich zu ihm um. »Wieso wolltest du eigentlich mit?«

Ich vermutete die Antwort, wollte es jedoch von ihm hören.

Ein erschrockenes Zucken huschte über seine Züge, ehe er sich erhob und in die Rolle des Loverboys schlüpfte. »Weil diese Mission nach Abenteuer schreit und ich so viele neue Leute kennenlerne.«

Ich unterdrückte die Enttäuschung, die sich in meinem Herzen ausbreitete. Dafür stieß ich einen wissenden Seufzer aus.

»Und weil mir die Gesellschaft gefällt«, fügte er an. Schleimer.

»Dass du damit helfen kannst, unser Universum vor einem Krieg zu bewahren, war keine Motivation für dich?« Ich zog die

Augenbrauen hoch, spitzte die Lippen und schob mein Näschen zur Oberlippe.

Leonardo wirkte sichtlich irritiert und fixierte meine Lippen, als leitete ihn ein Magnetismus, gegen den er sich nicht wehren konnte. Ich schnippte vor seine Nase, um die Betörung zu stoppen.

»Konzentrier dich! Du denkst immer nur an das Eine! Glaubst du, ich habe nicht gesehen, wie du jedem weiblichen Wesen hier nachlugst, als würde der Fortbestand deines Stammbaumes davon abhängen?« Ein Knurren kroch aus meiner Kehle. Ich stierte ihn an wie eine Hündin, die kurz davor war, zuzubeißen. Im feindlichen Sinne.

»Das ist doch gar nicht wahr!« Er log. »Ich versuche mich nur abzulenken!«, protestierte er und fixierte erneut meine Lippen, während er sich auf seine eigene biss. Himmel Herrgott, wie triebbesessen konnte man bloß sein?!

»Ich hatte das klar kommuniziert: Keine Flirts, kein Spaß, auch sonst keine Freude. Du darfst dein Leben weiterleben, sobald wir das Universum zurück in den Frieden manövrieren konnten. Klar soweit?« Meine Lippen traten noch immer voluminös hervor. Dieses Hightech-Material betonte meine Hüfte und meine Oberweite sanft und nicht zu aufdringlich. Ich kannte meine Wirkung auf Männer. Doch dass ich dermaßen triebgesteuerten Seelen über den Weg laufen würde, konnte ja niemand ahnen.

Ryan war stets zurückhaltend gewesen. Leonardo hätte ihn gewiss als prüde bezeichnet. Ich fand das charmant. Bis zu seinem Betrug. Dann fand ich es nur mehr heuchlerisch.

Leonardo trat einen Schritt näher hinter mich und fuhr mit seinen Handflächen von hinten über die betonten Schulterpolster, die meine Hüften schmaler wirken ließen. Wir blickten beide in den Spiegel vor uns. Er sagte nichts. Ich sagte nichts. Doch die Energie zwischen uns sprach Bände. Ich spürte, wie er unmerklich immer näher kam, bis ich schließlich seinen Atem in meinem Nacken spürte.

Ich riss mich sofort von ihm los. »Neue Regel: Kein Körperkontakt.«

Entsetzt starrte er mich an, sodass selbst ich kurz zusammenzuckte. Doch ich konnte nicht anders. Ich musste eine klare Grenze ziehen. Ich hatte mir geschworen, mich auf keinen Kerl mehr einzulassen. Mein Vertrauen war gebrochen wie mein Herz und der Friedensring. Zum Glück hatte immerhin mein Stolz den Schmerz überlebt. Doch die Sache mit der Liebe würde ich auf Eis legen. Für immer.

Leonardos Iriden blitzten mich an, als er mich ruckartig zu sich drehte. »Was ist dein Problem, Alyra?! Wer hat dich dermaßen verletzt, dass du nicht einmal eine harmlose Berührung zulassen kannst?«

Er starrte mich an. Fordernd. Wütend. Atemlos. Und ich tat es ihm gleich. Bis ich meine harte Fassade verlor und sie wie brechendes Porzellan von mir abfiel. Sofort stahl sich die erste Träne auf meine Netzhaut. Still kullerte sie über meine Wange, während meine Lippen wild zu bibbern begannen.

Er hatte erneut meinen wunden Punkt erwischt.

Scheiße verdammt.

13

ORUN TROMMELTE MIT den Fingern auf den kalten Metalltisch. Der Klang hallte mechanisch in der mächtigen Halle wider, in der wir saßen. Obwohl der Raum, der gefühlt nur aus Metall und Beton bestand, in sanftes oranges Licht getaucht war und das Frühstück vor uns in grellen Farben leuchtete, fühlte ich mich hier unbehaglich und unwohl.

Auf den Plejaden gab es keine Natur, nur kalte Materialien, technische Geräte und mechanische Vorrichtungen. Für eine Grecurianerin der blanke Horror. Für Jupiterianer wohl auch, denn Leonardo ruckelte nervös auf seinem Metallstuhl herum, der zumindest mit einem Softshell-Material gepolstert war. Sein Gemütszustand konnte allerdings auch durch mich hervorgerufen worden sein.

Seit meinem kleinen Gefühlsausbruch sprachen wir kein Wort mehr miteinander. Leonardo hatte zwar versucht, mich zu trösten, doch das hätte es nur schlimmer gemacht. Wegen eines Männerproblems einen Mann als Tröster einzusetzen wäre der Reaktion eines Feuers gleichgekommen, in das man Öl goss. Ich wäre explodiert. Nun schwiegen wir uns an und ich sah, dass es ihm leidtat, dennoch spürte ich das drängende Bedürfnis in mir, ihn zu ignorieren und auf ihn wütend zu sein. Vielleicht war es unfair, meinen Männerhass auf ihn zu projizieren, doch es war mir auch irgendwie gerade ziemlich egal.

»Kun bin sa!«, warf Orun plötzlich in den Raum und ließ seine Arme einladend über die Tafel schweifen. Seine überschwängliche Handbewegung erinnerte mich an Torus. Es fehlte bloß die mit Rum gefüllte Kokosnuss.

Ich schnappte mir mit einer ruhigen Handbewegung und diplomatisch lächelnd einen der fluoreszierenden Cupcakes und hoffte dabei, dass mich Elektra nicht dafür umbringen würde. Wo war sie überhaupt?

»Wo ist Elektra?«, flüsterte ich Leonardo zu.

»Ach, du siehst mich also wieder?«

Boah, Männer. Ich rollte meine Augen. »Wir haben jetzt keine Zeit für sowas.«

»Für *sowas*«, äffte er mich überspielt nach.

»Gut, dann lass es«, keifte ich und wandte mich wieder lächelnd zu Orun. Der lud sich gerade haufenweise Speck in grellem Pink und Rührei in einer nicht deutbaren Farbe auf seinen Teller. Ich beschloss, die Dinge selbst in die Hand zu nehmen.

»Elektra?«, fragte ich Orun, der aufsah, während er Rührei in sich schaufelte und dabei guckte, als hätte man ihn bei etwas Kriminellem ertappt. Er simulierte das Schreiben auf einer Computertastatur und tippte sich dann auf den Ringfinger und ich gab ein wissendes »Ah« von mir, da ich glaubte, verstanden zu haben, was er mir erklären wollte. Ich faltete meine Handflächen vor der Brust, um das intergalaktische *Danke* auszudrücken, und er nickte. Gut, dass es mir Reyna all die Jahre vorgezeigt hatte.

Dass ich auf Gestik und Mimik einmal dermaßen angewiesen wäre, hatte ja niemand ahnen können.

Immerhin arbeitete Elektra an der Reparatur. Das erleichterte den Kloß in meinem Magen, worauf wirres Knurren folgte. Huch, wann hatte ich das letzte Mal etwas gegessen?

Ich biss in den fluoreszierenden Cupcake und griff mir dann einen Cracker, der aussah wie ein USB-Stick. Natürlich in grellem Grün. Dazu trank ich eine Art von Kaffee oder was auch immer das war. Die warme Brühe in meiner Tasse schmeckte zuckersüß und wies eine milchige Konsistenz auf. So etwas gab es bei uns auf Grecur nicht. Immerhin strahlte das Getränk lediglich in pastellenem Rosa und war somit das Einzige am Tisch, das nicht Neon leuchtete. Ich konsumierte gerade das künstlichste und ungesündeste Essen ever, deshalb nahm ich mir vor, fortan Lieferungen unserer Früchte an die Plejaden zu liefern. Zumindest für den Teil der Bevölkerung, der unter den gen-manipulierten Lebensmitteln litt.

Über mein Gesicht zog sich ein zufriedenes Lächeln bei der Vorstellung, den Plejadern ganz selbstlos zu helfen. Der Blick auf den Tisch bestärkte mein Vorhaben. Das grelle Essen leuchtete mich offensiv an. Deshalb gönnte ich mir einfach alles auf dieser Tafel und verbuchte es mental unter kulturelle Weiterbildung.

Zum Rührei und dem Speck in grellem Pink nahm ich mir einen weiteren fluoreszierenden Cupcake und einen grellorangen Saft, den ich in meinem Hirn als Orangenlimonade identifiziert hätte. Es gab auch einen Aufstrich, der Neongrün wie die Codes der Plejader leuchtete und fruchtig schmeckte. Die Früchte, die prächtig in einer Metallobstschale um die Wette prahlten, erinnerten mich an das tropische Obst Jupiters. Wohl deshalb bediente sich Leonardo ausgiebig an den Früchten. Ich griff mir ein Obst in der Form einer Avocado und zusätzlich ein Gebäck, das weiß war und an Fladenbrot erinnerte.

Als wäre ich als Verkosterin gebucht worden, biss ich in jede Speise und ließ meine Geschmacksknospen einordnen, was der Plejaden-Speise ähneln könnte. Einige Dinge konnte ich auch schier nicht definieren und stempelte sie als »unbekannt, aber sehr gut« ab.

Orun beobachtete mich schmunzelnd, doch ich tat so, als würde ich es nicht sehen. Was hätte ich schon sagen können?

In genau dem Moment, in welchem wir uns alle satt zurücklehnten und die Stille im Raum richtig unangenehm wurde, schwang die Falttür quietschend auf und präsentierte eine gestresst wirkende Elektra, die mit schweren Sohlen den Frühstücksraum betrat. Das Metall ihrer Plateaustiefel kratzte über den Metallboden und hinterließ ein Klingeln in meinen Ohren. Himmel, wie sehr vermisste ich Pinien und Delfine!

Ohne Leonardo oder mich auch nur eines Blickes zu würdigen, lehnte sie sich auf die Tischkante der Tafel neben Orun und flüsterte ihm etwas auf Plejadisch zu. Oruns Reaktion gab mir ein ungutes Gefühl und bevor Elektra uns erklärte, dass sie den Ring nicht reprogrammieren und reparieren konnte, wusste ich bereits, dass unsere Reise noch nicht beendet war.

Drei Stunden später konnten wir unsere Weiterreise antreten.

Als Entschuldigung für die misslungene Reparatur bot uns Orun an, eines seiner Raumschiffe für die Weiterfahrt zu nutzen. Immerhin hatten wir nun ein Gefährt, das uns die interplanetarische Travelmission erleichterte.

»Danke«, gab ich schwach bei, als Leonardo und ich dabei zusahen, wie das Raumschiff aus der Garage gefahren wurde. Das Ding strotzte nur so vor Metall und blinkenden Sensoren und dennoch wirkte es federleicht. Als könnte es auch in inaktivem Zustand schweben.

Der Anblick machte mich nervös. Wenn die Plejader solch ein aerodynamisches Meisterwerk kreieren, jedoch nicht den Friedensring kitten konnten, hatten wir dann überhaupt noch eine Chance auf den anderen Planeten? Ich bezweifelte, dass uns die Kampfkunst der Anedarier, die spirituellen Weisheiten des Sirius oder die Sinnlichkeit der Venus-Bewohnerinnen helfen würden.

Leonardo griff nach meiner Hand und hauchte mir zu, ohne mich dabei anzusehen: »Wir finden eine Lösung. Dafür sorge ich.«

»Kannst du eigentlich Gedanken lesen?«, platzte es aus mir heraus und ich starrte dem attraktiven Prinzen Jupiters nun das erste

Mal seit einer gefühlten Ewigkeit direkt in die Augen. Ein sanftes Lächeln umspielte seine kantigen Züge und verschmolz harmonisch mit dem weichen Blau seiner Iriden und der bläulich schimmernden Haut. Ich war gut beraten gewesen, ihm aus dem Weg zu gehen. Erneut flutschten meine Zelebrallappen in einen wattigen Zustand des Fließens. Ich konnte keinen klaren Gedanken mehr fassen, doch ich wusste, dass ich nie mehr wieder einem Mann trauen könnte. Schon gar keinem Womanizer wie Leonardo. Denn das war er. Ja. Und ich war eine betrogene, pflichtbewusste Frau. Ja.

Dass sich bei dem Wort *pflichtbewusst* mein Magen zusammenzog, überspielte ich gekonnt. Ich hatte dieses Verantwortungsbewusstsein irgendwie satt. Wieso konnte ich nicht eine Jupiterianerin sein? Voller Lebenslust, Freude, im Flow. Wie das Wasser selbst. Der Ernst und die Pflicht-Tugend Grecurs fühlten sich mit jedem Tag an Leonardos Seite falscher an. Nicht mehr passend.

»Ich kann deine Emotionen fühlen.« Leonardo riss mich aus meinen Gedanken.

»Was?«, hakte ich nach, nur um ins Gespräch zurückzufinden.

»Ich kann keine Gedanken lesen, jedoch deine Emotionen erfühlen. Das ist die Gabe der Jupiterianer. Wir sind eins mit dem Element Wasser. Wasser fließt. Wasser ist weich. Wasser ist flexibel, spontan und unberechenbar. Wie wir. Und wie Gefühle.«

Leonardos Brustmuskeln wippten sanft auf und ab und ich sah, dass er sein Sixpack einzog, als ich an seinem Oberkörper hinabschaute und meinen Blick schließlich in seinem verankerte. Mein Mund stand weit offen.

»Fasziniert es dich, dass ich ein Hirn besitze und nicht nur aus Hormonen bestehe?«, witzelte er und kräuselte amüsiert seine Lippen.

»Ehrlich gesagt ja«, gab ich zu.

Er lachte laut und sein voluminöses braunes Haar wippte, als er den Kopf in den Nacken warf. Die silbrigen Strähnen passten irgendwie zum Setting und dennoch war die fließende, feurige und lebensfrohe Art Leonardos hier gänzlich fehl am Platz. Gemütstechnisch ähnelten die Plejader den Grecurianern. Ernst, pflichtbewusst und arbeitend.

Das Raumschiff vor uns stoppte sanft und Orun stieg elegant und dennoch laut die steile Treppe herab, die links und rechts in gelbem Licht leuchtete, um die Reling zu markieren. Wie hielten es die Plejader bloß in diesen Plateaustiefeln aus?!

Elektra stieg dicht hinter ihm die Treppen herab. Ihr Sidecut betonte die scharfe Kante ihres Kiefers und bot den zahlreichen Piercings am Ohrläppchen eine glanzvolle Bühne. Ihr schulterfreier Anzug in Grau betonte die zierliche Oberweite und die schmalen Schultern. Das schwarze Cape aus Leder wehte im starken Wind, sodass sich Elektra den hohen Kragen zurechtrückte, um ihren dünnen Hals zu schützen.

Die beiden hätten ein vorzügliches Pärchen abgegeben, doch ich bezweifelte, dass Plejader liebevolle Partnerschaften zu führen pflegten. Die hatten ohnehin nur Technik im Kopf, genauso steif und kühl wirkten sie auch. Wirkte ich auch so? Schnell schüttelte ich meine Finger aus und dehnte meinen Hals von links nach rechts. Ich war absolut locker, cool und fließend, oh ja!

»Alles okay?« Leonardos Schmunzeln blockierte meinen Flow und ich stand wie ertappt da.

»Ähm klar. Ich bereite mich nur auf unsere Reise vor.«

»Aha«, gab er zurück und schmunzelte noch mehr.

Orun stellte sich vor uns und als Elektra ihre massiven Plateaustiefel neben seine stellte, sah es aus, als wollten die beiden eine Mauer aus Straßenpollern erstellen.

»Alyra, Leonardo«, eröffnete Elektra das Gespräch und nickte uns jeweils zu.

Orun mimte den Stoischen.

»Wir danken euch für eure Bemühungen, den Friedensring reparieren zu wollen und den Krieg zu verhindern.« Sie gab ein simuliertes Sprenggeräusch von sich, zeigte auf den noch immer zerbrochenen Ring in meinen Händen, spulte mit den Fingern ein imaginäres Seil zurück, das ich als Symbol der »Wiedergutmachung« deutete, faltete die Hände vor der Brust und nickte leicht, wie Reyna es immer zu tun pflegte.

Ich adaptierte die Bewegung mit einem Lächeln. »Wir geben unser Bestes«, beteuerte ich nickend und überspielte dabei meine Unsicherheit dermaßen gekonnt, dass ich einen Preis dafür einheimsen hätte sollen.

Elektra lächelte uns an, während Orun seinen Blick auf mir ruhen ließ und ebenfalls ein Lächeln hervor murkste. Als wäre es das Schwierigste auf der Welt.

»Solltet ihr scheitern, besteht zumindest eine Allianz mit Jupiter.« Oruns Fäuste knallten bedrohlich aufeinander, bevor seine Finger zwischen Leonardo und ihm pendelten. Er fixierte mich dabei jedoch noch immer, als sollte ich etwas einwerfen.

»Wir könnten auch für Grecur eine Allianz schließen«, haspelte ich und fing an, meinen Zeigefinger fragend zwischen ihm und mir zu pendeln. Warum war mir das nicht früher eingefallen? »Grecurianischer Bernstein ist ein wichtiges Leitelement für eure Datenübertragung, nicht? Wenn wir eine Allianz bilden, können wir euch Bernstein im Austausch gegen mit Bernstein produzierte Waffen liefern. Was sagt ihr dazu?« Ich hob einen meiner Bernsteine aus der metallischen Fassung meines Colliers, gab ihn symbolisch Orun, spindelte die Finger, deutete auf ihn und auf den Stein, dann auf mich und simulierte das Schießen mit einer Waffe. Ich spürte erst jetzt, dass ich mich während meiner Angebotsdarbietung aufgerichtet hatte und den Hals lang streckte. Meine Haltung glich nun jener einer Prinzessin, nicht mehr dem verunsicherten, verwirrten und betrogenen Mädchen. Ich war eine Frau königlicher Herkunft. Das durfte ich auch zeigen.

Orun schien äußerst angetan von meiner erneut selbstbewussten Version und klatschte langsam in die Hände. Er verstand offensichtlich, was ich zu vermitteln versuchte.

»Deal!«, rief er und streckte mir seine Hand entgegen.

»Deal!«, sprach ich nach und schüttelte seine Hand anmutig.

Er drückte seinen Brustkorb raus und grinste frech. Mist, vielleicht hatte Leonardo recht gehabt, als er bei unserem Gespräch in der Küche damals angedeutet hatte, alle würden mich attraktiv finden. Doch vielleicht konnte ich das für mich nutzen.

Ich schenkte Orun ein schmunzelndes Lächeln, worauf ein Zwinkern folgte. Meine Oberweite streckte ich mindestens genauso affig hervor wie er. Nur dass meine Attribute um einiges aufmerksamkeitserregender schienen. Oruns Blick wanderte in mein Dekolleté und wer weiß, was passiert wäre, wenn Leonardo sich nicht scharf geräuspert hätte.

Orun taumelte sichtlich benebelt zurück und richtete sich erneut auf, um die professionelle Miene wiederherzustellen.

Elektra beobachtete das Ganze ohne Gefühlsregung. Vielleicht waren lediglich die Frauen der Plejaden kalt und emotionslos? Oder sie konnten ihre Emotionen schlichtweg besser verbergen.

Ich verkniff mir ein Grinsen und folgte Elektras Schlussmimiken. Plötzlich strahlte sie wie die Sonne höchstpersönlich und winkte, als wäre sie froh, uns endlich verabschieden zu können.

Irritiert lugte ich zu Leonardo. Der stand trotzig neben mir und reagierte gar nicht.

»Danke sehr, wir berichten euch, sobald wir eine Lösung für den Friedensring gefunden haben«, ließ ich die beiden wissen, indem ich mit einem erkenntnisreichen Aha-Ausdruck auf den Friedensringbeutel deutete, so tat, als würde ich schreiben und dann auf die beiden zeigte.

Orun und Elektra nickten synchron und winkten mechanisch, als Leonardo und ich das Raumschiff betraten. Es kam mir vor, als wären sie froh, uns loszuhaben. Vielleicht mochten Plejader schlichtweg keine Fremdlinge.

Ich setzte mich ins Cockpit des tellerartigen Gefährts. Leonardo mimte den Co-Piloten. Vor mir erstreckte sich ein Bedienfeld mit mindestens dreihundert Knöpfen, Hebeln und Anzeigern. Zum Glück hatte uns Orun das Raumschiff auf Autopilot eingestellt und bereits Anedar als Zielort eingegeben. Das bedeutete für mich, dass ich nur mehr den grünen Knopf in der Mitte zu drücken brauchte. Dann konnte es losgehen.

Elektra hatte uns zu erklären versucht, wie das Ding funktionierte. Dabei war ich mir vorgekommen wie Groot bei seiner Knopfeinführung von Rocket in ›Guardians of the Galaxy Vol. II‹. Ich fühlte, dass sie es weniger getan hatte, damit wir das Raumschiff verstanden, sondern wohl eher, damit wir fachmännisch auf den anderen Planeten für sie prahlen konnten. Schließlich war es eine von ihr entwickelte Technologie, die das Raumschiff zum Schwarze-Löcher-Aufspürer machte. Ich fand es faszinierend. Das Gefährt funktionierte mit superschneller Quantenfeldtechnologie, die schwarze Löcher aufspüren und so die kolossalen Distanzen in Millisekunden überbrücken konnte. Mittels Teleportation brauchte man rund hunderttausend Mal länger. Dabei dachte ich, dass das Beamen schon recht ausgeklügelt wäre. Die technischen Hintergründe hatte mir zum Glück Orun bei der vorletzten intergalaktischen Konferenz in einem schwachen Moment der Freundlichkeit erklärt, als wir gemeinsam am Buffet angestanden hatten. Per Gestik oder Mimik hätte ich »Quantenfeldtechnologie« im Leben nie erraten.

Sofort kroch mir die Angst des Versagens durch die Glieder. Wenn es die Plejader nicht geschafft hatten, den Ring zu kitten, hatten wir dann überhaupt noch eine Chance? Mein Herz fing wie wild an zu pochen. Panik. Fuck.

»Bist du bereit?«, lenkte ich mich ab.

Leonardo nickte stumm und während ich den grünen Button drückte, sah ich zu ihm. Seine Haarsträhnen fielen ihm wild ins Gesicht, die Mundwinkel zogen sich nach unten, als würden Gewichte daran hängen.

»Ist alles okay?«, fragte ich.

Dann machte es einen Ruck, darauf folgte ein lauter Knall, es wurde gleißend grell und ich kniff geblendet die Augen zusammen.

»Ah!«, gab auch Leonardo keuchend von sich und warf die Arme vors Gesicht.

Nur eine Sekunde später war es plötzlich still.

Blinzelnd schob ich meine Linsen durchs Dickicht der Wimpern. Was ich erblickte, ließ mein Herz kurz aussetzen. Vor uns erstreckten sich zahlreiche Wasserfälle, die Nebel in die Atmosphäre pulverten, und unsere Fenster beschlugen. Ein tropischer Wald säumte die plätschernden Kunstwerke in einen harmonischen Rahmen. Ich spürte von hier drinnen bereits die angenehme Luftfeuchtigkeit und die Schwingung der Natur. Der Himmel strahlte in einem sanften Blau, während dünne Wolkenschleifen vor der Sonne vorbeizogen.

Mein Geist versuchte, alles auf einmal wahrzunehmen. Der Anblick war überwältigend und obwohl es für mich absolut unverständlich war, erkannte ich diesen Planeten ganz klar.

Wir waren bereits da.

ANEDAR
Die unabhängigen Matriarchalen

Planetarische Eigenschaften:
Tausende Kaskaden und Wasserfälle, sanfte Nebel, hohe Luftfeuchtigkeit sowie satte, grüne Dschungel zeichnen Anedar aus. Fjorde und prächtige Höhlen werden von Moos gesäumt.

Eigenschaften der Anedarierinnen:
Feministisch, unabhängig, kampfbegeistert, stark, trainiert, Teamplayerinnen

Gaben der Anedarierinnen:
Gnadenlose Nahkampf-Göttinnen
Präzision und Treffsicherheit im Umgang mit Pfeil & Bogen
Können mit Pixies verbal kommunizieren

Planetarisches Oberhaupt:
Kyra, bedeutet »Macht/Herrscherin«

Weitere Bewohner:
Freya, Kyras Kampfschwester

Rüstungsvermögen der Anedarierinnen:
Pfeil und Bogen, alles für Nahkämpfe

Beziehungen zu anderen Planeten:
Befreundet mit niemandem, nur Kyra hegt eine Freundschaft mit Alyra
Verbündet mit Jupiter
Verfeindet mit Romdon und Plejader, da sie Nahkampf belächeln und als nicht effizient erachten

14

WIR LANDETEN IN einer Bucht, die eingebettet in Klippen einen idealen Landeplatz bot. Da Anedar einer der größten Planeten unseres Universums war und ich keine Ahnung hatte, in welchem Teil der Sphäre wir angekommen waren, würden wir wohl ein Stück weit durch die nebligen Wälder laufen müssen.

Eine Welle feuchten Nebels schlug mir entgegen, als die Rampe ausfuhr und uns das Klima Anedars empfing. Uff. So feucht und klebrig hatte ich die Sache nicht in Erinnerung. Binnen Sekunden klebte der fließende Seidenstoff meines Kleides an meinem Körper. Die Römersandalen, die ich immer noch trug, schnürten sich gefühlt enger an meine Waden. Wieso ich überhaupt anderes Schuhwerk eingepackt hatte, war mir ein Rätsel.

»Die Hitze bringt mich um, sollen wir uns kurz im Wasser abkühlen?«, fragte ich Leonardo. Doch der stand noch immer mit Schwergewichten an den Mundwinkeln im Türrahmen. »Ist alles okay bei dir?«, hakte ich nach. Er hatte seit der Abfahrt kein Wort gesprochen. Gut, das war theoretisch gesehen erst fünf Minuten her. Dennoch war er seltsam.

»Bei mir ist alles okay. Bei dir auch? Oder findest du es normal, mit planetarischen Oberhäuptern zu flirten?« Er starrte mir bissig entgegen. Ach, darum ging es hier.

Ich lächelte ihn sanft an, bevor ich ihm eine Basisweisheit der Diplomatie erklärte. »Kenne die Schwächen deines Gegenübers und nutze sie für dich. Du hast selbst gesagt, jedes der Oberhäupter würde mich attraktiv finden. Wieso sollte ich das nicht für den Schutz Grecurs nutzen?« Ich zwinkerte. Er wusste, dass ich damit ein plausibles Argument lieferte, das seinen Trotz unbegründet ließ.

»Spielst du auch meine Schwächen gegen mich aus?«, fragte er patzig.

»Natürlich nicht!« Was für eine bescheuerte Frage! Das konnte unmöglich sein Ernst sein.

Er legte den Kopf schief.

»Ich mag dich doch nicht mal!«, schoss ich nach, um seine These, ich sei manipulativ, gänzlich zu zerschlagen. Das ließ ich nicht auf mir sitzen. *Ich* war schließlich nicht diejenige, die unverschämt baggerte.

»Du magst mich nicht? Das sah vorgestern noch ganz anders aus.«

Meine Finger krampften sich um die Reling, auf der ich noch immer stand. »Ich litt unter Sauerstoffentzug«, konterte ich kühl und reckte den Hals.

»Auch in deinem Zimmer nach dem Abendessen, zu dem du nicht erschienen bist?« Leonardos Brauen zogen sich dicht zusammen und bildeten mit seiner feinen Nase ein feindliches Ypsilon.

»Da war ich nicht klar bei Verstand.« Mir gingen langsam die Argumente aus.

»Ich verstehe.« Leonardo presste seine Lippen zu einem schmalen Schlitz zusammen und ging an mir vorbei die Rampe nach unten. Ohne sich umzudrehen, verschwand er in den Dschungel. Ich schnappte mir meine Tasche und rannte ihm nach.

»Jetzt warte mal, was ist denn nun *dein* Problem?« Ich stellte dieselbe Frage, die er mir auf den Plejaden gestellt hatte. In der Hoffnung, er würde nicht auch in Tränen ausbrechen.

»Ich habe kein Problem. Mir gefällt es nur nicht, wenn du dich Typen wie Orun anbietest.«

Ich – was?! So, das reichte.

»Sag mal, hakt's bei dir? Ich biete mich gar niemandem an. Das nennt man Diplomatie unter Einsatz körperlicher Attribute.«

»Aha, nennt man das so?« Er zog die Brauen hoch, sah mich jedoch nicht an. Wir marschierten immer tiefer in den Dschungel und die Hitze klebte an meiner Haut wie Uhu. Doch das war mir gerade egal.

»Außerdem: Was kümmert es dich, was ich tue oder nicht tue? Du bist doch ohnehin hier, um *neue Freunde* kennenzulernen. Dass das der Code für *Sex mit allen und allem* ist, brauchst du mir nicht extra erklären.«

Er drehte sich ruckartig zu mir. Nun stemmte ich die Hände in die Hüften und funkelte ihn an.

»Glaubst du wirklich, dass ich *deshalb* hier bin?« Seine Iriden schossen Eisblitze, die nicht gewünschten kühlenden Effekt hatten, sondern eher mein Herz erstarren ließen.

»Das hast du so gesagt. Also ja.«

Er starrte mich fassungslos an. Was konkret hatte ich hier nicht ganz mitbekommen? Leonardo streifte sich durch seine silbrigen Strähnen, was ich schon als »Leonardos Move« in meinem Gedächtnis abgespeichert hatte, und legte die Stirn in Falten.

»Komm, lass uns Kyra suchen. Damit diese Reise so schnell wie möglich beendet ist. Sie tut uns wohl beiden nicht gut.«

Was sollte das denn bedeuten? Ich konnte nicht nachfragen, denn Leonardo schoss bereits wie der Blitz durch die Wälder und ich hatte Mühe, ihm nachzukommen.

Herrje, als hätte ich nicht genug Probleme, durfte ich nun mit einem angepissten Fischhybrid-Prinzen durch die Wälder Anedars stolpern, die vor kriegerischen Frauen nur so wimmelten.

Karma was a b****.

Lost. Dieses Wort spielte mein Gehirn rauf und runter, als wäre es ein eigenständiges Lied. Die Lianenfesseln um meine Handgelenke schmerzten und ich lugte zu Leonardo, der sich den Mund fusselig redete, während eine blonde Kriegsgöttin ihn dabei gekonnt ignorierte. Vermutlich hauptsächlich, weil sie sein indefinites Gebrabbel nicht verstand. Dabei hätte ich gedacht, dass Anedar uns keine Probleme bereiten würde. Schließlich mochte mich Kyra. Doch die war nicht da.

Ich stolperte über eine Verwurzelung und kam ins Hechteln. Die blonde Kriegerin fing mich gerade noch rechtzeitig vor meinem Aufprall auf. Sie lächelte sanft und dennoch ernst. Ich versuchte erst gar nicht, das zu verstehen.

Wo zur Hölle war Kyra?

»Leonardo, sag ihnen, dass wir Kyra kennen und die Nachkommen der planetarischen Oberhäupter sind!«, zischte ich dem Prinzen mit der blau schimmernden Haut zu.

Er legte den Kopf schief, während er galant über eine Wurzel stieg. »Und du glaubst, dass sie mein Jupiterianisch besser verstehen als dein Grecurianisch?« Er rollte die Augen. Na, immerhin redete er mit mir. Ich wertete das als Erfolg.

Die blonde Kriegerin und ihre vier Kumpaninnen würdigten uns keines Blickes. Offenbar stellten wir keine außerordentliche Bedrohung für sie da. Dennoch quälte man uns hier mit Fesseln und einem Marsch durch die feuchten Wälder Anedars.

Schnippisch stieß ich Luft aus und erntete dafür von der Blondine einen genervten Blick. Leonardo gesellte sich mit einem hellen Lachen zu diesem Mienenspiel, das alle Anedarierinnen, bis auf die Blonde, große Augen machen ließ.

Mein Hirn ratterte. Wieso zur Hölle wurden wir wie Feinde behandelt, wo wir doch offenbar nicht bedrohlich wirkten, sondern sogar eher attraktiv? Gut, Leonardo wirkte für die Frauen attraktiv. Mich ignorierte man gekonnt. Ich hatte diesen Planeten freundlicher in Erinnerung. Und dennoch: Die Schönheit der Natur hier war schlichtweg atemberaubend.

Wir stapften durch saftig grüne Wälder, umgeben von Orchideen, die aus Bäumen prahlten und Lianen, die unsere Häupter kitzelten. Die Bäume schienen ewig hoch zu sein und nur manchmal bahnte sich das Licht der Sonne einen Weg auf den feuchten und kühlen Dschungelboden. Als wollte es uns den Weg leuchten. Obwohl wir im Schatten wanderten, drückte die feuchte Hitze unsere Kleider an den Körper und brachte uns zum Schwitzen, als wären wir einen Marathon gelaufen. Ein bisschen fühlte es sich wirklich danach an. Wir wateten bestimmt bereits zwanzig Minuten durch den Wald. Bei einer Luftfeuchtigkeit von 80% machte das um einiges weniger Spaß als auf Grecur. Leonardo schien keine Mühe für diesen Marsch aufwenden zu müssen. Er glitt schier durch die feuchte Luft und über die glitschigen Wurzeln, die die Bäume mit der Erde verzahnten.

»Ich bin im Wasser aufgewachsen«, erklärte er achselzuckend. Offenbar starrte ich ihn etwas zu bewundernd an. Sofort drehte er sich wieder weg.

»Willst du wirklich die restliche Reise sauer auf mich sein?« Ich zog die Augenbrauen hoch und fixierte ihn mit einem mahnenden Blick. Wären die Fesseln nicht gewesen, hätte ich noch die Hände vor der Brust verschränkt. Leonardo stieß heftig Luft aus und antwortete ... nicht?

Gerade als ich protestieren wollte, schob mich die blonde Kriegerin vor sich und ich vergaß all den Ärger der letzten Tage.

Vor uns erstreckte sich ein mächtiger Wasserfall, der aus bestimmt hundert Metern Höhe in ein Becken plätscherte, dessen Wasser so klar war, dass es in hellem Türkis den blauen Himmel über uns spiegelte. Mein Mund klappte auf und die Augenlider hefteten sich an meine Stirn. Wow. Einfach nur wow. Der ionisierte Nebel des Wasserfalls benetzte sofort die Härchen meiner Haut und erwirkte einen kühlenden Effekt, den ich dankbar annahm. Die Wasserpartikel schimmerten im Licht der Sonne und tauchten meine Haut in einen bläulichen Schimmer.

Durch die Spiegelung der Wasseroberfläche konnte ich sehen, wie mich Leonardo mit offenem Mund anstarrte. Ein Schmunzeln umspielte meine Lippen, doch ich verriet ihm nicht, dass ich sein

Staunen bemerkte. Zu schön fand ich den Moment, zu kostbar fühlten sich diese Sekunden des Friedens und der Hingabe an. Seine Haut schimmerte durch den Tau, der auf seinen Härchen lag, noch intensiver. Leonardos silbrige Strähnen schenkten seinem Look etwas Edelmütiges, und das erste Mal, seit ich ihn getroffen hatte, erkannte ich eine männliche und reife Anmut in ihm, die seine royale Herkunft offenbarte. Hatte er sie bewusst tief in sich vergraben? So wie ich? Haderten wir beide mit dem Schicksal der politischen Nachfolge?

»Alyra! O mein Gott, nehmt ihr die Fesseln ab, um Himmels willen!« Kyras Stimme riss mich aus meinen Gedanken. Obwohl ich die Vokabeln nicht verstand, machte ihr Tonfall die Message deutlich.

Herrisch schob sie die Blondine von mir weg und löste mit einer simplen Handbewegung die Fesseln. Den Knoten musste sie mir unbedingt beibringen. Sie warf den Anedarierinnen einen scharfen Blick zu und legte sofort schützend ihre Arme um meine Schultern. Es folgten einige schimpfende Worte, die die Anedarierinnen wie Befehle entgegennahmen und steif nickten.

Die Blonde ging in die Rechtfertigung, bis Kyra ihr die Hand wie einen Riegel vorschob und sie nickend, jedoch bestimmt wegschickte.

»Alyra, Leonardo, geht es euch gut?«, erkundigte sich Kyra besorgt, hob die Daumen fragend gen Himmel und stemmte dann ihre Hände in die Hüften.

Wir nickten beide, Leonardo etwas überschwänglicher als ich. Der Schweiß kroch mir aus den Poren und kämpfte sich tapfer durch das enge Leder, das meinen Körper noch immer wohlgeformt unter Kontrolle behielt.

»Es tut mir so leid, dass ihr so forsch empfangen wurdet«, entschuldigte sich Kyra, indem sie die Fesseln in die Hand nahm und bedauernd zu mir blickte. »Wir haben es öfters mit Eindringlingen zu tun. Hauptsächlich Plejader«, erklärte sie mit bedrohlicher Angriffsgeste, während sie ihre linke Hand zu einem fliegenden

Gefährt mutieren ließ und mit der rechten dabei blinkende Lichter simulierte. Dass damit nur plejadische Raumfahrttechnik gemeint sein konnte, lag auf der Hand. Im wahrsten Sinne des Wortes. Nun verstand ich auch unseren schroffen Empfang. Wir kamen schließlich mit einem jener Schiffe und in plejadischen Kampfanzügen hier an. Taktisch äußerst unklug, wie mir in diesem Moment bewusst wurde.

Kyras stark geschminkte Augen funkelten feindselig bei der Gestikulation über die Plejader. Der lange violette Lidstrich, der mit ihrem dunkelgrünen Lidschatten verschmolz, war parallel zu ihren ausdrucksstarken Augenbrauen gezogen.

Obwohl ich die Anedarierinnen etwas furchteinflößend fand, mochte ich Kyra. Hinter der Kampfbomben-Fassade steckte viel Herzlichkeit, die sie nur jenen schenkte, denen sie vertraute.

Sie zeigte auf die Kaskaden, rieb sich die Oberarme und atmete übertrieben erleichtert auf, während sie in Richtung Lagune blickte und auf uns beide zeigte. Ich fragte mich unweigerlich, wie es möglich war, dass ihr Make-up bei dieser Leuchtfeuchtigkeit nicht zerrann.

»Kommst du nicht mit?«, fragte ... Leonardo?! Er wippte seine Brauen, winkte Kyra zu sich und lächelte verführerisch. Baggerte er etwa gerade Kyra an?

Meine Freundin lachte amüsiert, wedelte verneinend ihren Zeigefinger und warf sich symbolisch einen schweren Rucksack über die Schulter. Dann zeigte sie in den Himmel und ließ ihre Finger zu einem explodierenden Geräusch auseinanderspreizen. Mich hätte die Abwehrtaktik der Anedarierinnen so sehr interessiert, zumal ich Kyra auch als meine Freundin empfand, doch ohne Hologramm-Hilfsmittel konnte ich mir noch weniger vorstellen, über Smalltalk hinaus mit ihr zu kommunizieren.

Kyra zwinkerte und schwenkte ihre Arme eröffnend in Richtung ihrer Kampfschwestern. Sie gab nickend ihr OK zu ihrer Crew, zeigte auf die Uhr an ihrem Handgelenk und schoss einen Luftpfeil in den Horizont.

Leonardo grinste frech und faltete die Hände vor der Brust. »Ich danke dir, Kyra. Du bist gut dabei, den vermasselten Empfang wiedergutzumachen.« Er sagte es zwar auf Jupiterianisch, doch der Wink zu den Fesseln, sein theatralisches Schmollen und darauffolgendes Zwinkern verdeutlichten Kyra recht ansehnlich, dass er ihre Geste zu schätzen wusste. Er zwinkerte erneut. Das tat er doch mit Absicht.

Genervt rollten meine Augen wie von selbst und Leonardo sah es. Und reagierte mit einem selbstgefälligen Lächeln. Arschloch.

»Freya«, zitierte Kyra die blonde Kriegerin, die Leonardo eisern ignoriert hatte, zu sich.

Sie meldete sich mit einem Nicken zum Dienst.

»Kannst du den beiden mit deinem Team Gesellschaft leisten? Und ihnen Tücher zum Abtrocknen bringen?« Kyra deutete auf uns, die Lagune und ihre Kriegerinnen und verschränkte die kleinen Finger miteinander, bevor sie sich symbolisch mit einem Handtuch abtrocknete und ihre Haare wrang.

Freya stimmte zu und schickte sofort eine Kriegerin mit ebenfalls blondem wallendem Haar los.

Mit einem zarten Hauchen von liebevollen Worten lächelte Kyra und drückte Freyas Hände dankbar. Leonardos Atem stotterte kurz. Das hatte wohl auch er nicht kommen sehen. Obwohl... Anedar war ein reiner Frauenplanet. *Sisterhood over everything* lautete deren Mantra. Wieso sollte Schwesternschaft also nicht gelebt werden?

Wie das mit der Zeugung funktionierte, war mir schon ewig ein Rätsel gewesen, doch ich hatte mich nie getraut, Kyra auf dieses Thema anzusprechen. Bis jetzt traf ich sie immer nur in meiner Rolle als diplomatische Übersetzerin und da schien mir das Thema Zeugung und Fortpflanzung wenig adäquat.

Als würde ihn das Wasser rufen, riss sich Leonardo plötzlich aus der Runde und rannte ohne ein Wort in Richtung Wasserfall. Mit einem erleichterten Jauchzen sprang er Kopf voraus in die Gischt. Alles klar, das war wohl das Zeichen, eine Runde baden zu gehen.

»Danke!« Ich drückte Kyra fest an mich und schenkte ihr ein aufrichtiges Lächeln. Sie erwiderte die Geste und machte sich dann mit ihrem knappen Lederrock und dem dunklen Leder-Croptop davon. Ihr dunkelbraunes Haar war am Scheitel hochgesteckt und zu einem Zopf geflochten, der ihr nun beim Gehen um den Brustbereich wehte.

Freya reichte mir die Hand und ich nahm sie lächelnd entgegen. Die Verbundenheit, die diese Frauen untereinander teilten, faszinierte mich und entfachte in mir eine Wehmut nach einer aufrichtigen Freundschaft, fernab von Verpflichtungen und Aufgaben.

Ich erkannte es in diesem Moment ganz klar: Ich hatte den Spaß aus meinem Leben verdrängt. Mit einem harten Kloß im Hals, den ich nicht zu schlucken vermochte, hakte ich mich nun fester bei Freya ein und wir marschierten gemeinsam zu den treppenartigen Kaskaden, die ein traumhaftes Schauspiel boten.

Ich konnte kein einziges Wort mit Freya wechseln. Sie tätschelte meine Hand und ließ sie dann los, als wir am Ufer ankamen. Leonardo hechtete durch das ausufernde Wasserbecken wie ein Delfin, der nach jahrelanger Gefangenschaft wieder frei gelassen wurde. Ich verkniff mir ein Schmunzeln und stieg langsam ins kühle Nass.

Freya tauchte neben mir unter, doch ich wollte mir Zeit lassen. Das brauchte ich jetzt. Das hatte ich verdient.

Wann hatte ich das letzte Mal bewusst meine Umgebung wahrgenommen? Die Kaskaden fielen in Treppen ins Wasser und wirbelten Gischt hoch, sodass ein sanfter Nebel das Becken säumte. Das frenetische Donnern des Wasserfalls beruhigte meine Sinne auf einer tief hypnotischen Ebene. Ich sog erleichtert die feuchte Luft ein und lächelte, während ich meine Augen geschlossen hielt. So konnte ich alles intensiver auf mich einwirken lassen.

Anedar war wunderschön. Hätte es mein Pflichtbewusstsein zugelassen, wäre ich wahrscheinlich hierhergezogen. Ich hätte kämpfen gelernt und den Umgang mit Pfeil und Bogen geübt. Ich wäre eine der Kampfschwestern gewesen, die vor Zusammenhalt und Freundschaft nur so strotzten. Auf Anedar lebte man Weiblichkeit zwar recht männlich aus und die Frauen hier waren unglaublich stolz, doch immerhin standen sie sich nicht selbst im Weg und opferten sich nicht für gesellschaftliche Dogmen auf. Sie besaßen Kampfgeist als Team und dennoch lebte jede ihre Wahrheit.

Ich lauschte dem sanften Plätschern, das meine Waden umspielte. Die Sonne wärmte meine Haut und kitzelte meine Nasenspitze. Das Gefühl entlockte mir ein Kichern und plötzlich lachte ich mit mir selbst, einfach so, weil ich es gerade gut fand.

Als ich die Augen wieder öffnete, musste ich feststellen, dass mich Leonardo irritiert musterte. Er lehnte mit den Schultern auf einer Felsformation am Ufer und hatte den Kopf in den Nacken geworfen und gierte neben der Beobachtung meiner Person offenbar nach Aufmerksamkeit der Anedarierinnen. Doch die kampferprobten Frauen würdigten ihn keines Blickes, sondern beredeten energisch ein Thema im Kreis, das Leonardo ganz klar ausschloss. So hatte er sich »Gesellschaft« vermutlich nicht vorgestellt. Ich triumphierte innerlich.

Die mindestens zehn Anedarierinnen standen in knappen Röcken und engen Oberteilen im Wasser. Die durchtrainierten Körper härteten ihre femininen Rundungen. Muskeln und Sehnen und noch mehr Muskeln und Sehnen. Die Frauen Anedars boten das körperliche Gegenteil der Venus-Bewohnerinnen. Irina und ihre Gefolgschaft waren weich, sanft, weiblich. Die Frauen der Venus waren meist nicht dick, jedoch auch keine durchtrainierten Muskelanbeterinnen. Ich gehörte eindeutig zur Venus-Gattung.

Leonardo blickte mich noch immer an, nun nicht mehr irritiert, sondern eher angetan. Der Kerl wusste auch nicht, was er wollte.

Ich drehte mich absichtlich von ihm weg und suchte Sichtschutz hinter einem Stein in der Lagune, um meine Ruhe zu haben.

Dann tauchte auch ich ein. Die kühle Flüssigkeit klatschte ein High Five über meinem Scheitel und umgab mich schließlich gänzlich. Das frenetische Donnern verstummte, das sanfte Plätschern an meinen Beinen ebenfalls.

Ich war allein.

Ich hatte meine Ruhe.

Ich war frei.

Zumindest für den Moment. Eine Hand packte mich am Handgelenk und zog mich sofort zurück an die nicht weit entfernte Wasseroberfläche. Entsetzt stieß ich Luft aus und wollte mich beklagen, als ich in Freyas blaue Augen blinzelte. Ihr lila Lidschatten saß noch immer an Ort und Stelle. Ich musste unbedingt erfahren, wie Kyra das mit dem Make-up hinbekam.

Freya winkte mir ein sanftes »Komm mit« und glitt durch die Lagune, als wäre sie eine Jupiterianerin mit Fischflosse. Ich stolzierte ihr nach und genoss Leonardos neugierigen Blick, den ich aus dem Augenwinkel erhaschen konnte. Wir wateten im Sicherheitsabstand den tosenden Wasserfall entlang, bis der freie Fall nur mehr ein schwaches Plätschern war. Am Ende des Wasserfalls nahm Freya erneut meine Hände und bedeutete mir, mit ihr zu tauchen.

Unter Wasser konnte ich einfach alles sehen. Diese Lagune strahlte vor Klarheit und Reinheit. Begeistert folgte ich Freya durch eine kleine Einbuchtung, die in eine größere Höhle mündete und schließlich ... Wow.

Wir tauchten auf und vor mir erstreckte sich das Paradies. Die Höhle auf Jupiter, in der ich mich verirrt hatte, war nichts im Vergleich zu dieser hier. An den Wänden funkelten grüne Kristalle, die mit den zahlreichen Orchideen ein buntes Mosaik bildeten. Hinter uns brauste der Wasserfall wie ein Vorhang an uns vorbei. Das Licht brach durch das fließende Nass und erzeugte in der Höhle einen bunten Lichteffekt.

So etwas Schönes hatte ich noch nie in meinem Leben gesehen.

Bis Leonardo neben uns auftauchte.

»Was macht ihr da, ganz ohne mich?« Er grinste breit. Sein feuchtes und dennoch voluminöses Haar, dessen physikalische Gesetzmäßigkeiten ich nicht mehr hinterfragte, schimmerte mit den grünen Kristallen an der Wand um die Wette.

»Darum ging es ja. Zeit ohne dich«, knurrte ich und drehte mich weg.

»Oh, da ist aber jemand eingeschnappt«, witzelte er.

»Das sagt ausgerechnet der, der wegen einem Lächeln in Oruns Richtung nicht mehr mit mir reden wollte«, knurrte ich tiefer.

Er schwieg. Ha! 2:0 für Alyra.

Ich drehte mich provokant zu Freya und legte meine Hände in ihre. Am grecurianischen Tonfall konnte man keine bissigen Worte erkennen, dafür war unsere Sprache zu melodisch und ich in diesem Moment sehr dankbar. Ich wollte Freya in das Chaos mit Leonardo nicht hineinziehen. Denn trotz der Kampfausrüstung, dem Messer in ihrem Hüfthalter und der ernsten Mimik wirkte sie mit ihrem rosigen Teint sanftmütig. Die großen blauen Augen und die blonden Haare mutierten sie beinahe zu einer Schönheitsgöttin. Das erkannte Wohl auch Leonardo, der Freya angetan musterte.

Ein Schlag auf seinen Hinterkopf löste ihn von seinen Tagträumen.

»Autsch!«, schimpfte er und rieb sich die getroffene Stelle mit der Handfläche. Es tat mir kein bisschen leid. Eher hätte ich sogar behauptet: 3:0 für Alyra.

Freya zwinkerte mir unmerklich zu und ich wusste, dass ich eine neue Freundin gefunden hatte.

Wir genossen den wilden Fall des Wassers hinter uns noch einige Minuten, bevor wir die atemberaubenden Lichteffekte und die Mosaikwand aus grünen Kristallen und Orchideen hinter uns ließen und zurück in die Lagune tauchten.

Leonardo mimte erneut das Trotzkind und schwamm wie ein räudiger Hund zurück zu seinem Rudel, das ihn gar nicht wollte. Mir sollte es recht sein.

Ich brauchte ohnehin Zeit, um mich zu ordnen und vor allem, um die Wut auf Ryan endlich loszulassen.

15

IN HANDTÜCHER EINGEWICKELT, die gänzlich unnötig waren, da wir durch die Luftfeuchtigkeit wohl nie wirklich trocken werden würden, watschelten wir durch den Dschungel. Freya und ihre Kampfschwestern geleiteten uns in den anedarischen Palast, der jedoch eher als Nahkampf-Trainingscenter fungierte.

Der Palast bettete sich mächtig neben einem weiteren Wasserfall sowie einem leicht plätschernden Bach ein, der sich kämpferisch wie die Anedarierinnen selbst seinen Weg durch den wurzelig verwobenen Dschungel kämpfte.

Sogar der anedarische Palast, der auf Funktionalität und Effizienz ausgerichtet war, glänzte prächtiger als die grecurianische Version, die mehr einer ländlichen Finca ähnelte.

Lianen säumten die Eingangspforten wie Vorhänge, die man an den Entrée-Säulen angebunden hatte. Im Foyer hingen zahlreiche Halfter mit Pfeilen an den Wänden, gepaart mit jeweils dazu passenden Bögen in allen Ausführungen und Variationen. Es erinnerte mich an eine Garderobe, nur eben auf Waffenbasis. Am Trubel in der Waffengarderobe konnte man erkennen, dass wir uns in einem Universum befanden, das sich auf Krieg einstellte. Im Akkord kamen Anedarierinnen, tauschten ihre Pfeile und Bögen, bandagierten sich kleine Schürfungen oder Kratzer und huschten dann schnell, elegant und leise wie Pumas zurück in die Trainingsareale, die wohl im Freien hinter der Garderobenhalle liegen mussten. In der Luft lag Motivation, Kampfgeist, jedoch auch die Angst vor Verlusten.

Kleine Pixies flogen durch die halboffene Halle und kicherten in einer Tonlage, die meine Ohren kaum mehr wahrnahmen. Es klang eher wie ein helles Piepsen. Die spitzen Ohren der kleinen Wesen waren auffällig lang, die Flügel schlugen quirlig auf und ab. Eine streckte ihre Arme aus und formte einen Looping. Ich musste unweigerlich mit kichern bei dem Anblick. Das pure Entzücken dieser kleinen Wesen tat mir in diesem Moment wirklich gut.

Wenn ich mich recht entsinnte, konnten Anedarierinnen mit Pixies kommunizieren, genauso wie es Jupiterianer mit Delfinen und wir Grecurianer mit Bäumen konnten.

Eine Anedarierin brüllte die kleinen, verspielten Wesen an, die sich in ihrem Tun nur bestärkt fühlten und an dem roten Haar der jungen Frau zogen. Fluchend drohte sie ihnen Gewalt an, indem sie sich symbolisch die Kehle aufschlitzte. Dabei versuchte sie sich vergebens, die Haarsträhnen glatt zu streifen, während sie eisern durch die Luft spähte. Der geballte Hass in ihrem direkten Blick hätte mich schon in Ohnmacht fallen lassen. Die Pixies allerdings hüpften in Windeseile von Baum zu Baum, sodass man sie kaum mit den Augen wahrnehmen konnte.

»Ist alles okay?«, fragte ich mit einer entsprechenden Handbewegung, doch die Anedarierin schüttelte mit einem lauten Seufzer den Kopf.

Freya schob ihre Hüften vor die erzürnte Rothaarige, räusperte sich, winkte die Causa als nichtig ab und lächelte mich überlieb an. »Leider ist es so, dass sie Fundus genauso lieben wie wir. Gekocht.« Durch die Geste des Essens und das verliebte Seufzen mit Hand aufs Herz vermutete ich, dass es sich bei dem Wort »Fundus« um ein Gericht handelte, das Anedarierinnen liebten. Zumal Freya »Fundus« extra langsam aussprach, um dem Wort mehr Aufmerksamkeit zu schenken. Als sie genervt auf die Pixies zeigte und eine symbolische Pfanne schwenkte, war ich kurz verwirrt und riss entsetzt die Augen auf. Freya schüttelte sofort wild den Kopf und lachte peinlich berührt. Sie zeigte auf die fliegenden Wesen, auf sich, schwenkte dann die symbolische Pfanne, seufzte dabei angetan »Fundus« und schleckte sich die Lippen. Dann legte sie sich geduldig und ziemlich stolz über ihre Pantomimekünste die blonde Mähne hinter die Schultern und wartete auf mein Nicken, um fortzufahren. Ich schenkte es ihr. Ihre Gestik machte deutlich, dass es sich bei besagtem Gericht um eine Fischart handeln musste.

»Sie will dir verklickern, dass die Pixies Fundus genauso lieben wie sie, allerdings nicht selbst kochen können. Deshalb die Bratpfanne und das symbolische Kreuz vor der Brust als Nein«, quasselte Leonardo lässig hinter mir.

»Ich hab das schon kapiert, aber danke«, knurrte ich.

»Alles gut, Prinzessin. Hätte fast vergessen, dass ich ja nur dein Klotz am Bein bin.« Er wandte sich leise schimpfend ab.

»Dabei benötigen sie unsere Hilfe«, führte Freya weiter aus und zeigte genervt auf sich und die schwankende Luftpfanne in ihrer Hand. »Und wenn wir nicht mit ihnen teilen, verstecken sie unser Kampf-Equipment«, jammerte sie schulterzuckend, schnappte sich einen Bogen von der Garderobe, schob ihn sich hinter den Rücken und tat dann so, als würde sie ihn suchen. Sie war sehr gut darin, Gesagtes mit Gesten und Mimiken darzustellen. Freya erspähte zufällig eine der Pixies und schoss sofort Giftpfeile aus ihren Augen. Diese Koexistenz funktionierte wohl nicht ganz wie geplant.

»Ich verstehe. Wieso könnt ihr nicht einfach teilen?«, hakte ich nach und brach symbolisch Brot in meinen Händen. Dabei formte ich außerdem unsicher ein Herz in die Luft und paarte es mit einem fragenden Blick. Ich hatte nicht vorgehabt, mich in planetarische Konflikte einzumischen. Doch wenn ich mir schon vorgenommen hatte, die Plejaden mit richtiger Nahrung auszustatten, konnte ich Anedar auch helfen, Frieden mit ihren tierischen Mitbewohnern zu schließen. So kam ich mir nicht ganz so hart wie eine Totalversagerin vor, die keine Sprache sprach und auch keine fähige Kompetenz aufwies, um einen uralten Friedensring zu reparieren.

Sofort gesellte sich eine Handvoll Pixies auf meine Schultern. Sie waren ruhig, brav, nickend. Ernsthaft? Die Tierchen wollten einfach nur gemocht und akzeptiert werden? Himmel, Anedar war wirklich ein kämpferischer Planet mit sturen Bewohnern.

»Wir teilen nicht gern, wenn wir selbst nicht genug davon haben«, meinte Freya schnippisch und zog das Kinn hoch, nachdem sie achselzuckend imaginäres Wasser absuchte, das sie mit einer welligen Handbewegung signalisierte. »Schon gar nicht mit denen«, schob sie nach und rümpfte die Nase, während sie verächtlich auf die Pixies auf meinen Schultern zeigte. Jap, die mochten sich nicht. Die Pixies auf meinen Schultern fingen an zu keifen, als würden sie Freya ausbuhen.

Ich streckte mich und warf die Hände für eine Waffenstillstand-Einleitung in die Luft. »Jetzt hört mir mal zu«, rief ich sanft, jedoch bestimmt, und deutete auf meine Ohren. Plötzlich standen zahlreiche Anedarierinnen um uns herum.

Kyra trat aus dem Hintergrund, ließ ihre Handflächen wie Wasser wellen, deutete auf mich und sagte mit einem kräftigen und herausfordernden Blick »Alyra«.

»Soll das heißen, dass ich schwimmen gehen soll?«, murmelte ich Leonardo zu, der dicht hinter mir stand und das Geschehen wie immer mit wenig Ernsthaftigkeit beobachtete.

»Ich denke eher, sie würde eine Lagune nach dir benennen, wenn du die Causa klären kannst. Aber was weiß ich schon, bin ja lediglich dein Klotz am Bein.« Die Verachtung in Leonardos Stimme ließ sogar die Pixies auf meinen Schultern zusammenzucken. Ouch.

»Oh, klar. Danke«, hauchte ich beinahe wortlos und ignorierte dabei gekonnt seinen schroffen Ton.

Kyra verschränkte die mit Schmuck verzierten Arme vor ihrem trainierten Bauch und hörte aufmerksam zu. So wie alle. Na toll, wo hatte ich mich nun wieder hineinmanövriert.

Ein Räuspern und einen kurzen tröstlichen Blick in Leonardos Richtung später trat ich einen Schritt nach vorne und schlug vor: »Ihr könntet einen Deal mit den Pixies aushandeln.« Ich schlug mit meiner eigenen Hand ein und nickte dabei bejahend, bevor ich in die Runde schaute, um die Reaktionen zu erfahren.

Einfach alle Anwesenden rümpften angewidert die Nase.

»Zum Beispiel«, rief ich mit erhobenem Zeigefinger, um die Aufmerksamkeit zurückzuerlangen, »zum Beispiel könntet ihr an einem Tag der Woche alle gemeinsam Fundus essen. Die Pixies jagen ihn, ihr bereitet ihn zu.« Ich zeigte auf die kleinen Tierchen, schoss einen Luftpfeil in die Erde, zeigte dann auf die Anedarierinnen und holte die Geste für die gute alte Bratpfanne raus. »Teamwork sozusagen. Das stärkt eure Bindung hier auf diesem Planeten und bringt euch näher.« Ich koppelte meine Finger, zog sie stärkend auseinander und schob dann zwinkernd meine beiden Handflächen zueinander. Wenn das mal irgendjemand verstanden hatte.

Es war absolut still, niemand rührte sich und ich musste mich anstrengen, um überhaupt die leisen Atmungen der Anedarierinnen zu hören. Gut. Aufmerksamkeit wurde erregt, Interesse geweckt. Nun wollte ich meinen Vorschlag begehrlich machen.

»Ihr Anedarierinnen hättet dadurch viel mehr Zeit für eure Trainings.« Mein hastiges Tippen auf die imaginäre Armbanduhr sollte das Zeitargument vermitteln.

Leonardo grub allerdings lediglich sein Gesicht in seine linke Hand und schlang sich den rechten Arm um die Taille. So schlecht? Ich machte dennoch weiter, viele andere Möglichkeiten blieben mir schließlich nicht.

Ich zeigte erfreut auf Kyra, schoss imaginär einen Fisch aus dem Wasser und wedelte meinen Finger vor ihrer Nase. Dann tippte ich wieder auf die imaginäre Uhr. Himmel, war es anstrengend, Streits zu schlichten, wenn man es ohne Worte machen musste.

Ich murmelte weiterhin auf Grecurianisch mit, um mich mit den physischen »Anmerkungen« leichter zu tun. »Ihr müsstet nicht mehr selbst fischen und auch keine versteckten Waffen mehr suchen«, erklärte ich in die Runde, bevor ich mich den Pixies um mich zuwandte. Mittlerweile mochten zirka hundert davon anwesend sein. »Und ihr Pixies hättet eure geliebte Speise und könnt etwas weniger Relevantes verstecken, Steine oder Blätter oder so.« Ich lächelte schief, während ich einen Stein vom Boden hob und ihn hinter meinem Rücken verschwinden ließ. Auf die Waffen zeigte ich mit verschränkten Armen und mahnender Miene. Die Idee war nicht wirklich ausgereift, doch die Pixies wippten begeistert mit ihren großen Köpfen und Ohren.

Kyra trat an mich heran und aus der Menge der hundert Pixies flog eine in einem weißen Kleid. Ich sah, wie mir Freya bejahend zunickte und ein Wort mit ihren Lippen formte, das vermutlich »Danke« bedeutete. Zumindest hoffte ich es und reagierte dementsprechend mit einem freundlichen Nicken. Again. Das war hier meine Geste. Die verstand jeder, mit der konnte man nichts missverstehen.

Kyras stark geschminkte Augen bohrten sich tief in die großen der Pixie-Anführerin. Jene tat es ihr gleich. Sie kamen sich immer näher, bis sie Stirn an Stirn einen visuellen Wettkampf des Anstierens einleiteten, den alle mit angehaltenem Atem verfolgten. Das ging bestimmt eine Minute lang so, bis die beiden synchron, noch immer Stirn an Stirn, nickten und schließlich lächelten. Dann jubelte jeder und einige Pixies huschten über Blätter und Äste in die Wälder, nur um dann binnen Sekunden mit den verlorenen Waffen zurückzukehren.

Freya klopfte mir anerkennend auf die Schulter, Kyra und um die zehn andere Kriegerinnen fielen mir dankbar um den Hals.

Zufrieden gab ich mich der Wertschätzung hin und war heilfroh, dass ich durch meine Kompromissfähigkeit ein anedarisches Problem lösen durfte. Immerhin kam ich mir nun nicht mehr ganz so irrelevant vor.

Kyra rückte sich ihr Lederoutfit zurecht und posaunte etwas auf Anedarisch in die Runde. Sie hob ein nicht vorhandenes Glas, applaudierte und schüttelte dann der Pixie-Königin ihre zarte Hand mit zwei Fingern. Offenbar wurde die Feierlaune über Vereinigung und Miteinander ausgerufen.

Kyra senkte dankbar ihr Haupt und drehte sich mit einer einladenden Geste zu allen Pixies, die wie wild jubelten und durch die Luft sprangen. Das würde ja ein Fest werden. In mir drin regte sich das grecurianisch eingeflößte Pflichtbewusstsein und rief die Wichtigkeit und Dringlichkeit unserer Mission zurück auf den Plan.

»Ich kann nicht«, gestand ich Kyra flüsternd und schüttelte bedauernd den Kopf.

Es folgten zahlreiche überzeugende Gesten, die mir offenbar klarmachen sollten, dass es nicht nur um eine plumpe Party, sondern die Manifestation einer Ära in Verbundenheit ging. Etwas, das dieses Universum womöglich so schnell nicht mehr sehen würde.

»Genau deshalb sind wir doch hier!«, protestierte ich – noch immer mit diplomatischem Lächeln – und friemelte den Ring aus dem Beutel an meiner Hüfte.

Kyra nahm ihn wortlos entgegen und nickte ernst. Mit stoischer Miene zeigte sie auf sich, auf den Ring und klopfte sich dann auf die Brust, bevor sie schnelle Anweisungen verteilte, mir den Ring zurückgab und im Dickicht der anedarischen Wälder verschwand. Ich hoffte, dass das bedeutete, dass sie sich darum kümmern wollte und versuchte, mit anedarischen Methoden Lösungen zu kreieren. Bestimmt tat es das.

Leonardo nickte aufmunternd. Er musste das starke Gefühl der Unsicherheit in mir erspürt haben. Bestärkt schenkte ich ihm ein knappes Lächeln.

Der Gemeinschaftssinn-Grund für das Fest machte es mir leichter, mich dem Ganzen zumindest etwas hinzugeben. Wir feierten eine Übereinkunft, eine neue Ära des Miteinanders. Mein Herz hüpfte unentdeckt und ich fühlte mich das erste Mal seit Ryans inkognito gebraucht, wertgeschätzt und relevant.

Freya winkte uns weiter in einen großen Saal, der dem Salon meines Zuhauses ähnelte und hindurch in einen Raum, der auf der Südseite komplett aus Glas war. Die gläsernen Türen standen weit offen und luden uns in ein anedarisches Spa-Paradies ein. Links und rechts zäunten begrünte Klippen eine kleine Lagune mit türkisem Wasser ein. Das Ufer war mit beigem Marmor gepflastert. Zahlreiche kleine Kaskaden plätscherten sanft in das Becken und tauchten den Anblick in puren Frieden. Ich schwor mir in diesem Moment, diesen Planeten nie mehr zu verlassen.

»Danke, Alyra, für deine Hilfe. Ohne deine diplomatische Expertise und deine weiche Herangehensweise hätten wir noch ewig einen Kampf mit den Pixies geführt.« Sie faltete die Hände vor der Brust, zeigte auf mein Herz, streifte sich danach fassungslos mit dem Handrücken über die Stirn und lächelte dankbar. Ich behielt es für mich, dass es lediglich Kompromissbereitschaft – eine ausgeprägte Grecur-Eigenschaft – war, die diesen Deal und dadurch Frieden herbeigeführt hatte. Anedarierinnen waren bekannt für ihre Kampfeslust, Offensivität und Sturheit. Keineswegs für Empathie oder Diplomatie.

Freya lächelte kurz und machte dann am Absatz kehrt. »Ach ja, und wenn du lieber für dich bist, Alyra, gibt es eine Etage höher einen Indoor-Spabereich.« Freyas lange Wimpern zwinkerten mir zu, als wüsste sie, dass das Verhältnis zwischen Leonardo und mir nicht das Beste war. Dank des Zwinkerns, der Fingerdeutung nach oben und einem Seufzer in Leonardos Richtung wusste ich, was sie sagte.

Leonardo schluckte nervös und zog eine Schnute, bei der mir fast das Lachen kam.

»Du weißt auch nicht, was du willst, Leonardo«, schmiss ich ihm um die Ohren, bevor ich den plejadischen Kampfanzug ablegte, den mich Elektra hatte anbehalten lassen, und lediglich mit Bustier und Höschen, die ich darunter anbehalten hatte, in den Naturpool sprang.

Jetzt war mir auch schon alles egal. Sollte er glotzen oder nicht.

Ich wollte mich nicht länger von meinen Emotionen lenken lassen. Der Schmerz über Ryans Verrat brannte noch in meinem Brustkorb und hinterließ bei jedem Anblick Leonardos einen fahlen Beigeschmack. Keine Männer mehr, das hatte ich mir selbst geschworen.

Ich würde mich den Kampfschwestern Anedars anschließen. O ja, das würde ich.

Ich badete und wusch meine Haare, während Leonardo zurück in die Lagune im Dschungel gegangen sein musste. Jedenfalls war er weg gewesen, als ich aufgetaucht war.

Gut, nun hatte ich endlich meine Ruhe. Oder auch nicht. In diesem Moment trat Kyra durch die gläsernen Tore ins Freie und lächelte mich neugierig an.

»Leonardo?«, fragte sie und zuckte mit den Achseln.

»Ach, pff«, winkte ich genervt ab.

Sie lachte laut auf, legte Pfeil und Bogen zur Seite und schälte ihre Beine aus den Römersandalen. Die stellte sie direkt neben meine. Sie schob ihr knappes Röckchen von den Hüften und ließ ihren stählernen Körper ins Wasser gleiten, während sie sich noch das Lederoberteil vom Körper band. Das Einzige, was sie nun noch trug, war das Collier aus Smaragden, das auf ihrem Dekolleté funkelte. Sie musste es extra angelegt haben, denn als sie im Dschungel vom Sport gekommen war, trug sie das prunkvolle Schmuckstück noch nicht.

»Schön«, murmelte ich und deutete auf das Collier.

»Danke«, sagte sie. Wir verstanden unsere Worte lediglich durch die damit gepaarten Gesten, doch bisher lief die Kommunikation recht gut, wenn auch nicht optimal.

Kyra deutete auf mich und mimte einen fragenden Gesichtsausdruck, bei dem sie auf ihren Ringfinger deutete.

Ich stieg aus dem Wasser, holte den kleinen Lederbeutel, der an dem plejadischen Kampfanzug angebunden hing, und stieg zu ihr zurück. Nun ebenfalls ohne Bustier. Das legte ich zum Trocknen beziehungsweise feucht Bleiben auf den beigen Marmor. Behutsam schüttelte ich den wertvollen Inhalt des Beutels in meine Handschale.

Sie nickte ernst und zählte die Symbole des zerbrochenen Rings. Ein stummes Nicken zeigte mir, dass sie damit vielleicht etwas anfangen konnte. Sie zeigte auf das Dickicht, in welches sie vorhin verschwunden war, und klatschte ihre Hände bejahend. Was auch immer das zu bedeuten hatte, die Lösung fand sich wohl im Wald.

Ich lud die Symbole sowie den Ring vorsichtig zurück in den Lederbeutel und übergab ihn meiner liebgewonnenen Freundin mit einem hoffnungsvollen Lächeln. Sie nickte stoisch, umarmte mich fest und verließ die Lagune genauso fließend, wie sie sie betreten hatte.

»Bis später! Ich gebe mein Bestes!«, beteuerte sie mit einem Zwinkern, einem Winken und einem Daumen, der mich positiv stimmen sollte.

Hm. Also nach all den zweideutigen und vagen Körpersprache-Ausführungen konnte ich feststellen: Smalltalk ließ sich auf Körperebene führen. Im Notfall müsste ich mir einfach universelle Gesten und Mimiken für wirtschaftliche, politische und diplomatische Themen aneignen und in einem Körpersprache-Lexikon komprimieren. Welches es wieder in sieben Sprachen geben müsste, um die Gesten anwenden zu können.

Verdammter Mist, ich war auf die Reparatur dieses Rings wirklich angewiesen. Die Zweifel, Ängste und Schuldgefühle krochen erneut in mir hoch und entfachten auch die Wut über Ryans Verrat in meinem Herzen. Mir entwich ein lauter Schrei, der den friedlichen Charakter dieses Ortes in Stücke riss.

Einige Pixies, die auf der Wasseroberfläche tanzten, hielten schockiert inne. Mist. Entweder ich schrie mir nun die Seele aus dem Leib, um all die Gefühle endlich loslassen zu können. Oder ich betäubte sie, indem ich mich betrank. Die großen, ängstlichen Augen einer weiblichen Pixie manipulierten meine Entscheidung.

Brauchte ich also nur noch Alkohol.

Gewünscht, geschehen. Keine Stunde später stand ich vor dem anedarischen Palast mit rund hundert Anedarierinnen, die sich gegenseitig zu prosteten. Einige hatten ihre Kampfausrüstungen abgelegt, andere auch nicht. Ich für meinen Teil strahlte in neuem Glanz und trug an Kampfausrüstung einen schwarzen Eyeliner, gelben Lidschatten und wilde Wellen, die mein Haar wie eine Löwenmähne wirken ließen. Ich wählte für den Anedar-Empfang das ockerfarbene Bustier, das wunderbar mit meinen bernsteinfarbenen Augen und den Bernstein-Verzierungen auf meinem Kleid harmonierte. Auch ich hatte mein Collier aus meiner Tasche gekramt. Meine Bernsteine funkelten nun mit Kyras Smaragden um die Wette. Wie zwei Königinnen standen wir Schulter an Schulter, während Kyra eine Eröffnungsrede hielt, der ich dummerweise nicht folgen konnte. Dennoch setzte ich mein diplomatischstes Lächeln auf, um freundlich zu wirken. Leonardo stand im Sicherheitsabstand zu mir und kräuselte seine Lippen zu einem Schmollmund. Ihm missfiel offenbar die Tatsache, dass er als Womanizer auf einem reinen Frauenplaneten von jeder einzelnen Seele hier ignoriert wurde.

Ich jubelte innerlich vor Schadenfreude. 4:0 für Alyra. Oder 5:0? Bei all meinen Triumphen hatte ich den Überblick verloren.

Leonardos markanter Kiefer wirkte angespannt, sein Sixpack rang mit den Muskeln der Kampfschwestern um Aufmerksamkeit. Er tat mir fast ein bisschen leid bei so viel Ignoranz und Desinteresse. Doch das sollte nicht mein Problem sein.

Seine blauen sanften Augen blitzten in diesem Moment zu mir, sodass ich ertappt zusammenzuckte. Er grinste breit. Arschloch. Ich drehte mich weg und tat so, als würde ich Kyra lauschen. Wir wussten beide, dass ich es nicht konnte.

Mit einem finalen Jubeln wurde ein Buffet eröffnet, das vor dem Bach aufgebaut worden war. Kyra schob mich zu den Tellern und drückte mir ein Glas in die Hand, während eine andere Anedarierin mir einen Fisch auf den Teller legte.

Fragend starrte ich in Kyras Augen, die durch den dunkelgrünen Lidschatten noch grüner leuchteten.

»Fundus.« Leonardos freches Grinsen schob sich vor mein Sichtfeld.

»Aha, okay. Danke.« Ich lächelte kurz und wollte gehen, als er mich aufhielt und auf mein Glas deutete.

»Das hier ist übrigens Saft aus Lianen.« Sein Grinsen blieb, doch sein Blick wurde weich.

»Versuchst du dich gerade zu entschuldigen? Oder ist dein Ego einfach bloß eingeknickt, weil du hier nicht die nötige Aufmerksamkeit erhältst?« Bäm. Das war böse. Das wusste ich. Und es traf ihn, denn er zuckte gekränkt zurück und blickte zu Boden. Mist. Ich hatte mich echt null unter Kontrolle. »Sorry, das wollte ich nicht.«

»Was wolltest du nicht? Mich beleidigen? Mich kränken? Mich abweisen?« Leonardo hob den Kopf und bohrte seinen Blick vorwurfsvoll in meinen. Diese offensive und gradlinige Frage hebelte mich komplett aus der Fassung.

»Ich ...«, war alles, was meine Kehle hervorbrachte.

»Klar. Jetzt verschlägt es dir plötzlich die Sprache.« Er stieß einen abschätzigen Seufzer aus. »Kränken, nur um nicht erneut gekränkt zu werden ... Das Auge um Auge Spiel endet selten in Glück und Harmonie«, murmelte er und fixierte mich weiterhin.

»Du kränkst mich gerade genauso!« Das schaffte es nun aus meiner Kehle.

»Vielleicht, weil ich dich mag!«, fauchte er.

»Vielleicht mag ich dich auch!«, fauchte ich. Wir starrten uns beide entsetzt an, als wir realisierten, dass unsere Herzen den Verstand überrannt hatten und erbarmungslos unser Innenleben nach draußen stülpten. Fuck.

Okay, Flucht. Unbedingt flüchten. Meine weit aufgerissenen Augen rissen sich von Leonardo los und suchten die blonde Mähne von Freya. Ablenkung. Flucht. Weg da. Ach herrje. Nun war wirklich alles im Eimer.

Um mir darüber klar zu werden, was ich eigentlich gerade zugegeben hatte, brauchte ich etwas Stärkeres als Lianensaft.

Kyra musste unsere kleine Auseinandersetzung beobachtet haben und eilte mit einem Glas sprudeliger Flüssigkeit in sanftem Grün zu mir.

Ich trank einen vorsichtigen Schluck davon. Gin. Mit irgendeinem Grünzeugdestillat. Dankbar nickte ich Kyra zu und exte das Glas. O ja, es ging mir schon viel besser. Mir wurde klar, dass ich niemanden brauchte und doch einen wollte. Oder auch nicht. Gut, ganz klar war mir das doch noch nicht.

Kyra eilte bereits mit weiteren Drinks daher und stieß nun mit mir an. Now we're talking! Wir exten die Gläser und kicherten dann beinahe synchron. Mein Hirn wurde zusehends wattiger und all die Gefühle, die meine Aura belästigten, wurden unwichtig und irrelevant.

Wunderbar, das schrie nach Runde drei.

Freya gesellte sich mit zwei ihrer Kampfschwestern zu uns, die sich bei mir als Kessa und Kendra vorstellten, und irgendwie artete dieser Empfang ziemlich schnell aus.

Keine Stunde später standen wir alle schielend und auf schlotternden Knien im Kreis und prosteten uns Gin-Drinks in weichem Grün zu, die wir kaum noch die Kehle runterbrachten.

Binge Drinking war auf Grecur verboten, denn Alkohol hebelte das Pflichtbewusstsein aus. Gefühlt hielt sich auch jeder dran außer mein Vater selbst. Ich für meinen Teil konnte meinen Lambrusco-Konsum stets regulieren.

Doch heute ... Heute wollte ich alles vergessen, was bis jetzt geschehen war. Alles. Und außer sich den Kopf willentlich an einem Fels zu stoßen und das Gedächtnis zu verlieren, war mir nur Alkohol als Meister des Vernebelns in den Sinn gekommen.

Ich seitelte nach links und schubste Freya, die wie ein Dominostein eine brünette Anedarierin schubste, der ihr Getränk aus der Hand rutschte. Patsch. Scherben splitterten zu Boden und ich spürte, wie einige der scharfen Glasspitzen auch auf meine nackten Zehen prasselten.

»Ich denke, es ist genug, hm?«, ertönte eine Stimme hinter mir. Eine männliche Stimme. Die einzige männliche Stimme hier. Mpf.

»Was willst du, Leonardo?«, keuchte ich und nahm noch einen großen Schluck aus meinem Glas.

Meine Geschmacksknospen konnten schon lange nicht mehr sagen, ob das, was ich hier konsumierte, gut war. Vermutlich hatte ich sie heute Abend alle abgetötet. Das bedeutete auch, dass das letzte Mahl, das ich geschmeckt hatte, Fundus war. Ach herrje.

»Alyra? Ich rede mit dir?« Mahnend stemmte Leonardo eine Hand in die Hüfte. So ein Besserwisser aber auch.

»I-j werd nie mehr etwas anderes als Fundus schmeckn. Schlimm, oder?« Oje, ich hörte, wie betrunken ich war, konnte mein Sprachzentrum jedoch nicht mehr regulieren. Alles war verschwommen. Ich, meine neuen Schwestern, Leonardo. »Sogar die Freiheit!« Mist, das wollte ich denken.

»Bitte was?!« Leonardo beäugte mich irritiert und dennoch amüsiert. »Komm, ich bringe dich in dein Zimmer. Du brauchst Schlaf. Morgen Früh erfahren wir, ob das Strategie-Team der Anedarierinnen eine Lösung zur Reparatur des Rings finden konnte.«

Er sprach, doch seine Stimme lag weit entfernt. Ich vernahm seine Worte nur gedämpft. Dafür roch ich seinen Duft intensiv. Betörend benebelte das salzige Meer, das in seinen Haaren hing, meine Sinne. Zusätzlich zum Alkohol und den ionisierten Nebeln der Wasserfälle.

»Leonardo?«, nuschelte ich durch meine halb betäubte Zunge, die anfing, am Glasrand zu lecken. *Körperfunktion an Hirn, Kontrolle gänzlich verloren!*

»Ja?«, fragte er unbeeindruckt und schob mich durch die mit Lianen behangenen Pforten ins Foyer und weiter durch den Salon in den Outdoor-Spabereich, in dem ich Kyra den kaputten Ring übergeben hatte. Die Anedarierinnen bemerkten meinen stillen Abgang gar nicht mehr.

»Du bis ech schön.« Ich schloss die Augen, doch das war keine gute Idee. Alles drehte sich und mein Körper wippte nach hinten, als wollte er offensiv Bettruhe einfordern.

»Wer hat dich so verletzt?«, rauschte es an mein Ohr.

»Ryan«, antwortete ich, ohne nachzudenken. Ich wollte es aussprechen, ich wollte mit jemandem reden, doch nicht mit Leonardo.

»Was hat er gemacht?«, fragte Leonardo weiter.

»Mich betrogen. Mit einer anderen. Wir waren verlobt«, jaulte ich. Was machte ich da?! Mein Kopf dröhnte. Wo war mein Drink? Das sanfte Plätschern der Kaskaden hinter uns brachte mich in einen meditativen Seinszustand.

»Wer dich betrügt, hat dich nicht verdient. Das ist dir doch hoffentlich klar, oder?«

Mein Herz machte einen Satz bei den wertschätzenden Worten, mit denen Leonardo mein Herz streichelte. Ich versuchte mich an einem Nicken. Es misslang gänzlich. »Troszsem. I-j bin so wütend!« Mir kullerte eine Träne von der Wange. Das auch noch!

»Hey, nicht weinen, alles ist gut«, wollte er mich trösten.

»Nix is gut. Wegen Ryans Verrat ham wir die ganse Misere hier«, japste ich und ließ meine Finger unkoordiniert auf der Wasseroberfläche tanzen.

Leonardo blinzelte verwirrt.

»Wegen ihm hab ich in die Wand geschlagn. Un dabei is der Ring zerborstn«, erklärte ich dem jupiterianischen Prinzen hicksend.

Sein Mund formte ein überraschtes Oh. »Das tut mir leid, Alyra. Du hast Besseres verdient.« Er hauchte es nur, sodass ich mir nicht sicher war, ob ich es hätte hören sollen. Mein Alkoholpegel ignorierte die Metakommunikation gekonnt.

»Weiß du, dann wollte ich einfach über mein Verlust trauern, doch nein, ich muss ja Grecur vor dem Untergang bewahren. Und dann schickd mich mein Vadder zu dir und dann kamsd du un dann war alles … Wirr un kompliziert un dabei wollt ich einfach bloß trauern.« Hatte ich das gerade gesagt oder gedacht? Ich würde nie mehr trinken.

Leonardo fixierte mich, doch vor mir zeichneten sich gleich vier Iriden ab. Himmel, was war noch in dem Drink? Ohne dass ich es wollte, spitzte ich die Lippen und plötzlich spürte ich seinen warmen Atem auf meiner Haut und seinen Mund auf meinem. Ich wollte meine Lippen öffnen, ich wollte seine Lippen mit meiner Zunge spreizen und da mir kein Gegenargument einfiel, tat ich es auch. Gefühlsgeladen schob ich meine Finger in sein seidiges, voluminöses Haar und legte meine andere Hand in seinen Nacken, um ihn fester an mich zu drücken.

Leonardos durchtrainiertes Sixpack schmiegte sich sanft an meine weiche Hüfte und ging heftig auf und ab. Er küsste mich leidenschaftlich und ich genoss es, in diesem Moment begehrt und berührt zu werden.

Die Trauer um Ryan war wie weggefegt und auch der Nebel in meinem Kopf wurde von der Leidenschaft in meinen Venen verdrängt. Obwohl ich das leicht schummrige Gefühl des Gins noch in mir spürte, fühlte ich mich plötzlich klar und erregt.

Leonardo zog meinen Körper noch näher zu sich und meine Finger berührten das kühle Nass, das sanft am beigen Marmor abebbte. Als er seine breiten Schultern um mich schlang und mir neckisch in den Hals biss, erwachte ich aus dem Liebestraum.

»Stopp!«, hauchte ich und schob ihn mit weiten Augen von mir weg.

Irritierte guckte er mich an. Ich biss mir entschuldigend auf die Lippe, weil ich das schon mehrmals getan hatte. Allerdings richtete er sich nun auf und nahm lächelnd meine Hand in die seine.

»Entschuldigung. Ich weiß, du brauchst Zeit. Ich kann mich einfach schwer beherrschen«, sprach er offen, sodass er in diesem Moment alle heute verlorenen Vertrauenspunkte wieder einsammelte. »Außerdem macht es mir dein Verhalten schwer, einzuordnen, was du willst«, schob er nach.

Ich biss mir fester auf die Unterlippe. Wenn ich wüsste, was ich wollte, wäre ich wohl nicht in diesem Küss-mich-nein-doch-nicht-Strudel gefangen.

Ich kann mich auch schwer beherrschen. Das ist ja das Problem. Das dachte ich. Dieses Mal zum Glück wirklich.

Noch nie in meinem ganzen Leben hatte ein Mensch eine derart starke Wirkung auf mich gehabt. Doch ich war auch noch nie in meinem gesamten Leben mit einer vergleichbar herausfordernden Situation konfrontiert worden.

Gefühlt brach jede Säule meines Lebens nach der Reihe ein.
Meine Partnerschaft.
Meine Selbstsicherheit.
Mein friedliches Zuhause.
Meine Begabung.
Alles futsch.

»Ich kann das nich mehr. Es tut mir leid. Reise zurück nach Jupiter!« Mit all meinem zusammengekratzten Stolz erhob ich mich einigermaßen elegant und ging – torkelte – in meine Gemächer.

Schluss mit diesem Gefühlswirrwarr. Ich hatte hier eine Mission. Eine, die uns alle das Leben kosten könnte, wenn sie scheiterte. Und deshalb ließ ich den gerade unglaublich sanften und verständnisvollen Leonardo verdutzt am Ufer der anedarischen Lagune zurück.

Ich wusste, dass er mir diesen Move so schnell nicht verzeihen würde.

16

DEN GANZEN NÄCHSTEN Tag verbrachten die Kampfschwestern und ich mit auskurieren und fit werden. Mein Schädel dröhnte wie verrückt, sodass meine Schläfen im Minutentakt zusammenzuckten. Es fühlte sich ein bisschen so an, als würde jemand mein Gehirn auspeitschen. Vielleicht war ich es selbst. Das schlechte Gewissen, das ich gegenüber Leonardo hegte, zernagte mich schier.

Ich wusste noch, was gestern Nacht zwischen uns geschehen war und auch, wie ich die romantische Szene verlassen hatte. Wie ich ihn zurückgelassen hatte.

Seitdem mied er meine Blicke und sprach auch nur in äußersten Notfällen mit mir. Wie sehr mich sein kühles, distanziertes Verhalten verletzte, wollte ich nicht zeigen. Immerhin war ich selbst schuld daran. Dieses verdammte Pflichtbewusstsein!

Meine Gefühle spielten absolut verrückt und wechselten sich zwischen Trauer um Ryans Verrat und Anziehung zu Leonardo ab – teilweise binnen Sekunden. Dementsprechend müde war ich auch.

Mir entwich ein ausgiebiges Gähnen, als Kyra die Spa-Lagune gleich neben dem Palast aka Trainingscenter betrat. Sie war schweißgebadet, was bei den Nebeldämpfen und dem feuchten Klima auch durch bloßes Rumstehen passieren konnte. Die Tropfen der Anstrengung glitten über ihren durchtrainierten Bauch und nässten den Bund ihres ledernen Minirocks, an dem ein kleines Messer hing.

»Trainingseinheit beendet«, ächzte sie, zog einen Schlussstrich in die Luft, legte ihre Kleider ab und stieg nackt zu uns in die Lagune. Wie diese Frauen ohne Schamgefühle ihre Körper zeigten, liebte ich. Auf Grecur ging es immer darum, anständig zu sein und sittig. Dabei reizte ich die Grenzen der gesellschaftlichen Toleranz ständig aus mit meinen kurzen Kleidern und knappen Bustiers. Ich hatte auf unserem Planeten eine Vorbildfunktion und wollte den jungen Bürgern und Bürgerinnen zeigen, dass es sich auch ohne die strengen, uralten und ewig überholten Dogmen der grecurianischen Patriarchen einwandfrei lebte.

Mein Vater ließ das vermutlich nur durchgehen, weil ihm Diskussionen mit mir zu hart waren.

Kyra glitt in die mystischen Nebel, die auf der Wasseroberfläche der Lagune tanzten. Sie löste ihr Haar aus der Zopfverflechtung. Die brustlangen braunen Haare trieben eine Zeit lang auf der Wasseroberfläche, bevor sie vom Wasser getränkt und in die fließende Masse gezogen wurden.

Freya reichte ihr ein Gefäß, das wohltuend nach Zedernholz und Kiefern duftete. Zumindest erinnerte es mich daran.

»Keranten-Bäume«, erklärte Freya mir und zwinkerte, als sie mein anerkennendes Lächeln wahrnahm. Sie reichte auch mir das Gefäß. Darin schwamm eine grünliche Flüssigkeit, die mich an Seife erinnerte. Wahrscheinlich war es das auch. Ich bediente mich und schmierte mir die ölige Flüssigkeit in meine wilde Mähne. Meine Finger glitten sofort wie Seide durchs Haar.

»Wow«, staunte ich nicht schlecht. Was auch immer das war, ich würde darum bei der nächsten interplanetarischen Versammlung verhandeln.

Eine etwas ältere Frau kam aus dem Palast durch die gläsernen Terrassentüren geeilt und flüsterte Kyra und Freya etwas ins Ohr, während sie Kyra den Ringsymbole-Beutel in die nasse Hand drückte. Die beiden nickten ernst und bedankten sich bei der Frau, die mir ein entschuldigendes Lächeln schenkte, bevor sie die Lagune wieder verließ. Ich ahnte schon den Inhalt der Botschaft.

Kyra bat eine ihrer Nahkampf-Künstlerinnen darum, etwas zu holen. Da der Satz Leonardos Namen beinhaltete, wusch ich prompt das Keranten-Baum-Öl aus meinem Haar, hüpfte aus dem Becken und legte mir ein Handtuch um. Gerade rechtzeitig. Leonardo betrat vorsichtig den Outdoor-Spa des anedarischen Palastes und steuerte auf Kyra zu. Mich würdigte er keines Blickes.

Kyra rieb sich den Ringfinger und schüttelte dann niedergeschlagen den Kopf. Sie leerte behutsam die Bestandteile des Rings in Freyas Handfläche und zeigte darauf, bevor sie ihre Hände zu Fäusten ballte und angespannt zusammenknallen ließ. Ich vermutete stark, dass sie etwas wie »Hochdruck« zu erklären versuchte und nickte, was sie in Erleichterung versetzte. Sie wuselte ihre Finger ineinander, zeigte erneut auf die Symbole in Freyas Hand und schüttelte wild ihr Haupt. Die Nachricht kam an, wenn auch nicht so detailgetreu, wie wir es mit Worten hätten kommunizieren können.

Leonardo betrachtete die beruhigenden Kaskaden der Lagunen-Wasserfälle, die sanft nebelnd in das Becken flossen, in dem die anderen Kampfschwestern noch immer nackt saßen. Er würdigte nicht einmal *sie* eines Blickes.

Langsam wurde mir mulmig. Das entsprach so gar nicht Leonardos Wesen. Obwohl ich es genoss, dass er keiner anderen nachgierte, plagte mich das schlechte Gewissen. War es meine Schuld, dass seine anregende Lebensfreude verschwunden war? Ich biss mir auf die Lippe. Auch das tat ich eindeutig zu oft in seiner Nähe.

Kyra quasselte eine ganze Litanei an Informationen, die ich nicht mehr verstand und auch nicht mehr verstehen wollte. Vielmehr wollte sie wohl auch ihre Kampfschwestern über den Status quo aufklären. Ich musste nachher mit Leonardo reden.

»Kyra schlägt vor, dass du eine neue Herangehensweise suchst. Mit handwerklichen und technischen Lösungen kommen wir hier nicht weiter. Das haben alle Strategien und Analysen einheitlich ergeben.« Nun drehte er sich zu mir und mir sackte mein Herz in den Schoß, sodass ich beinahe mein Handtuch fallen gelassen hätte. »Vielleicht darfst du deinen herkömmlichen Pfad verlassen und dich neu erfinden?«, raunte er und bohrte seinen Blick in meinen.

Mein Herz setzte kurz aus. Ich war mir nicht mehr sicher, ob es noch um den Ring ging.

»Du verstehst Kyra doch gar nicht«, konterte ich mit sarkastischem Ton und blickte irritiert zu Kyra, die stumm geworden war und ihre gesamte Aufmerksamkeit nun auf Leonardo und mich gelegt hatte.

»Und Kyra meint, es wäre ratsam, dass wir unser Verhältnis klären. Sie empfindet unsere Energie als äußerst destruktiv.« Nun fing Leonardo an, seine Fäuste kollidieren zu lassen und auf mich zu zeigen. Arschloch. »Gut für einen bevorstehenden Krieg, jedoch nicht unbedingt heilsam für eine Ring-Heil-Mission.«

Wir starrten einander an, während ich vehement versuchte, ihn mit meinen Blicken umzubringen.

Kyra nickte und hielt die Daumen zögernd hoch. Die kollidierenden Fäuste verdeutlichten Leonardos Message offenbar sehr deutlich.

»Kyra meinte auch, dass du egoistisch gehandelt hast und mit Gefühlen anderer spielst«, warf er mir vor. Kyra hatte kein Wort gesprochen. Leonardos Haut glänzte kühl. Er blähte die Nasenflügel. »Kyra findet auch, dass du ...«

»Ich kann hören, dass Kyra schon lange nichts mehr sagt oder meint, Leonardo!«, warf ich ein.

Er schnaubte wie ein wütender Stier. »Das mit der Aussprache hat sie vorhin wirklich vorgeschlagen«, lenkte er ein.

Ich schenkte Kyra einen vorwurfsvollen Blick, den sie mit verschränkten Armen und einem Achselzucken entgegennahm. Immerhin stand sie zu ihrem Verkuppelungsmanöver.

Mit einem schwachen Seufzer wandte ich mich wieder an Leonardo. An ihn und sein unglaublich heißes Sixpack und seine beschützenden breiten Schultern. Verdammter Mist, warum musste er auch mitkommen auf diese Mission? So viel Testosteron auf einem Haufen über einen dermaßen langen Zeitraum konnte doch niemand widerstehen.

Erst jetzt realisierte ich, dass wir genau hier, wo wir in diesem Moment standen, uns gestern noch sehr nahegekommen waren. Meine Mundwinkel zuckten.

Leonardo beobachtete mich und schenkte mir ein wissendes Lächeln, während Kyra ihre Schwestern weiter in die Lagune, weg von uns wedelte. Dafür, dass Anedarierinnen null Gespür für Romantik hatten, mimte sie gerade eine sehr empathische Frau.

Ich blinzelte zu Leonardo. Leonardo blinzelte zu mir. Und irgendwie wurde die Stille zwischen uns immer breiter und weiter und unangenehmer. Bis ich sie brach.

»Ich habe das für uns beide vorgeschlagen.«

Er legte den Kopf schief und zog die Augenbraue hoch. »Was konkret?«

»Dass du zurück nach Jupiter fliegen sollst.«

»Das schlägst du zum Wohle uns beider vor?« Er betonte die Worte langgezogen mit einer kreisenden Kopfbewegung.

»Ja«, gab ich schwach zu und lugte zu Boden. Himmel, fühlte ich mich nackt in diesem Moment. Emotional nackt. Körperlich war ich es beinahe.

»Du findest es also förderlich, dass ich dich allein auf einem Kriegerinnenplaneten zurücklasse, dessen Sprache du nicht beherrschst?«, fragte er blinzelnd. Ohne auf meine Antwort zu warten, fuhr er fort: »In dem Wissen, dass bereits vier von sieben Planeten nicht fähig waren, den Friedensring zu reparieren? Romdon klammern wir aus, was bedeutet –«

»Dass die Chancen ziemlich schlecht stehen, ist mir klar«, beendete ich seine Rede.

»Du findest es also förderlich, dich allein auf einer Mission zu lassen, ohne Fremdsprachenkenntnisse, ohne reelle Ringreparaturchancen und unter Anbetracht dessen, dass sich Planeten in diesem Moment auf einen Krieg vorbereiten?«, fasste er zusammen und kräuselte die Lippen.

»Herrgott, das war doch keine rationale Entscheidung!«, fuhr ich ihn an. Einige Anedarierinnen zuckten zusammen. Das Image als Furie hätte ich mir somit auch verdient, wunderbar.

»Was war es dann für eine Entscheidung, Alyra? Eine emotionale?« Leonardo bohrte seine blauen Iriden regelrecht in meine, um die Wahrheit aus mir herauszuquetschen. Er kannte sie bereits, das sah ich an dem Funkeln in seinen Augen. Doch ich konnte nicht. Ich konnte es nicht zugeben. So gerne hätte ich ihn einfach geküsst, meine Lippen auf seine salzigen gelegt. So gerne wäre ich einfach mit ihm verschmolzen und hätte ihm gesagt, was ich für ihn empfand. Doch das durfte ich nicht. Und das aus dreierlei Gründen.

Erstens hatte ich eine Verpflichtung als Diplomatentochter Grecurs.

Zweitens wollte ich persönliche Wiedergutmachung leisten. Schließlich hatte ich das Schmuckstück in Ryans Schlafzimmerwand gerammt.

Und drittens hatte ich mir selbst geschworen, mich nie mehr verletzen zu lassen. Leonardo schrie nach Verletzung. Nach purer Lust, aber Risiko. Er war das rote Tuch, das ich wollte und zugleich verabscheute. Meine Hass-Liebe. Verdammt!

Ich wollte Leonardo antworten, doch Kyra hechtete plötzlich durch das wadentiefe Wasserbecken zu uns. Aufgewühlt. Beinahe panisch. Eine Seite, die ich an Kyra noch nie gesehen hatte.

»Was ist los?«, fragten Leonardo und ich wie aus der Pistole geschossen.

»Romdon! Romdon beschießt Jupiter! Bellor hat es begonnen! Es hat begonnen!«, ächzte sie mit bombensimulierenden Handbewegungen und blickte dabei mitleidig zu Leonardo. Ich brauchte dafür keine detailliertere Gesten-Übersetzung.

Betroffen griff ich nach Leonardos Hand, die er sofort ausschlug. Wie ein Roboter holte er strategische Detailinformationen ein.

»Wie geht Jupiter vor?«, fragte er, indem er die Achseln fragend zuckte und Jupiter bewusst betont aussprach.

»Defensiv«, verdeutlichte Kyra mit einer Schutzwallgeste vor ihrem Gesicht.

»Wie steht es mit den Allianzen?«, hakte Leonardo weiter nach und koppelte seine kleinen Finger ineinander.

»Die Plejader rüsten gegen Romdon.« Himmel, zum Glück verstanden wir untereinander immerhin die universell einheitlichen Planeten- und Völkernamen. »Grecur hilft mittels Bernsteinzufuhr zur Programmierung der Kampfdrohnen«, führte sie aus, zeigte auf mich, auf meine Bernsteinkette und tat dann so, als würde sie etwas in einen Computer tippen, während ihre Miene stoisch und emotionslos wurde und sich ihre Brauen in ihr Gesicht zogen. Sie traf Oruns Gemüt ziemlich gut.

Ich schluckte kalte Angst hinunter. Obwohl Jupiter und Grecur keine guten Freunde der Plejaden waren, verbündeten sie sich in dieser Kriegscausa, um zu überleben. Wobei mein Heimatplanet ganz klar das schwächste Glied bildete. Wir hatten Bernstein, das war es aber auch schon. Anedar und Jupiter hassten sich normalerweise, doch Kyra schien keine feindlichen Anstalten zu machen. Vielleicht lag es an meinem grecurianischen Pflichtbewusstsein, das als Bindeglied zwischen anedarischer Disziplin und jupiterianischer Lebensfreude fungierte.

»Was sollen wir tun?«, klinkte ich mich ein und warf die Hände in die Luft.

In diesem Moment hagelte es Feuer vom Himmel. Das sanfte Blau des Horizonts wurde durch Funken und Kometen erschüttert. Das Wasser der Lagune zitterte und sofort sprangen die Anedarierinnen aus dem erfrischenden Nass, schälten sich beinahe synchron in ihre Rüstungen und rannten los. Freya voran. Während sie durch die gläsernen Spabereich-Türen aus dem Palast rannte, rief sie uns zu: »Ich hoffe, ihr könnt den Friedensvertrag erneuern. Und zwar schnell!« Sie fuchtelte die Friedensgeste mehr schlecht als recht vor sich hin, hob hastig ihre beiden Daumen und seufzte bedauernd.

Dann war sie weg. Und meine Hoffnung mit ihr.

SIRIUS
Die meditierenden Spirituellen

Planetarische Eigenschaften:
Der gesamte Planet strahlt in weißem Kalkstein mit helltürkisen Wasseroasen, der Horizont glänzt golden. Weiße Sandwüsten tauchen Sirius in Reinheit. Hier schwebt alles und die meisten BewohnerInnen existieren auf maximal meditativer, feinstofflicher Ebene.

Eigenschaften der Sirianer:
Spirituell, weise, tiefenentspannt, ruhig, zurückhaltend, im Einklang mit sich und allem

Gaben der Sirianer:
Können in körperliche Hüllen schlüpfen und sie verlassen, wie es ihnen beliebt
Können schweben
Können Gefühle farblich in der Atmosphäre erkennen und harmonisieren

Planetarisches Oberhaupt:
Reyna, abgeleitet von »die Wiedergeborene«

Weitere Bewohner:
Harmony, die rechte Hand Reynas

Rüstungsvermögen der Sirianer:
Nicht existent

Beziehungen zu anderen Planeten:
Befreundet mit allen
Verbündet mit keinem
Verfeindet mit niemandem, aus Prinzip

17

»IM NACHHINEIN GESEHEN bin ich froh, dass du nicht auf mich gehört hast und bei mir geblieben bist«, gab ich zu und balancierte den geschwungenen Bogen aus dunklem Holz auf meinen Fingern. Der Halfter mit den Pfeilen fußte zwischen meinen Beinen und ich starrte über das Cockpit hinaus auf die brennenden Wälder Anedars, während Leonardo das Raumschiff auf unseren nächsten Zielort programmierte.

»Ach, schön, dass du mich immerhin nicht sterben sehen willst«, bläffte er und drückte ein paar weitere Knöpfe. Zum Glück konnte er etwas programmieren, ansonsten hätten wir gerade ganz andere Probleme als unser Verhältnis, oder was auch immer das war, gehabt.

»Jupiter kann sich wehren. Ich bin mir sicher, dass es deinen Leuten gut geht. Außerdem ist Romdon machtlos unter Wasser«, wollte ich ihn trösten.

»Tja, nur hat Orun Bellor bei der letzten interplanetarischen Versammlung Kampfjets zugesichert. Und geliefert.«

Ich blinzelte Leonardos hübsches Profil an. »Soll heißen?«

»Die plejadischen Kampfjets können unter Wasser fahren.«

Au backe. Ich biss mir etwas zu hart auf die Lippe, sodass Blut auf mein Dekolleté tropfte. Ich wischte den Tropfen weg und legte den Bogen zu den Pfeilen zwischen meine Beine. Kyras Abschiedsgeschenk gab mir Sicherheit und ein seltsames Gefühl der Zugehörigkeit zu ihren Kampfschwestern. Und dennoch fühlte ich mich schuldig. Sie kroch mir in jede Zelle meines Körpers, als ich die flammenden Wälder vor mir entsetzt betrachtete.

»Wir tun das Richtige, oder?«, fragte ich Leonardo unsicher und drehte meine wellige voluminöse Mähne zu ihm.

»Es ist kein Abhauen, sondern die Welt retten, Alyra«, besänftigte er meine Zweifel und im selben Moment wurde es blitzhell, sodass ich erschrocken die Hände vors Gesicht warf und die Knie hochzog, um mich zu schützen. Mein Magen rumorte wie wild und mein Kreislauf wusste gerade nicht so recht, wo oben und unten war. Es fühlte sich ein bisschen an, als würde ich erneut ertrinken. Nur ohne starke Arme, die mich retteten. Im Gegenteil. Als sich das Raumschiff beruhigt hatte, erstreckte sich vor uns pures Weiß. Waren wir nun tot? Hatte uns einer von Romdons Kometenbombern erwischt?

Ich griff nach Leonardos Hand, um einen Lebenscheck auszuführen.

»Was soll das?«, bläffte er. Jap, lebendig. »Ist das Sirius?«, fragte er gleich darauf.

Ein Grinsen zog sich über meine Lippen. »Hast nicht du den Zielort eingegeben?«, stichelte ich.

Er rollte die Augen.

»Ja, ist es, Prinz Aquarius«, provozierte ich weiter.

»Sehr witzig, Übersetzerin ohne Sprachentalent.« Er grinste.

»Arschloch.«

»Bin ich wieder unverschämt?« Seine Augenbrauen hüpften herausfordernd.

»Ja!«, schniefte ich und stand auf, als hätte ich gewusst, dass das Raumschiff in diesem Moment zum Stehen käme.

Sirius war unsere vorletzte Chance auf eine Erneuerung des Friedensvertrages.

Wir traten gemeinsam ins Freie. Obwohl ich wusste, dass wir auf dem Planeten der Spiritualität gelandet waren, behielt ich Pfeil und Bogen bei mir. Nur um auf Nummer Sicher zu gehen.

Ich hatte mein Glück auf den kämpferischen Planeten Jupiter, den Plejaden und Anedar versucht und war gescheitert. Im Nachhinein verstand ich erst, wie irrsinnig der Gedanke war, einen Friedensring auf einem kämpferischen Planeten reparieren zu lassen. Jedoch hatte ich auf Grecur, einem der drei harmonischen Planeten, genauso wenig Erfolg gehabt.

Nun blieben die beiden harmonischen Frauenplaneten Sirius und die Venus. Wobei ich mir sicher war: Wenn uns Reynas Weisheit nicht weiterhelfen konnte, schaffte es die mütterliche Sinnlichkeit der Venus auch nicht.

»Worüber denkst du nach?«, wollte ein neugieriger Leonardo wissen, während er auf den weißen Stein ins Freie trat.

»Über Erfolg und Misserfolg«, gestand ich frei heraus und blinzelte in die weiße Wüste vor uns.

Leonardo hatte auf einem weißen Berg angelegt, ohne Gräser, ohne Grün, ohne Natur. Ich klopfte meine Römersandalen neugierig auf dem Boden ab, um das Gestein zu definieren. War das Kalkstein? Die bauchigen, wattigen Ausbuchtungen, die sich wie Wolken durch die Landschaft zogen, legten es nahe. Der Himmel glänzte in warmem Gold, selbst dort am Horizont fehlte das übliche Blau. Sirius glänzte durch und durch in Reinheit. Etwas zu rein für meinen Geschmack. Ohne Pinien, Olivenbäume und Sträucher war ich orientierungslos.

»Jetzt kennen wir immerhin auch Sirius' Waffe«, ächzte Leonardo, während sein besorgtes Gesicht einen Anhaltspunkt am Horizont suchte. Wohl vergeblich.

»Die da wäre?«

»Blendung«, witzelte er und streckte die Zunge raus. Mein Lachen hallte in den milchigen Säulen des Kalksteins wider. Zum ersten Mal seit Ewigkeiten fühlte sich das Verhältnis zu Leonardo entspannt an. Ob es an dem Witz oder der sirianischen Atmosphäre lag, war mir gerade egal.

Ein Windzug zerrte an meinem Haar und vor uns formte sich eine zierliche Gestalt in die reine Szenerie des Meditationsplaneten. Reynas blonde Locken rahmten die sanftmütigen Züge und das milde Lächeln der planetarischen Sprecherin wie ein goldener Bilderrahmen ein Porträt.

»Seid gegrüßt, ihr Hoffnungsvollen«, hauchte sie und ich... verstand sie?! Wieso verstand ich sie?!

Reyna erwiderte meine Reaktion genauso verdattert, wenn auch mit etwas mehr Zurückhaltung und Ruhe.

Leonardo hingegen freute sich wie ein Kind. »Woher kannst du sirianisch?«, wollte er wissen.

»Keine Ahnung, ich kann es eigentlich nicht«, gab ich zu und freute mich ebenfalls. So sehr, dass ich ihn fest an mich drückte. Mir ging das Herz in diesem Moment auf wie tausend Sonnen. Mein Strahlen machte Sirius Konkurrenz. Leonardo erwiderte die Umarmung und zog mich innig in seine starken Arme. Oh, wie sehr hatte ich diese Berührung vermisst.

Bis er abrupt von mir abließ und ein besorgtes Gesicht zog. Enttäuscht versuchte ich, das aufflammende Gefühl der Zurückweisung abzuschütteln. Es misslang auf voller Länge. Was sollte das denn nun?!

»Ich, wir. Wir müssen uns auf den Ring konzentrieren«, meinte er kühl und verschränkte die Hände hinter dem Rücken.

Dein scheiß Ernst? Gut. Dann eben erneut die kalte Schulter.

Ich drehte mich bewusst von Leonardo weg und zwang mein Herz, mit dem Jammern aufzuhören. Männer waren doch alle gleich. Für einen kurzen Moment hatte ich wieder diese Verbundenheit gespürt. Ehe alles erneut kompliziert und tragisch geworden war.

»Liebe Reyna, wir sind hierher gereist in der Hoffnung, ihr könntet den Ring des Friedens reparieren. Wir besuchten bereits

Grecur, Jupiter, die Plejaden und Anedar, doch keiner dieser Planeten schaffte es, den Friedensring heilzumachen. Ihr und die Venus seid unsere letzte Hoffnung. Romdon hat schon Angriffe auf Jupiter und Anedar gestartet, wer weiß, welcher Planet als Nächstes Bellors Kriegswut zu spüren bekommt. Kannst du uns helfen?« Ich grinste hoffnungsvoll, doch mit jeder wartenden Sekunde schwand mein Keim des Glaubens. Reyna beäugte mich irritiert und antwortete dann auf Sirianisch etwas, das ich nun nicht mehr verstand.

»Wie kann das nur möglich sein?«, fragte ich in mich hinein und warf die Hände auf meine Wangen.

Reynas dürre Schultern zuckten ratlos. Mit einer lieb gemeinten Geste strich sie mir eine Strähne aus dem Gesicht, doch mir war nicht nach Trost zumute. Was war hier los?

Ich lugte verurteilend zu Leonardo, der nervös auf seiner Unterlippe kaute. Wenn das Ganze mit seiner Umarmung zu tun hatte, würde ich ihn umbringen.

Reyna brachte uns wortlos in den sirianischen Palast, der hinter einem der Kalkstein-Hügel auf einer Erhöhung thronte und natürlich in Weiß erstrahlte. Ich war jetzt schon blind von der Helligkeit und sehnte mich nach der mediterranen Natur Grecurs. Oder den tropischen Stränden Jupiters. Oder auch nach den mystischen, fjordischen Nebellagunen Anedars. Hauptsache *Natur*.

Dennoch konnte ich das grelle Weiß der Landschaft diplomatisch weglächeln. Die Neugier, wie es zu meiner prompten lingualen Kompetenz gekommen war, die nur wenige Sekunden andauerte, ließ mich Reyna fokussiert über die weich wirkenden, steinigen weißen Kalkhügel in den Palast folgen.

Die Architektur des Gebäudes fußte auf den physikalischen Gesetzen des Sirius. Hier schwebte gefühlt alles. Selbst meine Schritte berührten nie richtig den Boden und dieser gelassene Schwebezustand wurde mit jeder Minute auf Sirius intensiver. Ich fühlte mich leicht, im Frieden mit mir und der Welt und hoffnungsvoll, obwohl mein Verstand wusste, dass das keine gute Idee war.

Die meditative Aura des Sirius schwang mich in eine angenehme Leichtigkeit, deren Kohärenz ich am liebsten nie mehr verlassen hätte. Auf Grecur benötigte ich mindestens fünf Gläser Lambrusco für dieses wattige Gefühl im Hirn.

Reyna streckte ihren hellhäutigen Arm sanft aus, um uns durch die Tore des Lichtpalastes zu geleiten. Ihr Federkopfschmuck, dessen Miniaturversion ich in meinem Beutel mit den anderen Ringsymbolen mit mir trug, wippte sanft zu ihrer Bewegung. Alles an Reyna lag im Einklang. Sie verkörperte pure Harmonie.

Ich hatte mich stets gefragt, wie man in einem solchen Zustand Liebe integrieren konnte. Ich kannte Liebe nur mit Leidenschaft, Lust, zwar Vertrauen, jedoch auch Hingabe, vor allem auch körperlich. Die platonische Form der Liebe, die Sirianer zu geben pflegten, schien mir schleierhaft. Vielleicht war mein Bewusstsein auch einfach zu wenig entwickelt, um diese friedliche Form der Liebe verstehen zu können.

Der Lichtpalast wurde seinem Namen gerecht. Die weißen runden Kuppeln wurden von goldenen Antennen vollendet, die in den goldenen Himmel ragten. Eine lange Treppe aus weißem glatt geschliffenem Kalkstein führte uns hoch zum Eingang des Palastes. Bereits durch die Pforten strahlte uns helles Licht entgegen, in das wir beim Eintritt getaucht wurden, als würden wir unter Wasser gehen. Das reine Weiß des Foyers hatte bestimmt gute sechs Meter Raumhöhe, um sich präsentieren zu können. Seidige Vorhänge in cremigem Elfenbein wehten harmonisch mit dem Wind, der uns angenehm um unsere schwebenden Körper wehte. Ich fühlte mich wie ein Engel.

Waren Sirianer Engel?

Leonardo kam mit der ansteigenden Schwerelosigkeit um einiges besser klar als ich. Als wäre er unter Wasser, glitt er anmutig durch die Atmosphäre des Sirius.

»Wieso sind hier eigentlich keine anderen Sirianer?« Leonardo stellte die Frage leer in den Raum, während er wie ein Pferd in der Luft trabte.

Ich verkniff mir ein Lächeln. Den Anflug von Dankbarkeit, dass seine spielerische Seite zurückgekehrt war, ließ ich innerlich zu und wog mich in dem Gefühl.

»Weil Sirianer in einem dermaßen hohen Meditationszustand schweben, dass sie fähig sind, ihre grobstofflichen Körper zu verlassen.«

Leonardo nickte anerkennend und ich führte weiter aus, um das Gespräch nicht vorzeitig beenden zu müssen.

»Sie entscheiden sich bewusst dazu, als feinstoffliche Wesen zu existieren, weil ihnen dadurch das Halten der hohen Schwingungsfrequenz leichter fällt. Sie sind ein bisschen wie ihr: Hybriden. In Körpern und ohne überlebensfähig.«

»Spannend, das wusste ich nicht«, gab Leonardo zu, ehe er weiter trabte und dabei frech grinste.

Nun lächelte ich. »Woher denn auch, ich habe die Informationen auch nur von Reyna, weil ich sie einst verstehen konnte.«

Obwohl ich es nicht wollte, kippte die Stimmung sofort. Schuld schob sich zwischen die trabende Freude und meine Hoffnung.

»So hab ich das nicht gemeint«, legte ich nach, doch dafür war es wohl zu spät.

»Schon okay, ich weiß, dass du mich für den heutigen Gabenverlust – oder was auch immer das war – verantwortlich machst.« Sein Schwebezustand legte sich und ich erkannte, dass ich viel weniger schwebte als Leonardo. Hatte die Leichtigkeit meines Körpers etwa mit der Leichtigkeit meines Mindsets zu tun?

Verblüfft starrte ich zum blau schimmernden Prinzen Jupiters, dessen Haut auf diesem Planeten wie ein Leuchtsignal wirkte. Unübersehbar. Absolut eye-catching. Unwiderstehlich. Mein Magen krampfte.

»Ich will mich nicht mit dir streiten«, gab ich ehrlich zu.

»Dann sei ehrlich mit dir«, konterte er.

Was sollte denn das jetzt?

Wir folgten Reyna weiter in einen großen, weiten Saal, dessen Südseite wie eine Terrasse offen lag und lediglich von denselben seidigen Vorhängen wie im Foyer geziert wurde. Der Ausblick raubte mir den Atem. Vor uns erstreckte sich eine weiße Wüste mit kleinen, helltürkisen Wasserdümpeln. Der Horizont glitzerte in warmem Gold. Dieser Ort hier war das Paradies. Pure Freiheit und Reinheit überkam mich und ich spürte, wie mein Körper zusehends leichter wurde. Mit einem Lächeln im Gesicht schwebte ich Reyna nach. Ihr Haupt war umgeben von Licht, wie genau genommen alles hier.

Sirius war bis dato der einzige Planet gewesen, auf welchem ich noch nie war. Romdon hatte stets etwas dagegen gehabt, hier zu tagen, und Reyna steckte mir einmal, dass Bellor die Helligkeit psychisch nicht ganz bekam. Was ich verstand. Total. Schließlich grummelte sein Planet verdorben und verkokelt in der Dunkelheit. Lechzend auf Rache. Die er nun bekam. Ein dicker Kloß drückte sich meinen Hals hinunter. Wir würden das schon irgendwie schaffen hier.

Leonardo ließ sich auf einer Art Sofa nieder, das mehr wie eine Wolke aussah. Das Ding schwebte und hatte keine Beine, dennoch rotierte es nicht. Als wäre es in der Luft festgemacht. Jap, die Sirianer waren Engel. Erzengel sogar.

Reyna legte elegant ihre Hand in meine, um mich ebenfalls auf das schwebende Wolkensofa zu geleiten. Ich nahm einen Tick zu nah an Leonardo Platz und rutschte sofort ein Stückchen weg. Reyna musterte uns wertfrei.

Mit einer weiteren Handbewegung und einem liebevollen Lächeln glitt sie wie die Vorhänge mit dem Wind davon.

»Okay, und jetzt?«, fragte ich Leonardo skeptisch.

»Jetzt warten wir.«

Keine Minute später betrat Reyna mit einer weiteren Frau den großen Saal mit Panoramaausblick. Sie war mit Reyna die einzige weitere Person, die wir bisher auf Sirius angetroffen hatten. Offenbar lag die feinstoffliche Art zu leben hoch im Kurs.

Die ebenfalls blonde Frau, die mindestens genauso jugendlich, sanft und engelsgleich erschien wie Reyna, nickte der sirianischen Sprecherin zu.

»Kommunizieren die beiden telepathisch?« Leonardo stupste mich seitlich an, während er die beiden neugierig beobachtete.

»Es scheint so«, flüsterte ich, als der zweite Engel im Raum uns zunickte und bestätigend lächelte.

Öhm, okay?

»Wieso kannst du uns verstehen?« Die Frage schoss unüberlegt aus mir raus und auch Leonardo richtete seine Wirbelsäule auf, um die Branding News zu erfahren.

»Ich kann euch nicht verstehen.« Sie schüttelte sanft den Kopf, sodass es wirkte, als würde sie ihr Haar golden leuchten lassen. »Jedoch kann ich eure Gefühle, die mit jedem Wort oder Gedanken mitschwingen, spüren und deuten.« Sie griff sich aufs Herz, legte dieselbe Hand auf ihren Mund und verband die beiden Positionen miteinander, um dann mit einer kreisenden Fingerbewegung an ihren Schläfen zu verdeutlichen, dass Emotion und Gesagtes miteinander verbunden waren und daher verständlich.

Verdattert guckte ich in die hellblauen Augen der blonden jungen Frau, die nicht viel älter als ich selbst sein konnte.

»Wieso kann Reyna das nicht als planetarisches Oberhaupt?«, platzte es aus mir heraus und ich zeigte auf Reyna. Das war nicht die feine Höfliche, doch Diplomatie hatte mich bis dato nicht weit gebracht auf meiner Mission.

Sie lächelte sanft, als Reyna sich bedacht räusperte.

»Ich kann das ebenfalls. Ich kann euch verstehen, also eure Gedanken und Worte erspüren. Jedoch kann ich euch nicht antworten«, erklärte Reyna mit wedelndem Finger vor dem Mund. Ich kannte den Namen der anderen noch immer nicht.

Bevor ich nachhaken konnte, glättete die blonde Frau ihr weißes langes Kleid, das sich seidig leicht an den weißen Boden schmiegte und um einiges länger als ihre Körpergröße war. Eindeutig Engel. Dann erklärte sie weiter: »Ich kann euch antworten, da ein Teil meiner Seelenfamilie auf Grecur ansässig ist und war. Eure Sprache ist dadurch in meinem genetischen Code programmiert. Ich spreche grecurianisch unbewusst, nur um zu antworten. Aktiv könnte ich mir eure Sprache nicht ins Gedächtnis rufen.«

Ich verstand rein gar nichts mehr und blickte hilfesuchend zu Leonardo. Dessen Mimik sprengte jedoch die Grenzen der Ahnungslosigkeit. Gut. Immerhin in diesem Punkt waren wir uns einig. Was ich wusste, war, dass Jupiterianer durch ihr Hybrid-Gen als Kinder enorm adaptiv waren. Mit was auch immer sie in Berührung kamen, das konnten sie sich aneignen. Sogar Sprachen. Das mit der Seelenfamilie der Sirianer war mir zwar gänzlich neu, doch vieles von dem, was Sirianer so machten und lebten, war mir schleierhaft. Vielleicht fehlte mir dazu dieses engelhafte, geistig hohe Bewusstsein.

»Bist du die Einzige im gesamten Universum, die eine Seelenfamilie auf einem anderen Planeten hat? Falls nein, wieso können dann alle anderen nicht auf die genetischen sprachlichen Vorprogrammierungen ihrer Seelenfamilie zugreifen?« Ich hatte selbst nicht den blassesten Schimmer, ob das, was ich fragte, Sinn ergab. Doch vielleicht lag ja hierin die Lösung, den Krieg zu verhindern.

Leonardo blinzelte mich beeindruckt von der Seite an.

»Weil alle Planeten in unserem Universum komplett isoliert voneinander existieren und sich gar nicht für die Möglichkeit öffnen, dass sie eventuell Vorfahren von anderen Planeten haben könnten. Ihr Bewusstsein ist zu beschränkt, sie glauben nicht daran und dadurch bleibt der Code versiegelt. Selbst auf Sirius sind Reyna und ich die Einzigen, die bereit waren, uns für einen ganzheitlichen Gemeinschaftssinn zu öffnen und unser Bewusstsein an ein Einheitsbewusstsein anzubinden. Nur kommt Reynas Seelenfamilie von Sirius. Ihr Ursprung liegt durch und durch hier auf diesem Lichtplaneten.«

Ich blinzelte sie ungläubig an. Obwohl mich die Informationen gänzlich überforderten, war ich heilfroh, nach unserer langen Reise endlich eine Person in diesem Universum zu treffen, mit der ich *reden* konnte.

»Wir müssen das nicht sofort verstehen, oder?«, hakte ich nach.

Reyna und die andere lächelten synchron, sodass es fast unheimlich wirkte. Himmel, wie gern wäre ich einmal im Leben dermaßen ausgeglichen und in wohliger Wonne. Ich hatte mal von Opium-Höhlen im Osten Grecurs gehört, wo sich verlorene Seelen in fiktive Welten flüchteten. So ungefähr hatte ich mir diesen Zustand immer vorgestellt. Nur mit einem viel dreckigeren Setting.

»Wie heißt du denn eigentlich?«, hörte ich mich fragen.

»Ich bin Harmony.« Die Sirianerin mit den Grecur-Ahninnen faltete mir ihre Hand entgegen und lächelte einladend.

»Freut mich, Alyra.« Ich nahm ihre zarte Hand und schüttelte sie leicht. Die Energie, die von Harmony ausging, verschlug mir schier den Atem. Ich sog scharf die Luft ein und starrte sie an. »Was war das?«

»Du bist nicht im Einklang mit dir. Was ist es, das dich emotional bedrückt, Liebes?«, fragte sie mich – neben Leonardo! Himmel, konnte man hier denn nirgends in Ruhe seine Gefühle unterdrücken?!

Obwohl mir tausend Dinge einfielen, die mich bedrückten, antwortete ich kühl: »Mir geht es gut. Nur etwas Druck ob der zunehmend bedrohlichen Kriegslage im Universum. Weshalb wir auch hier sind.«

»Wir haben davon gehört«, meinte Harmony und blickte etwas besorgt zu Reyna. »Wir wissen, dass sich Romdon bereits rüstet.«

»Dann seid ihr nicht auf dem neuesten Stand«, schob Leonardo ein.

Die beiden Engelswesen drehten sich verdutzt zu ihm, der sich von dem Wolkensofa erhob und sich räusperte.

»Bellor hat den Krieg bereits begonnen und schon Angriffe auf Jupiter und Anedar verübt. Die Plejaden schlagen offensiv zurück, da sie eine Allianz mit Jupiter und Grecur gebildet haben. Grecur dient allerdings nur als Materiallieferant und wird dadurch defensiv geschützt, sollte Bellor es auf Alyras Heimatplaneten abgesehen haben.« Leonardo formte mit seinen weichen Lippen ein stilles Sorry, ehe er weitersprach. »Beim Anschlag auf Anedar waren wir vor Ort. Es regnete Feuer. Bellor setzt die von den Plejaden entwickelten Kometenbomber ein.«

Reynas Augen weiteten sich, während Harmony entsetzt die Hände vor den Schmollmund warf.

»Woher hat Bellor die Bomber der Plejaden?«, fragte Harmony besorgt.

Reyna räusperte sich und Harmony bekam ihre Antwort.

»Doch die Plejader können zurückschlagen, nicht?«, hakte Harmony mit zunehmender Disharmonie nach.

»Klar«, warf Leonardo ein. »Der feine Unterschied ist jedoch, dass Romdon nichts mehr zu verlieren hat. Der Planet ist bereits gerodet und verbrannt. Alle anderen Planeten könnten Ressourcen, Natur und ihre Schönheit einbüßen.«

Leonardos royaler Auftritt machte mich mehr an, als mir lieb war. Ich beäugte ihn unauffällig von der Seite, während ich mir auf die Lippe biss.

Harmony und Reyna hingegen wirkten so gar nicht angetan vom Kriegsupdate.

»Deshalb sind wir hier. Ihr seid unsere beinahe letzte Chance, den Friedensring zu kitten und so den Frieden wiederherzustellen.« Ich blinzelte Reyna hoffnungsvoll an, die ihre Hände vor der Brust faltete.

»Sie möchte dir sagen, dass sie alles nur Erdenkliche tun wird, um die gewaltvollen Geschehnisse des Universums in Frieden umzuwandeln.«

Na, das klang ja mal lichtvoll.

Ich löste den kleinen Lederbeutel von meiner Gürtelschnalle und reichte ihn Reyna. Sie ließ die winzigen Symbole sowie das rund geformte Gold mit dem zerbrochenen Emblem aus dem Beutel in ihre Handschale fallen.

»Ich sehe, was ich auf spiritueller Ebene tun kann«, übersetzte mir Harmony Reynas Worte. Dann wurde sie feinstofflich und verschwand vor unseren Augen.

Ich blickte nervös zu Leonardo. Das hieß wohl erneut warten.

18

ICH SCHWANKTE NACH hinten, als Leonardo meine Lippen teilte und meine Zunge liebevoll mit seiner teilte. Hach, hatte ich seinen Geschmack vermisst! Er erinnerte mich an zu Hause. An die salzige Gischt des Meeres, an den heißen Sand unter meinen Zehen, an den rauen Wind, der mein Haar stets noch voluminöser gemacht hatte, als es ohnehin schon war.

»Küss mich mehr«, hauchte ich und er erfüllte mir den Wunsch. Meine Finger zuckten in seinem Nacken vor Sehnsucht, während er seine Lenden immer dichter an mich schob. Schweiß klebte mir im Nacken, doch das schien ihn nicht zu stören. Leonardos weiche Lippen liebkosten meinen Hals, als wäre er eine Kokosnuss mit Rum. Mein Puls ging schnell und mein Atem stockte, als er seine Finger langsam unter mein Bustier gleiten ließ.

Ich warf die Haare in den Nacken und blickte an die weiße Decke des Lichtpalastes, als ich Reynas freundliche Miene erblickte. Erschrocken riss ich die Augen auf und rappelte mich hoch.

»Reyna?«, fragte ich, doch Leonardo hörte es nicht und machte einfach weiter. Mein Puls raste, als wäre ich einen Marathon gelaufen, während mich das planetarische Oberhaupt des Sirius wissend anlächelte.

»Sei ehrlich zu dir selbst, Alyra. Das könnte uns alle retten.«

»Wie meinst du das?«, rief ich ungläubig. Dann wurde es hell und die engelsgleiche Gestalt verschwand im weißen Licht.

»Alles okay?«, fragte mich eine weiche Stimme irritiert.

Ich schnellte schwer atmend hoch und versuchte, mich zu orientieren. Doch meine Augen sahen weiß. Überall weiß.

»Alyra, geht es dir gut? Hast du schlecht geträumt?« Leonardo!

»Wo bin ich?«, ächzte ich ins Leere. Himmel, die Anstrengung der letzten Tage forderte ihren Tribut.

»Auf Sirius«, antwortete die helle Stimme. Harmony.

Langsam zeichneten sich die Silhouetten der beiden vor meinen Augen ab. Hatte ich die Gesinnung verloren?

»Wo ist Reyna?«

»Sie versucht noch, die Schwingung des Ringes zu erhöhen, um die Selbstheilungskräfte des Materials zu aktivieren und ihn mit etwas Glück zu rekonstruieren«, antwortete Harmony gelassen.

»Sie war doch eben noch da«, blinzelte ich sie irritiert an und griff mir an die Schläfen. Nun wurde ich wohl verrückt.

»Du hast geträumt, Liebes«, erklärte Harmony weiter. Das war mir schon klar, sonst würde Leonardo nicht so lässig neben mir sitzen, als wäre nichts geschehen. Doch Reynas Anwesenheit in meinem Traum war anders.

»Sie war so real.«

Leonardos besorgtes Gesicht blinzelte mich an. »Du solltest vielleicht noch ein wenig schlafen, Alyra«, schlug er vor.

»O nein, keine gute Idee!«, warf ich sofort ein und kreuzte die Arme vor meinem Oberkörper.

»Wieso nicht?«

»Weil ... so eben. Wir haben keine Zeit zum Schlafen!« Oder zum Küssen. Oder Dahinschmachten.

Leonardo zog die Augenbrauen skeptisch zu seinem Scheitelansatz und schmunzelte dabei. Herrgott, fühlte ich mich durchsichtig in diesem Moment.

»Ich lasse euch mal besser allein«, flüsterte Harmony und verließ den hellen, freien Raum mit einem Zwinkern. Die steckten hier doch alle unter einer Decke. Doch Reynas Worte schwirrten mir im Kopf umher wie Schlagzeilen in Dauerschleife.

»Was meintest du damit, als du sagtest, ich solle ehrlich mit mir selbst sein?« Ich musste es wissen. Ich wollte es wissen. Leonardo hatte es gesagt, Reyna hatte es in meinem Traum gesagt, es musste eine Bedeutung haben.

Unsere Blicke verhakten sich ineinander und mein Herz pochte wie kurz zuvor im Traum. Himmel, das würde nicht gut ausgehen. Pflichtbewusstsein! Verantwortung! Wo blieben meine eingeprügelten Eigenschaften? *Konzentrier dich, Alyra!*, zwang ich mich selbst zur Vernunft. Doch Leonardos Sixpack zuckte, während er mit seinen Zähnen knirschte und mich anblickte, als würde mir das die Erklärung liefern.

Ich wandte mich ab. »Kannst du bitte damit aufhören?«, forderte ich.

»Womit?«

»Mich anzusehen.«

Er richtete sich etwas auf.

»Mich *so* anzusehen«, schob ich nach.

»Gut, wenn dich das dermaßen aus der Fassung bringt, sehe ich das Wolkensofa an. Besser?«, witzelte er und starrte übertrieben auf das weiche Weiß, auf dem wir saßen.

»Es bringt mich nicht aus der Fassung«, erwiderte ich. Lüge!

»Wieso stört es dich dann?«, hakte er nach.

»Aus anderen Gründen«, argumentierte ich weiter. Himmel, war das schlecht. Doch immerhin nicht gelogen.

Leonardo nickte mit einem Schmunzeln. »Ich meinte damit genau das hier. Dass du endlich ehrlich mit dir und deinen Gefühlen sein sollst. Dann bräuchte ich auch nicht mehr unverschämt zu sein und dich aus der Reserve locken.« Er grinste und gab mir einen schnellen Kuss. Für eine Millisekunde lagen seine Lippen auf meinen. Ich rang nach Luft. Was zur Hölle? Ich spürte, wie die Hitze meine Wangen rötete.

»Was sollte das?!«, keuchte ich und versuchte, dabei nicht erregt zu klingen. Mistkerl!

»Ein kleiner Test. Der sich bestätigt hat. Nun liegt es nur noch an dir, es zuzugeben.« Leonardos silberne Strähnen glänzten mit dem weißen Licht des sirianischen Palastes um die Wette. Seine helltürkise Hose stach wie ein Warnschild in diesem ansonsten farblosen Ort des Lichts hervor. *Mein* Warnschild.

»Ich gebe gar nichts zu! Da ist rein gar nichts!« Lüge.

Er legte den Kopf schief. »Fällt es dir wirklich so schwer zuzugeben, dass du etwas für mich empfindest?«

Ja! Ja, das tat es! Das würde meine Professionalität infrage stellen. Es würde mich zudem zu einer schrecklichen Person machen, die inmitten eines Krieges eine Liebesaffäre beginnt und nicht einmal richtig um ihre jahrelange Beziehung trauert.

Ich antwortete nicht.

Zum Glück erschien in diesem Moment Reynas strahlendes Gesicht im Raum, gefolgt von einem grobstofflich werdenden Körper, der in ein weißes langes Kleid gehüllt war, das mit dem Wind sanft um ihre Rundungen wehte. Harmony materialisierte sich direkt neben ihr und betrachtete Leonardo und mich neugierig. Tausende Empfindungen jagten durch meine Adern und wollten gesehen werden. Ich unterdrückte sie souverän. Schließlich hatte ich hier eine Mission. Ein lebenseifriger Jupiter-Prinz würde mir das nicht versauen!

»Ihr Lieben, ich danke euch, dass ihr so lange gewartet habt«, begann Reyna ihre Ansprache, die Harmony intuitiv mit ihrer hellen Stimme übersetzte. Lange? Wie lange waren wir denn bereits hier? Ich hatte die Zeit vergessen, die es hier ohnehin nicht zu geben schien. »Leider gibt es schlechte Neuigkeiten. Dieser Ring ist in diesem Zustand irreparabel.«

Ich schluckte. Nein! Irgendjemand in diesem Universum musste doch fähig sein, einen magischen Ring zu kitten!

»Ich fühle deine aufflammende Wut, liebe Alyra.«

Mist. Hastig biss ich mir auf die Lippe, um meine Gefühle zu regulieren und nicht ganz so ein offenes Buch für Reyna zu sein.

»Doch hier ist eine andere Herangehensweise vonnöten, wie wir herausfinden konnten.«

Herrje, das hatte Kyra aka Leonardo auf Anedar schon behauptet. Dass die allwissende Reyna denselben Rat gab, machte mich nervös.

»Auf energetischer Ebene gilt es einiges mehr zu kitten als nur die Rohstoffe, die diesem Ring Gestalt geben.«

Leonardo und ich blickten uns für einen Moment an, der das Unverständnis teilte, das Reynas Worte in uns hervorriefen. Immerhin war ich nicht die Einzige, die hier nur Bahnhof verstand.

»Ich kann euch diese Erkenntnis nicht liefern. Ihr dürft sie selbst erspüren. Ich kann euch lediglich in diese Richtung weisen.« Die weiteren Ausführungen Reynas machten das Ganze nicht verständlicher. Leonardo und ich saßen auf der schwebenden Wolkencouch wie Schulkinder, denen die Lehrerin vergeblich Algebra zu erklären versuchte. Erfolglos.

Reyna und Harmony gaben sich die Hände und lächelten uns synchron an. Nun fühlte ich mich richtig blöd.

»Du wirst meine Worte noch verstehen, Alyra. Wenn du ehrlich mit dir selbst bist und all deine Masken und Rollen fallen lässt, um dein wahres Ich strahlen zu lassen.«

Nun brach es aus mir heraus. »Was wollt ihr eigentlich alle von mir?! Ich bin ehrlich mit mir! Ich bin verantwortungsbewusst und versuche, diesen Krieg zu verhindern! Und das, obwohl ich ganz andere Sorgen habe! Mein jahrelanger Freund und Verlobter hat mich kurz vor unserer Hochzeit betrogen, mein Vater betrinkt sich grundlos und ich habe eine Aufgabe, die mein Leben in Stücke zerreißt! Was soll ich denn noch machen?! Ich gebe mich bereits für das Allgemeinwohl auf!«, schrie ich. Meine gellenden Worte zerrissen die friedliche Stille des Planeten und zeichneten sich wie dunkle Pfeile inmitten von Licht am Horizont ab. Ich konnte meine Wut nicht nur spüren, sondern sehen. Wie war das möglich?

Leonardo schielte überrascht zu mir. Sein Atem blieb ruckartig stehen. Reyna und Harmony nickten zufrieden.

Fassungslos starrte ich die beiden an.

»Das meinte ich mit Masken und Rollen. Sei du. Sei ehrlich zu dir«, hauchte Reyna, während Harmony übersetzte. Ihre Worte verdrängten die Wutpfeile in der Luft durch harmonische rosa Wolken. Und auf eine merkwürdige Art und Weise auch tatsächlich meine Wut.

Nun stand ich da, in einem viel zu sexy Bustier, das Leonardo gerade still und heimlich betrachtete. Vor zwei Frauen, die gefühlt über allem standen, vor allem jedoch über Liebesdramen. Und mit zahlreichen unterdrückten Gefühlen in meiner Brust, die mir die Luft zum Atmen nahmen.

Niedergeschlagen ließ ich mich auf das wolkige Sofa fallen, das schwerelos in diesem strahlend weißen freien Raum schwebte. Hier war mir alles zu astrein. Zu harmonisch. Zu korrekt.

Und als hätte ich es mir herbeigedacht, verdunkelte sich plötzlich der Himmel.

Reynas Züge verhärteten sich und sie rief Harmony etwas auf Sirianisch zu, das ich nicht verstehen konnte. Einen Augenblick später löste sich Harmony aus ihrem Körper und ihre Seele huschte als blendender Lichtstrahl gen Himmel.

Reynas Mundwinkel zuckten, als sie sich ein beruhigendes Lächeln auf die Lippen zwang, doch wir wussten beide, dass es vorbei war mit Ruhe und Harmonie.

»Bring deine Leute in Sicherheit!«, fuchtelte ich wie wild mit den Armen und zerrte Leonardo hoch. Reyna konnte es zwar nicht verstehen, doch die Geste war eindeutig. In die Atmosphäre tretender Staub riss an ihren Haaren und die Engelsgestalt wurde mit Staub überzogen wie eine Torte mit Glasur. Hastig drückten mir ihre zarten Finger den Beutel mit den Ringutensilien in die Hand.

»Es wird Zeit. Schützt, was euch lieb ist. Schützt EUCH. Das Ende könnte bald nahen.« In diesem Moment verstand ich zwar nicht ihre Worte, doch die Welle an Gefühlen der Hoffnung und Verzweiflung machte mir deutlich, was Reyna mir begreiflich machen wollte.

Ich schloss sie mit einem festen Druck in meine Arme, als keine zehn Meter neben uns ein Kometenbomber einschlug und das reine Weiß in Feuer und Verwüstung tauchte.

Mit aufgerissenen Augen schob mich Leonardo vor sich aus der Tür durch das Foyer und raus aus dem Licht-Palast, den die Dunkelheit in diesem Moment auffraß. Mein Trommelfell bellte, als ein weiterer Kometenbomber neben uns in den glatten Boden donnerte. Erschrocken drehte ich mich um, doch Reynas Körper lag bereits leblos am Boden.

»Nein!« Ein gellender Schrei entwich meiner Kehle. Sofort darauf krachte eine der massiven weißen Kalkstein-Säulen hinter uns nieder. Nun konnte ich nur mehr hoffen, dass Reynas Seele es rechtzeitig aus der grobstofflichen Hülle geschafft hatte.

»Beeil dich!«, blaffte mich Leonardo an und ich befolgte den Befehl.

Der Himmel brannte, wie er es bereits auf Anedar getan hatte. Nur dass dort die Baumkronen einiges an Hitze und Schall abgefangen hatten. Auf Sirius zerrissen die Kometenbomber nicht nur das reine Licht, sondern die Ruhe, die Harmonie, den Frieden.

O ja, wir befanden uns im Krieg. Und es war schlimmer, als ich es mir je hätte vorstellen können.

Eine stille Träne des Entsetzens kullerte über meine Wange, während Leonardo sein Bestes gab, mich hinter sich nach zu zerren. Die wattigen Ausbuchtungen des weißen Felsgesteins erschwerten uns ein schnelles Queren, doch vor uns präsentierte sich bereits unser Raumschiff. Zum Glück hatten wir es in einer kleinen Einbuchtung geparkt.

Sirius wurde mehr und mehr in Asche und Feuer getaucht und mir kullerten weitere Tränen übers Gesicht, während ich

Leonardo nachrannte, um unsere letzte Chance auf der Venus zu versuchen. Falls es die Planetin noch gab.

»Gib mir deine Hand!«, rief Leonardo, wartete jedoch nicht auf meine Reaktion. Mit einem Ruck sprangen wir über eine Felsformation, die von einem Kometenbomber zerschlagen worden war. Feurige Splitter tauchten das friedliche Weiß in blutige Rache. Das blanke Entsetzen ergriff mich und Panik aktivierte alle Lebensgeister in mir. Plötzlich zog *ich* Leonardo über die letzten Kalkstein-Hügel, um endlich in unser Raumschiff steigen zu können. Stein für Stein, zersplitterter Fels für zersplitterter Fels. Bis wir endlich das Fluggefährt erreichten.

Mit einem Satz zog ich uns die Reling hoch, während keine zwanzig Meter neben uns Feuerfunken auf den Kalkstein prasselten.

Ich setzte mich ins Cockpit und gab unser nächstes Ziel ein, als hätte ich nie etwas anderes getan. Wie ferngesteuert hebelte ich die Bremse aus, schloss alle Exits, lehnte mich in den Stuhl, drückte einen verwirrten Leonardo mit zurück und presste den grünen Button, bis er hell aufleuchtete.

Gerade noch rechtzeitig.

Denn in genau jenem Moment, als unser Raumschiff durch das nächste Wurmloch huschte, knallte neben uns ein massiver Kometenbomber nieder, der die Einbuchtung, in welcher wir geparkt hatten, in Feuer und Asche tränkte.

Bellor, du massives Arschloch!

VENUS
Die sinnlichen Körperlichen

Planetarische Eigenschaften:
Die Venus erblüht in sanften Farben und duftet nach Sinnlichkeit und Genuss. Lindenbäume bieten Schatten vor der milden Sonne, die Wiesen, Felder und Blumengärten in weiches Licht taucht. Alles leuchtet in zartem Rosa. Auf den Feldern hoppeln Häschen, Körper werden geliebt und gestreichelt, Kinder tollen in Blütenmeeren und naschen Aprikosen. Dicke Bäume überragen Decken aus Blüten und nährende Mütter sowie genießende Frauen.

Eigenschaften der Venus-Frauen:
sinnlich, weiblich, intuitiv, harmonisch, verführerisch, körperlich, genussfreudig, familiär/mütterlich, sanft

Gaben der Venus-Frauen:
Ausgeprägtes Charisma und Verführungspotential
Exzellentes Wissen über Blumen

Planetarisches Oberhaupt:
Irina, steht für »die Friedliche«

Weitere Bewohner:
Odette, Freundin Irinas

Rüstungsvermögen der Venus-Frauen:
Nicht existent

Beziehungen zu anderen Planeten:
Befreundet mit Grecur
Verbündet mit Grecur
Verfeindet mit niemandem, zu harmoniebedürftig für Feindseligkeiten

19

HIMMEL, WAR MIR übel. Und das, obwohl sich vor uns ein Meer aus Rosen erstreckte, das sich alle Mühe gab, uns mit seinem zarten Duft zu bestechen. Die Übelkeit wich mit jeder Sekunde, die wir über die Venus flogen, der Dankbarkeit.

Dankbar, endlich wieder Natur zu sehen.

Dankbar, endlich wieder Kontraste wahrzunehmen.

Dankbar für schattige Plätzchen unter Baumkronen und duftende Blumen in allen Variationen.

Vor allem jedoch war ich dankbar dafür, dass die Venus noch nicht beschossen worden war. Obwohl unsere letzte Chance, den Ring zu reparieren, schwindend gering war, hegte ich Hoffnung.

Leonardo glaubte eher nicht mehr dran. Haareraufend saß er im Co-Piloten-Sessel. Seine Stirn legte sich in tiefe Furchen, sein Ausdruck vermittelte Distanz und Verzweiflung.

Ich hatte gerade nicht den Mumm, ihn nach seinem Wohlbefinden zu fragen. Vielleicht hielt mich auch nur die Angst zurück, eine bissige Antwort zu erhalten. Deshalb stand ich wortlos auf, nachdem ich das plejadische Raumschiff am Rande einer grünen Wiese unter zwei Eichen geparkt hatte. Ich wollte mich ohnehin etwas zurechtmachen. Die Tränen klebten salzig und unbeweglich auf meiner Haut und erinnerten mich bitter an die Geschehnisse auf Sirius. Hoffentlich überlebte es der Planet. Dass die Bewohner sich verfeinstofflichen konnten, wusste ich, doch Sirius selbst ließ sich nicht so leicht in Licht auflösen.

Jede Faser meines Seins suchte nach einer für mich verständlichen Erklärung für Romdons Hass, doch Rache war stets die simple, traurige Antwort. Blutige, gewaltvolle Rache.

Mein Magen krampfte, als ein Gefühl von Verständnis in mir hochkam. Hätte man sich in einem Weltkrieg gegen Grecur verbündet – ich hätte nicht gewusst, ob ich nicht genauso verbittert geworden wäre. Wäre ich? Wohl nicht. Oder? Pochend drückte die Zerrissenheit an meine Schläfen. Nein, ich würde es loslassen können. Nie und nimmer würde ich ein gesamtes Universum niedermetzeln wollen. Dennoch waren Bellor und seine Männer in diesem Moment dabei, eben das zu tun. Die Frage, wieso Romdon nicht schon viel eher zugeschlagen hatte, ging mir durch Mark und Bein. Die Erinnerung an die dürftige Erklärung meiner Mutter, dass es viele Jahrtausende eine Art Friedensgrauzone gegeben hatte, erschien mir lückenhaft. Da musste noch etwas anderes dahinterstecken. Ein Deal, eine Kooperation mit einem der Planeten oder Ähnliches. Ich würde es herausfinden und setzte die Causa auf meine mentale Liste, die mir ewig lang erschien.

Meine Lungen seufzten schwer, als ich mein Spiegelbild in der kleinen Reflektionsfläche neben der Toilette betrachtete. Ich sah aus, wie ich mich fühlte. Wie von einem Kometen erschlagen. Dass das beinahe tatsächlich passiert wäre, machte das Ganze nicht besser.

Dummerweise hatten wir keine Zeit für Eitelkeit. Ich spritzte mir ein paar Handschalen voll Wasser ins Gesicht, rubbelte das Augenmakeup weg und band mir die Haare des oberen Kopfteils zu einem wirren Knäuel zusammen. Das Outfit blieb. Ich hatte ehrlich gesagt keine Ahnung, wo meine kleine Tasche war, die ich auf Jupiter für die Reise gepackt hatte. Vermutlich lag sie in Schutt und Asche auf Anedar.

Meine Römersandalen schnürten sich ziemlich ramponiert um meine Waden. Ich sah aus wie eine Abtrünnige. Vielleicht war ich das bereits.

Seit Kyras Update hatte ich keine aktuellen Infos zur Lage meiner Nation erhalten. Womöglich wurde auch Grecur bereits angegriffen. Bei dem Gedanken ballte sich mein Magen krampfend zusammen, sodass ich mich krümmte. Wehmütig hoffte ich auf einen heilen Heimatplaneten und darauf, dass die Prophezeiung sich in irgendeiner Form erneut erfüllen würde, um die vorhergesagte neue Ära einzuleiten. Im Idealfall brachte sie sogar den Blutdurst Romdons zur Ruhe.

»Alles okay mit dir, Alyra?« Leonardos sanfte blaue Augen blickten mich besorgt an.

»Klar, nur etwas übel. Und bei dir?«, überspielte ich die Sorge um meinen Heimatplaneten gekonnt.

»Auch etwas übel. Wir sollten dringend etwas essen.« Glorreicher Vorschlag.

»Sollten wir. Nachdem wir unseren letzten Versuch gestartet haben, den Ring zu reparieren«, schob ich die Pflicht vor und wollte gerade die Reling hinabsteigen, als sich starke Finger um mein Handgelenk legten und mich wie ein Jojo zurückdrehten. Mein Gesicht machte nur wenige Zentimeter vor Leonardos kantigen Zügen Halt. Bevor ich protestieren konnte, schob er seine andere Hand auf meinen Rücken und drückte mich näher zu sich heran.

»Du weißt, dass wir auf dem Planeten der Liebe sind, oder?« Er zwinkerte. Ich spürte seinen warmen Atem und den Geruch des Meeres, das ich so sehr vermisste, auf meinen Lippen. Unweigerlich schnappte ich nach Luft.

»Du weißt schon, dass du schon wieder unverschämt bist, oder?«, konterte ich und verdrehte die Augen. Für diese coole Darbietung hätte ich einen Oskar erhalten sollen.

Leonardo stieß mit einem Seufzer Luft aus und ließ mich dann los. »Gut. Zuerst die Mission, Boss!«, witzelte er und quetschte sich mit maximalem Körperkontakt an mir vorbei und die Reling runter.

Ich biss mir auf die Lippe, um das Schmunzeln zu verbergen, das mir die aufkommenden Glücksgefühle bescherten.

Wir traten ins Freie. Ein Luftzug, gepaart mit einem Hauch von Rosenduft, umwehte liebevoll mein Haar. Meine Laune hob sich augenblicklich und ich lächelte der sanften Sonne entgegen, die die Blumenfelder in warmes Licht tauchte. Die Venus war ein mindestens genauso atemberaubender Planet wie Grecur, Jupiter und Anedar. Natürlich, frisch, warm und leuchtend. Schöpferisch und nährend. Hier tobte sich Mutter Natur gänzlich aus und ihr Werk ließ meinen Atem stocken.

»Wow«, hauchte Leonardo, der auch *diesen* Planeten noch nie zuvor besucht hatte. Ich war einmal hier gewesen, doch das war bestimmt schon fünf Jahre oder länger her. Seither hatte sich nichts verändert. Zum Glück regnete es auch kein Feuer vom Himmel.

Obwohl mich die Ruhe der Venus beruhigte, schlich sich ein mulmiges Gefühl in meine Magengegend ein. Wieso hatte Romdon sie bisher verschont?

Leonardos Schulterklopfer riss mich aus meinen Gedanken. »Komm, dort drüben befindet sich der Blumen-Palast der Venus. Irina ist bestimmt auch dort.« Den Palast fixierend, marschierte er in die Richtung des großen Gebäudes, welches in weichem Apricot bepinselt war. Die Pforten aus Rosenholz wurden von feinen Goldverzierungen geschmückt. Überall fand ich Bernstein-Elemente, die Säulen, Fensterläden und Zäune zierten. Sogar in die Treppe hoch zum Eingang des Blumen-Palastes waren Bernsteine eingelassen.

Eine plagende Sehnsucht nach meiner Heimat beengte meine Brust. Mit einem wilden Keuchen versuchte ich, das Gefühl abzuschütteln.

Rosen, Dahlien, Lilien, Chrysanthemen, Veilchen, Maiglöckchen und Tulpen säumten den Weg durch den blühenden Schlosspark. Efeu rankte sich an den Wänden hoch und Wein umschlang die Säulen, die den Eingang bewachten. Der Palast wurde seinem Namen als »Blumen-Palast« wirklich gerecht. Doch wir brauchten erst gar nicht einzutreten, denn von der Bernstein-besetzten Treppe aus konnte ich zwischen Rosen und Ranken eine feminine Gestalt mit rotem wallendem Haar erkennen, die sich mit fünf anderen Frauen Obst teilte und herzhaft lachte.

Irinas weiblicher Körper lag auf einer Decke, die am Fuße einer weißen Birke aufgelegt worden war. Ihre blasse Haut strahlte wie Marmor in der Sonne, während ihre Wangen rosig leuchteten. Sie erhob sich anmutig, als sie mich erblickte, und formte die vollen Lippen zu einem Lächeln.

»Willkommen, Alyra«, begrüßte sie mich mit offenen Armen, während sie auf uns zukam und Leonardo dabei gekonnt ignorierte. Sie sprach in ihrer Sprache, doch der Kontext machte den Inhalt eindeutig.

Mütterlich legte sie ihre Arme um meine Schultern und drückte mich an ihre weiche Brust. So war sie, und die Venus-Frauen lebten ihre Körperlichkeit und Sinnlichkeit voll und ganz aus. Dass wir Grecurianer das ein bisschen unangenehm empfanden, wurde einfach ignoriert. Meinen Vater ausgenommen, der heimlich für Irina schwärmte. In Irinas roter Mähne steckte eine Wildrose. Ihr Duft betörte mich und ließ mein Herz aufblühen.

Auch die Venus überzeugte mit glänzender Harmonie, nur auf eine viel natürlichere Weise als Sirius. Während die Sirianer Körperlichkeiten mieden und die meiste Zeit ihrer Existenzen nicht einmal in Körpern wohnten, zelebrierten die Venus-Frauen Körper und Sinne in hohem Maße.

Unsere Welten waren dermaßen unterschiedlich und doch irgendwie ähnlich.

Ich lächelte, doch Leonardos ernster Blick zerrte mich zurück ins Jetzt. Zurück zur katastrophalen Lage des Universums. Wären wir noch auf Sirius gewesen, wäre mein Körper nun aus der Schwebe plump zu Boden gefallen.

Er räusperte sich und schwang seinen Arm in meine Richtung. Bühne frei für mich also, alles klar.

»Gib zu, dass du es genießt, wenn ich Pantomime mache«, keifte ich ihn leise an, sodass es Irina nicht hören konnte.

»Natürlich genieße ich es. Hätten wir die Devices der Plejader hier, könnte ich es holographisch festhalten. Das Video wäre der Burner auf Jupiter!«, witzelte er amüsiert und streckte die Zunge raus.

Ich schubste ihn mit rollenden Augen weg, während Irina eines der Hoppelhäschen von der Wiese hob und sachte streichelte. Das wäre mir jetzt auch lieber gewesen.

Leonardos Gelächter verjagte jedes Häschen, das auf der Wiese hoppelte. Ich kniff ihm erbost in den Arm.

»Hör auf damit! Du bist so ein Arsch!«, meinte ich schwach und musste dabei selbst lachen.

»Wie du die Kometenbomber gemimt hast, war wirklich *bombe*!«, amüsierte er sich weiter und warf die Hände vor den Mund. Er prustete dennoch drauf los und krümmte sich vor Lachen. Sein blau schimmerndes Sixpack trat dabei hervor, als wollte es auf sich aufmerksam machen.

Ich grinste künstlich, um das Gesabber zu unterbinden. »Konntest du Irinas Erklärung deuten, wie lange sie für den Reparaturversuch brauchen wird?«

»Sie hat sechs Finger gehoben. Das können sechs Minuten, sechs Stunden, sechs Tage ...«

»Alles klar, hör auf!«, schnitt ich ihm das Wort ab und schob meine Hand vor seine Nase.

Wir saßen mit zahlreichen anderen Frauen auf der Wiese und wäre dieser Ort nicht unsere letzte Chance auf Frieden gewesen, hätte ich all das hier genossen.

Die Blumen vernebelten uns die Sinne mit ihren zarten, floralen

Odeurs. Die Häschen hoppelten friedlich auf der Wiese, während Bienen summend die Pollenernte sammelten. Zwei der Frauen teilten sich genüsslich eine Aprikose aus einem der Körbe, die unter der großen Birke abgestellt waren. Obwohl mindestens zehn Kinder auf dem Feld neben der Blumenwiese mit einem Strohhut Frisbee spielten, hörte ich den Wind durch die Ranken und Büsche wehen.

Wie friedlich. Wie harmonisch. Und auch schmerzhaft.

Würde ich jemals eine Familie gründen? Wie gründeten Venus-Frauen Familien? Ich hatte hier noch keinen einzigen Mann erblickt. Auch das kam auf die Liste der Fragen, die ich stellen würde, wenn ich meine Gabe zurückerhalten hatte.

Eine Frau, die sich mir als Odette vorgestellt hatte, legte ihren Kopf sanft in den Schoß einer anderen Frau. Ihr Haar lag wie ein dunkler Teppich auf der Wiese und wurde von den bunten Blüten gesäumt. Sie lächelte, während eines der kleineren Kinder sich vor sie hinfallen ließ und hungrig an ihrer Brust saugte. Es war bestimmt schon zwei Jahre alt, doch auf der Venus wurden Kinder viel länger gestillt als auf Grecur. Und ich fand das schön.

Die innige Verbindung, die Odette in diesem Moment mit ihrem Kind einging, berührte mein Herz. Sie streichelte dem Kleinen liebevoll über das blonde Haar und gab ihm einen zarten Kuss auf die Stirn.

Leonardo griff nach einer Aprikose und biss fast genauso genüsslich hinein, wie der Junge an Odettes Brust saugte. Der Saft der süßen Frucht spritzte auf sein Gesicht und er kniff lachend die Augen zusammen. Die anderen Frauen um ihn herum lächelten verführerisch und er erwiderte die Blicke leicht irritiert. Warte, was?

Ich beobachtete genauer. Doch der Prinz Jupiters lächelte lediglich schüchtern und biss dann ein weiteres Mal – um einiges vorsichtiger – in das Obst und drehte sich von den Frauen weg, um die Rosenranken zu betrachten. Wieso flirtete Leonardo nicht mit den Venus-Frauen? So wie er es immer tat? Mit allen weiblichen Wesen? Das hier müsste sein absoluter Lieblingsplanet sein!

»Ist dein Testosteron im Eimer?« Ich schob meine grinsende Visage vor seine. Lebenslustig hatte ich ihn tausendmal lieber als lethargisch und nachdenklich.

»Nein«, gab er knapp zurück.

»Wieso ignorierst du dann all die Lust hier?«

»Ich setze ein Zeichen, Alyra«, konterte er und drehte sich weiter weg von mir.

»Für wen?«

»Für dich.«

Ich blinzelte ihn irritiert an. »Wie für mich?«, hakte ich nach.

»Ach, vergiss es«, schnaubte er und schob mich mit seinen starken Armen von sich weg.

Ich wollte protestieren, doch da watete Irina durch die hohen Gräser, sodass die Halme an ihrem elfenbeinfarbenen Seidenkleid zerrten. Und der Blick, den sie mir schenkte, sprengte das letzte Fünkchen Hoffnung in meinem Herzen in Millionen Splitter.

Nun glich auch mein Optimismus dem Zustand des Friedensrings. Verdammter Mist.

Mir klemmte es die Lungen zu und ich bekam keine Luft. Schwer atmend hechelte ich mir Wind zu, doch mein Kopf schien zu bersten. Der Druck um mein Herz stieg rasant und mir war schlecht und schwindelig gleichzeitig. Wie eine unerwartete Welle übermannte mich Panik. Ich musste hier weg. Mit einem Satz sprang ich hoch und wie auf der Flucht aus Sirius übernahmen die Notsteuerungssysteme meines Körpers die Kontrolle. Ich rannte quer über die Wiesen und Felder, weit weg von Irina, dem bescheuerten Ring und Leonardo. Erst als ich mehrere Meilen zurückgelegt hatte und sich ein kleiner Teich vor mir ausbreitete, wurden meine Beine langsamer und ich kam zur Ruhe. Oder besser gesagt zur gänzlichen Erschöpfung. Mein Herz raste wütend, während meine Lungen eifrig versuchten, meinen Kreislauf auf Normalzustand zurückzubringen.

Hechelnd stemmte ich die Hände auf die Knie und ließ den Kopf hängen.

Was jetzt?

Mich in Sicherheit bringen?

Leonardo in Sicherheit bringen?

Theos in Sicherheit bringen?

Bellor töten, um das Töten zu beenden?

Nein, das konnte unmöglich die Lösung sein. Bellor allein war nicht schuld an dem wütenden Krieg. Jeder Planet hegte Groll gegen einen anderen, die wenigsten hatten Verbündete. Niemand vertraute den anderen, »fremden« Planeten. Jeder hatte sich über die Jahre immer noch mehr isoliert. Obwohl ich als kommunikatorisches Bindeglied fungierte und durch mich interplanetarische Versammlungen zurück ins Leben gerufen worden waren, waren die Allianzen allesamt oberflächlich.

Jeder hatte aus den Deals und Verhandlungen seinen eigenen Nutzen gezogen und auf sich geschaut. Das Ego dominierte. Die Liebe stand im Hintergrund oder war gar nicht existent.

Liebe. Mir hatte sie auch nur Kummer gebracht. Schmerzhaft drängte sich die Erinnerung an jene Nacht in mein Gedächtnis, als ich Ryan mit seiner Affäre erwischt hatte. Bei dem Gedanken sprang mein Herz noch immer in zehn Teile.

Die Erkenntnis traf mich hart und meine Atemnot wurde alarmierend hoch. Ich röchelte, als würde ich gleich ersticken. Panik, Panik! Erschrocken riss ich die Augen auf und presste die Finger auf meine Brust, um meinen Puls zu beruhigen. Als würde das helfen. *Okay, Alyra, ruhig werden. Lösung finden. Runterkommen.*

Langsam schob ich meine Finger durch die grünen Halme der Wiese und ließ meinen Bauch auf die Wildblüten fallen. Der Duft von Veilchen kitzelte meine Nase, während sich ein Häschen zu mir gesellte. Sein Fell war hellbraun und unglaublich weich. O ja, das brauchte ich jetzt.

Einen Kummerkasten.

Einen Buddy, der mir zuhörte und mich tröstete.

Ich streichelte das Häschen dankbar und dann flossen Tränen der Verzweiflung quer über mein Gesicht.
Und ich weinte und streichelte.
Und streichelte und weinte.

20

EINE EINZIGE, WINZIGE Wolke schwebte am Himmel. Ansonsten leuchtete alles in hellem Blau. Das Wasser tauchte meinen gesamten Körper in kühles, klärendes Nass. Ich genoss es, in diesem Zustand der Leichtigkeit auf dem Wasser zu treiben.

Obwohl ich keine Ahnung hatte, ob es in diesem Teich gefährliche Tiere gab. Doch ich bezweifelte es. Das Wildeste, das mir bis jetzt auf der Venus über den Weg gelaufen war, hoppelte und trug das wahrscheinlich flauschigste Fell des Universums. Ich wähnte mich in Sicherheit.

Ich trieb eine gefühlte Ewigkeit auf der kühlen Wasseroberfläche und lauschte der Stille. Bis ich ein dumpfes Rufen wahrnahm. Und dann starke Arme, die mich aus der Querlage ans Ufer zogen. Vertraute starke Arme.

»Was soll das?«, ächzte Leonardo. War er hierhergelaufen? Hatte er mich gesucht? »Ich habe dich gesucht!«

Jap. Hatte er.

»Ich brauchte Zeit zum Nachdenken. Ich weiß nicht, was ich

nun machen soll«, erklärte ich todernst und ließ mich ans Ufer bringen, um dann aus dem Teich zu steigen. Eigentlich war ich noch nicht bereit für die Realität. Vielleicht war ich auch einfach noch nicht bereit für *ihn*.

Wir ließen uns unter einem Baum nieder. Neben uns wuchs ein Feld an Dahlien, das für summende Bienchen ein Paradies darstellte.

»Kyra und Reyna sprachen von einer anderen Herangehensweise, oder?«, murmelte Leonardo in seinen Brustkorb, während er wahllos Grashalme auszupfte und mit geneigtem Kopf die Wiese anstarrte.

»Kyra tat das. Reyna meinte, ich solle ehrlich zu mir sein, damit ich uns alle retten kann«, korrigierte ich ihn und schielte in das kantige Gesicht, das sich nun zu mir drehte.

»Und willst du ehrlich mit dir sein?«, hakte er nach. Es klang beinahe verunsichert.

»Offenbar bleibt mir nichts anderes übrig, oder?«

Leonardo winkelte die Beine an und legte seine Arme auf die Knie. Er seufzte und stieß Atem durch den Mund aus, während er den Kopf hängen ließ. Seine Lippen vibrierten dabei rebellisch, als wollten sie um jeden Preis Aufmerksamkeit erhaschen. Sie schafften es. Ich konnte meinen Blick nicht von ihm abwenden.

Die lockere, helltürkise Leinenhose saß locker an den Hüftknochen, sodass sein Sixpack zur Gänze präsentiert werden konnte. Die breiten Schultern flankierten seinen strammen Hals, dessen Adern angestrengt hervortraten. Als würde er sich um Beherrschung bemühen. Noch immer lugte Leonardo auf die Wiese. Starr und steif.

»Hey«, hauchte ich und schob meinen Zeigefinger unter sein Kinn, um es zu heben. Gequält lugte er mich an. »Was ist denn?«, fragte ich sanft. Meine Verzweiflung übermannte mein Sein und ich fühlte in diesem Moment ohne inneren Widerstand, wie gut mir Leonardos Anblick tat. Wie gut mir seine Anwesenheit tat. Wie gut *er* mir tat.

»Ich verstehe dich nicht«, antwortete er und ich wusste nicht, was ich antworten sollte. Ich verstand mich genau genommen selbst nicht.

»Danke, dass du mitgekommen bist.« Ich lächelte sanft in seine weichen Augen, die mich gequält anblinzelten. »Und danke, dass du geblieben bist, obwohl ich dich weggeschickt habe«, fügte ich hinzu und er schmunzelte. Er schmunzelte! Ich schubste ihn an. »Du bist gar nicht soooo übel, wie ich anfangs dachte«, wollte ich ihn aufmuntern.

»Und du gar nicht soooo verbissen, wie ich anfangs dachte.« Er lächelte in sich hinein, während er den Kopf noch immer zwischen seinen Schultern baumeln ließ. Seine silbernen Haarsträhnen stachen rebellisch zwischen dem ansonsten dunklen Haar hervor.

»Ich mag dich, Leonardo«, gab ich zu. Ich gab es zu! O meine Güte, was war nur los mit mir. Sofort linste nun auch ich zwischen meine aufgestellten Beine.

Contenance, Alyra! Du wolltest Männern doch abschwören! Mein inneres Ich quälte mich mit Ermahnungen, sodass ich mir ein bisschen zu hart auf die Lippe biss, um es – mich – zum Schweigen zu bringen.

Es folgten quälende Momente der Stille, ehe Leonardo seine Handfläche auf meine Wange legte und mein Gesicht in seine Richtung schob.

»Schön, dass du es offen zugeben kannst.« Er zwinkerte, sein Bizeps zuckte dabei. »Ich mag dich auch, aber das weißt du ja bereits.«

Unsere Blicke verhakten sich ineinander und ich fühlte in seinem sanften Ausdruck nicht nur Romantik. Die blauen Iriden erinnerten mich an Heimat. An das Meer auf Grecur, ein bisschen auch das auf Jupiter. Einen Planeten, den ich mochte und es mir nicht so recht eingestehen wollte. Die Anziehung, die seine Augen und seine gesamte Erscheinung auf mich ausübten, überrollte meine Gefühle wie ein Raumschiff auf Rädern.

Meine Mundwinkel zuckten und sein Blick fiel auf meine Lippen, die sehnsüchtig nach Leonardos Berührungen lechzten. Das Summen der Bienen klang plötzlich betörend und ich hörte das Blut in meinen Ohren rauschen.

»Ach verdammt, nun ist auch schon alles egal!«, stieß ich mit letzter Zurückhaltungskraft aus und griff nach seinen kantigen Wangen. Meine Lippen trafen wild auf die seinen, wie Gischt, die an felsige Klippen peitschte. Befreiend. Feurig. Wild und unbändig. Als wären wir eins, fielen wir rücklings ins Gras. Mein Körper lag auf seinem und ich spürte das heftige Auf und Ab seiner Bauchmuskeln. Ich spreizte meine Beine und umschlang Leonardos Hüften eng. Seine Zunge teilte meine Lippen und tastete sich gierig zu meiner vor. Das Aufeinandertreffen fühlte sich an wie ein Feuerwerk im Mund.

»O fuck, mach weiter!«, stieß ich aus und drückte meinen Oberkörper fester an seinen. Er fuhr mir leidenschaftlich durchs Haar und ich schob meine Finger in seinen Nacken.

Pure Lust überkam mich, gepaart mit einem Gefühl von ... Freiheit.

Ich fühlte mich frei. Die Mission war gescheitert. Alles war verloren. Ich konnte endlich, nach all den Verpflichtungen und Aufgaben, einfach ICH sein und das Leben auskosten. Zumindest für die letzten paar Stunden unserer Existenz, bevor Romdon alles hier ausradierte.

Himmel, tat das gut, seinen Gefühlen freien Lauf zu lassen!

Mit einem Hicksen fuhr ich seine Wirbelsäule entlang, während Leonardo sich meinen Hals hoch küsste. Jeder seiner Küsse ließ eine kleine Blume auf meinem Gesicht erblühen, sodass binnen Sekunden ein gesamtes Feld voll Tulpen wuchs. Zeuginnen der Entzückung. Botinnen der Verliebtheit. Ich konnte es nicht länger vor mir selbst leugnen.

Ich hatte mich Hals über Kopf in Leonardo verliebt. Und ließ es nun das erste Mal seit unserer ersten Begegnung hemmungslos zu.

Verdammt, fühlte es sich gut an, zu leben!

21

WIR VERKEILTEN UNSERE Finger ineinander und betrachteten unsere Gesichter gegenseitig. Niemand sagte etwas, doch das Hoppelhäschen neben uns stupste meinen Unterarm an, fast so, als wollte es, dass wir weitermachten. Stattdessen hauchte Leonardo einen sanften Kuss auf mein Dekolleté und zeichnete mit seinem Finger meine Schulterlinie nach.

»Du bist einzigartig, weißt du das?«

»Wieso bin ich das?«, hakte ich nach und legte meine Lippen auf seinen Oberarm. Das blaue Schimmern seiner Haut bot einen krassen Kontrast zu den zarten weißen Tulpen, die neben uns gediehen.

»Weil du dein Pflichtbewusstsein über alles stellst. Und dafür dein eigenes Seelenheil sausen lässt.«

»Bis jetzt«, korrigierte ich.

Leonardo grinste frech und drückte mir einen feuchten Schmatzer auf den Mund. »Ist deine Seele nun heil?«, erkundigte er sich neugierig.

»Meine Seele vielleicht. Doch der Preis dafür war das gesamte Universum«, konterte ich mit massig Sarkasmus.

Leonardo schluckte. »Vielleicht ist genau das hier die *andere* Herangehensweise? Mal alles loslassen?«, schlug er vor, um den bitteren Nachgeschmack meiner Aussage zu kompensieren.

»Wenn wir das mal wüssten.« Mein Blick ging ins Leere.

Leonardo schlang seine trainierten Arme um meine Taille und zog mich näher zu sich, um mir einen Kuss an den Hals zu hauchen.

»Sieh es positiv: Sollten wir alle sterben, hatten wir unseren letzten schönen Moment auf dem Planeten der Liebe.«

Ich funkelte ihn giftig an. »Diese Aussage kann unmöglich dein Ernst sein.«

Unschuldig warf er die Arme hoch. »Ich wollte nur optimistisch bleiben!«

»Ich glaube, für Optimismus ist es zu spät. Wir brauchen eine Strategie. Eine non-verbale Strategie.«

Der Prinz Jupiters spähte mich schief an. »Du meinst, weil wir mit non-verbaler Kommunikation bis dato so erfolgreich waren?« Er zog eine Grimasse, sodass ich die ernste Miene nicht halten konnte.

»Hör auf!«, lachte ich, obwohl ich es nicht wollte, und er kniff mir in den Bauch, um mich zu kitzeln. Helles Lachen überkam mich und ich ließ mich in seine starken Arme fallen, nur um dann wieder von Leonardo geküsst zu werden. Himmel, liebte ich den Geschmack seiner Lippen!

Stopp, nein, wir mussten doch die Welt retten. Küsse. Nein, Grecur hatte keine offensive Rüstungsindustrie. Ein gieriges Lecken auf meinem Hals. Verdammt, war er gut!

»Warte!«, rief ich, nur um ihn dann weiter zu küssen. Wie verwirrt konnte man überhaupt sein? Leonardos Anziehung benebelte meine Sinne wie Opium.

Und in jenem Moment, als er mir leidenschaftlich in den Nacken biss und seinen Zeigefinger über meinen Bauchnabel streifen ließ, erkannte ich es: Ich suchte hier nach einer gefühlvollen

Lösung auf der Venus. Doch einen Ring bloß zu reparieren beinhaltete keine Gefühle. Es war Handwerk. Pures, einfaches Zusammensetzen. Es konnte gar nicht funktionieren durch ein Kitten des Rings!

»Vielleicht brauchte es den Tod des Alten, damit etwas Neues geboren werden konnte?« Ich richtete mich auf und zog mich aus Leonardos Armen. Die letzten Gedanken sprach ich laut, obwohl ich sie denken wollte.

»Wie bitte?« Irritierte blaue Augen blinzelten mich an. Leonardos Finger zitterten noch vor Erregung und mein Herz rebellierte ob dieser Geistesblitz-Unterbrechung. Sorry Hormone, aber das hier war gerade wirklich wichtig.

»Vielleicht sollten wir den Ring gar nicht reparieren, sondern etwas Neues kreieren!«, posaunte ich über den Teich, als hätte ich die Erkenntnis meines Lebens. Vielleicht war dem so. »Neue Herangehensweise. Jeder sprach von einer neuen Herangehensweise. Eventuell geht es nicht darum, den Ring zu reparieren, sondern den Frieden neu zu erfinden«, brabbelte ich meine Gedanken weiter.

Leonardo inspizierte meine Hirnergüsse mit zunehmendem Amusement.

»Ich meine es ernst, Leonardo! Komm, lass uns Irina einweihen, mit ihr haben wir vielleicht eine Chance, eine Alternativlösung zu finden und diesen Krieg zu stoppen! Ohne Ringreparatur.«

Ich zog den attraktiven Fischhybriden von der Wiese hoch und zerrte ihn durch die blumigen Felder hinter mir her, zurück zum Blumenpalast-Gelände. Dabei verstand ich mein Gebrabbel selbst nicht ganz, doch meine Intuition fühlte sich richtig an.

Wow. Ich hörte auf mein Bauchgefühl, ganz ohne Regeln und Beschränkungen. Theos wäre entsetzt.

Leonardo folgte mir widerstandslos und hauchte mir während des Weges immer wieder Küsse auf die Hand. Ich errötete und zog ihn weiter, als würden mich seine Berührungen motivieren, eine Lösung zu finden. Als gäbe mir seine Liebe neue Energie!

Ich fühlte mich wie neugeboren. Frei. Unabhängig. Selbstbestimmt. Losgelöst. Alles, was ich immer sein wollte und tief in mir drinnen auch war, strahlte nun hemmungslos aus mir heraus. Fernab von Grecur war es möglich.

Vielleicht waren diese Anteile immer da gewesen.

Vielleicht wurde ich heute durch die erlebte Verzweiflung und die starken Gefühle für Leonardo zu jener, die ich immer gewesen war. Eine selbstbewusste, leidenschaftliche, das Leben feiernde Frau.

Irina und Odette saßen noch immer auf der Wiese zwischen Blumen, Rosen und Ranken, als wütete kein Krieg im Universum. Ich startete schnurstracks zum planetarischen Oberhaupt der Venus und zog sie sanft, jedoch bestimmt hoch zu mir, damit ich meine Gesten zumindest auf Augenhöhe mimen konnte.

Wirre drei Minuten später hatte ich keine Ahnung mehr, mittels welcher Gesten man *Alternativlösung* darstellen konnte, und seufzte erschöpft aus. Irina schenkte mir noch immer einen fragenden Blick, der sich mehr und mehr in ernsthafte Sorge wandelte.

Frustriert warf ich die Arme hoch. »Das bringt doch nichts, Leonardo. Wie soll ich ihr dermaßen komplexe Inhalte mit Händen und Füßen erklären?«

Ich lugte zu dem attraktiven Muskelprotz an meiner Seite und zog die Augenbrauen hoch. Er öffnete seine weichen Lippen, um mir zu antworten, als Irina sich zu ihren Venus-Frauen drehte und lächelnd meinte: »Konntet ihr die Gesten deuten? Ich habe keine Ahnung, was sie mir mitteilen möchte.«

Die Frauen schüttelten ihre Köpfe und widmeten sich dann weiterhin ihren Kindern, Häschen und Aprikosen. Doch ich starrte Irina erschrocken in die grünen Iriden und griff nach Leonardos Hand.

»Leonardo«, murmelte ich, während ich die rothaarige Göttin der sinnlichen Weiblichkeit weiter anstarrte. »Ich kann Irina verstehen.«

Die blasse Haut der Venus-Oberfrau schimmerte sanft im Licht der Sonne. Ihre Wangen blühten rosig wie die wild rankenden Gewächse neben ihr. Der Duft von Rosen begleitete sie. Unschuldig betrachtete mich Irina, während ich glotzte, als hätte mich eine heftige Welle erwischt. Im übertragenen Sinne stimmte das auch irgendwie.

Ich formte meine Finger zu einer Spitze und schüttelte meine Hand in dieser Formation von meinem Mund in ihre Richtung. Irinas Augen wurden groß und mein Herz unbändig. Ich hörte, wie der Puls aufgeregt durch meine Adern jagte und jede Zelle meines Seins über die Branding News informierte.

Liebe war die Lösung!

Liebe war die Lösung!

Liebe war die Lösung!

In Dauerschleife lief die Erkenntnis durch mein Hirn, als gäbe es nichts anderes. Wie zur Hölle konnte ich das die ganze Zeit übersehen haben?!

Liebe war die Sprache, die jeder kannte. Oder zumindest gekannt hatte. Durch die Separation und Isolation unserer Planeten musste sie der Angst vor dem Fremden weichen. Wir hatten uns voneinander entfernt. Räumlich und emotional. Und die Sprache der Liebe verlernt.

War es denn möglich, dass der Ring gar nie der Schlüssel zu meiner Gabe gewesen war? Auch diese Erkenntnis übermannte mich wie eine riesige Welle.

Ach du heilige Pinie! Der Schlüssel zu meiner Gabe war Liebe gewesen! Sie hatte sich nicht nur zu jener Zeit aktiviert, als ich den Friedensring fand, sondern mich auch Hals über Kopf in Ryan verliebt hatte. Und es zugab. So wie ich nun meine Liebe zu Leonardo zugab. Endlich.

»Sei ehrlich zu dir selbst«, murmelte ich erkenntnisreich.

»Wie?«, hakte Leonardo irritiert nach. Doch in meinem Kopf passierte gerade zu viel für Erklärungen.

»Meine Liebe zu dir zugeben. Liebe ist der Schlüssel. O mein Gott, Leonardo! Du warst die ganze Zeit über die Lösung!«, fuchtelte ich wild mit den Armen und drückte ihm einen überfreudigen Kuss auf die weichen Lippen. Perplex beobachtete er mein überschwängliches Gefuchtel.

»Du sagtest doch selbst, loslassen könnte die alternative Herangehensweise sein. Du hattest recht!«, brabbelte ich. Mein Hirn war schneller, als meine Zunge die Gedanken in Worte fassen konnte.

Er blinzelte und zog eine Augenbraue hoch.

»Loslassen war die Lösung, Leonardo!« Ich rüttelte an seinen Schultern, als könnte ich das »Aha« aus ihm rausschütteln. »Ich habe all mein Pflichtbewusstsein, die Zwänge und den Druck losgelassen, die ich mit all dem hier – mit meinem Leben! – verbunden hatte. Ich habe *mich* an erste Stelle gestellt. Das erste Mal überhaupt! Ich bin nun ehrlich mit mir selbst. Endlich!«

In seinen Iriden konnte ich erkennen, wie er langsam verstand. Ein Lächeln umspielte seine Züge und in seinen funkelnden Augen sah ich mein eigenes strahlendes Spiegelbild, das vor wilder, unbändiger Freude leuchtete wie pures Licht.

Ich war wohl gerade zu jener geworden, die ich immer gewesen war.

Ich brauchte den Ring nicht.

Alles, was ich brauchte, war bereits in mir.

Nun wusste ich, was zu tun war. Liebe war die Lösung. Liebe zu fühlen war unser aller Schlüssel zu einem friedvollen Miteinander. Also liebte ich. Leonardo. Bedingungslos und ohne Hemmungen.

Mein Herz sprang vor Aufregung. Als hätten sich alle alten Konditionierungen von früher, all die Prägungen und Glaubenssätze, die mein Herz erschwerten, auf einen Schlag aufgelöst. Auf den Plejaden hätte man das Phänomen wohl als Computer-Reset bezeichnet.

Mir kamen dafür andere Worte in den Sinn.

Entfaltung.

Entwicklung.

Selbsterkenntnis.

Erlösung.

Unendliche weibliche Schöpferkraft.

Nun galt es also, die anderen planetarischen Oberhäupter für die Liebe zu öffnen. Neue Mission, neue Motivation. Das bekam ich hin, da war ich mir sicher.

»Ich weiß nun, was ich zu tun habe. Wir machen alle planetarischen Oberhäupter für Liebe empfänglich. Raus aus der Angst vor dem Fremden, rein in die Liebe.« Ich war fest entschlossen und lächelte Irina stolz an, während die grünen Augen der rothaarigen Schönheit groß wurden.

»Nun kann ich dich verstehen, Alyra!«

Ich riss meinen Kopf zu Leonardo, der anerkennend die Achseln zuckte. »Keine Ahnung, was du gerade sagtest in der Venus-Sprache, doch es scheint, als schaltest du deine Gabe wohl gerade selbst wieder frei.«

Hatte ich etwa eben die Sprache der Venus gesprochen? Ich lachte erleichtert auf. Himmel, danke!

»Das ist wundervoll, Irina!«, bekundete ich und spürte, wie ich tatsächlich intuitiv in der Sprache der Venus sprach.

Liebe UND Intuition.

Mir wurde gerade so viel auf einmal klar, dass mein Kopf vor lauter Erkenntnissen brummte. Das Ding lief auf Hochtouren und versuchte, all das Erfahrene zu speichern, abzulegen, in Ordnern zu strukturieren. Viel Spaß, Gehirn. Ich hätte nicht gewusst, wohin man dieses neue Bewusstsein speicherte.

Leonardo zerrte an meinem Seidenkleid. »Ich will euch nicht drängen, doch wir sollten los. Mit der Wiedererlangung deiner Gabe haben wir eine Chance, den Krieg zu stoppen und massivere Schäden an den Planeten zu verhindern«, erklärte er sachlich.

Ich nickte und umarmte Irina herzlich. »Irina, hör mir zu. Liebe ist die Lösung! Wenn du dein Herz ehrlich öffnest, kannst du auch alle Sprachen des Universums verstehen!« Ich schüttelte sie an beiden Schultern.

»Du weißt doch, dass das nicht so einfach ist, Alyra«, wehrte sie sich.

»Wieso nicht? Ich habe es doch auch geschafft!« Ich befand mich im Überflieger-Modus und blendete alle Hindernisse erbarmungslos aus.

»Ja. Als Einzige im gesamten Universum. Die meisten Seelen hier sind kaputt und beschränkt. Nicht mehr verbunden mit Liebe. Zumindest nicht mit bedingungsloser Liebe. Und haben deshalb eine Blockade, die Sprachen der anderen zu erlernen. Als würde das Misstrauen sowie die Angst vor dem Fremden ihre linguistischen Fähigkeiten unterdrücken.«

Das verstand ich nicht. Mein Gesichtsausdruck musste die Fragezeichen über meinem Kopf offenbart haben, denn Irina legte nach: »Liebe allein genügt wohl nicht. Es muss bedingungslose Liebe sein. Nur die ist voller Vertrauen. Sonst könnte ich deinen Vater wohl verstehen.« Sie wurde rot.

»Du liebst ihn also mit Bedingungen?«

»Ja«, gab sie zu. »Ich kann ihn nur aufrichtig lieben, wenn er sich für mich entscheidet. Für die Venus. Doch dein Vater würde nie sein Amt und seinen Planeten für eine Frau aufgeben«, erklärte Irina und zupfte an der Wildrose in ihrem Haar.

Ich nickte erneut. Sie hatte recht. Würde er nicht. Dafür war er viel zu konservativ eingestellt.

Eines der Kinder hickste entzückt auf dem Feld, als ein kleineres über sie drüber stolperte. Ich beobachtete die beiden lächelnd.

»Was ist mit der bedingungslosen Liebe zu euren Kindern?«, kam es mir in den Sinn.

»Auch diese Liebe ist an Bedingungen gebunden«, meinte sie mit einem bedauernden Gesichtsausdruck und gestikulierte dabei für Leonardo mit.

Nun blinzelte auch Leonardo irritiert. Es war herrlich einfach, Irina nun auch ohne Körpersprache zu verstehen und nicht mehr auf die wilden Gestikulationen und bemühten Mimiken angewiesen zu sein. Deshalb murmelte ich Leonardo schnell die Übersetzung zu. Aus ehrlichem Mitgefühl.

Irina lächelte mild. »Habt ihr euch noch nie gefragt, wie wir unsere Kinder gebähren?« Doch, hatte ich. »Wir verbinden uns mit Männern von Grecur, Jupiter, in Ausnahmefällen von Romdon.« Sie schluckte und ich schluckte und als ich es Leonardo übersetzte, schluckte auch er und alle würgten das Unbehagen irgendwie die Kehle runter.

Deshalb also war die Venus noch nicht angegriffen worden. Eine von ihnen hatte wohl mit Bellor geschlafen!

»Es war Odette, um eure Frage zu beantworten. Der kleine Junge dort ist Bellors Sohn.« Sie zeigte auf ein Kind, das gerade einem Häschen nachzuhoppeln versuchte.

Leonardo fiel beinahe die Kinnlade ins Gras.

»Bellor hat einen Sohn?!«, stammelte ich fassungslos.

»So schüren *wir* Allianzen«, gab sie zu und zupfte nun eine Blüte nach der anderen von der Wildrose ab. »Die Kinder werden, wenn sie älter sind, an ihre Väter übergeben. Zumindest die Söhne. Die Töchter bleiben bei ihren Müttern.«

Ich hielt es nicht für möglich, doch mein Entsetzen steigerte sich in unermessliche Höhen.

»Bitte was?!«, entfuhr es mir. Das konnte doch unmöglich deren Ernst sein?! Wer machte bei so etwas denn mit?! Ich schüttelte vehement den Kopf und Irina biss sich auf die Lippe. »Was kommt da noch?«, ächzte ich erschöpft von den vielen Schreckensmeldungen. Dabei dachte ich, die Kunde über den Angriff auf Grecur würde mich zerstören. Aber sie wich souverän aus.

»Deshalb ist unsere Liebe zu den Kindern an Bedingungen geknüpft. Wir schöpfen und nähren. Wir gebähren. Doch unsere Kinder sind keine Kinder der bedingungslosen Liebe. Der Sinnlichkeit und Körperlichkeit, ja. Doch nicht der bedingungslosen Liebe. Vermehrung trägt auf der Venus einen sehr körperlichen, funktionalen Aspekt.«

Ach du heilige Scheiße. Nun verstand ich langsam, wieso unser Universum dermaßen separiert und verfremdet koexistierte. Es ging immer nur um Funktion, Macht, Überleben. Dass dieses wundervolle Universum aus reiner, unendlicher Fülle bestand, erkannte niemand. Wegen all der Beschränkungen und Ängste, die sie plagten.

War ich wirklich die Einzige, die das erkannt hatte?! Reyna war doch die Weiseste von uns allen!

Leonardo stierte Irina speer an.

»Alles okay mit dir?«, fragte ich ihn.

»Hatte mein Vater mit dir auch so eine Allianz gebildet?«, wollte er von Irina wissen, ohne auf *meine* Frage zu antworten. Er sprach Jupiterianisch, doch es brauchte keine Übersetzung. Als ich damit ansetzen wollte, erkannte Irina bereits an Leonardos aufflammender Anspannung, was er herauszufinden versuchte. Die sinnliche Königin des Liebesplaneten nickte daher nur stumm. Erst jetzt fiel mir die Ironie am Image dieses Planeten auf. Das hier war kein Planet der Liebe. Sondern eine Gebähr-Bestell-Station.

Mein Magen krampfte bei der Vorstellung, doch ich wollte die Frage nicht stellen, die Leonardo gestellt hatte. Ich wollte es gar nicht wissen. Ob es in diesem Universum Halbgeschwister von mir gab, konnte ich auch später erfragen.

Leonardo stöhnte entsetzt auf. »War ja klar«, murmelte er und stemmte die Arme auf die Knie.

»Deiner auch«, gab Irina zu. Nein! Ich wollte es doch nicht wissen! Nein!

Leonardo und ich standen kopfschüttelnd vor Irina. Unsere Mission war wichtiger als erwartet. So konnte das doch unmöglich weitergehen.

»Ich werde wieder Liebe – bedingungslose Liebe – in die Herzen unserer Seelen bringen. Es ist Zeit für ein neues Bewusstsein. Und vor allem ist es Zeit für ein liebevolles, vertrautes Miteinander ohne egomane Planetendeals.«

Mit diesen Worten drehte ich mich um, nahm Leonardos Hand und zerrte meinen Kumpanen aka Liebhaber aka Was-auch-immer-das-jetzt-war quer über die Wiese zurück zu unserem Raumschiff.

Meinen Heimatplaneten wollte ich als Erstes zur Vernunft bringen. Und Theos zur Rede stellen. Ich hatte mir immer Geschwister gewünscht. Vater wusste das. Nun musste ich erfahren, dass ich welche hatte, die auf der Venus rumalberten. Damn, was war das für ein verkorkstes Universum hier?!

Mit diesem Zugang zur bedingungslosen Liebe hatte ich mir einiges eingebrockt. Ein Glas Lambrusco würde die Sache gerade vielfach erleichtern.

Leonardo verhakte seine Finger fest in meine und lächelte in sich hinein. Ihm schien die neue, selbstbewusste, unabhängige und frei liebende Alyra zu gefallen.

Da waren wir schon zwei.

22

MOTIVIERT, DIE WELT zu bekehren, ließ ich mich in den futuristischen Cockpit-Sessel fallen und rückte mir mein Bustier zurecht. Zum Glück hatten wir Grecurianer einfache, funktionale Kleidung, so sah mein Look auch nach all den Strapazen der letzten Tage noch einigermaßen gut aus. Die Römersandalen ausgenommen. Sie würden ein angemessenes Begräbnis auf Grecur für ihre Dienste von mir erhalten.

Ich freute mich auf meinen Vater und trotzdem spürte ich, wie mir die Offenbarung Irinas sauer aufstieß.

»Kann's losgehen?«, fragte ich ins Raumschiff, um mich von dem plagenden Gedanken abzulenken.

Keine Antwort.

»Leonardo?« Ich drehte mich um. Meine Augen suchten das Raumschiff ab und blieben an einem auf der Lippe kauenden jupiterianischen Prinzen hinter mir hängen. »Alles okay bei dir?«, hakte ich nach und warf die Stirn in Falten.

»Wir sind noch immer auf dem Planeten der Liebe«, wippte er

zweideutig seine Augenbrauen. Sein breites Grinsen blitzte mich auffordernd an.

»Du bist wirklich unmöglich, weißt du das?«, wich ich aus. Doch meine Hormone leiteten das visuelle Sichtfenster explizit auf Leonardos Lippen. Und nur dahin. Ich konnte nicht wegsehen.

Er kam näher. Das war nicht gut. Obwohl ich es wollte.

»Wir müssen diesen Krieg beenden, Leonardo«, konterte ich gegen meine eigene Lust.

»Du hast recht«, gab er zu und zog die Mundwinkel gen Kiefer. Ich presste meine Lippen aufeinander, um die aufflammenden Emotionen zu unterdrücken. Doch ich wollte den Menschen dieses Universums auch helfen, bedingungslos zu lieben. Und das funktionierte offenbar nur, wenn ich das selbst tat. Wenn ich dieses neue Bewusstsein der bedingungslosen Liebe wirklich selbst lebte, konnte ich es in unseren Welten multiplizieren, das fühlte ich. Erneut quälte mich eine innere Zerrissenheit. Mein altes, verantwortungsbewusstes Ich stritt dermaßen laut in mir mit meinem neuen hingebungsvollen Ich, dass ich nicht mitbekam, wie sich der muskulöse Körper Leonardos bereits dicht vor mich stellte und mich sanft aus dem Cockpit-Sessel zog. Nun trennten unsere Gesichter vielleicht drei Zentimeter. Zu wenig. Zu nah. Ach herrje.

Bevor sich mein Verstand einschalten konnte, lagen meine Lippen bereits auf seinen und sogen den frischen Duft des Meeres ein, der Leonardo stets umgab.

Gut, dann eben zuerst das hier.

Zuerst er.

Zuerst ich! O ja, es ging hier um mich!

Ich wollte das. Ich wollte ihn!

Das wollte ich doch vermitteln. Bedingungslose Liebe, die frei und unbändig fließen darf. Die verbindet. Die heilt.

Ich spürte die Heilung durch meine Adern fließen und atmete schwer, als Leonardo sanft über meinen Rücken strich und mit der anderen Hand seine Finger in mein gewelltes Haar grub. Er stöhnte und ich tat es ihm gleich. Langsam tastete er sich mit seiner Zunge vor, während seine Finger immer weiter meine Wirbelsäule entlang glitten und schließlich an meinem Oberschenkel den Saum meines Kleides griffen. Er schob den seidigen, dünnen Stoff nach oben und tastete sich ... O Himmel!

Ich verlor gänzlich die Kontrolle und Millisekunden später lag ich auf ihm am Boden und streifte seine locker sitzende Leinenhose ab. Mit einer blitzschnellen Handbewegung öffnete er den Knopf meines Bustiers auf der Seite und warf es in eine Ecke des Raumschiffes.

»Wie lange habe ich auf diesen Moment gewartet«, murmelte er in mein Ohr, sodass es mir die Härchen aufstellte. Seine sanften blauen Augen funkelten mich voller Begierde an und ich liebte es. So frei hatte ich Gefühle noch nie in meinem gesamten Leben zeigen können. Es war, als hätte ich alle Ketten der Zurückhaltung und Mäßigkeit gesprengt.

»Ich auch«, hauchte ich ihm zurück ins Ohr und küsste ihn auf die Nase, ehe unsere Lippen wieder aufeinandertrafen. Gefühle sprudelten wie wild durch meinen Körper und elektrisierten meine Zellen. Meine Muskeln spannten sich fest an und dennoch fühlte sich alles leicht und schwerelos an, als wären wir auf Sirius. Während ich Leonardos Wangen mit meinen zittrigen Fingern umschloss, geschah es und ich spürte die pure Lust durch mich hindurchströmen. Wow! So hatte sich Sex noch nie angefühlt!

Ich stöhnte heftig auf und umschloss sein Gesicht fester, nur um es an mich zu pressen, als könnte ich so mehr von Leonardo bekommen.

Ich liebte diesen Mann. Mit jeder meiner Stoßbewegungen wurde mir das bewusster.

Obwohl er unverschämt, leichtsinnig, risikofreudig und frech war.

Obwohl er von einem anderen Planeten stammte.

Obwohl er mich teilweise zur Weißglut trieb.

So fühlte sich also *bedingungslose* Liebe an.

Er streifte seine ausgestreckten Finger über meine Hüften und griff lustvoll nach ihnen. Himmel, war das gut! Ich schnappte nach Luft und warf die Haare über den Rücken, um ihn ansehen zu können. Schnell atmend starrten mich seine blauen Iriden an und er zog mich gierig zu sich herunter, um mich erneut zu küssen.

Wie hatte ich darauf bloß so lange verzichten können?!

Meine Libido schwang sich in unermessliche Höhen und ich hielt die Luft an, um den Moment der Ekstase intensiver zu spüren. Und mehr. Und mehr. Noch einmal. O fuck, ja! Meine Waden spannten sich an, mein gesamter Körper zuckte, meine Vagina pulsierte.

»Verdammt, danke, du bist der Hammer, Leonardo!«, rief ich und während mich der Orgasmus noch fest im Griff hatte, riss ich erschrocken die Augen auf und warf die Hände vor den Mund.

Leonardo kam im selben Moment und biss angestrengt die Zähne zusammen, während ich vor Schock noch starrte. Dann lächelte er und zog mein entsetztes Gesicht näher zu sich heran.

»Ehrlich zu dir zu sein ist nichts, wofür du dich schämen brauchst. Das wollten wir, schon vergessen?«

Ich sagte nichts und wartete. Überspielte er das hier gerade? Er umschloss meine Wangen sanft mit seinen Fingern und bohrte seinen Blick in meine verunsicherten Augen.

»Außerdem finde ich dich auch ziemlich Hammer, Alyra von Grecur.« Er hauchte mir einen sanften Kuss auf die Nase und legte seine Stirn auf meine.

»Danke. Für dich. Für diese Mission. Für das hier. Für deine Liebe. Für einfach alles.«

Ich starrte Leonardos scharfe Züge bewundernd und überrascht zugleich an. Dann zog sich ein Schmunzeln über meine Lippen, das sich in ein erleichtertes Lachen verwandelte. »Also eins muss ich sagen. Ich hatte mich noch nie in jemandem so getäuscht wie in dir. Du solltest an deinem Image arbeiten. Du bist um einiges toller, als es auf den ersten Blick wirkt.«

Er grinste amüsiert und kniff mir in die Taille, sodass ich hell auflachte. »Das ist eine Schutzstrategie«, witzelte er, doch ich wusste, dass es nicht nur lustig gemeint war.

»Und ich hab sie durchbrochen!«, triumphierte ich und gab ihm einen Schmatzer auf seine Lippen, die vom vielen Küssen schon geschwollen waren und deshalb noch voller als sonst wirkten.

»Sieht so aus«, hauchte er und erwiderte den Kuss. Dann begann alles noch mal von vorne.

Die rosige Sonne hing schon tief über den bunten, blumigen Feldern der Venus. Wir hatten zwar etwas mehr Zeit für die Abreise benötigt als geplant, doch das musste wohl so geschehen. Erst nach Ablegen meines Pflichtbewusstseins konnte ich ehrlich mit mir sein und so meine Gabe zurückerlangen. Dennoch ...

»Wir sollten los«, murmelten Leonardo und ich synchron und kicherten darauf wie die kleinen Kinder Odettes.

Ich rappelte mich von Leonardos heißer Hülle hoch und dehnte meine Finger zum Lederbustier, das in der Ecke auf mich wartete. Keine Minute später saßen wir angezogen im Cockpit. Er programmierte die nächste Destination, während mein Finger nervös über dem grünen Startknopf zuckte und auf Leonardos »Go« wartete.

»Kann losgehen!« Er zwinkerte, lehnte sich nach hinten und griff dann nach meiner Hand. Gerade in dem Moment erschien das blendende Weiß vor uns, das uns durch Raum und Zeit transportierte. Mein Magen machte einen aufgeregten Hüpfer, denn ich freute mich auf Grecur. Auf mein Zuhause.

Ein stechender Geruch stieg mir in die Nase, der mich zögerlich die Augen öffnen ließ. Und wieder zu. Und wieder auf. Was?! Entsetzt griff ich nach Leonardos Hand und brach ihm beinahe alle Finger, doch mein Schock kannte kein Feingefühl.

»Das kann doch nicht sein!«, haspelte ich und lehnte mich vom Cockpit-Stuhl über das Panoramasichtglas, das mir Tod und Zerstörung offenbarte.

Unter uns lag alles in Asche. Pinien brannten, Rauch trübte das satte Blau des Himmels. Kometenbomber hagelten auf Grecur herab und prallten in den wundervollen Planeten, den ich mein Zuhause nannte. Doch davon war nicht mehr viel übrig. Romdon fiel über unsere naturbelassene, bescheidene Heimat her wie ein Krieger ohne Seele. O Himmel! Mein Herz brach in tausend Teile, mein Atem polterte durch meine Luftröhren. Es war eine Qual, das mit anzusehen. Leonardo wischte mir eine flüchtige Träne von der Wange. Ich biss mir, so hart es ging, auf die Lippe, um nicht gänzlich die Fassung zu verlieren.

Das würde Romdon bezahlen. In der Panoramaverglasung vor mir sah ich mich Eispfeile aus meinen Augen schießen.

»Er ist zu weit gegangen. Machtlose Planeten anzugreifen ist feige und würdelos.«

Leonardo nickte ehrfürchtig, während ich das Raumschiff über die Hauptstadt Grecurs in Richtung Landpalast lenkte. Doch je tiefer wir flogen, desto schrecklicher zeigten sich die Ausmaße des Anschlags. Wie zur Hölle sollte ich Bellor dazu bringen, bedingungslose Liebe in sein Herz zu lassen?!

Ich parkte das Raumschiff auf dem Rasen des Landpalastes auf ein paar Trümmern und Felsen. *Bleib jetzt stark, Alyra!*, forderte mein inneres Ich und klopfte mir mental auf die Schulter.

»Hey, ich bin für dich da, okay?«, flüsterte Leonardo und fuhr sich mit den Fingern durchs voluminöse braune Haar. Als hätte er gewusst, was ich dachte.

»Ich habe Angst«, gab ich zu.

»Ich genauso.«

»Was, wenn mein Vater tot ist?« Ich hätte es mir nicht zugetraut, die Worte tatsächlich laut auszusprechen, doch da waren sie. Verklemmt drückte ich den Kloß im Hals hinunter.

»Er ist nicht tot. Vorher hätte er sich weggebeamt.«

Hätte er nicht. Dafür war mein Vater viel zu pflichtbewusst. Er hätte sein Volk nie und nimmer allein dem Tod überlassen. Vermutlich kämpfte er auf den Straßen mit den ärmlichen Äxten und

Hämmern, die wir zur Verfügung hatten. Mit Bernstein geschmückt, jedoch nutzlos gegen die Hightech-Waffen Romdons. Ich war mir ziemlich sicher, dass Romdon deshalb auch Grecur anstatt der Plejaden angegriffen hatte. Gegen die Plejaden hatte niemand eine Chance, deren Hightech-Waffen übertrafen alle kriegerischen Mittel, die der Rest von uns gemeinsam zusammentragen konnte.

Wir kletterten die Treppe hinab. Der vertraute Duft des Meeres und des frischen Windes empfing uns, doch der Rauch hatte sich wie ein ungebetener Gast dazugehängt und vermieste das Gefühl von Heimat. Ich rannte über den Trümmer-Rasen durch die Pforten des Palastes. Immerhin stand dieser noch, wenn auch ramponiert. Eine der Entrée-Säulen hatte einen etwas härteren Schlag abbekommen, doch sie brach nicht ein. Noch nicht.

»Alle raus hier! Falls noch jemand hier drin ist, raus hier!«, gellte mein Schrei durch das Foyer. Doch niemand antwortete. Hastig hetzte ich in den Salon. Leer. In die Teleportationskammer. Leer. In die Küche.

»Dad!«, rief ich erleichtert und umarmte den fünfzigjährigen Fleischberg vor mir, dessen sanfte braune Augen mit Tränen benetzt waren. Sein Oberbart war leicht angesengt und die sonnengeküsste Haut voller Asche und Staub. Er begriff es erst gar nicht und es dauerte einige Momente, bis er verstand, was hier geschah.

»Dem Himmel sei dank, Alyra, du lebst!« Theos erwiderte meine Umarmung und zerdrückte mich schier.

»Natürlich!«

»Torus glaubte, ihr wärt tot! Weil ihr abgehauen seid. Warum machst du denn so etwas, Liebes?«, schimpfte er. Tränen kullerten über seine Wangen, während er die Lippen trotzig kräuselte. »Du hast deinem alten Herren einiges an Nerven abverlangt.«

Betroffen blickte ich ihn an. Dass er sich solche Sorgen um mich machen würde, daran hatte ich nicht gedacht. Ein Funken Wut stieg in mir hoch, weil mir mein Vater offenbar nichts zutraute. Bevor sich das alte schlechte Gewissen einschleichen konnte, reckte ich den Hals und verschränkte die Arme vor der Brust. Erhobenen Hauptes erklärte ich: »Wir haben versucht, den Ring zu reparieren, um den Frieden wiederherzustellen.«

Leonardo rückte näher an mich heran, um mir seelischen Beistand zu leisten. Ich liebte den Kerl wirklich. Bedingungslos. Das durfte ich nicht wieder verlieren.

Der Boden bebte, darauf folgten Schreie von Menschen.

»Wir sollten uns betrinken und Grecur in Dankbarkeit Lebewohl sagen«, sprach Theos und hob sein Lambrusco-Glas, welches halbvoll neben ihm am Tresen stand und darauf wartete, geleert zu werden.

»Das ist dein Plan? Dich betrinken?«, fragte ich genervt und warf die Arme hoch. »Du bist unmöglich, weißt du das?«

Er zuckte nur mit den Schultern. »Hast du einen besseren Plan?«

»Ja!«, riefen Leonardo und ich wie aus einem Mund. Er schenkte mir dafür ein bestätigendes Schmunzeln.

»Ich habe die Lösung für den interplanetarischen Konflikt, Vater! Wir dürfen unsere Herzen für bedingungslose Liebe öffnen. Du weißt schon: Ohne Bedingungen und Anforderungen. Komplett reine und unendlich währende Liebe.« Erwartungsträchtig blinzelte ich meinen alten Mann an und nahm seine riesigen Hände in meine. »Verstehst du?«, hakte ich nach.

Doch dann lachte er. Laut. Amüsiert. Kopfschüttelnd.

Wütend schnaubte ich ihn an.

»Entschuldigung, Liebes, doch das ist keine Lösung. Maximal noch ein Problem. Hast du dir das Konfliktpotential zwischen den Planetenwesen schon einmal genauer angesehen? Nie und nimmer wäre hier irgendjemand fähig, bedingungslose Liebe für jemanden von einem anderen Planeten zu hegen.« Er ließ seine Lippen vibrieren, während er Luft ausstieß. Gut. Dann eben die harten Geschütze.

»Auch nicht, wenn das eigen Fleisch und Blut auf einem der anderen Planeten wohnte?« Ich starrte ihn an und wartete.

Theos' Augen weiteten sich erschrocken und er stellte gefasst sein Lambrusco-Glas ab. Das war auch gut so. »Woher ...?«

»Irina.«

»Du warst auf der Venus?«, fragte er ungläubig.

»Ich – *wir* – waren auf allen Planeten außer Romdon.« Er blinzelte mit jeder Information, die ich ihm gab, noch ungläubiger und ich fing erneut an, Eisblitze aus meinen braunen Iriden zu feuern.

»Geht es ihr gut?«, hakte er vorsichtig nach.

»Ja. Venus war der einzige Planet, der noch nicht angegriffen wurde. Und vermutlich auch nicht wird. Bellors Sohn befindet sich dort.«

Entsetzt riss mein Vater die Augen auf und stierte mich an. »War es Irina, die mit ihm ...?«, wollte er wissen, doch ich schnitt ihm das Wort ab.

»Ist das wichtig?«

»Für mich ja!« Er wurde laut.

»Du liebst sie, oder?« Ich grinste. Nicht, weil ich es unbedingt für gut empfand, sondern weil es eine Chance auf bedingungslose Liebe darstellte.

Vater blieb stumm.

»Ich tue dir den Gefallen und erkundige mich nach meinen Halbgeschwistern erst später, *wenn* du Irina deine Liebe gestehst und ihr Herz gewinnst. Dann haben wir eine Chance.«

Theos kaute nervös auf seiner Lippe und spähte mich an wie ein schüchternes Reh. Ich wusste genau, was das bedeutete.

»Jetzt spring gefälligst über deinen Schatten und sei endlich einmal ehrlich zu dir selbst!«, schrie ich.

Leonardo neigte anerkennend den Kopf und flüsterte mir ins Ohr: »Von der Schülerin zur Lehrerin, Reyna wäre stolz auf dich.«

Als fielen mir Schuppen von den Augen, erkannte ich, woher ich all die verkorksten Verhaltensweisen in Bezug auf Gefühle und Beziehungen hatte. Verdammt noch mal, wieso mussten Kinder auch die schlechten Eigenschaften ihrer Eltern erben?!

Theos richtete seine Wirbelsäule auf und zwirbelte seinen Bart. Sehnsüchtig liebäugelte er mit dem Lambrusco-Glas. Ich kippte es ihm vor der Nase in die Spüle. Schade um den Wein.

Entsetzt fuchtelte er mit den Armen, doch ehe er jammern konnte, zeigte ich streng in Richtung Teleportationskammer.

»Nun mach schon!«, fauchte ich ein wenig zu schroff, denn mein Vater zuckte beängstigt zusammen. Vielleicht brauchte er den Stupser.

»Na gut, ich reise auf die Venus. Doch sprechen kann ich mit ihr nicht«, gab er klein bei.

»Aber küssen.« Leonardo grinste ihn an und zwinkerte mir zu.

Theos lugte mich gänzlich verwirrt an, fragte jedoch nicht nach. Zum Glück. Denn über unseren Beziehungsstand wusste ich selbst noch nicht konkret Bescheid.

Zwischen Dad und mir lagen Tonnen von unaufgearbeiteten Themen. Mein Herz wurde zehn Kilo leichter, als er mich ein letztes Mal an sich drückte und dann den Raum verließ.

»Viel Glück!«, rief ich und winkte ihm nach. Dann drehte ich mich zu Leonardo, dessen blaue Augen mich bereits anvisierten.

»Was guckst du?«, wollte ich wissen und hob die Augenbraue, während ich die Lippen kräuselte.

Er lachte amüsiert. »Immer skeptisch und dabei so sexy. Unverschämt«, grübelte er und legte theatralisch die Stirn in Falten. Dafür erntete er einen Seitenhieb und meine kalte Schulter.

»Komm! Vielleicht können wir auf den Straßen helfen!« Ich wollte bereits aus der Küche rennen, doch Leonardo hielt mich zurück. Große ernste Augen bohrten sich in meine, sodass ich unruhig nach etwas Festem hinter mir suchte, das mir Halt gab. Es war die Weinflasche. Wie passend.

»Wir sollten bei unserem Plan bleiben, Alyra. Das ist die einzige Chance, dieses Chaos aufzuhalten.«

Nein. Doch. Er hatte recht. Und dennoch konnte ich nicht tatenlos zusehen, wie meine Heimat niedergemetzelt wurde. Unschlüssig kaute ich auf meiner Lippe und schob die Augenbrauen zur Nasenwurzel.

»Dort draußen herrscht Krieg, Alyra! Du könntest von einem Kometenbomber getroffen und getötet werden! Wer erleuchtet das Universum dann mit bedingungsloser Liebe?«, versuchte er mich zu überzeugen und legte seine Finger auf meine Schulter. Seine Daumen streichelten meine Haut, die noch verschwitzt war von den beiden Malen, als wir uns im Raumschiff geliebt hatten. Mir stellte es die Härchen auf bei dem Gedanken, im positiven Sinne.

»Du, Leonardo.« Ich lächelte bestimmt. »Wenn du mich auch bedingungslos liebst, kannst du auch alle Sprachen dieses Universums sprechen.«

Verdattert guckte er mich an. Wirres Gestammel suchte sich zäh seinen Weg aus dem Mund, doch vergebens.

»Ich rette nun, wer gerettet werden kann. Und *dann* können wir den anderen Planeten einen Besuch abstatten, um ihnen bedingungslose Liebe nahezulegen.« Ohne zurückzublicken, verließ ich die mit Kräutern behangene Küche des grecurianischen Palastes und trat durch die ramponierten Pforten ins Freie.

Während ich mich über das mit Trümmern bedeckte Gras kämpfte, sah ich aus dem Augenwinkel, wie mir Leonardo folgte. Die helltürkise Leinenhose war auch schwer zu übersehen. Einen winzigen Moment lang zögerte ich. War es doch besser, gleich aufzubrechen?

Doch da gellte ein heller Schrei durch die Luft und ließ mein Trommelfell klingeln. Ein Kind.

Ich sprintete über die Trümmer in Richtung Zentrum und sah, wie ein Kometenbomber direkt am Marktplatz einschlug. Entsetzt riss ich die Augen auf, als rauchiges Schwarz den belebten Platz in Schutt und Asche tauchte.

Schreie. Feuer. Panik. Ein kleiner Junge, der mich mit bibbernden Lippen anflehte und »Mama!« schrie. Tränen strömten über sein Gesicht, doch im Trubel und in der Panik hörte ihn niemand. Nur ich. Als gäbe es nur dieses eine Ziel, visierte ich den Kleinen an und rannte, so schnell ich konnte, zu dem Kind. Sein dunkelbraunes Haar war mit einer dicken Staubschicht bedeckt, als ich ihn in die Arme nahm und auf meine Hüfte zog.

»Sh, sh, alles wird gut!«, versuchte ich den Kleinen zu beruhigen und den Gedanken an seine verschollene, vermutlich tote Mutter zu verdrängen. Was nun?

»Alyra, bitte! Lass uns Bellor zur Vernunft bringen!« Ich hörte Leonardos Stimme, die wie Butter an mein Ohr drang. Zwischen all den panischen Schreien, Hilferufen und Rauchwolken hörte sie sich wie Balsam für meinen Geist an.

Ich wollte zu ihm, ihm folgen, weg von hier, zumindest den Kleinen in Sicherheit bringen. Doch da erkannte ich unter den Trümmern zwischen Rauch und Feuer ein Gesicht, das ich beinahe vergessen hatte. Ein Gesicht, das schmerzverzerrt um Hilfe flehte, doch die Schreie gingen im Chaos der Zerstörung unter. Ein massiver Felsbrocken, der vom städtischen Brunnen auf dem Marktplatz stammen musste, zerquetschte das Bein des Mannes.

Wie hypnotisiert wippte ich den Kleinen auf meiner Hüfte und fixierte den Mann unter den Trümmern. Bis ich endlich die Fassung wiedererlangte.

Und schrie, als würde es um alles gehen.

»Ryan! Ryan! Hey, hey, ganz ruhig«, beschwor ich meinen Ex-Freund mit einer fächernden Handbewegung.

Ich setzte das Kind neben uns ab und hielt die kleine Hand, während ich Ryans Wange streichelte. Tränen strömten über mein Gesicht und das Kind stimmte in meinen Gefühlsausbruch mit ein.

Ihn so zu sehen, zerriss mich schier. Dabei hasste ich ihn!

Eine unkontrollierte Welle an Gefühlen durchflutete mich und brachte meinen Kopf beinahe zum Bersten. Die Schläfen zuckten, mein Gehirn pochte wilder als mein Herz.

»Ich wollte dich nie wieder sehen!«, keifte ich ihn an, während ich an dem Felsen zerrte. Vergeblich. Der Brocken musste um die 300 Kilogramm wiegen. Nie und nimmer würde ich Ryan allein befreien können.

»Ich dich schon.« Er lächelte schwach und ließ die Arme schlaff neben sich baumeln.

»Hey, hey, bleib bei mir! Nicht einschlafen!«, mahnte ich ihn und tätschelte sein Gesicht mit zunehmender Panik. Doch Ryans Augen wurden immer noch weicher, noch friedvoller, noch … lebloser. »Ryan! Nein! Ich schwöre dir, wenn du jetzt stirbst, bring ich dich um! Wage es bloß nicht!«, keifte ich und schluchzte und hämmerte gegen den Felsen, der sich keinen Millimeter rührte.

»Ich wollte dich nie verletzen, weißt du, Alyra. Am Ende habe ich doch immer nur dich geliebt«, hauchte er leise und schloss die Augen.

»Ryan!«, schrie ich panisch und rüttelte an seinen Schultern. Sie fühlten sich kalt und steif an. Nein. Nein, nein, nein, NEIN! Tränen flossen und flossen und machten keinen Halt mehr.

»Bleib bei mir, bitte! Ryan! Hörst du mich?« Doch meine Schreie verblassten in der Hektik auf dem Platz.

Ryans Augen öffneten sich noch einmal sachte. »Es tut mir so leid, Alyra. Wenigstens habe ich meine Schuld hiermit gesühnt. Ich liebe dich. Doch diese Liebe war nie *dein* Schicksal«, hauchte er und wäre ich nicht so geübt im Lippenlesen gewesen, hätte ich es nicht verstanden. Seine Lider schlugen nun hart auf den unteren Wimpernkranz, mit einer Endgültigkeit, die mich erschaudern ließ. Ein letzter Atemstoß entwich seiner Kehle. Er wirkte beinahe befreiend. Dann sackte sein Körper kalt in sich zusammen. Und ich schrie all den Schmerz über seinen Verrat, die Zurückweisung, sein letztes Liebesgeständnis und seinen Tod aus mir heraus, um nicht daran zu zerbrechen.

Erst als der Schmerz wie ein schwarzer Sog aus mir herausströmte, erkannte ich die helltürkise Leinenhose hinter mir, dessen Träger gequält die Szene betrachtete. Und ich schrie noch mehr.

23

MEINE AUGEN ZUCKTEN, als ich Ryans leblosen Körper unter den Trümmern zurückließ. Mit dem Kind auf den Armen, das mir ins Ohr brüllte, rannte ich Leonardo nach. Der kleine Junge dürfte keine zwei Jahre alt sein. Seine Augen waren geschwollen von den vielen Tränen und seine Stimme wirkte bereits heiser. Mir kam eine Frau entgegen, die ich kannte.

»Greta! Kannst du den Kleinen nehmen? Ich muss mich um etwas Wichtiges kümmern, um das Chaos aufzuhalten«, stammelte ich forsch und direkt. Für Floskeln und nähere Erklärungen blieb mir einfach keine Zeit. Die Frau, die die Kinder dieser Stadt in der Schule unterrichtete, nickte irritiert und ehe ich ihr den Kleinen mit einem sanften Kuss auf sein staubiges Haar übergeben hatte, rannte ich bereits Leonardo nach.

Alles, was ich kannte und mir vertraut war, lag in Schutt und Asche oder war tot. Hoffentlich konnte ich zumindest die Beziehung mit Leonardo aufrechterhalten.

Ehrlich zu dir sein, Gefühle wahrnehmen, zulassen und ehrlich ausdrücken. Liebe bedingungslos fließen lassen.

Das war mein Schlüssel. Das war genau genommen unser aller Schlüssel. Jene Lösung, die ich den planetarischen Oberhäuptern vermitteln musste. Schnell. Superschnell.

Mein Herz raste wie wild, als ich Leonardo in das plejadische Gefährt steigen sah.

»Warte!«

»Wieso? Du hast dich offenbar entschieden. Für einen Toten.« Er drückte den Knopf, um die Reling hochzufahren.

»Leonardo! Ich liebe *dich*!«, rief ich und sah tief in blaue tränenbenetzte Augen. Hatte er etwa geweint?

»Ich bin mir nicht sicher, ob du das tust. Das sah gerade ganz anders aus«, keifte er und verschwand im Inneren des Raumschiffes. Das konnte unmöglich sein Ernst sein?!

»Leonardo! Spiel jetzt bloß nicht den Verletzten! Ich bin die, die gerade einen Nahestehenden verloren hat!« Doch meine Klagen halfen auch nicht. Leonardo schenkte mir vom Cockpit aus einen gequälten Blick und mit einem schmerzerfüllten Gesichtsausdruck kullerte eine Träne über seine Wange. Dann wurde es blendend weiß und ich wusste, dass ich richtig tief in der Scheiße steckte.

Es kostete mich über eine Stunde, Kyra ausfindig zu machen. Der Teleportationskanal zwischen Grecur und Anedar mündete ins absolute Nirgendwo. Ich trat inmitten von Lianen und feuchttropischen Pflanzen ins Freie und hatte keinen Orientierungspunkt. Zumindest existierte der Teleportationskanal noch. Der Rest Anedars präsentierte sich enorm beschädigt von Romdons Anschlag. Umgestürzte Bäume und abgerissene Lianen erschwerten mir den Weg durch den Dschungel. Einige der kleinen Lagunen und Bächchen waren gänzlich von Kometenbombern zerstört worden. Doch offenbar hatte das Feuer durch die tropische Feuchtigkeit Anedars keine allzu große Chance gehabt. Mir fiel ein Stein vom Herzen.

Wenn Anedar lebte, war hoffentlich auch Kyra noch am Leben. Und ich bekam eine weitere Chance beim Bedingungslose-Liebe-Projekt. Dabei dachte ich, die Ring-Reparatur-Mission würde schwierig zu realisieren werden. Wie ironisch.

Ich verbuchte es als göttliche Fügung, dass sich die Lagune, in welcher Leonardo und ich uns mit den anedarischen Kampfschwestern erfrischt hatten, nach einiger Zeit vor mir erstreckte. Unberührt. Glück durchströmte mich und mein Herz klopfte fest gegen meine Brust. Der Ort war verschont geblieben. Ich dankte dem Universum dafür. Von da an kannte ich nämlich den Weg zum anedarischen Palast.

Kyra war die Erste gewesen, die mir einfiel, nachdem ich ohne plejadisches Gefährt auf Grecur festsaß. Sie war auch die Einzige gewesen, die mir in den Sinn kam, um meine Kampfkompetenz auszubauen. Beziehungsweise zu kreieren.

Nervös trat ich nun durch den anedarischen Palast, der versteckt zwischen Lianen und nebligen Wasserfall-Kaskaden ins Reich der Kampfschwestern einlud. Ich hoffte inständig, dass die wiedererlangte Gabe durch den Streit mit Leonardo nicht erneut verschwunden war. Einige Anedarierinnen in bauchfreien Croptops und mit Pfeil und Bogen am Rücken kreuzten meinen Weg und inspizierten mich skeptisch. Immerhin wurde nicht auf mich geschossen.

Im Spa-Bereich war es totenstill. In meinem Hals bildete sich ein enormer Kloß, der etwas lockerer wurde, als ich angestrengtes Ächzen und kämpferische Laute aus dem Wald vernahm. Ich folgte den Stimmen und trat durch die breite Panoramaverglasung ins Freie. Vor mir erstreckte sich erneut dieser atemberaubende Anblick aus nebligen Kaskaden und kleinen Pixies, die verspielt ihre Beinchen über der sich kräuselnden Wasseroberfläche tanzen ließen. Ich schritt daran vorbei und in den typisch anedarischen Wald voller Lianen und feuchter Hitze.

»Alyra! Du hier? Was machst du da?«

Erleichtert ließ ich die angespannten Schultern hängen und entspannte meine Mimik. Ich verstand Kyra. »Kyra, du lebst, dem Himmel sei Dank! Ich brauche Kampfkompetenz. Dringend«, log ich auf Anedarisch, denn das war nur die halbe Wahrheit.

Kyra formte ihre Augen zu Schlitzen und musterte mich skeptisch. »Hab ich zu viel Flunder gegessen oder kannst du mich wirklich wieder verstehen? Was ist passiert?«

Mich überkam die Emotion und ich riss sie erleichtert an mich. Ich erzählte ihr in Kurzversion alles, was geschehen war, und updatete das anedarische Oberhaupt auch über das Kriegsgeschehen. Ich haspelte und spuckte inkohärent Informationen aus mir raus, doch offenbar verstand Kyra das Meiste. Zumindest nickte sie. Ich entspannte mich noch mehr. Gut. Meine Gabe war wirklich noch da, was bedeutete, dass meine Liebe noch da war. Bedingungslos.

»Wenn du alle von der Liebe überzeugen möchtest – übrigens viel Glück dabei, wir leben in einem emotional behinderten Universum –, wieso brauchst du dann Kampfkompetenz?«, hakte Kyra mit hochgezogener Braue nach und kräuselte dabei die Lippen. Sie glaubte offenbar noch nicht so ganz an mein Vorhaben.

»Na ja, ich bin vielleicht blind optimistisch, jedoch nicht naiv. Der Besuch auf Romdon steht mir bevor und dort reichen ein offenes Herz, diplomatisches Geschick und gute Absichten nicht aus. Zur Not möchte ich mich verteidigen können, zumindest mit einfachen Einsteiger-Kampftechniken.«

Kyra nickte verständnisvoll, erwiderte darauf jedoch nichts. Ich sah ihr auch so an, dass sie wenig von der Sache hielt und die Zeit lieber genutzt hätte, um sich auf den kriegerischen Rückschlag vorzubereiten. Anedars Städte blieben zwar verschont, doch die Wälder wurden durch die Kometenbomber-Angriffe massiv beschädigt. Kyra hasste Bellor so schon, der Angriff entfachte in ihr eine Aggression, die mir nicht lieb war, in meiner Freundin zu sehen.

»Wo ist Leonardo?«, fragte sie neugierig und einige der Anedarierinnen seufzten bei seinem Namen. Ach du meine Güte.

»Verlet–hindert«, stammelte ich und lächelte aufgesetzt.

»Ah, da will jemand Dampf ablassen, hm?« Kyra zwinkerte.

Ich schniefte laut. Wem machte ich hier eigentlich etwas vor?

»Ja. Das auch.«

»Mir gefällt deine Art zu denken. Du würdest gut zu uns passen, Alyra.«

Ihre Worte hinterließen ein seltsames Gefühl der Hoffnung in meiner Magengegend. Ja, irgendwie wollte ich dazugehören. Doch schön langsam verstand ich mich selbst nicht mehr.

Ich liebte meine Heimat Grecur und die Naturverbundenheit, die die Einwohner liebevoll zelebrierten. Doch auch zur Lebenslust und dem Freiheitsbewusstsein Jupiters fühlte ich mich verbunden. Dennoch spürte ich auch die weibliche Urkraft und Schwesternschaft der Anedarierinnen als ein Teil von mir. Durfte ich mich zu allen ein bisschen zugehörig fühlen? Oder verleugnete ich damit meinen Ursprung?

»Dann wollen wir dich mal Kampfschwestern-gemäß kleiden«, klatschte Kyra ernst in die Hände und schnippte dann mit den Fingern einige ihrer Kampfschwestern herbei. Gut. Meine komplexen und unergründbaren Gedankengänge hätten mich sonst in ein böses Tief gerissen.

Kyra flocht sich das dunkle, nasse Haar zu einem schweren Zopf und zog sich den dicken Lidstrich nach. Ihre grünen Augen leuchteten rebellisch, als sie mich durch den Spiegel betrachtete, während sie sich zurechtmachte und dabei die Lippen spitzte.

»Was hast du genau gemacht, um alle Sprachen wieder sprechen zu können? Wie hast du die bedingungslose Liebe als Schlüssel entdeckt?«, wollte sie wissen und sprach das Wort »Liebe« dabei so beiläufig aus, als wäre es etwas, mit dem sie noch nie eine nähere Verbindung aufgebaut hätte. Wenn es eine Person im Universum gab, die Dinge emotionslos aufnahm, dann war es Kyra. Sie stellte die Frage, als wäre es ganz normal, dass man Sprachen verstand und dann wieder nicht. Vielleicht sollte es auch so sein, doch die Realität sah leider anders aus.

Mein Mund zog sich breit über meine Wangen, sodass sich Kyra vom Spiegel weg und zu mir drehte. Ihre riesigen grünen Augen wirkten nun noch größer. Wie eine Katze, die bereit war, ihre Beute zu jagen, legte sie den Kopf schief.

»Entspann dich, ich finde nur deine Art cool, wie du mit all dem Wahnsinn umgehst«, beschwichtigte ich und zwinkerte.

Sie lächelte. Zum Glück. Mit Kyra hätte ich mich nicht anlegen wollen.

»Wieso sprichst du nun erneut Anedarisch?« Ihre Iriden blitzten auffordernd. Sie wollte mich provozieren und ich konnte es ihr nicht verübeln. Es lag in der Natur der Anedarierinnen, Kämpfe herauszufordern und angriffslustig zu sein. Das machte die Kampfschwestern nun mal aus. Ich hatte ihr vorhin verheimlicht, dass die Liebe zu Leonardo die Erkenntnis zur Lösung des Universum-Problems in mir hervorbrachte. Vor allem jetzt, nach unserem Streit, konnte ich es noch weniger zugeben.

Gekonnt warf ich meine wilde Mähne wie eine Löwin über die Schultern und streckte meinen Hals. Mit einem zufriedenen Lächeln visierte ich die Anführerin Anedars an. »Leonardo hat es mir durch Umwege beigebracht. Ich habe erkannt, dass mir nicht der Friedensring meine Gabe verliehen hat. Bedingungslose Liebe war der Schlüssel zu interplanetarischer Kommunikation. Sie ist es immer gewesen. Als der Friedensring geschmiedet wurde, geschah das zwar im Zuge eines Rituals, offenbar jedoch ohne Magie oder zumindest ohne, dass der Ring die Macht hatte, seinem Träger eine Gabe zu verleihen. Ich fand ihn, als ich begann, meinen ehemaligen Partner bedingungslos zu lieben. Jeder dachte damals, der Ring verlieh mir die Gabe der Translation, doch es ist stets bedingungslose Liebe gewesen. Nur war ich in der glücklichen Situation, überhaupt erst durch die interplanetarische Zusammenkunft dahinterzukommen, dass ich die anderen Oberhäupter verstand. Das wusste bis zum ersten Treffen niemand. Du ja auch nicht, oder?«

Kyra nickte und ich fuhr fort.

»Die Prophezeiung sprach von einer neuen Ära, jedoch nie von einer Gabe. Genau genommen war nie von einer Gabe die Rede, bis ich einen Ring fand, man den Friedensvertrag erneuern wollte und ich plötzlich alle verstand. Diese Gabe verschwand auch in dem Moment, in dem ich eine tiefe Seelenwunde von meinem Ex-Freund verpasst bekam. Zufällig zerbrach in derselben Situation auch der Ring. Eigentlich haben wir alle aus den Gegebenheiten falsche Schlüsse gezogen. Das ist nun vorbei. Ich weiß, was zu tun ist. Nur verstehe ich bis dato nicht ganz, wieso ich die Einzige in diesem Universum bin, die bedingungslos lieben kann.«

Kyra schob überrascht ihre dunklen Brauen hoch. Ihr dunkelgrüner Lidschatten schimmerte dabei majestätisch. Nun verschränkte sie amüsiert die Arme vor der Brust und spannte ihr Sixpack an. »Du verstehst nicht, wieso du die Einzige bist? Ich dachte, du kennst die Prophezeiung?« Skeptisch musterte sie mich in ihrem knappen Lederrock und Croptop. Pfeil und Bogen hatte sie sich bereits auf den Rücken gespannt.

Ich kannte die Prophezeiung. Sie besagte, dass es eine Kriegerin geben würde, die anders war als alle anderen und eine Fähigkeit besaß, die das Universum zurück zu Einheit und Verbundenheit führen könnte. Das war mir nicht neu. Schließlich hatten mir das damals, als ich den Friedensring am Strand von Grecur gefunden hatte, planetarische Oberhäupter sieben verschiedener Planeten eingetrichtert.

»Doch«, antwortete ich deshalb.

»Dann weißt du ja, dass du die Einzige bist.«

»Ja. Nein! Jein«, stammelte ich und biss mir auf die Lippe. »Ich verstehe es nicht! Gut, die Prophezeiung meint, ich sei die Einzige, die das Universum einen kann, das verstehe ich. Was ich allerdings nicht verstehe, ist, dass niemand in diesem gesamten Universum außer mir dazu fähig sein soll, bedingungslos zu lieben! So schwer ist das doch nicht!« Den letzten Teil fauchte ich laut.

Einige Anedarierinnen drehten sich teils überrascht, teils anerkennend zu uns, gingen jedoch schnell wieder ihren Tätigkeiten nach.

Kyra schmunzelte. »Ist es nicht? Also wenn ich das richtig mitbekommen habe, hast du doch auch ein Weilchen gebraucht, um hinter das große Geheimnis zu kommen, oder?«

Ich mochte Kyra, unter anderem für diese herausfordernde Art, die mich immer wieder an meine Grenzen brachte. Auch bei interplanetarischen Versammlungen.

Ein knappes Räuspern meinerseits genügte ihr als Antwort.

»Sieh mal, Alyra, wenn bedingungslose Liebe die Lösung wäre, dann hätten wir keinen Krieg. Du musst dich irren. Ich liebe meine Kampfschwestern bedingungslos und verstehe deine Sprache dennoch nicht. Irgendwo gibt es da noch ein Leck, Liebes«, erklärte sie und drückte mir ein knappes Croptop aus schwarzem Leder und einen beinahe noch knapperen Rock an die Brust.

Gedankenversunken nahm ich die Kleidungsfetzen entgegen. Sie hatte recht. So richtig Sinn machte das noch nicht. Fuck!

Die darauffolgenden Stunden waren geprägt von Pfeilen, Übungsangriffen und Schweiß. Kyra kämpfte wie eine Furie und lehrte mich im Schnellverfahren, wie man Pfeil und Bogen bediente, Angreifer abwehrte und sein Ziel nicht verfehlte. Wie auf der Überholspur zogen die Informationen an mir vorbei, ich ahmte automatisiert nach und fühlte mich dabei auch ziemlich robotisch. Meine Gedanken schwirrten nicht um die an den Bäumen angebrachten Zielscheiben. Sondern um die Liebe. Ich zermarterte mir das Hirn über Kyras Worte und schoss einen Pfeil nach dem anderen – daneben.

Die Sonne blinzelte durch die dichten Baumkronen und tauchte einige Punkte auf dem feuchten Dschungelboden in warmes Licht. Sie benetzte die Orchideen, die an den Bäumen wuchsen, mit schimmerndem Glanz. Der Anblick erinnerte mich an die Venus.

Ob Theos Erfolg hatte? Ich hoffte es inständig und fokussierte meinen Blick erneut auf die durchlöcherte Scheibe vor mir. Für keines der Löcher war bis dato ich selbst verantwortlich gewesen. An Kyras Schnauben und tiefem Ein- und Ausatmen hörte ich, dass ich wohl ihre bislang miserabelste Schülerin war.

Ein weiterer Schuss ging daneben.

»Göttin im Himmel, was machst du da? Man merkt, dass du keine Anedarierin bist. Die Kompetenzen der Fremden liegen einfach woanders«, schimpfte sie ungeduldig, zog den Pfeil aus einem Baumstumpf gute vier Meter neben dem eigentlichen Ziel und lachte dann amüsiert.

Doch mein Gesicht erstarrte ob der Offenbarung. Mein Hirn hämmerte alarmierend gegen die Schädeldecke, während ich Pfeil und Bogen sinken ließ. Ich fixierte Kyra wie einen Erkenntnisstern. »Das ist es, Kyra! *Das* ist der wahre Schlüssel für das Verstehen untereinander!«

Für meine kryptische Darbietung erntete ich lediglich eine hochgezogene Augenbraue und einen verwirrten Blick.

»Bedingungslose Liebe zu den *fremden* Planeten.« Ich warf die Arme hoch und die restlichen Pfeile ins Gras. »O Himmel, wie konnte ich das bloß nicht sehen! Für mich machte es auch nicht zu hundert Prozent Sinn, denn die Sirianer lieben sich auf spiritueller Ebene bedingungslos und ihr Anedarierinnen teilt ebenfalls eine tiefe Verbundenheit. Mein Vater liebt vielleicht Irina, doch diese Liebe ist an Bedingungen geknüpft. Er würde sie nicht sinnlich und unabhängig sein lassen. Bedingte Liebe also!«

Kyras Blinzeln wurde mit jedem Wort, das aus mir raus sprudelte, intensiver, doch ich konnte meine Gedanken nicht klar ordnen, alle Erkenntnisse wollten gleichzeitig aus meinem Hirn strömen und von anderen erkannt werden. Angestrengt massierte ich meine Schläfen und kniff die Augen zusammen, um meinen Kopf zu beruhigen. Es misslang auf voller Länge.

»Es macht nun alles Sinn, Kyra, verstehst du!«, sprudelte es weiter. Sie schüttelte den Kopf und ich fuhr fort: »Alle Planeten misstrauen sich gegenseitig. Selbst die Allianzen, die geschürt wurden, beruhen auf Skepsis und oberflächlichen Handschlagdeals. Jeder versucht, seinen eigenen Nutzen zu lukrieren. Wie es den anderen Planeten geht, ist im Grunde allen egal. Weil die Liebe zur Einheit fehlt. Die Liebe zu anderen. Die Liebe zum Fremden, wie du vorhin so schön sagtest.«

Kyras olivenfarbene Haut schimmerte im schwachen Licht des Dschungels. Sie nickte langsam, während sie mich fixierte. Ihre Hände wiesen mich an, fortzufahren.

Ich grinste breit. »Jeder Planet hat seine Eigenschaften und deren Bewohner unterschiedliche Bezüge zur Liebe. Beziehungsweise wird Liebe auch irgendwie von uns allen missverstanden.«

Kyra zog die Brauen hoch. »Lehnst du dich nicht gerade etwas weit aus dem Fenster, Alyra?« Sie streifte ihren knappen Rock glatt und fixierte mich neugierig.

»Nein, Kyra. Geh die Planeten doch der Reihe nach durch! Fangen wir mit den offensichtlichen an: Romdonianer sind voller Hass auf alles und jeden, weil ihr Planet beim letzten intergalaktischen Krieg am schlimmsten angegriffen wurde. Deren Rachsucht erstickt jegliche Liebe im Keim. Die Plejader sind viel zu wissenschaftlich und faktenbasiert für Gefühle. Das hab ich selbst miterlebt. Dort geht es den ganzen Tag um Codes und Programmierungen. Sex haben die maximal durch Hirnsynapsen-Verbindungen.«

Kyra prustete laut los und auch ich stimmte in das schallende Gelächter mit ein. »Der war gut!«, lobte sie lachend und klopfte sich auf die Oberschenkel.

Ich zog meinen Mund lang, um meine Lachmuskeln zu entspannen und schmunzelnd fortzufahren. Ich liebte diese Tour de Erkenntnis! »Das waren die liebesunfähigen Planeten. Zumindest scheint es für uns Außenstehende so. Kommen wir zu den liebenden Planeten, die die Liebe missverstanden haben. Offensichtlich.«

»Ich bin ganz Ohr.« Kyra zwinkerte und setzte sich vor mich auf einen Baumstamm.

»Anedarierinnen sind zwar tief miteinander verbunden, doch ihr seid kriegerisch und lebt im Yang. In einer dominiert männlichen Energie. Ihr seid nicht weich und sanft und deshalb nicht offen für Liebe auf interplanetarischer, bedingungsloser Ebene.«

Kyra stemmte die Hände in die Hüften und sprang hoch. »Du wagst es!«, empörte sie sich. Ihre Lippen bibberten und sie stierte mich an, bis ein unsicheres Zucken ihre Iriden durchzog. »Eventuell hast du da ein bisschen recht«, gab sie plötzlich zu und mir klappte schier der Unterkiefer auf mein Dekolleté. *Das* hätte ich nicht erwartet. »Es stimmt schon, wir lieben uns zwar bedingungslos, sind aber gegenüber anderen hart und unnahbar. Doch das ist Selbstschutz! Damit wir unabhängig bleiben!« Kyras dunkler Zopf war schon fast getrocknet und baumelte ihr locker über die Schulter, während sie sich rechtfertigte.

Lächelnd griff ich nach ihrer Hand. »Alles gut, liebe Freundin. Indem wir es erkennen, können wir es lösen«, sprach ich und kam mir dabei wie Reyna vor. Weise und über den Dingen stehend.

»Gut, doch nun erzähl weiter. Was sind deine Erkenntnisse zu den anderen Planeten?« Kyras Augen blitzten wie die einer hungrigen Katze. Sie ließ sich erneut auf den Baumstamm fallen und legte den Kopf in ihre Handflächen. Ungeduldig betrachtete sie mich.

»Machen wir mit Grecur weiter. Grecurianer können vielleicht lieben, doch sie sind auch bodenständig, strikt, unflexibel und vor allem pflichtbewusst. Pflichten und Aufgaben stehen über allem. Auch über der Liebe. Das musste ich am eigenen Leib erfahren, denn ich war genauso, als ich noch mit Ryan zusammen war, sträubte mich damals allerdings schon dagegen. Gefühle werden auf Grecur als unberechenbar und deshalb als schlecht gewertet. Grecurianer sind konservativ. Und obwohl die jüngere Generation – zu welcher ich mich zähle – das alte Denken nicht mehr vertritt, werden uns diese Dogmen aufs Auge gedrückt und die wenigsten schaffen es, sich aus dem Netz aus Pflichten und Regeln zu lösen.« Nun ließ ich mich auf dem Baumstamm neben Kyra nieder.

»Klingt übel dort«, kommentierte die junge Kriegerin trocken.

»War es teilweise. Ich habe lange gekämpft, um mich aus den Dogmen meines Vaters zu lösen.«

»Das war bestimmt nicht immer leicht.« Kyra malte mit ihren Römersandalen einen Kreis in die feuchte Erde.

»Mit der Trinkerei wurde es etwas besser. Er wurde vergesslicher und abwesender. Doch als Kind empfand ich stets Druck. Ich wusste, wenn ich meinen Pflichten nicht nachkam, würde ich mit Liebesentzug bestraft werden. Das geschah oft«, gab ich zu. Wieso erzählte ich das überhaupt?

»Das klingt ganz schrecklich, Alyra, es tut mir wahnsinnig leid.« Kyra drückte mich fest an sich und umarmte mich mit einer Leidenschaft, die mich an Leonardo erinnerte. Leonardo ...

»Jupiter!«, rief ich und hob den Finger.

Kyra löste sich etwas perplex aus der Umarmung.

»Jupiterianer kennen lediglich oberflächliche Liebe. Sie fließt sofort weg, wie die Fischwesen des Planeten. Sie können feiern und sind bekannt für ihre Liebschaften, doch nie würden sie tiefe Verbindungen eingehen. Außerdem sind sie sofort eingeschnappt! Für sie ist Liebe ein Spiel mit dem Feuer, das sie zwangsläufig verlieren, weil sie mit dem Element Wasser verbunden sind. Sie sind unfähig, tiefe und bedingungslose Liebe zu empfinden!« Ich hörte mein Rufen durch den Dschungel echoen. War ich dermaßen laut geworden?

Kyra blickte zu mir hoch und wartete. Wann war ich aufgestanden? »Reden wir hier von Jupiter oder *einem speziellen* Jupiterianer?«

»Ach verdammt!«, fluchte ich und trat mit dem Fuß gegen den Baumstamm.

»Ist okay. Jupiterianer missverstehen Liebe, weil sie keine tiefen Bindungen eingehen können, angekommen«, versuchte Kyra die Wogen zu glätten und das Thema zu wechseln. »Was ist das Problem von Reyna und den anderen Federträgern?«, fragte die Anführerin Anedars mit spöttischem Unterton. Dass den kampflustigen Anedarierinnen die sanfte und pazifistische Art der Sirianer missfiel, war im Universum kein großes Geheimnis.

»Sirianer leben nicht in Körpern. Sie können Liebe nicht auf körperlicher Ebene empfinden. Sie sind schlichtweg zu spirituell für hingebungsvolle Liebe. Und dadurch ist auch deren lichtes Bewusstsein nicht fähig, bedingungslos andere Wesen zu lieben. Auf körperlicher Ebene schon dreimal nicht.«

Wieder lachte Kyra, sodass sich kleine Grübchen auf ihren Nasenwänden bildeten. »Könnte kompliziert werden mit der Fortpflanzung«, scherzte sie.

»Wie macht ihr das eigentlich?« Nun blinzelte ich die Kämpferin neugierig an. Diese Frage brannte mir schon ewig auf der Zunge.

»Das ist ein Geheimnis«, konterte sie verschlossen.

Dabei konnte ich es nicht belassen. Ich rückte meine femininen Hüften näher an ihre schmalen, durchtrainierten und bohrte meinen Blick keine zwei Zentimeter von ihrem Gesicht entfernt in ihren. »Komm schon, erzähl's mir. Ich bin doch eine von euch«, flüsterte ich eindringlich.

Sie rang mit sich selbst und presste die Lippen aufeinander. Bis sie schließlich nachgab und stoßartig die Luft aus ihrem Mund entweichen ließ. »Na gut. Wir haben eine Heilerin, die durch eine Pflanze namens Spermidin Fruchtbarkeitstränke herstellen kann. Wenn wir unseren Eisprung bekommen, trinken wir dieses Gebräu und zelebrieren eine eventuelle Empfängnis in einem Ritual.« Kyras Gesichtszüge starrten mich ernst an, sodass ich lediglich ein erhabenes »Aha« von mir gab.

Da ich keine Ahnung hatte, wie ich auf diese Story reagieren sollte, fuhr ich fort mit meiner Ausführung.

»Jedenfalls gibt es dann noch die Frauen der Venus, die eigentlich für ihre hingebungsvolle Liebe und Körperlichkeit bekannt wären.«

Kyra schien froh über den Themenwechsel und nickte übereifrig.

»Leider verlor der ursprüngliche Liebesplanet durch die Verstandesdominanz und die verhassten Verhältnisse der anderen Planeten sein liebevolles Licht. Die Frauen der Venus sehen Liebe nun als essentielle Regung, um sich fortpflanzen zu können. Die Liebe zu ihren Kindern ist beschränkt, da sie wissen, dass vor allem die Söhne eines Tages von ihren Vätern geholt werden.«

Kyra riss den Kopf hoch. »Bitte was?!«, keuchte sie und spreizte die Lider wie eine Eule.

Nun musste ich weit ausholen.

Eine halbe Stunde, rund siebzig Fragen und ein rauchendes Gehirn später ließen wir unsere unterschiedlichen Frauenkörper in das kühle Wasser der Lagune gleiten und betrachteten die nebligen Kaskaden vor uns. Niemand sprach und das war okay so. Wir hatten genug geredet und erkannt. Nun galt es zu handeln, um diesem kriegerischen Wahnsinn ein Ende zu bereiten. Und dafür bereiteten wir uns nun vor.

Dass ein inneres zur Ruhe Finden Teil von erfolgreich angewandter Kampfkunst sein würde, hätte ich nie erwartet. Doch Wasser beruhige und in den Gewässern von Anedar könne man sich klären, fokussieren und seine Energien bündeln, um im Kampf voll bei sich zu sein. So hatte es mir Kyra erklärt und ich ließ mich auf die Methoden meiner Lehrerin ein. Vor allem, weil mein möglicher baldiger Kampfgegner der Kriegsfürst höchstpersönlich war.

Achtsam ließ ich meine Finger über die sanft ebbende Wasseroberfläche tanzen. Kyra beobachtete mich, während sie ihr Haar ins Wasser tauchte. O ja, das wollte ich auch. Langsam legte ich meinen Körper in die Obhut des Wassers und streckte die Arme aus, um Balance zu halten. Mit jeder Einatmung wurde ich ruhiger, mit jeder Ausatmung entwich die Anspannung meinen Zellen. Mein braunes Haar saugte das Wasser wie ein Schwamm in sich auf und glitt federleicht auf der Oberfläche. Mein Körper schwebte knapp über der Wasseroberfläche in harmonischer Balance.

Ich legte mich ins Wasser und stellte mir vor, das weiche Nass wäre mein Bett auf Grecur. Jenes Bett, das vielleicht schon zwischen Kometenbombern verbrannte.

»Eine Frage hab ich noch.« Kyras Stimme hallte in der Lagune. Sie floatete wie ich durchs Wasser und betrachtete den Himmel über uns, der bei meinem letzten Besuch wie Feuer leuchtete.

»Dann stell sie«, murmelte ich gedankenverloren.

»Wieso konntest du alle verstehen, wenn du doch auch bloß einen von *deinem* Planeten bedingungslos geliebt hast?«

Die Ernüchterung riss mich aus dem Gleichgewicht, sodass ich aus der Balance kam und untertauchte. Himmel, verdammt! Ich schnappte nach Luft und versuchte, mit meinen Armen die Ruhe wiederherzustellen und meinen Kopf über Wasser zu behalten.

»Ich habe keinen blassen Schimmer«, keuchte ich.

Kyras Körper richtete sich um Meilen eleganter im Wasser auf. Mit kreisenden Armbewegungen blickte sie noch immer gen Himmel. »Also ich hab da so meine Theorie dazu«, fing sie an zu erklären, während ich noch schwer atmete. »Entweder ist es doch der Ring, der die Gabe verleiht –«

»Nein, dann könnten wir nicht gerade jetzt miteinander kommunizieren«, fuhr ich ihr ins Wort.

Kyra nickte stumm. »Oder Ryan ist kein Grecurianer.«

Sie starrte.

Ich starrte.

Dann prustete ich los.

»Na klar!«, kicherte ich und suchte Halt am Rand des Lagunenbeckens. »Ryan ist der heftigste Grecurianer von allen, Kyra. Pflichtbewusst, bodenständig, treu –« Mir blieb das Wort im Hals stecken, sodass ich heftig husten musste. Gut, *treu* nicht. Und *ist* auch nicht, denn Ryan lebte nicht mehr. Ohne es zu wollen, fand eine Träne den Weg aus meinem Augenwinkel und zeugte von der tiefen Trauer, die ich trotz meiner Verletztheit für Ryan empfand.

Während ich noch damit beschäftigt war, die eine Träne schnell wegzuwischen, huschten weitere über meine Wangen.

Kyra betrachtete mich besorgt und legte ihre nassen Arme schützend um mich. Dann verlor ich die Kontrolle über all die Tränen und ließ sie zu.

ROMDON
Die gewaltfreudigen Rächer

Planetarische Eigenschaften:
Romdon blieb gezeichnet vom letzten verheerenden Krieg vor tausenden von Jahren. Die Landschaft ist kahl, noch immer steigt Rauch aus der verbrannten Erde. Die gesamte Vegetation ist unfruchtbar, nichts blüht oder wächst mehr. Romdon wirkt trist und dunkel und ist auf der Oberfläche durch die Vielzahl an giftigen Gasen nicht mehr bewohnbar. Die Wälder lechzen nach Leben, doch auf Romdon ist alles farblos und voller Staub und Asche.

Eigenschaften der Romdonianer:
feindselig, misstrauisch, gewaltfreudig, machtgierig, rücksichtslos, seelenlos, verletzt

Gaben der Romdonianer:
Überlebenskünstler
geschickte Kriegsführung

Planetarisches Oberhaupt:
Bellor, steht für »Krieg«

Rüstungsvermögen der Romdonianer:
Kometenbomber, programmierte Angriffsdrohnen durch die Deals mit den Plejaden, Handfeuerwaffen, robuste Panzerwaffen

Beziehungen zu anderen Planeten:
verfeindet mit allen, wahrten den Schein lediglich wegen des Friedensvertrags

24

ICH RUBBELTE MEINE Haut trocken, obwohl es bei der hohen Luftfeuchtigkeit hier gänzlich sinnfrei war. Freya legte mir einen Kamm sowie ein Haarband zurecht, das ich dankend entgegennahm, doch nicht verwenden würde.

Für das, was ich vorhatte, brauchte ich visuelle Strahlkraft. Meine voluminöse Mähne ließ mich wie eine Löwin wirken und alles, was mir Kraft geben konnte, wollte ich auf Romdon mitnehmen.

»Bist du bereit?«, fragte Kyra und legte ihre Arme von hinten über meine Schultern. Gemeinsam starrten wir in den Spiegel. Mein Herz eskalierte bei dem Gedanken, dem Kriegssäer gegenüberzutreten. Doch es schien unausweichlich.

Wenn ich Romdon nicht zur Vernunft brachte, würde dieser Krieg nicht beendet werden. Und wer wusste, wer am Ende noch übrig blieb. Grecur mit geringer Wahrscheinlichkeit.

Mittlerweile war ich mir ziemlich sicher, dass Theos auf der Venus bei Irina keinen Erfolg gehabt haben konnte. Er liebte sie und diese Liebe war interplanetarisch, doch nicht bedingungslos interplanetarisch. Er hätte gewollt, dass sie kochte, dass sie auf Grecur siedelte und sie hätte der Bitte nicht nachkommen können. Ihre Beziehung war zum Scheitern verurteilt. Und deshalb nicht fähig, die Gabe der universellen Kommunikation zu aktivieren.

»Du bist nicht allein«, beruhigten mich Kyra und Freya und tätschelten mir Schulter und Hand.

»Bin ich sehr wohl«, konterte ich. Schließlich war es meine Aufgabe, bedingungslose interplanetarische Liebe in die Herzen der Planetenbewohner fließen zu lassen.

»Nein, bist du nicht.« Kyra lugte zu Freya, die entschlossen nickte. »Wir kommen mit!«

»Das werdet ihr nicht, das ist viel zu gefährlich!«, empörte ich mich. Wenn die beiden dabei getötet würden, könnte ich es mir nicht verzeihen.

Kyra zog die Augenbraue hoch, Freya verschränkte schmunzelnd die Arme vor der Brust und rückte ein Stück näher zu mir.

»Ich erinnere dich liebevoll daran, dass du außer deiner Translationsgabe keine Kampfkompetenz vorweisen kannst. Mit keine meine ich wirklich null. Zero.« Kyra schob ihre ausgestreckten Handflächen auseinander, um meine Null-Kampf-Kompetenz zu gestikulieren.

Freya kicherte.

»Danke, Kyra. Du solltest Motivationsrednerin werden.«

Sie legte den Kopf schief und machte die Augen groß, sodass sie grün und mächtig schimmerten.

»Ich werde euch nicht davon abbringen können, oder?«

Die beiden Anedarierinnen schüttelten zufrieden ihre Köpfe.

»Du verhandelst oder machst, was auch immer du vorhast, und wir geben dir Rückendeckung«, erklärte Kyra den Plan und straffte den Köcher auf ihrem Rücken.

Freya legte sich ihren um und nahm ihren Bogen einsatzbereit in die Hände. Die beiden waren wirklich bereit. Nur ich wusste nicht so recht, wie ich den Plan realisieren sollte.

Ein kühler Windzug zerrte an meinem Haar und erfrischte meinen Nacken. Die dichte Mähne klebte an meinem Hals und mir war heiß. Auch ein bisschen schwindelig. Wann hatte ich das letzte Mal etwas gegessen? Mein Magen ballte sich zusammen und gab mir eine klare Antwort. Vor zu langer Zeit. Ein dumpfes Grummeln entwich der Magengegend.

»Zuerst stärken wir dich noch ein bisschen. Es sollte noch etwas Fundus vom Abendessen gestern übrig sein«, spekulierte Kyra und schob mich bereits durch die breiten Terrassentüren in den Speisesaal des Anedar-Palastes.

Der Fundus, den mir zwei ihrer Kampfschwestern warm machten, schmeckte hervorragend und erinnerte mich an den Nationalfisch Grecurs, die Bernsteinbrasse.

Freya reichte mir einen mächtigen Becher mit rosa Flüssigkeit darin. Als ich neugierig in das Gefäß schielte, flötete sie fröhlich: »Guavensaft. Mein Lieblingsgetränk!«

Dankbar nahm ich einen großen Schluck. Erst jetzt merkte ich, dass ich auch ziemlich durstig war. Ich aß und trank und spürte, wie mein Körper wieder zu Kräften kam. Leider schlichen sich durch die Befriedigung der Grundbedürfnisse auch wieder andere Geister in meinen Kopf.

Leonardos kantige Gesichtszüge erschienen vor meinem inneren Auge. Sein voluminöses Haar stand ihm wirr zu Berge, wie immer, doch es passte zu ihm. Ich liebte es. Seine unperfekte Frisur, die seine sanften, blauen Augen dafür umso perfekter wirken ließen. Sie symbolisierten meinen Ruhepol. Ich wollte sie so gerne wiedersehen.

Gänsehaut kroch den Rücken hoch und ließ mich ruckartig zusammenzucken.

»Alles okay, Alyra?« Eine besorgte Kyra blinzelte mich an.

»Ich, ja. Ich dachte nur an etwas«, gab ich schwach zu.

»An Leonardo?«, hakte sie neugierig nach.

Meine Finger zuckten bei seinem Namen vor Sehnsucht. »Dafür, dass du nichts mit Männern am Hut hast, bist du ziemlich gut darin, Beziehungsprobleme zu spüren«, wich ich der Frage aus.

Stolz reckte sie den Hals und schmunzelte zufrieden. »Ich bin eben gut in allem, was ich mache.« Ihr Selbstbewusstsein brachte mich zum Lächeln.

»Das bist du«, bestätigte ich und schob den Sessel zurück, um mich vom Tisch zu erheben. »Es war köstlich, doch nun ist die Stunde der Wahrheit gekommen. Seid ihr noch immer fest entschlossen, mitzukommen? Wir reden schließlich von Romdon. Und Bellor.« Sein Name erzeugte eine weitere Gänsehaut auf meinen Unterarmen, dieses Mal ohne Ekstase.

Kyra schob in gewohnter Manier die Augenbrauen hoch, legte den Kopf schief und verschränkte die Arme vor der Brust.

»Gib's auf, Alyra.« Sie grinste und ich schenkte ihr ein Lachen.

»Na dann los, Ladies!«

Mit Bellor reden. Das war der Plan. Ein kein ausgesprochen guter Plan. Ich hätte mich besser vorbereiten sollen. Auf alles gefasst sein sollen, doch das war ich nicht.

»Ich bin fassungslos.« Freya blickte stumm ins Leere.

Kyra schnappte nach Luft.

Und ich, ich hätte am liebsten geweint.

Die Oberfläche Romdons lag in Schutt und Asche. Wir stiegen aus einem staubigen Teleportationskanal ins Freie und hatten vermutlich sogar Glück, dass uns Romdonianer sofort aufgriffen und durch die verkokelte Landschaft in einen Tunnel zerrten. Sonst wären wir wahrscheinlich an einer Kohlenmonoxid-Vergiftung gestorben.

Alle Bäume des geschundenen Planeten lagen entweder abgebrochen am Boden oder kämpften als amputiertes Geäst um Aufmerksamkeit. Keine Blumen weit und breit. Kein einziger blühender Baum. Keine Häuser oder Bewohner, die ihren Alltagstätigkeiten nachgingen. Genau genommen nichts Lebendiges. Ich erblickte nur tote Natur und zornige Gesichter auf Patrouille, die uns gerade waffenbeladen über den verkohlten Boden schliffen.

Auch zu dritt hatten wir hier keine Chance. Innerlich sah ich mich bereits sterben und hoffte, dass Bellor Kyra und Freya gehen lassen würde, wenn ich mich opferte.

Was war das überhaupt für eine dumme Idee gewesen, ohne Offensive hierherzukommen?! Pfeil und Bogen, pff. Mir entwich ein sarkastischer Seufzer, der mich einen harten Stoß in die Rippen kostete.

»Verdammt, wir sind in Frieden hier!«, fauchte ich den großen, bulligen Romdonianer an, dessen Felle seine massiven Muskeln verdeckten.

Er schnalzte mit der Zunge und lachte hämisch. »Es gibt keinen Frieden, Translatorin. Den hat es noch nie gegeben. *Waffenstillstand* nennt man die unnütze Phase der letzten Jahrzehnte.« Er stieß mich weiter in die Dunkelheit des engen Tunnels und ich schwieg, während ich mich fragte, woher er wusste, wer ich war.

Kyras Blick verhakte sich in meinem und ich nickte ihr aufmunternd zu, obwohl ich wusste, dass wir es nicht alle drei wieder hier raus schaffen würden.

Das lange Schwert des Romdonianers, der mich fest am Handgelenk hielt, streifte am steinigen Gewölbe des Tunnels. Das kratzende Geräusch stach in meinen Ohren, sodass ich unwirsch die Zähne zusammenbiss. Die wolfsartigen Hunde, die uns durch den immer kälter werdenden Tunnel trieben, konnte man nur an ihren blitzenden Augen erkennen. Das Fell war kohlrabenschwarz. So schwarz wie dieser Planet und seine tötungsfreudigen Bewohner.

»Ich bitte um eine Audienz bei Bellor!«, ächzte ich, als wir durch eine schwere Eisentür geschoben wurden.

»Das ist mir schon klar, Translatorin. Wieso solltet ihr sonst hier sein? Um uns anzugreifen?« Er lachte hämisch, sodass ich seine spitzen Schneidezähne aufblitzen sah. Himmel, wo waren wir hier bloß gelandet?! Seine Augen schienen einzig und allein aus Pupillen zu bestehen, denn seine Iriden waren beinahe schwarz.

Freya protestierte, als ein etwas kleinerer und auch sehr viel jüngerer Romdonianer mit stechend blauen Augen sie am Oberarm packte und durch die Tür drängte.

Vor uns erstreckte sich eine riesige Halle, die wie eine Zweigstelle in zahlreiche Tunnel führte. Feuer flackerte wild in Fackeln an den felsigen Gewölbewänden. Bedrohlich warf es Schatten, die diese Untergrundlandschaft noch grausamer machten. Ich konnte hier nichts Schönes erkennen. Keine Pflanzen, keine lachenden Wesen, nur Krieger, die sich rüsteten und sich gegenseitig grimmig anblickten.

Ich würde es nie und nimmer schaffen, dass diese Wesen hier bedingungslose Liebe fühlten. Der Funken Optimismus, der mir blieb, wurde gänzlich im Keim erstickt, als uns die romdonianischen Krieger in eine weitere Halle drängten, die ziemlich ramponiert aussah. In den Ecken lagen kaputte Schwerter und ... Bernsteine! Mir zerriss es schier die Brust, sie dort achtlos liegen zu sehen. Doch was ich kurz darauf erblickte, schnürte mir die Kehle zu, sodass ich hastig nach Luft rang.

Hatte Irina nicht davon gesprochen, dass Bellor einen Sohn auf der Venus hatte? Wie konnte er dann ...

Der große, bullige Romdonianer schubste mich auf eine wackelige Eisenbrücke, unter der es mehr als hundert Meter in die Tiefe ging.

»O Himmel, was seid ihr für Monster!« Mein gellender Schrei zerriss das dumpfe Flehen von zahlreichen Kindern, die in Käfigen über der Schlucht hingen. Ich konnte – wollte! – nicht wahrhaben, was ich erblickte.

Freya griff sich betroffen auf den Bauch, als würde sie sich gleich übergeben müssen. Ob wegen der schwindelerregenden Höhe oder dem Anblick eingepferchter Kinder, das wusste ich nicht. Vermutlich beides.

Kyras Kiefer spannte sich an, sie biss sich hart auf die Zähne und blähte die Nasenflügel. Ihre Fäuste waren geballt.

»Bitte verlier jetzt nicht die Fassung, ok? Wir befreien diese armen Kinder«, flüsterte ich ihr tröstlich ins Ohr und erntete dafür einen weiteren Stoß in die Rippen. Dieses Mal schmerzte er sogar noch mehr.

»Nicht tuscheln! Diese Art von Erziehung wurde uns allen zuteil«, blaffte der bullige Romdonianer und grinste den mit den stechend blauen Augen bedeutungsschwanger an. Am liebsten hätte ich die beiden von der Brücke gestoßen, doch dann wäre ich sofort Hundefutter gewesen. Oder Wolfsfutter. Die schwarzfelligen Viecher trieben uns über die schmale Eisenbrücke in eine weitere Halle. Ich versuchte, mich auf die fünfzig Zentimeter Eisenweg vor mir zu konzentrieren, doch ich konnte es nicht.

Es jetzt schon bereuend, biss ich mir auf die Lippe und lugte zu den Käfigen, die neben uns baumelten. Eines der Kinder fixierte mich mit einem stechenden Blick. Der Junge durfte nicht älter als drei Jahre sein. Ich biss mir fester auf die Lippe, um nicht in Tränen auszubrechen.

»Ich hole euch da raus«, formte ich das Versprechen auf Romdonianisch mit meinen Lippen. Die Lippen des Jungen begannen zu bibbern und seine Augen füllten sich mit Tränen. Nicht der Trauer, sondern der Hoffnung wegen. Ich schenkte ihm ein schnelles Lächeln, ehe mich der grobe Romdonianer weitertrieb, als wäre ich Weidevieh.

Die nächste Halle beantwortete mir die Frage, wie Romdonianer sich ernährten. Zahlreiche Rinder und Schweine muhten und grunzten in der Halle vor sich hin. Hier gab es sogar Gras! Künstlich beleuchtetes Gras, jedoch Gras.

Diesen Tieren erging es besser als den Kindern in den Käfigen. Ich schüttelte meine Schultern, um das Gefühl des Zornes loszuwerden, der in mir brodelte.

Wie konnten sie nur?! Wie konnte man dermaßen hasserfüllt sein, um Kinder in Käfigen einzusperren?!

Meine Mission hier war hoffnungslos. Ich konnte niemandem bedingungslose Liebe zeigen, der kein Herz hatte. Und das besaß Bellor definitiv nicht. Keiner hier. Maximal die Kinder. Und die verloren es durch die brutalen und herzlosen »Erziehungsmethoden« der Romdonianer.

Ich unterdrückte ein erneutes sarkastisches Lachen, um nicht ein drittes Mal einen Stoß in die Rippen zu erhalten.

Wir passierten zwei weitere Hallen, die allerdings immer kleiner wurden, bis einer der Romdonianer vor einer schweren Metalltür mit Wolfsköpfen an den Scharnieren stehen blieb und sich seine Felle glatt streifte.

»Bereit für Bellor?«, fragte er mich und ich nickte, obwohl ich es nicht war.

Kyra biss sich auf die Lippe und Freya blickte mich unsicher an. Ich streckte meinen Hals und setzte mein Diplomatengesicht auf. Anmutig, elegant, ruhig und zurückhaltend trat ich durch den Türrahmen, nachdem er die schwere Eisentür mit einem Knarren freigegeben hatte. Freya und Kyra standen dicht hinter mir. Ich konnte es nicht sehen, wusste jedoch, dass Kyra ihren Bogen fest umschlossen hielt.

Der Raum wurde von schwachem Licht beleuchtet. Die Holzdielen ächzten unter meinen Schritten. Vor uns ragte ein gerüstartiger Holzstuhl, der wohl einen Thron andeuten wollte. Wie die abgefackelten Bäume an der Planetenoberfläche sah das Ganze aber eher amputiert aus.

Himmel, wie konnten diese Leute hier bloß wohnen?! Ohne Sonne, ohne Freude, ohne Liebe ... Hier war das Leben wirklich ein Kampf. Einer, der sich nun wie eine Seuche im gesamten Universum ausbreitete.

»Bellor«, begrüßte ich das bekannte grimmige Gesicht mit Vollbart und nickte langsam und steif, ohne eine Miene zu verziehen. Bellors rotes Auge musterte mich eindringlich und ich war froh, dass ich weit genug entfernt stand, um meine Gänsehaut unentdeckt zu halten. Bellors Bart war teils zu kleinen Zöpfen gebunden, die ihm dunkel über das Kinn flossen. Mit seinem gehörnten Helm und den schwarzen Fellen, die ihm über die Schulter hingen, wirkte er pompös und bemitleidenswert zugleich. Eine ganze Armada an Waffen lag auf einem breiten Tisch neben ihm, sein Gürtel mit kleinen Bernsteinen inklusive.

»Haben wir unsere Gabe wieder, hm?«, fragte er in den Raum. Doch er ließ mich nicht antworten. »Nur, damit du es weißt: Der

Krieg hat begonnen und daran kannst auch du nichts ändern. Ich werde diesen Friedensvertrag nicht erneut unterzeichnen. Die Zeit der Sühne ist gekommen. Und alle werden büßen, was sie Romdon einst antaten.« Bellor erhob sich von seinem Thron und zog sein Kinn hoch, sodass mich sein rotes Auge von einem scharfen Winkel fixierte.

Mein inneres Ich trat mich, damit ich ruhig und gelassen blieb. Ich hatte keine Ahnung, was ich sagen oder tun sollte, um hier irgendetwas zu erreichen.

»Was damals geschehen ist, ist ewig her, Bellor. Du kannst nicht die jetzigen Seelen dieses Universums für die Taten ihrer Vorgänger verantwortlich machen. Das ist nicht fair«, sprach ich und räusperte meinen Hals.

Er stierte mich an, griff nach seinem Speer und kam wuchtig auf mich zu. Verdammt, vielleicht hätte ich nicht mit der Beschwichtigungsstrategie starten sollen.

Ich spürte, wie Freya unweigerlich einen Schritt zurückmachte, doch Kyra und ich blieben standfest.

»Das ist nicht fair?«, fauchte er mich an. Sein mit Narben durchzogenes Gesicht war nun keinen Meter von meinem entfernt und ich roch die Gerbung seiner Felle und etwas, das an Blut erinnerte. Den Gedanken schüttelte ich sofort ab. »Es war auch nicht fair, dass sich damals alle Planeten gegen uns verbündeten, um uns zu besiegen!«, keifte er und schnaubte wie ein wütender Stier.

Ich schluckte. »Du hast recht. Das war es nicht. Und es tut bestimmt allen leid«, versuchte ich ihn zu beruhigen.

»Einen feuchten Kehricht tut es ihnen! Vielleicht jetzt, weil ich dabei bin, sie auszulöschen. Doch vorher wurde das Thema totgeschwiegen. Ignoriert wurden wir!«, blaffte er und warf seinen Speer wütend in eine Ecke. Einer der Hunde – oder doch Wölfe? – hechtete dem Stock sofort nach und bellte eifrig, als er ihn zwischen den gefletschten Zähnen wiederbrachte. Bellor nahm die Waffe entgegen, ohne den Blick von mir abzuwenden.

Okay, ich musste meine Taktik ändern.

»Bellor, glaub mir, wenn ich dir sage, dass ihr im gesamten Universum ein gefürchtetes Volk seid.« Die Lobstrategie fruchtete normalerweise immer. Doch das planetarische Oberhaupt Romdons ließ sich mit einem amüsierten Seufzen in den Thronsessel zurückfallen.

»Was willst du hier, Alyra? Glaubst du wirklich, du kannst meine Meinung ändern? Oder die Anedarierinnen?« Er musterte Kyra abschätzig und sie funkelte ihn an. Purer Hass erfüllte den Raum. Verdammt noch mal, Themenwechsel!

»Willst du deinen Sohn auf der Venus auch in einen Käfig sperren wie die anderen Kinder über der Schlucht?«

Erschrocken sog er scharf die Luft ein. Damn. Damit hatte er nicht gerechnet. Ich auch nicht. Dass ich den Joker so schnell ausspielen würde, hätte ich selbst nicht erwartet.

Bellor schoss Eispfeile aus seinen Iriden und legte seine Stirn in tiefe Zornesfalten. »Woher weißt du das?«

»Ich war auf der Venus, um den Friedensring zu kitten.«

»Mein Sohn bedeutet mir nichts. Er sichert lediglich mein Fortkommen.«

Traurigerweise glaubte ich ihm das.

»Wieso hast du dann die Venus als einzigen Planeten noch nicht angegriffen?«, provozierte ich und verkniff mir ein Schmunzeln.

Seine Miene verdunkelte sich. Er pfiff einen seiner Lakaien daher und befahl mit zusammengebissenen Zähnen: »Angriff auf die Venus planen. Sofort.«

Nun riss ich die Augen erschrocken auf. Das hatte er nicht gerade getan?! Hatte ich mit meiner Provokation gerade das Schicksal der Venus besiegelt? Verzweifelt schrie ich ihn an. »Du bist ein Monster, weißt du das?!«

Er lachte. »Danke.«

Was machte ich hier?

»Sehnst du dich nicht nach Liebe und Geborgenheit, Bellor?«

Er lachte noch mehr, doch bei ihm klang das, als würde ein

Schwein abgeschlachtet werden. Wie ein tiefes Grummeln. Doch Antwort bekam ich keine.

»Wieso hältst du die Kinder in Käfigen gefangen?«, fragte ich, obwohl ich die Antwort nicht wissen wollte.

»Weil sie für die Taten ihrer Eltern büßen müssen«, antwortete er kaltherzig.

Bitte was?! Erschrocken drehte ich mich zu Kyra, die mich stoisch anstarrte.

»Was soll das heißen?« Ich ahnte es und allein der Gedanke daran ließ die Galle nach oben schnellen, als würde man ein Thermometer in kochend heißes Wasser schmeißen.

»Du weißt genau, was das heißt. Und ja, grecurianische sind auch dabei. Wie gesagt: Für mich gab es nie richtigen Frieden. Der Krieg brodelt sich schon eine immense Zeit lang im Hintergrund zusammen. Dass du deine Gabe verloren hattest, war lediglich ein willkommener Grund für mich, endlich offensiv zu werden.« Er schmunzelte und streichelte mit seiner massiven Pranke einen der Hundswölfe.

Und ich unterdrückte mit eiserner Disziplin die Tränen, die aus mir raus wollten und später definitiv mussten. Zu viel Schock und Entsetzen hatte ich hier bereits empfunden. Dass Bellor all die Jahre Kinder von unseren Planeten entführte, brachte meinen Magen zum Rumoren und ich fühlte, wie er das Entsetzen in Form von Galle loswerden wollte. Dringend. Um den Brechreiz zu unterdrücken, kniff ich mir selbst in den Unterarm.

Ich erkannte in diesem Moment, dass ich Bellor nicht von diesem Krieg abhalten können würde. Eine innere Stärke breitete sich in meiner Brust aus und ich stellte mir vor, dass auch Reyna, Theos, Elektra und Leonardo hinter mir standen und mir Kraft gaben. Eine Woge des Lichts durchflutete mich und ich fühlte … Liebe.

Es wurde hell in diesem Raum und ich spürte die Verbundenheit mit den anderen planetarischen Oberhäuptern. Das Gefühl der Einheit schenkte mir eine unglaubliche Energie. Ich strahlte wie die Sonne selbst, sodass Bellor heftig die Augen zusammenkniff.

Ohne zu wissen, was hier gerade geschah, packte ich Kyra und Freya an den Armen und rannte los. Raus aus diesem schrecklichen Thronsaal, vorbei an den armen Rindern und Schweinen und zurück auf die gebrechliche schmale Metallbrücke.

Hinter uns hörten wir bereits das Fluchen Bellors und bellende Hunde, deren Blaffen immer näher kam. Das wütende Gebrüll der Romdonianer, die uns am Teleportationskanal aufgegriffen hatten, entflammte eine unbehagliche Nervosität in meiner Brust.

»Kyra, ziel auf das Schloss! Du auf das andere, Freya!«, befahl ich und zeigte auf die kleinen Verriegelungen, die die Kinder von der Freiheit trennten. Die Käfige hingen dicht an der schmalen Brücke, sodass die Kinder mit etwas Mut hinüberklettern konnten.

Kyra zielte. Eine Millisekunde später hörte ich ein erleichterndes Klacken und das Schloss sprang auf und purzelte die Schlucht hinunter. Das zweite Schloss klackte Sekunden später und wir halfen einem Kind nach dem anderen aus den Käfigen. Das Gegröle der Romdonianer wurde immer lauter und sie hatten bereits die lange Brücke erreicht, auf der wir standen.

»Schneller, kommt schon!«, brüllte ich und winkte die Kinder in Richtung Ausgang.

Unter dem großen Druck hatten wir immerhin keine Zeit, darüber nachzudenken, was passierte, wenn ein Kind ausrutschte. Wie am Lieferband halfen wir den Kleinen auf die schmale Brücke. Sie rannten sofort um ihr Leben und ich hoffte bei allen heiligen Mächten im Himmel, dass sie es schafften, von diesem grausamen Ort zu entfliehen.

Freya hob die letzten beiden Kinder aus dem einen Käfig und half Kyra, ein Mädchen, das nicht älter als drei sein konnte, sicher auf die Brücke zu hieven.

»Lauft!«, schrie ich angespannt und Freya rannte mit der Kleinen auf dem Arm ans andere Ende der Brücke.

Ich lächelte erleichtert und wurde in jenem Moment von einem der Hunde niedergerissen. Kyras flehende Schreie hörte ich immer ferner, als würde sie sich entfernen. Dafür spürte ich die wuchtigen

Tritte in meinen Bauch umso intensiver, bis mich eine starke Hand am Arm packte und hochzog. Und mir mitten ins Gesicht schlug.

Dann wurde es schwarz und Kyras Schreie verstummten.

25

EIN STECHENDER SCHMERZ durchzuckte meine Wirbelsäule. Der Geruch von Blut und Verbranntem hing in der Luft. Ich rümpfte die Nase. Verdammt, das tat weh. Mein Kopf drohte zu bersten und war irgendwie nass. Ich richtete mich auf und spürte, wie es aus meinen Schläfen tropfte. Blut, überall Blut. Mir war übel und obwohl ich noch ein Fünkchen des Lichts in mir spürte, nahm ich auch die Dunkelheit, die mich umgab, wahr.

Wo hatte man mich hingebracht? Ich wollte aufstehen, doch alles schmerzte und meine Knie knackten bei dem Versuch.

»Autsch!«, schrie ich schmerzerfüllt. Mein Klagen zerriss die düstere Stille.

»Versuch es gar nicht erst, du wirst hier ohnehin sterben«, prophezeite mir eine tiefe Stimme hinter mir.

Erschrocken drehte ich mich um.

»Du!«, keifte ich. Der große, bullige Romdonianer, der mich zu Bellor geführt und dabei maximal grob agiert hatte, stand vor mir und wirkte gänzlich unberührt von der Tatsache, dass ich am Verbluten war.

»Wir sind an der Oberfläche, was bedeutet, dass deine Lungen bald kollabieren werden. Wir hingegen sind da etwas abgehärtet«, erklärte er trocken und schnipste einen unsichtbaren Fussel von seinen dunklen Fellen.

Danke für nichts, Arschloch.

Ich ließ meinen Blick durch die Landschaft schweifen und erkannte durch meine blutverklebten Wimpern die kahle Szenerie Romdons. Abgestumpfte Bäume, unfruchtbare Erde, tote Natur. Selbst die Sonne schaffte es nicht, sich durch die dunklen Wolken und den Rauch, der aus einigen Baumstämmen trat, zu kämpfen. Dieser Ort war düster und trostlos wie seine Einwohner.

»Wo ist Bellor?«, wollte ich wissen und drückte meine Finger an die Schläfen, um die Blutung zu stoppen. Es schmerzte höllisch, sodass ich mir fest auf die Zunge biss, um nicht zu schreien.

»Der sitzt auf seinem Thron und gibt in diesem Moment den Befehl, Grecur gänzlich zu vernichten.« Der Romdonianer grinste hämisch. Wieder blitzten seine spitzen Schneidezähne dabei auf, als wäre er ein Raubtier.

Ich kommentierte es nicht, doch innerlich zerbrach in diesem Moment etwas in mir. Zu wissen, dass meine Heimat unter Beschuss stand, nun noch offensiver als beim ersten Anschlag, brachte mein Herz wild zum Pochen. Ich wollte es verhindern, doch ich konnte nicht einmal gehen, geschweige denn allein stehen. Und bald würde ich nicht einmal mehr atmen können.

Frust und Verzweiflung übermannten mich. Ich seufzte tief aus und bereute es bitter, als ein heftiger Schmerz durch meine Rippen schoss.

»Wo sind die Kinder?«, hakte ich mit zusammengebissenen Zähnen nach.

Der Mann grinste nur zufrieden und lehnte sich an die Wand, neben der er stand und ich kauerte.

Ich schloss ernüchtert die Augen. Nun würde ich hier sterben und hatte nichts erreicht. Rein gar nichts.

»Wo sind Kyra und Freya?«, wollte ich wissen und irgendwie auch nicht.

Der Romdonianer sagte nichts, hörte aber auch nicht auf zu grinsen.

O Himmel, bitte nicht! Ich konnte den Gedanken nicht ertragen, die beiden verloren zu haben. Nicht so! Nicht dermaßen erfolglos!

»Wieso unterstützt du all das Töten und die Gewalt? Hast du denn kein Herz?«, brach es aus mir heraus und mit der Frage auch die Tränen, die sich die letzten Stunden in mir angestaut hatten.

Mein ganzer Körper vibrierte vor Schmerz. Meine Fingerkuppen waren in Blut getränkt, mein Bauch krampfte und ich spürte, dass ich zahlreiche Schürf- und Tretwunden hatte. Mein ledernes Bustier sah massiv ramponiert aus und die zarte Seide, die meinen Körper bedeckte, war zerschlissen und schmutzig. Das Pochen in meiner Wade kam von einem blutigen Biss. Die Bissspur zeichnete sich lila ab. Mir kam die Galle hoch bei dem Anblick und ich übergab mich.

Der Romdonianer stand regungslos da.

Ich wischte mir das Erbrochene vom Kinn und starrte dann hoch zu ihm.

»Du brauchst nicht zu antworten, ich habe meine Antwort längst.« Meine Stimme zitterte mit unterdrückter Wut. Kalt fixierte ich ihn und spürte, wie meine Körperenergien rapide schwanden. Mein Atem ging immer schwerer, mir blieb schier die Luft weg. »Ich kann nicht atmen«, rief ich ungläubig und wollte seinen Arm fassen, doch er zog ihn weg und ließ mich auf den Boden prallen. Ein knackender Schmerz durchzuckte mich und ich vermutete, dass eine Rippe gebrochen war. Schwer atmend rang ich nach Luft und streckte meinen Arm zu dem großen Romdonianer aus. Der stand eiskalt da. Keine einzige Mikroexpression in seinem Gesicht zeugte von einem Funken Herz. Romdonianer hatten kein Herz. Sie waren Wesen des Schattens. Des Verderbens. Des Todes.

»Ich habe meinen Sohn an Grecur verloren, nun ist es nur fair, dass Grecur eine Tochter an mich verliert«, sprach er kryptisch und schniefte zornig aus. Es war alter Zorn. Tief sitzender Schmerz, der ihn plagte. Sein Kiefer war angespannt und er blähte die Nasenflügel.

Mit geballten Kräften rappelte ich mich zurück in eine Sitzposition und spürte, wie meine Knochen unter der Anstrengung ächzten.

»Wer war dein Sohn?«, keuchte ich und gierte nach Sauerstoff. Die Luft wurde immer dünner.

Der Romdonianer ging vor mir in die Hocke und durchbohrte mich mit einem ernsten Blick. »Er hieß Ryan und muss mittlerweile genauso alt sein wie du. Bellor hat ihn auf Grecur ausgesetzt, weil er nicht sprach. Er akzeptiert keine behinderten Kinder.«

Spätestens jetzt wäre mir aus ganz anderen Gründen die Luft weggeblieben. Ich hauchte ein ungläubiges *Nein*, bevor ich zusammenklappte. Meine Lungen röchelten und die Tränen, die über mein Gesicht strömten, standen für einfach alles, was ich die letzten Tage erlebt hatte.

Für den Verlust von Kyra und Freya.

Für den Tod der entführten Kinder.

Dafür, dass Bellor nicht nur Kinder entführte, sondern auch aussetzte.

Dafür, dass der Mann neben mir seinem Oberhaupt trotz der Gräueltaten noch immer treu ergeben war.

Vor allem jedoch für die Erkenntnis, dass mich Ryans Vater einfach so sterben ließ, ohne zu wissen, dass ich beinahe seine Schwiegertochter geworden wäre.

26

EIN SELTSAMES ZIEPEN ließ mich wach werden. Alles um mich herum war blitzhell und ich wagte es nicht, die Augen zu öffnen.

War ich noch auf Romdon oder bereits tot? Traf ich nun Kyra und Freya und Ryan? Doch Leonardo war auf der anderen Seite und ich hatte mich nicht verabschiedet!

Mein wirres Hirn spulte Sehnsüchte und Ängste zeitgleich ab und ließ mein Herz rasseln und hämmern, als protestierte es wild. Der Duft von Salz und Sand ließ mich an Jupiter denken und an *ihn*. An seine blauen, sanften Augen, die seine kantigen Gesichtszüge harmonisch milderten. An sein dunkles Haar und die silbrigen Strähnen, die auf sein Fischhybrid-Gen verwiesen. Das harte Sixpack, das er so gern zur Schau stellte.

»Alyra?«, hörte ich seine Stimme und murmelte lautlos in meinem Wahn: »Leonardo, du bist es wirklich. Oder?«

Mein Gehirn hämmerte wild an meine Schädeldecke. Konnte man Schmerz fühlen, wenn man tot war? Mein Körper war weich wie Butter und dieses Klopfen in meiner Brust. Es schmerzte höllisch.

»Alyra!«, rief der jupiterianische Prinz mit rauchiger Stimme. Ich konnte das Gefühl nicht richtig einordnen, doch die Mischung aus wattiger Wonne und dumpfem Schmerz war perfekt, solange ich Leonardos Stimme vernahm.

Ein Rütteln ließ mich zusammenzucken. Himmel, das war die Hölle! Die Schultern krampften sich zusammen und mein Hals war rau und kratzig. Eine angenehme Wärme breitete sich auf meinem Gesicht aus. Eine atmende Wärme. Und etwas Weiches, das meine Lippen berührte. Voller Hingabe.

»Leonardo?«, wollte ich fragen, doch alles, was mein Hals hergab, war ein heiseres Krächzen.

Schützende Hände umschlangen mein Gesicht und hielten es hoch. Die Bewegung riss mir schier den Kopf ab. Nein, ich war nicht tot.

Mein Körper übernahm die Kontrolle zurück und versuchte sich an einem schwachen Blinzeln. Verdammt nochmal. Wieso klebten meine Wimpern?

Sekunden später tupfte mich ein warmes Tuch ab und löste die Verklebungen in meinem Gesicht. Erneut versuchte ich, meine Lebendigkeit visuell bestätigen zu lassen. Und blickte mit zusammengekniffenen Augen in die bildhübschen Gesichtszüge Leonardos. Pure Freude überkam mich, sodass mein Herz wild ausschlug, als wollte es Alarm schlagen.

Himmel, danke, ich lebte!

»Alyra! Bin ich froh, dass du lebst!«, hauchte Leonardo zart und umarmte mich heftig. Zu heftig.

»Autsch, das tut höllisch weh!«, ächzte ich und biss die Zähne zusammen.

»Du bist auch gerade da raus gekommen«, erwiderte er bitter.

»Wo bin ich?« Meine Augen hatten noch immer Mühe, die Umgebung zu sichten. Die Helligkeit blendete mich. Waren wir auf Sirius?

»Auf Jupiter. In deinem Gastgemach.« Seine Finger streichelten zart meinen Handrücken. Selbst das tat unglaublich weh.

»Wieso bin ich –«

»Nicht tot?«, vervollständigte er die Frage.

Ich hätte sterben müssen. Neben Ryans Vater. Mir blieb die Luft weg. Auf einem verbrannten und hoffnungslos düsteren Planeten, dessen Bewohner kein Quäntchen Mitgefühl empfinden konnten. Auch nicht für Kinder. Mein Magen ballte sich bei dem Gedanken an die in Käfige gepferchten Kinder zusammen. Ich unterdrückte ein schmerzerfülltes Stöhnen. Ich war noch nicht bereit, diese Geschichte zu erzählen. Ein Teil von mir hoffte noch immer, dass ich all das, was auf Romdon geschehen war, nur geträumt hatte.

Leonardo rückte ein Stück näher an mich heran, sodass sich unsere Oberschenkel leicht berührten. »Ich hatte dieselbe Idee wie du. Na ja, fast. Ich wollte Bellors nicht vorhandenes Herz nicht für Liebe empfänglich machen. Dass das unmöglich war, wusste ich vorher.«

»Danke aber auch.« Ich blickte ihn herausfordernd an, doch er lächelte nur schwach, ehe er auf den Boden blickte.

»Aber ich wollte Bellor einen Deal vorschlagen und war deshalb auf Romdon.«

»Welchen Deal?«, hakte ich nach und schüttelte das aufkommende Unbehagen ab, das mir die Wirbelsäule hochkroch.

Leonardo schluckte. »Der Plan war, ihm eine Allianz anzubieten, um Grecur zu retten.«

Ich schnappte heftig nach Luft. »Sag mal, spinnst du?! Mit dem Teufel schließt man keinen Pakt! Du hättest alle anderen Planeten verraten müssen. Für einen!«

»Für deinen!«, keifte er und schnaubte erregt auf.

Ich schwieg und merkte, dass mein Vorhaben nicht geistreicher gewesen war. Bei näherer Betrachtung kam es mir rückblickend gesehen sogar lächerlich vor, dem verhasstesten Wesen des Universums Liebe eintrichtern zu wollen.

»Hat es funktioniert?«, wollte ich wissen und blickte ihn dabei ernst an. Das Blau seiner Augen funkelte wie Saphire, sodass der Strand mit den hohen Palmen, die sich hinter ihm erstreckten, wie das Paradies wirkte. Meine Stimme wurde mit jedem Wort stärker und obwohl ich mich noch immer wie zusammengeflickt fühlte, wich auch der Schmerz einem dankbaren Gefühl, noch am Leben zu sein.

»Nein. Denn als ich das Raumschiff vor einem der Tunneleingänge parken wollte, fand ich dich halbtot.« Sorge durchzuckte seinen Blick und er wandte sich ab. Still fixierte er einen Punkt in der Ferne und starrte ins Leere. »Ich dachte, du würdest es nicht schaffen.« Er biss sich auf die Lippe und seufzte schwer. »Das hätte ich mir nie verziehen.«

Eine stille Träne kullerte mir über die geschwollenen Wangen. O Himmel, er hätte das für mich getan. Ich bedeutete ihm wirklich etwas. Etwas, das tiefer ging als die Flirts, für die er bekannt war.

Obwohl mein Herz innerlich hüpfte, spürte ich auch Verzweiflung. Mir tat alles weh. Einfach alles.

Leonardos gepflegte Hände umfassten sanft meine Wangen. Er strich mir die Zeugen der Gefühle liebevoll mit seinen Daumen weg.

»Nicht weinen. Du hast alles versucht und wärst dabei fast gestorben. Doch du lebst. Nun können wir nur noch hoffen«, meinte er und küsste mich sanft auf die Stirn. Ich saugte seine Hingabe auf wie ein Schwamm.

»Bist du noch böse?«, fragte ich vorsichtig. Zwischen uns gab es noch viel Unausgesprochenes und das wollte ich klären.

Doch der jupiterianische Prinz neigte den Kopf und lächelte mich beschwichtigend an. »Ich war nie böse.«

»Wieso bist du dann abgehauen und hast mich allein auf Grecur zurückgelassen?«, warf ich empört und zugegeben theatralisch in die Luft und blaffte ein fassungsloses »Och« nach.

Er lachte, sodass sein auf seltsame Weise stehendes Haar leicht wippte. Die silbrigen Strähnen schimmerten in der Sonne und erinnerten mich an die beruhigenden Wogen des Meeres.

Dieser Mann war wirklich schön.

»Ich war eifersüchtig. Das sind Jupiterianer eben. Wir sind

schlecht im Gefühle zeigen und hegen. Wenn wir es tun, haben wir irre Angst davor, zurückgewiesen zu werden.«

Das wusste er? Hm, so viel Selbstreflexionsvermögen hätte ich ihm gar nicht zugetraut. Mit einem Achselzucken warf ich eine Rechtfertigung in den Raum und kam mir dabei ziemlich dumm vor. »Ich habe dich nicht zurückgewiesen!«

Hatte ich wirklich nicht. Vielleicht ein bisschen, indem ich bitterlichst um Ryan weinte, als würde ich ihn noch immer lieben.

Leonardos Kopf neigte sich noch ein Stückchen mehr. Seine hochgezogene Augenbraue zeigte mir, was er von meiner Aussage hielt.

»Leonardo, er lag im Sterben!«

»Das ist mir egal!«, rief er unkontrolliert und sprang auf.

Erschrocken wich ich etwas zurück.

»Entschuldige bitte, das wollte ich nicht. Ich kann mein Temperament nicht immer zügeln«, meinte er schwach und starrte erneut zu Boden.

Was war an diesem Fußboden so interessant?

Ich wollte etwas erwidern, doch da schob er nach: »Vor allem nicht bei dir.«

Mein Herz sprang wild in meiner Brust herum. Ich freute mich jedes Mal, wenn Leonardo Dinge wie diese zugab. Es gab mir Kraft. Und ich fühlte mich nun stark. So stark, dass ich mich auch erhob.

Wie eine Königin reckte ich den Hals und hob das Kinn. Ich spitzte meine Lippen und paarte diesen Gesichtsausdruck mit einem siegreichen Schmunzeln. Langsam stolzierte ich auf Leonardo zu. Der blinzelte irritiert und atmete heftig, als wäre er nervös.

»Weißt du was, Leonardo?«

Er antwortete mit einem vorsichtigen »Hm« und fixierte mich weiterhin, als wäre ich ein unberechenbares Gefahrenobjekt. Was ich für ihn war, wie er mir gerade geschildert hatte.

»Ich habe durch unsere Mission gelernt, alles loszulassen und einfach mal zu SEIN. Meiner Seele Freude zu bereiten, indem ich

Dinge tue, die ich gern tue. Vielleicht solltest du auch alles loslassen.«

»Was meinst du genau?«, hakte er nach. Eine kleine Grübelfalte bildete sich auf seiner Stirn.

Ich lächelte. »Ich meine damit, dass es ratsam wäre für uns«, erklärte ich eindringlich und ließ meinen Zeigefinger zwischen uns pendeln, »wenn du gar nicht erst versuchst, die Kontrolle zu wahren. Loslassen, was nicht sein soll. Vielleicht soll es einfach nicht sein, dass du dein Temperament bei mir zügeln kannst?«

Ich schaute ihn bedeutungsschwanger an. Unsere Blicke verhakten sich ineinander. Und plötzlich veränderte sich etwas in seinem Ausdruck, als hätte er eine Erkenntnis.

Wilden Schrittes kam er auf mich zu und packte mein Gesicht in seine wundervollen Hände. Entschlossen. Temperamentvoll. Gierig. Und dennoch behutsam wegen meiner Verletzungen. Jap, die Message war angekommen.

Er schloss die Augen und legte voller Hingabe seine Lippen auf die meinen. Mit seiner Zunge teilte er meinen Mund und stahl sich seinen Weg hinein. Er liebkoste meine Zunge mit seiner und lächelte dabei verschmitzt. Ich legte mein linkes Bein um seine Hüfte und zog ihn näher an mich heran. Er stöhnte auf und gemeinsam torkelten wir nach hinten und ließen uns ins Bett sinken, welches die Form einer Muschel hatte.

Während ich meine Hände in sein voluminöses Haar grub und seine silbern gesträhnten Haare wie Seide durch meine Finger flossen, spürte ich die sich aufbäumende Härte in seiner Hose.

Ich streifte ihm die ohnehin locker sitzende Leinenhose ab und gab seinem guten Stück einen Kuss. Er stöhnte noch heftiger und dann verabschiedete sich sein letztes Quäntchen Beherrschung.

Er zog mich sanft zu sich und küsste mich wild und voller Temperament. Hastig öffnete er mein Bustier und legte meine Brüste frei, um dann an ihnen zu saugen. Ich lehnte mich nach hinten und stöhnte laut. Und hoffte, dass uns niemand hörte. Die Schmerzen meines Beinahetods verschwammen mit der Erregung, die durch meinen Körper strömte.

Leonardo drückte seinen muskulösen Oberkörper voller Mitgefühl an meine femininen Rundungen und dann überkam mich eine Welle an Lust, als ich ihn endlich in mir spürte.

Himmel, wie oft hatte ich mir diesen Moment seit unserem letzten Mal vorgestellt! Doch es war besser als in meinen Erinnerungen. Denn es war echt.

Seine salzigen Lippen verführten weiter meine Sinne, während sich sein Glied langsam und voller Liebe in mich hinein und leicht raus schob.

Die Erregung durchzuckte meine Muskeln und nun war ich die, die die Kontrolle verlor. Und kam. Mit einer heftigen Vibration durchfuhr mich die pure Energie der Lust und Ekstase. Einen solchen Orgasmus hatte ich in meinem Leben noch nicht gehabt! Himmel, war das gut! Dabei dachte ich, unser letzter Sex wäre unschlagbar gewesen.

Während mein Orgasmus langsam abflaute, stieg das Gefühl der puren, bedingungslosen Liebe zu Leonardo und zu mir selbst. Keine Rollen und Masken mehr. Pures ich. Pures er. Wie wir waren, so war es perfekt. Ich wollte nichts ändern. Vielleicht war das der Schlüssel zu bedingungslos?

Ich schenkte ihm ein dankbares Lächeln und als hätte ihm das gefehlt, spannte er seinen Körper an und presste die Lippen erleichtert aufeinander. Ein erneuter Schub purer Lust trieb meine Energien zusammen und aktivierte alle Lebensgeister in mir. Als würde ich in eine Steckdose greifen.

Seine Anspannung fiel ab und mein Körper legte sich nun schwer auf seinen.

»Danke«, hauchte ich ihm ins Ohr und drückte ihm einen Kuss auf die Wange. Ich wollte mich neben ihn legen, doch er zog mich sofort zu sich runter und legte seine schützenden Arme um mich.

»Nicht gehen, kuscheln!«, rief er und lächelte mit einem Blinzeln.

»Du bist ein Kuschler? So hätte ich dich gar nicht eingeschätzt«, scherzte ich und drückte meine Oberschenkel fester an seine Hüften.

»Bei dir schon«, witzelte er und lachte laut. Und wir lachten beide aus tiefster befreiter Seele.

Hach, Sex war schön.

Doch noch schöner war Sex auf Jupiter.

Und am allerschönsten war Sex mit Leonardo.

Fünf Stunden später wachte ich in Leonardos warmen Armen auf. Erst jetzt machten sich die Schmerzen noch einmal richtig bemerkbar. Ich erhob mich ächzend und versuchte, auf den weichen Laken zu sitzen, doch jede Faser meines Seins schrie schmerzerfüllt Stopp. Die ersten Verkrustungen blieben an der seidigen Bettwäsche hängen, während einige Wunden aufgerissen wurden und Blutflecken im Bett hinterließen. Mir kam die Galle hoch bei dem Anblick. Die tropische Hitze stieg mir plötzlich zu Kopf und brachte alle Wunden zum Jucken. Ich biss mir auf die Lippe, um selbstdiszipliniert zu bleiben und nicht sofort drauf los zu kratzen.

Leonardos Lider blinzelten und sahen mich Sekunden später erschrocken an. Meine Mimik musste mich wohl verraten haben.

»Ist alles okay?«, fragte er besorgt.

»Leider nein. Meine Verletzungen jucken und mein Körper fühlt sich an wie eine knarzende Scharniertür.«

An seinem Gesichtsausdruck konnte ich erkennen, dass er keine Ahnung hatte, was eine Scharniertür war. Hier wurde alles mit Korallen und Kokosnussholz gebaut. Oder in Korallentempeln unter dem Meer gelebt.

»Dann lass uns baden gehen«, schlug er vor. Oh ja, für ein Bad im Meer war ich immer zu haben, und obwohl sich mein Pflichtbewusstsein lautstark meldete, wusste ich, dass ich ohne diese kühlende Wirkung des Meeres und die Beruhigung meiner Wunden gar nichts zu Wege brachte.

Es dauerte keine Minute, da trug mich Leonardo bereits sanft umschlungen an den Strand.

»Wie fühlst du dich, Leonardo?« Meine Stimme klang unsicherer als gewollt, weswegen der jupiterianische Prinz abrupt stehen blieb und mir tief in die Augen blickte.

»Verbunden, Alyra. Als hätte ich eine Maske abgelegt und sie vernichtet. Ich fühle mich frei und fließend. Ohne Hemmungen. Als könnte ich alles zeigen, was ich fühle.«

Mein Herz hüpfte schon wieder wie ein Kleinkind auf Zucker. »Du *kannst* mir alles zeigen, was du fühlst.«

»Das weiß ich. Und das tue ich.« Er grinste. »Und wie fühlst du dich?«

Das freche Grinsen hatte ich vermisst. Zufrieden blinzelte ich ihn an. »Genauso. Und erwachsen, aber ohne die hinderlichen Denkweisen und beschränkten Glaubensmuster. Als wäre ich neu geboren.«

So fühlte ich mich wirklich. Das Vertrauen, das ich Leonardo gegenüber verspürte, kannte ich in dieser tiefen und unerschütterlichen Form nicht. Was für mich bedeutete, dass Leonardo mein Seelenpartner war. In jenem Moment, indem ich an eine mögliche Seelenpartnerschaft dachte, blitzte etwas in Leonardos blauen Iriden auf, als wollte es mir zustimmen.

Nun grinste auch ich und schob meine Finger in seine filigrane Hand. »Ich liebe dich, Leonardo.«

Wow. Es war raus. O Himmel, was nun?

»Ich dich auch, Alyra. Über alles. Sogar über mich selbst und das gesamte Universum.«

Eine Woge an Entzücken und Erleichterung durchflutete mich, doch das hier war besser als ein Orgasmus. Sogar besser als ein Orgasmus mit Leonardo.

Was hier gerade passierte, war tiefe Verbundenheit, Vertrauen und: bedingungslose Liebe.

27

»MIR KAM DA gerade noch ein altes Versprechen in den Sinn!« Leonardo spritzte mir mit Enthusiasmus Wasser ins Gesicht.

»Das da wäre?«

»Weißt du es denn nicht mehr?« Er grinste und wartete wie ein Kleinkind vor Weihnachten auf meine Reaktion. Die ganz offensichtlich angetan ausfallen musste, damit er keine enttäuschte Schnute zog.

Leonardos Fischflosse pendelte langsam im Wasser. Sie ließ ihn trotz des erwartungsträchtigen Grinsens elegant und anmutig wirken, während ich wie ein Hund strampelte, um meinen Kopf über Wasser zu halten. Doch das Meerwasser tat mir gut. Mein Körper sog die regelmäßige Frequenz auf, als könnte er so schneller heilen. Ich für meinen Teil glaubte tatsächlich daran und lächelte zufrieden. Mit jeder Minute wurden die Schmerzen weniger und was der Energiekick des Orgasmus begann, vollendeten nun die heilsamen Bewegungen der See.

Das Meer Jupiters besaß eine Klarheit, dass ich sogar hier

draußen, weit weg vom Ufer und schon zehn Meter tief, die dunklen Seesterne und perlmuttfarbenen Muscheln erkennen konnte. Und das, obwohl Romdon auch diesen schönen Planeten angegriffen hatte. Allerdings waren die Küsten Jupiters verschont geblieben. Bellor hatte die größte Industrieschmiede des Planeten bombardiert, doch zum Glück war der Großteil der Korallen, die dort verarbeitet wurden, gerade in ihrer Wachstumsphase, und die fand unter Wasser statt. So hatte man es mir immerhin erzählt.

Es war so viel passiert. So viel Schreckliches und so viel Schönes. So viel Liebe und so viele Verluste.

Gedankenverloren blickte ich tiefer in das weite Nass. Einige Fische wedelten friedlich durch die bunten und farbenprächtigen Korallen, die in einem kräftigen Rot, Blau und Violett erstrahlten. Auch schwarze große Krebse tummelten sich am feinsandigen Boden und klapperten mit ihren Scheren. Ich mochte zwar Krebse nicht und hatte auf Grecur schon stets Angst gehabt, versehentlich auf welche zu treten, doch diese kolossalen Schalentiere hielten ja immerhin einen ausreichenden Sicherheitsabstand zu mir.

Leonardo beobachtete mich, als ich mein Gesicht bei dem Gedanken verzog, und tauchte ab. Seine Fischflosse klatschte auf die Wasseroberfläche, nur um ihm dann wie ein Turbo im Wasser zu dienen. Er tauchte binnen Sekunden wieder auf und ... hatte dieses Krabbending in der Hand!

»Ah, mach das weg, Hilfe!«, fluchte ich und spritzte panisch Wasser in sein Gesicht. Was ihn wenig berührte als Fischhybrid.

Sein Brustkorb hob sich, als er amüsiert lachte. »Wir wollten doch unser Dinner Date nachholen«, scherzte er und hob die Krabbe zu meinem Gesicht.

»Himmel, lass das arme Ding frei!«, blaffte ich weiter und riss panisch und flehend zugleich die Augen auf.

Dass er seinen Oberkörper nach unten tauchte, beruhigte mich immens. Das darauffolgende Aufklatschen seiner Flosse auf die Meeresoberfläche noch mehr. Gut, er brachte das Ding zurück.

Mein Strampeln wurde ruhiger und ausgeglichener, dennoch spürte ich, dass ich erschöpft war.

Leonardos dunkles Haupt ragte direkt vor mir aus dem Wasser und lugte mich noch mit den Lippen unter der Meeresoberfläche an. Ich drückte seinen Kopf zurück ins Wasser.

»Du Dummkopf!«, schimpfte ich mit einem Schmunzeln. Er tauchte auf.

»Ich glaube, du vergisst, dass es lediglich meine Güte ist, die dich gerade siegen lässt.«

Stimmt. Im Wasser hatte ich gegen einen Halbfisch keine Chance.

»Komm, wir gehen raus und du bekommst dein Dinner Date.« Ich zwinkerte, damit er sich das mit der Güte nicht doch noch anders überlegte. Außerdem hatte ich auch wirklich Hunger. Er hob mich auf seine Arme, um mich dann wie ein Schild durch die Wellen zu heben. Das machte richtig Spaß! Wie surfen, nur auf jupiterianische Art.

Zurück auf festem Terrain, trocknete ich mich ab, während Leonardo sich in seine menschliche Gestalt verwandelte.

»Eine Sache gäbe es da noch.« Ich grinste mildernd und erntete dafür einen skeptischen Blick. »Können wir unser Dinner Date auf der Venus abhalten? Ich hätte da eine letzte Idee. Und wenn wir Glück haben, hat der von Bellor befohlene Anschlag auf die Venus noch nicht begonnen.«

Leonardo nickte zögernd und verschränkte die Arme vor der Brust. »Wieso sollte Bellor nun doch den Planeten, auf welchem sein Sohn verweilt, angreifen?«

Ich seufzte schwer, bevor ich antwortete: »Um zu veranschaulichen, dass er *wirklich* kein Herz hat.«

Ich pustete die angestaute negative Energie aus, die durch den Gedanken an Romdon und seinen Anführer in mir aufkeimte. Das Gefühl ließ sich beim Anblick von Leonardos glattem, blau schimmerndem Körper zum Glück abschütteln.

»Gut, dann eben Aprikosen und Rosentee auf der Venus.« Leonardo grinste. »Hauptsache mit dir. Wo, das ist mir egal.«

Wie romantisch konnte man überhaupt sein? Ich schenkte ihm ein Lächeln, während mein Herz dahinschmolz wie in einer dieser Liebesgeschichten, die ich mein Leben lang als kitschig empfunden hatte.

»Dann bräuchte ich nun kurz euren intergalaktischen Nachrichtencomputer.« Den besaß jeder Planet, genauso wie Teleportationskanäle. Doch beides wurde nur selten verwendet. Aus bekannten Gründen.

Leonardo zog eine Braue hoch und nickte zögernd. »Ich glaub, ich will gar nicht wissen, was du vorhast.«

»Willst du nicht«, bestätigte ich und zog ihn über den heißen Sand zurück in den jupiterianischen Landpalast aus Korallen und Kokosholz, der bis auf eine durch die Erschütterung eingestürzte Korallensäule vom Bombenangriff unbeschädigt geblieben war.

Ein seltsames Gefühl kroch mir die Wirbelsäule hoch, als ich mich in den Cockpitsessel des plejadischen Raumschiffs fallen ließ. Meine Finger krampften sich um den Schaltknopf, der das Gefährt aktivierte. Wieso sträubte sich mein Körper dermaßen dagegen, diesen Ort wieder zu verlassen?

»Bereit, ins Licht zu reisen?«, erkundigte sich Leonardo.

»Ja«, antwortete ich und schenkte ihm ein schmales Lächeln. Besser konnte ich mein Unbehagen gerade nicht verbergen.

Er nickte und legte seinen Zeigefinger auf den grünen Startknopf.

Ich betrachtete die tropische Landschaft Jupiters durch das riesige Panoramasichtfenster vor uns. Ein sanfter Wind trieb die Wellen, sodass sie etwas wilder als sonst gegen die Küstenabschnitte peitschten. Die Palmen zeugten von göttlicher Fruchtbarkeit, sie waren prall bestückt mit Kokosnüssen in verschiedenen Größen.

Ich erblickte Elea am Strand, die uns eifrig und ein bisschen protestierend zuwinkte. Hatte Leonardo ihr nicht gesagt, dass ich hier war?

Dann wurde es blendend hell und ich wusste, dass es nun zu spät für eine Begrüßung war.

Obwohl ich stets die Augen bei Reisen im plejadischen Raumschiff geschlossen hielt, wusste ich, dass wir unser Ziel erreicht hatten. Die Schwerkraft des Raumschiffs veränderte sich beim Eintritt in eine andere Atmosphäre und ich fühlte das mit jeder Reise intensiver.

Ein Gefühl der Leichtigkeit breitete sich in meinem Magen aus und ich wusste, dass wir auf dem Planeten der Liebe angekommen waren. Nun war es an mir, diese Liebe auf die Stufe der bedingungslosen Liebe zu heben.

Venus zeigte sich unberührt und blühend wie damals. Mir fiel ein enormer Stein vom Herzen, als ich diese Planetin in ihrer vollkommenen Pracht sah – ohne die Kometenbomber Romdons. Das bedeutete allerdings auch, dass wir erneut einen Wettlauf gegen die Zeit antraten.

Leonardo parkte das Raumschiff dieses Mal direkt vor dem blühenden und efeuumrankten Blumen-Palast. Spaziergänge durch die duftenden Wiesen und Blumenfelder der Venus standen dieses Mal nicht auf unserem Touri-Programm. Leider.

Ich konnte Irinas feurige Mähne bereits aus fünfzig Meter Entfernung ausmachen. Sie winkte sanft und zurückhaltend. Ihr Kleid passte farblich perfekt zu den Wildrosen, neben denen sie stand. Ein feiner Windhauch zerrte an ihrem Haar, sodass es sinnlich ihre blassen Schultern umspielte.

Ich umarmte sie herzlich und sie drückte mich fest.

»Danke, Alyra, dass du dich so einsetzt. Es sind Vertreter aller Planeten da. Außer von Romdon«, bekundete sie und schenkte mir ein seufzendes Lächeln. Ihre grünen Iriden blitzten im warmen Licht der Sonne.

»Zumindest sind alle anderen hier.« Ich lächelte aufmunternd und sie seufzte.

»Ja, noch. Wenn wir länger hier rumstehen, könnten Köpfe rollen. Das Ende der Kommunikation ist der Anfang aller Gewalttätigkeit, das weißt du ja mittlerweile am besten.«

Leonardo griff sich an die Nasenwurzel und hakte sich bei mir unter. Für jemanden, dessen Lebensinhalt aus Cocktails und Vergnügungen bestand, musste diese Streitorgie besonders anstrengend sein. »Na dann komm. Wir dürfen heute Streitschlichter *und* Liebesbringer spielen. *Und* Friedensboten«, stapelte er verbal unsere To-Dos.

»Ich denke, es ist an der Zeit, unsere Gehälter neu zu verhandeln«, scherzte ich und streckte ihm die Zunge entgegen, die er einen Tick zu lustvoll anguckte. »Konzentrier dich. Wenn wir das Universum retten, können wir das, was du gerade denkst, den ganzen Tag machen.«

Seine Iriden funkelten leidenschaftlich und entluden das ganze feurige Temperament, das in ihm loderte, auf mich. Eine erregte Gänsehaut breitete sich auf meinem gesamten Körper aus, sodass ich nach Luft schnappte. Ich wandte den Blick ab und räusperte mich, um mich nicht komplett in seiner Anziehungskraft zu verlieren.

Irina schmunzelte wissend. »Ihr seid vermutlich das erste Pärchen des Universums, das es geschafft hat.«

Pärchen? Was konkret geschafft?

Bevor ich unsere Beziehung erklären konnte, schwang Irina die Rosenholztür zum großen Saal auf. Alle planetarischen Oberhäupter verstummten plötzlich, doch den Gesichtsausdrücken zufolge gab es hier mächtig Streit.

Ich setzte mein Diplomatenlächeln auf und richtete meinen Körper gerade. Obwohl mein Haar noch halbfeucht vom Meer, meine Wange geschwollen und mein Körper zerkratzt und zerfleischt war, glaubte ich, den Umständen entsprechend ganz passabel auszusehen. Den Blick in den Spiegel wagte ich allerdings nicht, um nicht den Mut zu verlieren, sollte es anders als gedacht sein. Und das war es ganz bestimmt mit den blauen Flecken. Wenigstens juckten dank des Meerwassers die Wunden nicht mehr so doll. »Ich danke euch fürs Kommen.«

Sechs ernste und erboste Gesichter stierten mich an. Na toll. Ich hatte gedacht, die Frequenz des Harmonieplaneten würde die Sache einfacher machen.

Wie immer begrüßte ich noch jedes planetarische Oberhaupt einzeln, um allen die gebührende Wertschätzung entgegenzubringen und ein gutes Verhältnis für Gespräche und Verhandlungen zu schaffen. Doch Orun und Torus schienen wenig angetan von dem Treffen hier. Sie nickten lediglich knapp, als ich sie begrüßte. Von Orun kannte ich die Art, doch Torus kannte ich nur als trinkfreudigen Lebemann.

Irritiert richtete ich mich zu Reyna. Die blonde Lichtgestalt lächelte mich aufbauend an. Am liebsten hätte ich ihr gesagt, wie sehr mich ihr zustimmender Gesichtsausdruck bestärkte und wie erleichtert ich war, dass sie den Angriff auf Sirius überlebt hatte. Stattdessen schloss ich kurz die Augen und faltete die Hände vor der Brust.

Theos wirkte ziemlich niedergeschlagen, hatte er etwa geweint? Seine geschwollenen und roten Augen verrieten, dass ihn etwas plagte. Dennoch bedankte er sich bei mir und ich sah, wie viel er mir sagen und wie sehr er mich umarmen wollte. Doch in diesem Kontext ging das nicht. Das war Politik. Wir wollten Ergebnisse.

Ich schenkte meinem Vater einen beschwichtigenden Blick und er atmete erleichtert auf, ehe er zu Irina blickte, die sofort ihren Kopf wegdrehte. Oh, ich kapierte schön langsam.

Ein bitterer Geschmack breitete sich in meinem Mund aus, als ich feststellte, dass die Letzte, die es zu begrüßen galt, nicht Kyra war, sondern eine junge Frau mit dunklem Haar, das ihr in glatten Strähnen bis knapp unter den Kiefer hing. Mein Magen krampfte sich zusammen und all der Schmerz, den ich auf Romdon erlitten hatte, kam in geballter Masse zurück. Ich schnappte nach Luft und griff mir mit schmerzverzerrtem Gesicht an den Bauch.

Kyras und Freyas Tod hatte ich gänzlich verdrängt. Und den Tod der Kinder!

Wut kochte in mir hoch, doch ich wusste, dass diese Energien für mein Vorhaben gänzlich destruktiv waren. Ich zwang mich, aufrecht zu stehen, und tat so, als hätte ich mich verschluckt, um keine Zweifel zu säen. Ich drückte mir ein schmales Lächeln auf die Lippen und hatte Mühe, dabei nicht gänzlich gestört auszusehen.

»Und du bist?«, fragte ich die Anedarierin in ihrer Sprache.

»Kessa«, antwortete sie. Ihre Augen waren genauso geschwollen wie die meines Vaters. Anedar musste in tiefer Trauer um Kyra und Freya stecken. Ich fühlte mit ihnen, ließ die Trauer jedoch nicht gänzlich zu. Ansonsten hätte ich stundenlang nicht mehr damit aufgehört.

»Ich heiße auch dich auf dem Planeten der Harmonie und Liebe willkommen, liebe Kessa«, begrüßte ich Kyras Nachfolgerin.

Sie nickte mit einem schwachen Lächeln. Man spürte, dass sie diese Aufgabe gar nie gewollt hatte. Wäre Freya nicht mit Kyra gestorben, wäre *sie* Kyras Nachfolgerin geworden, da war ich mir sicher.

Ich wandte mich der gesamten Runde zu und räusperte mich erneut, um von allen die volle Aufmerksamkeit zu erhalten. »Ich habe dieses Meeting einberufen, um über die aktuelle Situation in diesem Universum zu sprechen. Wie schon im Memo erwähnt, befinden wir uns für die Dauer dieser Versammlung in einem Waffenstillstand. Zumindest untereinander. Was Bellor seinen Romdonianern befiehlt, kann leider niemand hier beeinflussen.«

Eine unbehagliche Stimmung breitete sich im Saal aus. Bis auf die Venus hatten alle bereits Kriegsschäden und Personenverluste erleiden müssen.

»Ihr wisst tief in eurem Herzen, dass wir zwar misstrauisch gegenüber dem jeweils anderen sind, doch keine Mordlust verspüren. Ein friedliches Existieren in gegenseitiger Abschottung hat uns bislang gereicht. Doch ihr seht, dass der Samen dieses Krieges diesem Gedanken der Abschottung und Abgrenzung erst entsprungen ist. Das darf – muss – sich ändern.« Ich klopfte wirkungsstark auf das Pult vor mir.

Alle nickten zögernd, nur Orun mimte eine Statue. Zugegebenermaßen hatten die Plejader auch die beste Rüstungsindustrie, defensiv sowie auch offensiv. Für Orun hätte der Krieg sogar einen Wirtschaftsboom auslösen können. Obwohl er das Ganze stoisch über sich ergehen ließ, sah ich, wie seine Augen dankbar blitzten, als sich unsere Blicke kurz kreuzten. Nein, auch die Plejader bevorzugten Frieden. Sie mochten vielleicht gut gerüstet sein, doch ein Krieg bedeutete *immer* Verluste für *alle* Seiten, das wusste auch Orun.

»Ihr wisst, dass ich die letzte Woche damit verbracht habe, den Ring reparieren zu lassen, der den einsten Friedensvertrag besiegelte und mir meine Gabe verlieh. Doch wir scheiterten auf allen Planeten.« Ich ließ einen bedeutungsschwangeren Blick durch die Runde schweifen. »Bis ich auf der Venus die Erkenntnis hatte: Der Ring hatte nichts mit meiner Gabe zu tun.«

Im Saal war es absolut still, während ich für alle Planeten das Gesprochene in deren Sprache übersetzte. Spannung erfüllte den Saal und ich nutzte den Moment, um die Bombe platzen zu lassen.

»Ob wir miteinander kommunizieren können oder nicht, liegt allein an unserer Einstellung zueinander.«

Ein verwirrtes Grummeln durchzog den Saal, ehe ich weiter ausführte: »Das soll heißen: Wenn wir lernen, uns gegenseitig bedingungslos zu lieben, können wir einander verstehen.«

Ich erkannte an den zweifelnden Gesichtern, dass die Anwesenden von Verständnis noch weit entfernt waren. Uff.

»Wichtig ist es, dass wir das bedingungslos tun. UND BEDINGUNGSLOS LIEBEN LERNEN. Also ohne Bedingungen.« Ich übersetzte hastig, damit ich nicht den Faden verlor, und kam mir dabei ein bisschen wie eine Kindergartentante vor, die Offensichtliches erklärte. »Wir alle dürfen also unsere Herzen nicht nur für das eigene Volk, sondern auch für alle anderen Völker öffnen. In der Einheit liegt die Kraft!«

Leonardo fing an zu klatschen, nachdem ich meine Ansprache beendete und Theos sowie Reyna stimmten sofort mit ein. Irina und Kessa schlossen sich nach ein paar Sekunden an. Nur Orun und Torus blinzelten noch verwirrt. Tja, den beiden durften wir zuallererst das Ego wegschälen.

»Wie sollen wir das hinkriegen? Wenn wir es jahrtausendelang nicht geschafft haben, wieso jetzt?«, fragte Orun patzig und setzte dabei eine grimmige Miene auf. Dafür, dass er uns ein Raumschiff geschenkt hatte, verhielt er sich ziemlich anti.

»Erkenntnis ist der erste Weg zur Besserung«, sprach nun Reyna und ich übersetzte mit einem Schmunzeln auf den Lippen. Die Frauen waren alle auf meiner Seite. Und mein Vater. Galt es nur noch, die übrigen Männer zu überzeugen. War das geschafft und der Wille für Veränderung da, kam der schwierigste Teil.

»Ich erkenne, dass euer Vorhaben purem Fantasmus entspringt! Wieso sollten wir die anderen Planeten lieben? Was springt da für mich raus?«, blaffte Orun und verschränkte die Arme vor der Brust. Sein Blick durchbohrte mich eindringlich. Er wollte mich verunsichern.

Ich hob das Kinn und spitzte die Lippen, ehe ich antwortete, um ihm klar zu zeigen, dass ich mich von ihm nicht einschüchtern lassen würde. »Genau darum geht es, Orun. Um *bedingungslose* Liebe. Ohne Bedingungen. Da springt gar nichts für dich raus, außer die Chance auf ein höheres Bewusstsein und das Loslösen von deinem Ego.«

Wow. Früher hätte ich das nie getan. Ich rutschte immer mehr in diplomatisch unkorrekte Gefilde, doch es war mir egal. Leonardo färbte wirklich auf mich ab.

Orun schoss Eisblitze aus seinen Iriden und funkelte mich an. In seinen Augen zeichneten sich zahlreiche Gefühle ab. Er wägte ab, ob er dem Ganzen eine Chance geben sollte oder nicht.

»Du würdest es nicht bereuen, Orun! Wer weiß, welche Möglichkeiten entstehen, wenn unser Universum in die Einheit geht«, schob ich nach und zwinkerte. Sein schmales Schmunzeln ließ mich weitermachen. »Außerdem können wir in Verbundenheit zueinander viel mehr erreichen. Jeder könnte in Fülle leben. Das Gefühl von Geborgenheit, hervorgerufen durch die Einheit, in die wir gehen, spüren.«

Seine Augen zuckten und er verkniff sich ein Schnappen nach Luft. Hatte ich hier gerade einen wunden Punkt erwischt?

»Orun, wie lichtvoll wäre die Vorstellung, bedingungslos zu

vertrauen und zu lieben?«, sprach ich weiter, als wäre ich zum Überzeugen geboren worden. Vielleicht war ich das auch.

Eine wohlige Wärme breitete sich in meinem Brustkorb aus und ich spürte, wie mein Körper immer leichter und strahlender wurde, fast als würde er ...

Leonardo stupste mich von der Seite an und drehte seinen Kopf dicht an mein Ohr. »Alyra, du leuchtest.« Sein blau schimmernder Finger zeigte auf mich.

Als ich an mir selbst hinabblickte, verschlug es mir die Sprache. Ich leuchtete!

Erst jetzt erkannte ich die ehrfürchtigen Gesten der planetarischen Oberhäupter, die scharf die Luft einsogen und staunten.

Intuitiv blickte ich wieder zu Orun und streckte meine Hand langsam zu ihm aus, ehe ich sie auf seine Brust legte. »Auch du bist Licht und Liebe, Orun. Sei es dir wert, dich bedingungslos zu lieben. Dann kannst du es auch anderen geben.«

Meine Hand haftete sanft auf seiner Brust, als Licht aus meinen Fingern strömte und ich überrascht beobachtete, was hier passierte. Was passierte hier?

Oruns Kiefer klappte langsam nach unten. Er betrachtete das Leuchten meiner Hand, das in seine Brust floss. »Was machst du da, Alyra?«, fragte er, verlangte jedoch nicht, dass ich damit aufhörte. Ein leichtes Lächeln umspielte seine Lippen. Orun schloss die Augen und legte seinen Kopf in den Nacken.

»Ich weiß es nicht, Orun«, gab ich ehrlich zu. Ich wusste es wirklich nicht. Ich wusste lediglich, dass ich es in Bellors Gruselhöhle schon einmal gemacht hatte.

»Es ist deine Bestimmung, Alyra«, hauchte Reyna liebevoll und lächelte mir sanft zu. »Du hast die Fähigkeit in dir aktiviert, die das Universum zurück zu Einheit und Verbundenheit führen kann.«

Ich konnte sie nur perplex anblinzeln. Obwohl ich es nicht verstand, fühlte sich all das hier richtig an. Diese lichtvolle Energie floss noch immer in Oruns Brustkorb und mit jeder Sekunde wurde sein Lächeln breiter und sein Gesichtsausdruck sanfter.

»Ich spüre sie«, flüsterte Orun, während er die Augen noch immer geschlossen hielt. »Ich spüre diese bedingungslose Liebe, von der du gesprochen hast. Himmel, ich könnte die Welt umarmen!«, freute er sich und ließ nun seinen Blick durch die Runde schweifen.

Die Spannung von vorhin lag noch immer in der Luft und intensivierte sich gerade, denn niemand konnte Orun richtig einschätzen. Was er dann tat, irritierte sogar Reyna.

Orun breitete seine Arme aus und umarmte jede Person im Raum mit einem beteuernden »Danke« und »Lasst uns in Frieden leben«.

Leonardo riss die Augen auf und starrte zu mir. »Wie hast du das gemacht?«, wollte er wissen und rieb sich neugierig die Hände.

»Ich habe keine Ahnung. Offenbar hast du die bedingungslose Liebe in mir aktiviert, die der Schlüssel zu diesem Licht-Ding war. Oder so«, schob ich nach.

»Oder so«, äffte er mich nach. »Dein *Oder so* funktioniert ziemlich konkret. Oder so«, witzelte er und grinste frech wie damals, als wir uns kennengelernt hatten.

Mein Herz machte einen Hüpfer und entlockte mir ein erleichtertes Lachen.

Tja. Ich hatte es trotz Hingabe und Momenten der Zweisamkeit, die mich aktivierten, geschafft. Mein altes Ich musste sich gerade im Grab umdrehen.

28

WÄHREND ORUN IN Liebe und Dankbarkeit seine Umarmungsorgie durchführte, widmete ich mich Torus.

»Darf ich?«, fragte ich ihn und streckte bereits langsam die Hand aus. Sein Gesicht war bereits weicher geworden und sein Körper nicht mehr so angespannt wie zu Beginn.

Er schenkte mir ein schmales Lächeln. »Orun hat mich inspiriert. Vielleicht leben wir wirklich noch schöner in Einheit und Verbundenheit zueinander. Soll heißen: Du darfst.« Er nickte und streckte seinen Brustkorb heraus.

Ich berührte seine blau schimmernde Haut und sofort strömte wieder Licht aus meiner Handfläche.

Torus atmete erleichtert ein und schloss wie Orun die Augen. Auch ihm zauberte das Licht ein Lächeln aufs Gesicht, das mit jeder Sekunde breiter wurde.

»Spürst du die bedingungslose Liebe bereits?«, hakte Leonardo neugierig nach, der geräuschlos hinter mich getreten war.

»Ja, Junge, ich spüre sie. Und tiefe Dankbarkeit. Und Verbundenheit. Und die Liebe zum Leben.« Das jupiterianische Oberhaupt öffnete die Augen. Seine blauen Iriden funkelten mich ehrfürchtig an.

»Du bist wahrlich eine Heilbringende, Alyra von Grecur. Ich danke dir für dieses Gefühl der Liebe und Verbundenheit.« Seine Worte entzückten mich dermaßen, dass plötzlich auch mein Brustkorb zu leuchten begann. Ein helles Rosa umgab mich und versetzte mich in eine angenehme Frequenz der Liebe und Verbundenheit.

Ich öffnete die Arme und umarmte nun Reyna. »Danke, Reyna. Du hast mir mit deiner Unterstützung enorm geholfen«, flüsterte ich ihr ins Ohr, während sie das Licht in sich aufsaugte.

»Ich danke dir, liebste Alyra. Liebe bedingungslos zu schenken war eine Fähigkeit, die selbst ich noch nicht erlernen durfte. Du hast sie uns gelehrt und kannst unendlich stolz auf dich sein«, lobte sie mich und legte ihre dünnen, blassen Finger auf meine Schultern.

»O ja, das kannst du, mein Kind. Ich bin es auf jeden Fall!«, beteuerte Theos mit Tränen in den Augen.

Reyna zog sich unmerklich zurück, während mein Vater mich fest umarmte.

»Ich hatte solche Angst um dich. Ich habe dich so vermisst, Alyra!«, schluchzte er und irgendwie änderte sich das Setting in diesem Saal. Vorher hätten Theos alle mit mahnenden Blicken bestraft für derlei Gefühlsausbrüche. Doch was ich in den Gesichtern der Oberhäupter sah, war Mitgefühl, gepaart mit Akzeptanz.

Ein Lächeln umspielte meinen Mund, während mein Herz innerlich fast durchdrehte, weil es sich so freute.

Theos fing selbst an zu leuchten und ich nutzte die Gelegenheit, um auch Irina bedingungslose Liebe zu vermitteln. In der Hoffnung, sie und mein Vater würden nochmal neu beginnen können.

Irina drückte mich leidenschaftlich an ihren weiblichen, weichen Körper, als ich meine Hände zu ihr ausbreitete. Ihr rosiger Teint fing an zu leuchten, als ich durch die Umarmung Licht auf sie übertrug.

Obwohl es mich anstrengte, gab mir dieser Energietransfer auch etwas zurück. Freude und Hoffnung durchfluteten mich bei jeder Umarmung.

Zufrieden löste ich mich aus Irinas femininer Materie und schob sie sanft in Richtung meines Vaters. »Rede nochmals mit ihm«, flüsterte ich ihr ins Ohr. »Und lass mich dann endlich mal wissen, wer meine Halbgeschwister sind.«

Selbst diesen Fakt konnte ich nun liebevoll akzeptieren.

»Ich danke dir für einfach alles, liebe Alyra«, hauchte sie mir mit einem Kuss auf die Wange zu. »Durch dich kann die Venus nun zu ihrer wahren weiblichen Urkraft zurückkehren und die Ära der zweckgebundenen körperlichen Vereinigungen hinter sich lassen.«

Dann fiel sie schon meinem Vater in die Arme, der sie mit einem Seufzen küsste.

Das ging ja schnell.

Aus dem Augenwinkel konnte ich Leonardos Grinsen beobachten.

»Das gefällt dir, oder?«

»Ja, sehr. Oder so«, scherzte er und lachte herzhaft.

Ich rammte meinen Ellbogen in sein Gerippe und Leonardo keuchte empört, nur um dann weiter das Geschehen zu beobachten und amüsiert zu schmunzeln.

Neugierig suchte ich den Raum nach Kessa ab und fand sie schluchzend in einer Ecke sitzen.

»Hey, was hast du denn?«, fragte ich sie auf Anedarisch, während sie sich mit dem Handrücken eine Träne von der Wange wischte.

»Kyra sollte hier sein und das erleben. Ich kann keine bedingungslose Liebe empfangen. Nicht zu Bellor und seinen Romdonianern!«, keifte sie wütend und wischte sich weitere Tränen aus den Augen.

Dagegen konnte ich nichts sagen. Ich konnte Romdon auch nicht bedingungslos lieben, nur bedingungslos akzeptieren, dass der Planet in einer niedrigschwingenden Bewusstseinsschleife feststeckte und nicht rauszukommen vermochte. Das half, um nicht in Wut und Hass zu verfallen. Und genau so schlug ich es auch Kessa vor.

Die junge Anedarierin nickte zögernd und erhob sich vom Boden. Das glatte dunkle Haar streifte sie sich hinters Ohr, ehe sie sich räusperte.

Ich schenkte Kessa ein lichtvolles Lächeln und umarmte sie. Die Berührung war auch für mich tröstlich, denn auch ich trauerte um Kyra und Freya.

»Kessa, wir bereiten für Kyra und Freya eine wundervolle Abschiedszeremonie, okay?«, schlug ich vor.

Sie nickte dankbar. Das Licht strahlte in sie hinein und ließ auch sie leuchten.

»Ich fühle tiefe Verbundenheit mit dir und allen anderen Planeten«, sprach sie beeindruckt und drückte mich noch fester an ihren durchtrainierten Oberkörper. »Danke.« Langsam ließ sie mich los und faltete ihre Finger in die meinen. »Du und deine Planeteneinwohner sind jederzeit bei uns willkommen. Für deine Verdienste möchte ich dich ganz offiziell als Ehrenmitglied unserer Kampfschwestern willkommen heißen. Als Zeichen für unsere Dankbarkeit und Verbundenheit.«

Mir klappte der Kiefer auf und ich starrte sie voller Begeisterung an. »Wow, Kessa, ich danke dir von Herzen! Die Ehrenmitgliedschaft nehme ich dankbar an! Nun muss ich allerdings viel üben, um meine Bogenschießkünste zu verbessern«, alberte ich und streckte die Zunge raus.

Kessa lachte. »Mir wurde bereits erzählt, dass du das nicht so gut kannst.«

»Noch nicht«, forderte ich mich selbst heraus.

Kessa zwinkerte.

Nun wandte ich mich zu Leonardo. Er war der Letzte im Saal, dem ich noch nicht mein Licht geschenkt hatte. Dafür war er der Erste gewesen, der meine Liebe bedingungslos hatte spüren dürfen.

Lächelnd schritt ich auf ihn zu und warf mich in seine Arme.

Seine Finger hielten meine Taille fest umschlungen, während er mich voller Begierde küsste.

Die Liebe, die den Raum erfüllte, brachte alle dazu, die alten Verhaltensmuster und Regeln abzuschütteln und in einen regen Austausch zueinander zu gehen. Alle quatschten, lachten, fragten und das Beste: verstanden einander!

»Wir haben es geschafft, Leonardo!«, freute ich mich und küsste ihn erneut.

Theos und Torus beobachteten uns wie zwei seelenruhige Hunde und hatten synchron den Kopf schiefgelegt. Offenbar hatte ich auch Vaterliebe in ihren Herzen reaktiviert.

Leonardo schob seine Hand in die meine und zog mich zu sich hoch, nur um mich dann auf dem Boden abzusetzen. »*Du* hast das geschafft, Alyra von Grecur. Ich habe dich lediglich getriggert, indem ich *unmöglich* war.« Er zwinkerte und äffte das Wort *unmöglich* theatralisch mit einem Augenrollen nach.

Ich legte meine Hand auf seine Brust und ließ sie leuchten. »Erkenne deine Wichtigkeit«, sprach ich dabei. »Für das Universum, für Jupiter und –« Ich zögerte kurz, um die Wirkung meiner Worte zu steigern. »Und für mich.«

Er hauchte mir einen Kuss auf die Kehle und ließ seine Lippen dann zu meinen Ohrläppchen gleiten.

»Ich belasse es dabei, um nicht gänzlich die Beherrschung vor unseren Vätern zu verlieren.«

Seine starken Arme drehten mich neben ihn, sodass sich unsere Schultern berührten. Er schob mit einer fließenden Bewegung seine Hand in meine und grinste siegesreich. Ich grinste übertrieben zurück. Für diesen Move würde ich ihn später bezahlen lassen.

Ich lächelte bestärkt, als ich durch die herzliche Runde blickte. Von Argwohn und Missgunst war keine Spur mehr. Man spürte die Verbundenheit im Raum regelrecht.

Torus prostete mir ein imaginäres Glas zu, während mich Irina dankbar anlächelte. Auch sie hatte ihre Finger mit jenen meines

Vaters verschränkt. Der grinste beseelt und blickte gedankenverloren zu mir und Leonardo.

Mit einem lauten Räuspern erlangte ich die Aufmerksamkeit wieder. Alle Anwesenden drehten sich zu mir und warteten gespannt auf meine Worte. »Das, was ihr gerade fühlt, ist tiefe Verbundenheit mit allem und bedingungslose Liebe zu allen.«

Dafür erntete ich ein einheitliches zufriedenes Grinsen. Wie schön es doch war, meine Sprache sprechen zu können und zu wissen, dass sie jeder verstand!

»Ich finde, es ist Zeit, unseren Friedensvertrag zu erneuern und ein paar Updates im interplanetarischen Verhaltenskonstrukt vorzunehmen«, posaunte ich freudig durch die Runde und wies Irina an, mir doch bitte Stift und Papier zu bringen. Während ihr rotes, wallendes Haar beim Gehen um die Hüften schwang, kam Orun festen Schrittes auf mich zu. Er unterbreitete mir mit ausgestreckten Armen etwas, das den Computern ähnelte, mit denen uns die Plejaden auf Grecur belieferten. Die ich noch nie richtig kapiert hatte, doch einige Händler benutzten sie, um einen besseren Überblick über ihre Geschäfte zu haben. Ich war mir allerdings ziemlich sicher, dass das, was Orun in Händen hielt, unseren Geräten um Meilen voraus war.

»Nehmt doch das hier. Das ist unser neuester Screen-Vision-Multiplikator. Die Technologie dahinter hat Elektra gerade erst vor einigen Tagen fertig programmiert.« Orun lugte beschämt zu Boden. Dass sie das Ding für Kriegszwecke nutzen wollten, brauchte er nicht laut zu sagen.

Ich blinzelte ihn aufmunternd an. »Danke Orun, das ist wirklich sehr nett. Wenn du mir erklärst, wie es funktioniert, können wir den Friedensvertrag analog und digital kreieren«, schlug ich vor.

In dem Moment erschien Irina mit einem Stapel gegerbter Blätter und einem Stift. Beides duftete intensiv nach Rosenblüten.

»Tolle Idee, Alyra«, warf sie ein und streckte mir die Schreibutensilien vor die Nase.

Etwas überfordert blinzelte ich sie an, da sprang Leonardo schon ein und nahm dankbar nickend die Duftpost entgegen.

»Ich helfe da mal etwas mit«, beschwichtigte er und ich schenkte ihm einen erleichterten Wimpernaufschlag.

Alle rückten näher und dann begannen die Friedensverhandlungen.

Ich konnte es kaum glauben. Keine Stunde später hatten wir einen fertigen Friedensvertrag. Jeder der Anwesenden hatte auf dem Rosenpapier unterzeichnet, Grecur und Jupiter sogar zweimal, denn auch Leonardo und ich unterschrieben.

Dass uns Reyna und Irina zu offiziellen Liebes- und Friedensbotschaftern berufen hatten, ehrte mich zutiefst und Theos verdrückte sogar ein gerührtes Tränchen, welches ihm Irina liebevoll von der Wange küsste. Hach, so viel Liebe war dermaßen ungewohnt, dass ich froh war, den einigermaßen nüchtern wirkenden Orun an meiner Seite zu haben, der gerade komplett in seinem Element aufging.

»Hier wurde nun alles aufgenommen, was wir besprochen haben. Somit ist das Protokoll zum Friedensvertrag auch gleich gespeichert. Das Dokument findest du hier.« Er tippte auf einen kleinen Button links oben am Bildschirm. Es öffnete sich der Friedensvertrag, der beinahe ident aussah wie der analoge, nur eben digital.

»Wie kann der fast genauso aussehen wie der handschriftliche?«, wollte ich neugierig wissen.

»Die Technologie kann Verhaltensweisen und Eindrücke kopieren und im Dokument übernehmen. Hier, riech mal!« Orun drückte mir den Bildschirm an die Nase und mir klappte hart der Kiefer nach unten, als ich den Duft von Rosen schnupperte.

Verdammt, wir hätten diesen Krieg sowas von verloren. Himmel, danke, dass wir es geschafft hatten, bedingungslose Liebe in die Herzen der Universumsbewohner zu bringen!

»Doch das Beeindruckendste ist«, führte Orun weiter aus und ignorierte mein Staunen dabei gänzlich, »dass wir das nun an alle Anwesenden senden können. Durch die Screen-Vision-Multiplikationstechnologie kann der Friedensvertrag auf allen Empfangsgeräten abgerufen werden, auch gleichzeitig. Auch holographisch, das heißt –«

»Ich weiß, was das heißt, Orun. Danke, das ist wirklich beeindruckend. Elektra ist die Cyber-Königin des Universums.« Ich zwinkerte.

Wir alle unterzeichneten den digitalen Vertrag mit unseren Fingern auf dem Display. Danach nahm ich den Screen entgegen und legte den handschriftlichen Vertrag darüber. Bis mir eine Idee kam. Aufgeregt wandte ich mich zu Orun.

»Orun?«, fragte ich bezirzend. So musste sich Leonardo fühlen, wenn er etwas von mir erbitten wollte.

»Ja, Liebesbotschafterin Alyra?«, erwiderte er. Ich hörte das erste Mal meinen neuen Titel ausgesprochen. Wow. Ich mochte ihn. Das klang tausendmal wundervoller als Translatorin.

»Kann dein hypermoderner Multiplikator auch Schmuck herstellen und multiplizieren?«

Er nickte etwas irritiert. »Wenn er eine Vorlage bekommt, ja.«

»Und kann er auch Gefühle integrieren oder nur Düfte?«, hakte ich nach.

Er blinzelte noch verwirrter und warf seine Stirn in Falten. »Ich weiß zwar nicht, worauf du hinauswillst, aber ja, auch Gefühle sind speicher- und integrierbar«, antwortete er.

Ich sprang freudig hoch und klatschte aufgeregt in die Hände. »Okay, liebe Oberhäupter, ich habe eine Idee«, initiierte ich und kramte in meiner Tasche. Als ich den Inhalt des kleinen Lederbeutels in meiner Hand ausleerte, füllte ein verstehendes »Ah« den Raum.

»Wir kreieren ein Symbol des Friedens. Für alle. Gefüllt mit der bedingungslosen Liebe, die gerade diesen Raum und unsere Herzen füllt.«

Bei meinen Worten leuchteten die Oberkörper aller ein Quäntchen mehr. Das war wohl die Zustimmung des Universums.

Oder auch nicht.

In diesem Moment wehte ein eisiger Sog durch den Raum. Es war, als würden im Freien die Rosen frosten und ich sah, wie draußen schnell einige Häschen in ihre Kaninchenbauten hoppelten.

Das Leuchten aller wurde schwächer, als ein erzürnter und unberechenbar schief lächelnder Bellor aus dem Teleportationskanal auf uns zutrat.

Au Backe.

»Ein Symbol des Friedens für alle? Das ist so wohl nicht ganz richtig, hm?«, zischte Bellor auf Romdonianisch.

Alle Minen wurden eisern und der Hass in den Augen des Romdonianers wirkte wie eine sofort einsetzende Lähmung. Bellors Energie quälte die Szene, sodass ich allen Mut zusammenfassen musste, um diesen Friedensvertrag zu retten.

»Stopp, Bellor!«, schrie ich und erschrak über meine eigene scharfe Stimme. »Genug des Hasses und der Gewalt! Wir alle wollen Frieden und sind gewillt, dich an diesem Miteinander teilhaben zu lassen.«

Ich schluckte hart die Angst in meiner Kehle hinunter. Bellor stierte mich mit seinem roten Auge an und kam mit geblähten Nasenflügeln und aggressivem Blick langsamen Schrittes auf mich zu. Wenn er mich jetzt mit seiner Axt köpfen würde, wäre es immerhin mit Liebe im Herzen auf dem Harmonieplaneten geschehen.

Er stellte sich mit seinen zahlreichen Fellen, die seine Schultern noch breiter machten, vor mich, bäumte sich auf und flüsterte dann kaltherzig: »Ich will nicht zu eurer lächerlichen Gemeinschaft gehören. Du hast keine Ahnung, wie viel Leid mein Volk erfahren musste. Wegen euch!«, rief er nun in die Runde, sodass alle zusammenzuckten, einschließlich Orun. »Wegen euch leidet mein Volk! Wegen euch ist unser Planet ressourcenlos und ohne Bodenschätze! Wegen euch müssen wir in Höhlen leben! Ihr seid schuld! Ihr alle! Und dafür werdet ihr, nein, MÜSST ihr büßen!«

Bellor bebte und irgendwie machten alle mit.

Ich sah, wie das Licht aller immer mehr dimmte und die Panik über ein Back to Zero ließ mich weiter aktiv werden.

»Bellor, ich verstehe dich und glaube mir, wir alle hier tun das. Es tut uns allen wirklich furchtbar leid, was damals geschah. Ich kenne die Geschichte von Clea und Malik und ich weiß, wie Romdon seine Bodenschätze verlor. Ich weiß all das und es tut uns allen«, dabei schwenkte ich in die Runde und erntete einheitliches Nicken, als hätten wir es so besprochen, »wirklich leid. Doch wir können nicht ewig für die Taten unserer Ahnen büßen, verstehst du?«

Ich blinzelte Bellor mutentbrannt an und schob dabei ganz vorsichtig meine Handfläche unter eines seiner Felle, um einen Kontakt zu seinem Herzfeld herstellen zu können. Er bemerkte mein Tun nicht, denn die dicken Felle versperrten gänzlich seine Sicht, doch in seinem Blick nahm ich eine Veränderung wahr. Einen Anflug von ... Toleranz? Akzeptant? Verständnis?

Eine Sekunde später spürte ich die Wärme, die aus meiner Handfläche in ihn hineinströmte.

Entsetzt riss er die Augen auf, starrte mich an, taumelte etwas zurück, doch er riss weder meine Hand weg, noch kappte er die Verbindung anderweitig. Obwohl seine Mimik eindeutig dagegen war, wehrte er sich nicht. Konnte er nicht oder wollte er nicht? War es am Ende dieses Urbedürfnis in den Tiefen all unserer Seelen, das nach Einheit und Verbundenheit strebte und uns ausschließlich das Fühlen bedingungsloser Liebe schenken konnte?

Genauso ungläubig und vorsichtig erfreut wie ich beobachteten auch alle anderen die Szene. Bellor fing an zu leuchten und eine Woge der Liebe durchflutete mich, während aus Bellors Nacken dunkle zähe Energiefäden austraten und das Weite suchten wie Dämonen im Licht. Sie erinnerten mich an Edvard Munchs Gemälde »Der Schrei«, und als hätte Bellor meine Gedanken gelesen, fing er in diesem Moment zu schreien an. Angestrengt hielt ich die Verbindung aufrecht, doch es kostete mich Kraft aus meiner eigenen Essenz, das spürte ich.

Leonardo trat einen Schritt näher zu mir und stand dicht hinter mir, als wollte er mir so den Rücken stärken. Es wirkte. Die

Energie strömte durch mich hindurch, als wäre ich ein Kanal für bedingungslose Liebe.

Bellors Gesichtszüge wurden immer weicher und mit jedem weiteren Schrei gab er einen Teil seiner rachsüchtigen, Befriedigung in Gewalt sehenden und hasserfüllten Identität auf. Ich hielt die Schreie aus, obwohl mir die Ohren schmerzten und meine harmoniebedürftige Seele am liebsten mit den Kaninchen in den Bau geflohen wäre. Doch ich hielt durch. Bis zum Ende.

Ich fühlte, dass der Energiestrom aus meinen Händen sanfter wurde, was ich als Zeichen sah, dass die Aktivierung stattgefunden hatte. Vorsichtig zog ich meine Hand zurück und trat einen Schritt nach hinten. Man wusste ja nie.

Bellor stemmte sich auf die Knie und ließ sich wenig später auf den Boden sinken.

Niemand sprach, alle warteten stoisch die Reaktion des romdonianischen Oberhauptes ab.

Als Bellor sein Haupt hob, sogen ein paar der Anwesenden angespannt die Luft ein.

»Wisst ihr ... Es ging nicht nur um Rache wegen der ums Leben gekommenen Romdonianer und der verlorenen Bodenschätze. Es ging auch um Anerkennung. Mein Vorfahr Malik blieb stets der geheime Geliebte von Clea. Er wollte immer mehr, das sagen unsere Überlieferungen, doch sie bevorzugte eine Liebelei im Schatten. Nicht einmal dann, als Clea kurz vor ihrem Tod noch ein letztes Mal Malik traf, um ihm zu vergeben und in Frieden gehen zu können, teilte sie diese Information mit einem Grecurianer. Dieses Wissen wahrt meine Ahnenreihe seit über 30.000 Jahren. Wir wurden schon immer verstoßen von diesem Universum!«

Alle lauschten betroffen Bellors Worten und offenbar hatte tatsächlich niemand der Oberhäupter Kenntnisse über diesen Teil der Geschichte.

Bellors Stimmte hörte sich nicht mehr aggressiv und schuldzuweisend an. Ich fühlte, dass er lediglich endlich mit allen teilen wollte, was er wusste. Was alle hätten wissen sollen. Und was seine wahren Beweggründe gewesen waren. Der wahre Grund seines einstigen tiefen Hasses: Das Gefühl von AUSGEGRENZT UND NICHT GUT GENUG SEIN.

Der Aha-Moment ließ mich nach hinten taumeln, denn die Ironie dahinter tat schier weh.

Die Lösung war sogar hier bedingungslose Liebe für ein Einheitsbewusstsein und Gemeinschaftssinn. Wow. Was für ein Twist.

Ich starrte Bellor sprachlos an und verlautbarte dann, was sich wohl gerade jeder dachte: »Wir wussten nichts davon, dass sich Clea mit Malik versöhnte.«

Mein Magen ballte sich zusammen. Deshalb hatte Romdon womöglich all die Jahre diesen Pseudofrieden aufrechterhalten. Für Clea. Oder zumindest, um Maliks Hingabe zu Clea zu ehren. Mir stellte es die Härchen bei dem Gedanken auf.

»Nicht nur das. Habt ihr euch nie gefragt, wieso der Friedensring auf Grecur gefunden wurde, obwohl die damalige planetarische Oberhäuptin Rhiannon die Ringträgerin war?«

Es wurde erdrückend stumm. Ein paar nickten, andere sahen unsicher in meine Richtung. Jeder von uns hatte sich diese Frage wohl schon einmal gestellt. Dass uns Bellor die Antwort dazu liefern konnte, war das Unglaubliche, das die Luft vor Spannung gerade schier zerfetzte.

Bellor drehte sich ein Stückchen mehr in Richtung aller, was ich als positive Handlung kategorisierte, und erzählte den verborgenen Teil der Geschichte weiter. »Der Ring wurde von der Pedro-Familie auf Grecur geschmiedet. Allerdings ohne magische Ambitionen. Rhiannon verstand damals trotz des Ringes niemanden, deshalb hatte ich nie an die Magie des Ringes geglaubt, sondern wusste, dass diese einzigartige Translationsgabe etwas mit dir persönlich zu tun hatte.« Er drehte sich zu mir und mit der Bewegung roch ich Blut, das noch an seinen Fellen hing. Von woher wollte ich lieber nicht wissen. Sein Look passte nicht mehr zu dem, was nun war. Nicht mehr zu ihm und seiner Energie. Ich ignorierte es und staunte stattdessen.

Bellor, von dem ich am allerwenigsten gehalten hatte, entpuppte sich letzten Endes als scharfsinnigste Person unter den Oberhäuptern. Es kostete mich eine Weltenreise, um die Erkenntnis zu erhalten, die Bellor schon seit meines Ringfundes vermutete.

Die Wow-Effekte überschlugen sich in meinem Gehirn, dementsprechend seltsam dürften auch die dazugehörigen Gesichtszüge sein, denn Bellor betrachtete mich etwas schief, als hätte ich gerade einen Schlaganfall.

»Ich bin beeindruckt«, erklärte ich und lächelte aufrichtig.

Alle nickten und Bellor führte seine Erzählung weiter aus.

»Dadurch, dass der Ring auf Grecur geschmiedet und an die Anedarierin übergeben wurde, hatte Clea einen einigermaßen guten Draht zu Rhiannon.«

Ich hatte keine Ahnung, was das mit der Story zu tun hatte, lauschte Bellors Ausführungen jedoch weiter.

»Bei der Rückkehr stieg Clea in einen falschen Teleportationskanal und landete versehentlich auf Anedar. Das hatte die Energie des romdonianischen Portals noch gespeichert.«

Kessa klinkte sich ein: »Dort lag Rhiannon im Sterben, das weiß ich von unseren Überlieferungen. Rhiannon starb kurz nachdem sie zur Ringträgerin ernannt wurde. Wir haben den Friedensring allerdings nie gefunden. Als wäre er verschollen. An dem Tag, an dem du ihn gefunden hast, Alyra, waren alle ganz aus dem Häuschen. Ich denke, ich weiß nun, worauf die Geschichte hinausläuft.«

»Ich gehe davon aus, dass Rhiannon Clea den Ring zur weiteren Aufbewahrung übergab. Zumindest hatte Clea Malik in ihrem letzten Gespräch erzählt, dass sie Rhiannon mochte und glaubte, dass das auf Gegenseitigkeit beruhte«, erörterte Bellor und streifte sich den Bart glatt.

Ich spielte das Gedankenexperiment weiter: »Clea schob den Ring wohl ein, damit ihn niemand zu Gesicht bekam und kein Aufruhr stattfinden konnte. Als sie starb, wurde sie am Strand beerdigt, der Ring muss dort aus ihrem Kleid gefallen sein.«

Dad nickte eifrig, um meine Vermutung zu bestärken.

»Aber wieso hat ihn Clea niemandem gezeigt?«, fragte ich in die Runde.

»Weil deine Vorfahrin sehr, sehr alt, verwirrt und schon senil war«, lieferte Dad die Antwort.

Bellor ergriff wieder das Wort. Er mochte zwar nun sanfter wirken, dennoch strahlte er eine Autorität aus, die Respekt und Disziplin einforderte. Trotz aktivierter bedingungsloser Liebe blieb jedem Universumsbewohner das Wesen des jeweiligen Planeten. Und das war auch gut so. »Da niemand mehr seit des Friedenspaktes Kontakt mit anderen teilte, erfuhr man auch nie vom Tod der Anedar-Oberhäuptin. Man konnte es sich nach zahlreichen Jahrzehnten denken, doch da waren alle Planeten bereits so voneinander isoliert, dass nie jemand fragte, was konkret mit dem Ring geschehen war. Jeder vermutete, dass die Anedar-Oberhäuptin Rhiannon ihn ihren Nachkommen weitergab, denn alle anderen Oberhäupter hätten es auch so getan. Doch dann fand Alyra ihn am Strand Grecurs. In diesem Moment wussten wir auf Romdon zwar, dass der Friedensring als Symbol des Friedensvertrag lange Zeit mehr oder weniger inaktiv gewesen war und wir hätten Rache üben können, doch um Maliks Gefühle zu Clea zu ehren, griffen wir nicht an, als Alyra den Ring fand. Malik schürte zwar Hass gegen alle und Enttäuschung gegen Clea, doch ganz erlosch seine Liebe zu ihr wohl nie. Zumindest schrieb er es so in seinen Tagebüchern nieder.«

Wäre diese Liebe bedingungslos gewesen, hätten die beiden uns einiges an Leid erspart, dachte ich. Doch ich wollte nicht in vergangenen Möglichkeiten schwelgen.

Man spürte mit jedem Wort, das Bellor sprach, wie das Verständnis für sein Tun und Sein stieg. Das Licht in den Herzen aller wurde wieder größer und stellte ganz von selbst eine Verbindung zu Bellors Herzzentrum her. Ohne dass wir es bewusst taten, waren wir plötzlich alle verbunden. Alle Eins. In der Einheit lag die Kraft.

Ich spürte diese enorme Fülle, die aus dem Universum zu uns

floss. Als hätten wir uns gerade selbst ein Portal freigeschaltet, das uns grenzenlose Fülle und Freude zufließen ließ.

Jeder der Anwesenden hob den Brustkorb gen Himmel und richtete sich dankbar auf, einschließlich Bellor.

Licht, Liebe und diese schöne Schwingung der Wahrheit, initiiert durch Klarheit und Verständnis, umgaben uns und leuchteten in uns hinein, aus uns heraus, um uns herum.

»Fühlst du denn jetzt, dass du ein wertvoller Teil dieser universellen Gemeinschaft bist?« Ich fragte es Bellor vorsichtig und sanft. Beinahe hauchte ich es.

Und Bellor nickte.

Mein Herz pumpte wie wild an meinen Brustkorb und alle fingen an zu klatschen.

War das gerade wirklich passiert? War der Frieden nun tatsächlich gewahrt? Womöglich für immer? Und die bedingungslose Liebe in allen planetarischen Oberhäuptern aktiviert? Sogar in Bellor?

Es kam mir unwirklich vor, als Bellor näher an mich herantrat und plötzlich gar nicht mehr bösartig und angsteinflößend wirkte.

»Ich möchte mich entschuldigen und mit dieser Entschuldigung eine Ära des Friedens einleiten. Auf ganzheitlich-universeller Ebene. Romdon ist dabei und legt alle Waffen nieder.«

Nun kam das Jubeln nicht durch lautes Klatschen von außen, sondern wir fühlten unsere Freude darüber in uns allen.

Ich gab Orun den Metallring und pulte das kaputte Emblem aus der Fassung. Er war sofort bereit und lächelte zustimmend, als er seine Hände öffnete, um den alten Friedensring entgegenzunehmen.

»Die Symbole werden durch unsere einheitliche bedingungslose Liebe ausgetauscht«, erklärte ich und ließ die Ringsymbole, die jeden einzelnen Planeten symbolisierten, auf das Pult purzeln.

Orun nahm den goldenen Ring in die Hand und scannte ihn mit dem Multiplikator. Binnen Millisekunden erschien das Duplikat in digitaler Form als 3D-Objekt am Screen.

»Wir hätten diesen Krieg sowas von verloren«, flüsterte Theos Irina zu.

»Hättet ihr«, antwortete Orun und lachte hell auf.

Alle stimmten mit ein. Dass wir nun darüber lachen konnten, war unglaublich heilsam und brachte uns auf eine leichte Art und Weise noch näher zusammen. Es zeugte auch von Vertrauen. Niemand glaubte ernsthaft, dass einer der Anwesenden diesen Frieden stören oder diesen Vertrag verraten könnte.

Das einzige Problem war Romdon gewesen und dieses hatten wir gerade in Licht und Liebe verwandelt.

»Alyra, du darfst nun eine Hand an dein Herz legen«, leitete mich Orun an und ich folgte der Anweisung. »Und deine andere Hand legst du auf den Screen. Alle anderen berühren Alyra bitte mit einer Hand«, erklärte er weiter. Kurz darauf spürte ich zahlreiche Hände auf meinem Rücken und eine auf meinem Po.

Ich konnte mir ein wissendes Lachen nicht verkneifen und versuchte, Leonardo mit dem Fuß eine rein zu kicken. Dabei traf ich nur meinen eigenen Vater.

»Uff!«, keuchte er.

»Sorry, Dad. Das galt nicht dir!« Ich grinste entschuldigend über die Schulter und verzog die Lippen zu einem »Oops«. Mein unschuldiges Blinzeln heimste mir einen sanften Blick von ihm ein.

Leonardo kicherte amüsiert.

»Emotionalkörperscan einleiten«, wies Orun den Computer an.

Ein helles Licht beschien meine Hand.

»Emotionen transferiert«, informierte der Screen-Vision-Multiplikator.

Neugierig lugten mir alle über die Schulter, als ich meine Hand vom Screen hob. Darunter offenbarte sich eine nun sechsdimensionale Darstellung des goldenen Rings mit einem neuen Emblem, das rosa leuchtete. Der Inhalt des Emblems bewegte sich wie fluffige Wolken am Himmel, nur eben in einem sanften Rosarot.

»Ist das –?«

»Bedingungslose Liebe von uns allen in Emblemform«, beendete Orun meinen Satz.

Ein ehrfürchtiges Staunen machte die Runde. Wir alle hielten in diesem Moment die Luft an. Bis ich tief ausatmete und mich dann zufrieden aufrichtete, während Orun dem Gerät »Übertragen« anwies. Der einstige Friedensring wurde gescannt und nach einem weißen Aufblitzen erstrahlte der alte Ring als jenes lichtvolle Schmuckstück, das wir eben noch auf dem Screen bestaunt hatten.

Alle sogen überrascht die Luft ein, als Orun noch eine Anweisung gab.

»Klonen«, sprach er in den Screen-Vision-Multiplikator und ich traute meinen Augen nicht, als tatsächlich aus dem einen Liebes-Friedensring acht wurden.

»Eure Technologien sind wirklich ein Wunder!«, rief ich begeistert und teilte die Schmuckstücke an alle aus.

Irina ließ sich den neuen Friedensring von meinem Vater anstecken und fächerte sich berührt von der Geste selbst zu. Dass die beiden endlich zueinandergefunden hatten, feierte ich nach unserem Friedenstrumpf am meisten.

Bellor steckte sich den Ring mühevoll an den kleinen Finger, denn seine breiten Hände gaben ihm nur diese Option. Er beschwerte sich nicht, sondern machte einfach mit. Allein das zu sehen war herzerwärmend.

»Wir tragen nun alle bedingungslose Liebe in unseren Herzen und an unserem Finger. Wen auch immer ihr umarmt oder mit eurem Ringfinger berührt, der wird die bedingungslose Liebe auch spüren«, erklärte ich. Meine innere Freude zeigte mir, dass dem wirklich so war. »Sollte es dennoch Probleme dabei geben, einigen diese bedingungslose Liebe zu zeigen: Ich werde eine Tour auf alle Planeten machen und alle, die es zusätzlich brauchen, umarmen, damit sie bedingungslose Liebe empfangen können.«

Alle klatschten und Leonardo schaute mich bedeutungsschwanger an, als sich unsere Blicke verhakten.

Ich nickte und er grinste.

»Außerdem würde ich gerne etwas einführen«, sprach ich weiter. Die Aufmerksamkeitsspanne sank zwar, weil alle damit beschäftigt waren, ihre Bedingungslose-Liebe-Ringe zu bestaunen, sogar Orun, doch ich vertraute auf die Wirksamkeit meiner folgenden Worte. »Romdon!«, rief ich in den Raum und hatte sofort hundertprozentige Aufmerksamkeit. Ein zufriedenes Lächeln breitete sich auf meinen Lippen aus, das schnell von einer ernsten Mimik verdrängt wurde. »Ihr wisst, dass Romdon damals die schwersten Verluste erlitten hat und seither wenig bis keine Bodenschätze besitzt. Ich hätte gerne, dass wir uns fortan alle gegenseitig unterstützen. Jeder gibt dem anderen, was er braucht, wenn er genug davon hat. Alles darf im Einklang zueinander stehen und aus Liebe passieren.«

Ich machte eine Pause, um das Gesagte wirken zu lassen.

Alle starrten mich an. Dann begann Orun mit einem leichten Nicken und wenig später stimmten alle mit ein.

»Gut.« Ich nickte. »Dann ist dies einheitlich beschlossen. Sehr schön!«

Wieder nickten alle zustimmend.

»Wir sollten das im Vertrag noch festhalten.« Ich schaute fragend zu Orun. Er zückte den Screen-Vision-Multiplikator und sprach den Paragraphenzusatz in das Gerät. Irina hob den Rosenstift und notierte auf dem handschriftlichen Friedensvertrag den Zusatz.

»Und bitte schreibt auch noch dazu, dass wir die Zuchtstation auf der Venus hier schließen. Keine Kindesentführungen, keine manipulativen Gebährstationsmanöver, nichts, was nicht zum reinsten Wohle aller geschieht, okay?«

Ich ließ meinen Blick durch die Runde schweifen und sah in entsetzte Gesichter.

»Ich erkläre es euch beim Dinner«, fügte ich an.

Dieses Mal wartete niemand auf ein Nicken des anderen. Die Zustimmung geschah beinahe synchron. Ein erleichtertes – ja, fast feierliches – Lächeln umspielte die Lippen der planetarischen Oberhäupter.

»Einheitlich beschlossen, würde ich sagen«, schmunzelte ich und lächelte auch. Hach, war das alles schön hier!

Orun murmelte in den Screen und erklärte dabei kooperativ: »Wir können eine digitale Brücke kreieren, um interplanetarischen Kindern das Familienleben zu erleichtern. So können sich alle noch schneller und unbeschwerter sehen. Wir könnten auch allen Planeten Raumschiffe für interplanetarische Transportwege zur Verfügung stellen.«

»Und natürlich werden wir alle Teleportationskanäle auf Vordermann bringen«, schob Torus noch mit ein.

Ich spürte die Erleichterung, die mit dieser Versammlung einherging.

Wir waren nicht mehr auf uns allein gestellt. Niemand von uns.

Wir hatten einander.

Wir waren eins.

Dankbarkeit füllte mich aus und ich faltete die Hände vor der Brust.

»Können wir Kirian vielleicht allen vorstellen?«, fragte Irina vorsichtig. In ihren Augen lag tiefe Sorge. Niemand wusste hier, wer Kirian war. Deshalb starrte sie auch nur mich eindringlich an.

»Natürlich, Irina. Odettes Sohn wird gleich vorgestellt werden.« Ich lugte in Bellors Richtung, der nervös auf seine Lippe biss. Da wir alle eine Verbindung hatten, spürte ich seine quälende Scham, und wohl auch alle anderen.

Ich schluckte hart und presste die Lippen aufeinander. Die fragenden Blicke der anderen beschwichtigte ich mit einem lächelnden: »Ich erkläre es euch wie gesagt beim Dinner. Gibt es noch etwas anzufügen? Will jemand noch etwas anbringen oder den Friedensvertrag ergänzen?«, fragte ich die Runde. Doch alle schüttelten langsam den Kopf.

Die Aussicht auf Dinner hatte die Prioritäten offenbar gehörig anders verteilt.

»Gut. Ich hätte da noch einen Vorschlag«, warf ich ein.

Alle blinzelten neugierig, obwohl ich bereits Theos' Magen knurren hörte.

»Was haltet ihr davon, monatliche Versammlungen auf verschiedenen Planeten zu veranstalten? Nicht nur mit den Oberhäuptern, sondern mit allen Bewohnern, die Lust und Zeit dazu haben? Im Sinne von Kulturerkundungsfesten? Damit wir uns alle jeweils besser kennenlernen?«

Mit jedem Zusatz meinerseits wurden die Bejahungen mehr und als finale Antwort ertönten ein einstimmiges Klatschen und begeisterte Jubelrufe im Saal. Der Punkt kam somit auch noch auf die Liste.

Mit einem letzten Nicken und »Danke« verdeutlichte ich allen, dass wir den Frieden neu besiegelt hatten.

Ich faltete genügsam die Hände vor der Brust und schloss dankbar die Augen.

Reyna tat es mir gleich und alle weiteren ahmten die Geste nach. Dann umarmten sich alle gegenseitig und folgten Irina ins Freie.

29

ODETTE EMPFING UNS bereits an der efeuberankten Säule, die den Eingang des Blumen-Palastes schmückte. Neugierig wartete sie auf Irinas Kunde.

»Er ist hier«, flüsterte sie ihrer Freundin ins Ohr.

Odette wurde kreidebleich, doch als ihr Irina liebevoll die Hand tätschelte und anfügte, dass alles gut und der Frieden neu besiegelt sei, atmete sie erleichtert auf und blickte mich dankbar an.

Hinter ihr waren bereits Holztische und Bänke in der Wiese aufgestellt. Ein Sonnenschutz aus einem hellen, durchsichtigen Stoff wurde von einer Eiche zur anderen gespannt und ragte über die gedeckten Tische im Feld.

Der Anblick war wunderschön. Der Gedanke, umgeben von Wiesenblumen und Rosenblüten zu dinieren, auch. Die Sonne hing bereits tief und warm am Himmel und tauchte die Szenerie in friedliches Rosa, als hätte Irina es so geplant.

Ich lächelte beschwingt, als ein paar der Kinder Töpfe und Schüsseln brachten und mit aller Kraft auf die Tische stellten.

Darin befanden sich reife Aprikosenhälften, die mit etwas mariniert waren, das ich als Honig definiert hätte. Es sah köstlich aus und mein Magen reagierte mit einem wilden Knurren auf den Anblick.

»Hungrig, hm?« Irina zwinkerte und hakte sich bei mir unter, um mich an das Ende der Tafel zu setzen. Ungläubig blinzelte ich sie an. »Ohne dich würden wir uns noch immer misstrauen und uns voneinander isolieren. Du hast einen universellen Krieg verhindert, Alyra. Ich finde, du hast diesen Platz verdient.«

Die letzten Worte, die sie sprach, ertönten laut über der Wiese. Alle hatten Irinas Lob gehört und klatschten nun bejahend. Auch mein Vater. Und Torus? Unglaublich. Sogar die beiden Patriarchen hatten sich für bedingungslose Liebe zu allen und allem geöffnet. Sogar zu Frauen in Machtpositionen. Darauf trank ich heute wirklich.

Ich ließ mich mit einem dankbaren Lächeln auf den Vorsitz nieder und Irina drückte Leonardos hübschen Hintern auf den Platz neben mir.

»Auch du hast dir eine angemessene Position in diesem Universum verdient, Prinz von Jupiter. Wer weiß, vielleicht hätte Alyras Herz ohne dich ein bisschen länger gebraucht, um bedingungslose Liebe zu fühlen und sie als Schlüssel zu interplanetarischer Kommunikation zu erkennen.« Sie zwinkerte und ich lächelte scheinheilig. Hätte es tausendprozentig. Leonardo war *mein* Schlüssel gewesen, um den kommunikatorischen Schlüssel zu finden.

Leonardo faltete ganz nach Reyna-Manier die Hände vor der Brust und nickte, um seine Dankbarkeit auszusprechen. Die trat gerade mit Orun aus dem Blumen-Palast. Hinter ihr standen zwei weitere Frauen, die ganz in Weiß gekleidet waren. Eine davon kannte ich.

Reynas rechte Hand Harmony zwinkerte mir wissend zu. Ihr Brustkorb leuchtete wie der aller, die ich berührt hatte. Ich ging davon aus, dass es Reynas Werk gewesen war. Harmony konnte nun also auch alle verstehen. Obwohl ich fand, dass ihre Fähigkeit, die Message zu erfühlen, dem, was wir hier nun taten, ziemlich nahe kam.

Nur, dass uns die Integration von bedingungsloser Liebe in unseren Herzen auf eine mir nicht richtig verständliche Art quasi alle Sprachstrukturen des Universums freischaltete. Dieses neue Bewusstsein ermöglichte es uns, Sprachen zu dechiffrieren.

Ich verstand nicht wirklich, wie es funktionierte, doch vielleicht ging es genau darum. Es nicht zu verstehen, sondern einfach zu fühlen, dass es das Richtige war.

Irina machte einen erwartungsvollen Augenaufschlag, auf den Reyna und Orun synchron mit einem beherrschten Nicken reagierten.

Reyna trat wie eine Göttin in Weiß über die mit Bernstein besetzte Treppe und umarmte Irina herzlich, sodass ihr Brustkorb erneut aufleuchtete. Dann wandte sie sich der Gruppe zu.

Bellor blieb mit Abstand hinter ihr stehen.

»Es ist alles geregelt. Wir haben Sirianer auf allen Planeten stationiert, die eure Heimaten energetisch auffüllen und die destruktiven Kriegsenergien transformieren. So sind unsere Völker aufgeschlossener für die bedingungslose Liebe, die wir in allen aktivieren wollen. Bellor hat währenddessen seine Krieger auf Romdon zurückbeordert. Wenn die Romdonianer aktiviert wurden für das Einheitsbewusstsein, werden sie helfen, die begangenen Zerstörungen aufzuräumen. Wir helfen fortan alle zusammen. Orun hat zudem seine Leute angewiesen, Raumschiffe vorzubereiten, die auf alle Planeten als Transportmittel geschickt werden.«

Reyna lächelte zufrieden und schwenkte ihren Blick stolz zu Orun und dann zu Bellor. Der wusste nicht so recht, wie er auf dermaßen viel Harmonie und Dankbarkeit reagieren sollte, und reagierte daher einfach gar nicht.

Ein warmer Windzug zerrte liebevoll an Irinas roter Mähne und streifte ihr einige der glänzenden Strähnen über die Schulter.

Nun verstand ich auch Harmonys Anwesenheit. Sie wies offenbar die energetische Auffüllung an. Ziemlich sicher hatte Orun mittels seiner Hightechgeräte alles veranlasst.

Ob Bellor kurz zurück nach Romdon kehrte, um die Friedensbotschaft zu verkünden, oder sich auch der plejadischen Technik bediente?

Egal. Mein Verstand suchte noch immer nach möglichen Hintertürchen und traute der Masse an Frieden und Liebe nicht zu hundert Prozent, doch mein Herz fühlte, dass es hier jeder ernst meinte. Sogar Orun und Bellor. Der Anblick aller mit ihren leuchtenden Brustkörben beruhigte mich unweigerlich. Wir waren in Frieden.

Wie leicht es doch gehen konnte, wenn alle vereint eine Lösung anstrebten.

Ich fing als Erste an zu klatschen. Alle anderen stimmten sofort mit ein und auch die Kinder jubelten, ohne zu wissen, wofür überhaupt.

Ein kleiner Junge mit dunklen Iriden brachte eine Schüssel mit Salat, der mit zahlreichen Wildblüten und Wildkräutern verziert war. Zufrieden stellte er die riesige Schüssel auf den Holztisch und grinste mich stolz an.

Die Ähnlichkeit, die er mit Bellor hatte, ließ mein Herz aussetzen. War *das* etwa sein Sohn?

Odette schob den Kleinen sofort schützend hinter sich und warf mir einen bedeutungsschwangeren Blick zu. Unsicher nickte sie.

Ich betrachtete ihr Mienenspiel. Darin zeichneten sich hundert Gefühle gleichzeitig ab. Die Angst um den Kleinen musste am stärksten sein. Erst jetzt fiel mir auf, dass Bellor sich bewusst von Odette weggedreht hatte. Oder hatte er sie einfach noch nicht gesehen? Obwohl er feiner und sanfter wirkte als vorher, kaute die Mutter seines Sohnes unruhig auf ihrer Unterlippe.

Odette taumelte eines der im Haar eingeflochtenen Stiefmütterchen zu Boden. Sie kam auf mich zu und schob ihr Gesicht an mein Ohr. »Es soll bitte doch niemand wissen, ich möchte keine Unruhe schüren. Kirian kann nichts für die Taten seines Vaters und ich glaube, alle würden es nicht gut aufnehmen«, argumentierte sie, während sie dem Kleinen liebevoll den dunklen Schopf streichelte.

»Ich verstehe dich, Odette. Doch alle sind nun anders. Sie werden es verstehen.« Ich umarmte sie und Sekunden später leuchtete auch Odette wie die sanfte Sonne am Himmel. Eine Träne der Erleichterung stahl sich über ihre Wangenknochen.

»Danke, Alyra. Ich danke dir aus tiefstem Herzen«, sprach sie. Die Erleichterung in ihren Augen hob auch mein Herz erneut etwas mehr und ich spürte, dass es wieder Ekstase fühlen wollte.

»Gut, lass es uns den anderen sagen«, willigte Odette ein, sodass ihre grünen Iriden aufblitzten.

Ich erklärte allen Anwesenden die suboptimalen Umstände, in welchen die Venus steckte, und dass sich diese Planetin wieder weg von der Gebährstation hin zum Planeten der Hingabe, Harmonie und Partnerschaft entwickeln durfte. Ohne ausnützerische Kinderdeals und emotionale Ausbeutung. Die Urkraft der Frau dürfe hier wiedererweckt werden und ich meldete mich als Allererste, um bei dieser Mission tatkräftig unterstützend zu wirken. Auch Kessa sprach sofort Hilfe zu und versicherte, dass alle Kampfschwestern liebend gerne für Gleichberechtigung und die Rückkehr von weiblicher Göttlichkeit kämpfen wollen würden.

Ich nickte glücklich, doch mein Herz suchte nach Leonardos Aufmerksamkeit. Als ich zu ihm schaute, verhakten sich unsere Blicke ineinander und mein Herz hüpfte quer durch meine Brust. Er hatte mich die ganze Zeit beobachtet und wartete geduldig auf seinem Stuhl auf mich. Ein verführerisches Schmunzeln später wies ich Irina und Odette an, Kirian vorzustellen, damit ich mich der magnetischen Seele widmen konnte, die mich so unendlich glücklich machte.

Ich bekam noch mit, dass Kirian herzlich und ganz ohne Vorurteile in die Runde aufgenommen wurde und dass Bellor langsam auf Odette zuging und sich für alles entschuldigte, was er ihr angetan hatte. Er nahm seinen Sohn auf den Arm und setzte sich mit ihm an die Tafel. Alle anderen taten es ihm gleich und das war der Moment, an welchem ich mich so richtig fallen lassen konnte. ES WAR VOLLBRACHT.

Leonardo ließ seinen Blick nicht von mir ab und ich spürte, wie sich die Gänsehaut über meinen gesamten Körper zog. Dieser Mann hatte eine Anziehung auf mich, der ich nicht gerecht werden konnte. Ich atmete tief aus, als ich mich neben ihn setzte.

»Wenn du das weiterhin so offensichtlich machst, haben wir in zehn Minuten Sex auf der Tafel«, schimpfte ich und provozierte ihn damit bewusst.

Seine Augen blitzten gierig auf, sodass das sanfte Blau zu einem wilden Hellblau mutierte. »Challenge accepted«, flüsterte er und strich mir sanft mit einem Finger über den Oberarm. Himmel, diese Berührung machte mich fertig.

»Hör auf damit, du bist erneut unmöglich, Leonardo«, tadelte ich ihn mit einem strengen Blick, der das Feuer in ihm nur noch mehr anheizte.

Irina erhob sich und lächelte breit in die Runde.

»Liebe alle, ich danke euch für die herzliche Annahme des kleinen Kirian und auch für die einheitliche Zustimmung, dass wir fortan zum Wohle unserer Kinder agieren und interplanetarische Kinder nicht getrennt von den Eltern erziehen werden. Die Vorstellung, interplanetarische Familien zu gründen, ist wundervoll und aus dem Licht der bedingungslosen Liebe geboren, die wir nun dank Alyra in uns tragen.« Sie zeigte auf mich und ich erstarrte, während Leonardo seine Hand vorsichtig von meinem Oberschenkel zurückzog. »Die Tafel ist fertig gedeckt und somit eröffnet! Lasst es euch schmecken und uns gemeinsam diesen bedeutsamen Tag feiern, der die Einheit des Universums in allen Zeitlinien markiert.«

Alle klatschten und ich atmete erleichtert aus. Einzig und allein der überdimensionalen apricotfarbenen Leinentischdecke hatten wir es zu verdanken, dass gerade niemand gesehen hatte, was Leonardo da vorhatte.

»Okay, Leonardo, das ist der Plan: essen, nach Hause fahren, Beherrschung loslassen. Alles klar?«

Leonardo seufzte voller Bedauern und nickte schließlich. »Wie gesagt: Dir zu widerstehen kostet mich viel Kraft.«

»Dann stärk dich.« Ich schob ihm die Schlüssel mit den marinierten Aprikosen vors Gesicht und nahm mir selbst eine der berühmten Venus-Delikatessen.

Grinsend warf er sich das Ding in den Mund und riss erstaunt die Augen auf. »Die sind lecker!«

Da gab ich ihm recht. Der fruchtige Geschmack der beinahe rosigen Aprikose wurde mit einer süßen Marinade überzogen, die meine Geschmacksknospen verzückte. Mein Mund wollte mehr und ich fing an, mich durch alle Köstlichkeiten am gedeckten Tisch zu kosten.

Odette lobte den Veilchentee besonders und reichte mir eine Tasse. Dazu schob sie mir mit einem Zwinkern auch lilafarbene Blüten zu, die wie gezuckert aussahen.

»Die passen perfekt dazu. Getrocknete Veilchenblüten mit Honig karamellisiert.«

Die seidige Struktur der Blüten paarte sich gekonnt mit der zuckrigen Oberfläche und intensivierte den feinen Geschmack des Tees um ein Vielfaches.

Irina sagte etwas, doch ich hörte es nicht. Alle meine Sinne waren auf Leonardo ausgerichtet.

»Richtig gut!«, bestätigte auch er, der sich offenbar abzulenken versuchte, indem er sich alles, was es am Tisch so gab, gleichzeitig in den Mund stopfte.

Irina saß neben mir und amüsierte sich über die Hast, die er dabei an den Tag legte. Sein bläulicher Oberkörper schimmerte im dämmrigen Licht der sinkenden Sonne und ließ ihn anmutig wie einen Gott aussehen. Trotz geblähter Backen.

Irina schnippte mir mit dem Finger vor die Nase. »Alyra?«

»Hm?«

Gedankenverloren blinzelte ich sie an, während Leonardo zufrieden aus dem Augenwinkel beobachtete, wie es mir nicht leicht fiel, den Blick von ihm zu lassen.

»Wir sollten gehen.« Ich stand auf und zog dadurch alle Blicke auf mich. »Ich danke euch aus tiefstem Herzen für eure Kooperationsbereitschaft und den Fakt, dass der Frieden nun wiederhergestellt ist. Ich danke euch auch für die bedingungslose Liebe, die ihr nun untereinander verteilen könnt. Ich bin stolz, ein Teil dieses *einen* Universums zu sein. Doch nun spüre ich, wie die Anstrengung der letzten Tage mich überwältigt. Es fühlt sich an, als würden alle Lasten von mir abfallen und ich möchte mich, ehrlich gesagt, einfach ausruhen und etwas schlafen. Ich freue mich auf unser nächstes Zusammenkommen, was fortan ja monatlich stattfinden wird. Lasst uns diese Verbundenheit aufrechterhalten. Legt gerne gemeinsam fest, wo unser erstes Kulturerkundungsfest stattfinden soll. Doch ich werde mich nun liebevoll verabschieden. Ich hoffe, das ist okay?«

Ich ließ meinen Blick mit großen Augen durch die Runde schweifen und alle nickten verständnisvoll.

»Natürlich ist es das. Sammle deine Energien, Liebes«, hauchte Reyna mit zartem Lächeln.

»Leonardo soll dich nach Hause bringen«, schlug Torus vor und zwinkerte seinem Sohn zu. Was für eine geschobene Partie. Ich verkniff mir ein Schmunzeln.

»Ja, du solltest nicht allein fahren«, beteuerte Theos und zwinkerte mir zu. Ha, genau das hatte ich gewollt.

»Danke, ihr habt recht. Wenn Leonardo nichts dagegen hat?« Ich blickte ihn eindringlich an und hoffte, dass er gekonnt mitspielte.

Sein Pokerface wurde ernst. Er erhob sich und fasste sich ans Herz. »Das mache ich natürlich gerne. Ich fühle mich ohnehin auch etwas schwach von den Ereignissen der letzten Tage.« Theatralisch schlurfte er zu mir und strich sich imaginären Schweiß von der Stirn.

»Du hast ja auch enorm viel geleistet«, lobte Torus seinen Sohn anerkennend. Der Stolz, der in seiner Stimme mitschwang, berührte mich.

»Wir verstehen es wirklich, wenn ihr geschafft seid und sind euch unendlich dankbar, dass ihr nicht aufgegeben habt, nach einer friedvollen Lösung für unser Universum zu suchen«, beteuerte Kessa.

Reyna und Irina zwinkerten wissend, Letztere lehnte dabei dankbar ihr Haupt auf die Schulter meines Vaters. Sogar Orun schlug uns vor, doch einfach wieder das Raumschiff zu nehmen.

»Ich möchte es euch ohnehin schenken. Für eure Verdienste.« Auch er deutete ein schwaches Grinsen an.

Wir winkten allen so lange zu, bis sie nur mehr kleine Knöpfe in der Wiese darstellten. Ich streifte mit der Hand durch die hohen Gräser der bunten Blumenwiese. Das Zirpen der Grillen sowie das Summen der Bienen beruhigten meinen Geist, jedoch nicht meinen Puls. Der sanfte Wind wehte mir ständig Leonardos Odeur von Meer um die Nase und ich wollte nun auch mehr.

30

MIR STOCKTE DER Atem, als das plejadische Raumschiff auf Tiefgang ging.

»Was, wie, was?!«, stammelte ich und kam gar nicht mehr nach damit, die sich vor mir erstreckende Unterwasserwelt zu bestaunen.

»Ich habe eine Überraschung für dich. Das ist sie.« Leonardo grinste und lenkte das Gefährt weiter in die Tiefe. Die Plejader mussten eine eigene Technik für Druckausgleich eingebaut haben, denn ich hatte keine Probleme mit klingelnden Ohren oder Überdruck. Oder ich bekam es einfach nicht mit, weil mich der visuelle Overload so sehr flashte.

Die Unterwasserwelt Jupiters erinnerte mich an die Plejaden. Bunt, vielfältig, visuell reizüberflutend. All das jedoch eingebettet in wundervolle, gesunde und unberührte Natur.

»Du zeigst mir dein Zuhause«, hauchte ich ungläubig.

»Den anderen Teil meines Zuhauses«, korrigierte er. »Ich möchte, dass du alles über mich weißt. Auch über den Fischteil.«

»Danke.« Ich faltete meine Hand in seine und drückte seinen Handrücken, um ihn zu bestärken.

»Es wird allerdings noch besser«, verriet er und schmunzelte. Oh, ich kannte den Ausdruck. Doch dann schob er nach: »Unser Dinner wird auch nachgeholt. Ganz im jupiterianischen Stil!«

»Du meinst unter Wasser?«

Er nickte und ich lachte hemmungslos. »Was?«

»Ich dachte, du meintest etwas anderes als Dinner.«

»Hey hey, ich bin doch ein Gentleman!«, protestierte er.

»Ja, aber ein unverschämter Gentleman«, korrigierte ich und wir lachten beide.

Die Anzeige am Cockpit zeigte uns bereits hundertzwanzig Meter Tiefe an. Leonardo beendete den Tauchgang und lenkte das Raumschiff nun auf dieser Tiefenebene weiter.

Vor uns prahlten Korallenriffe mit prächtigen Farben um die Wette. Anemonen bewegten sich fließend mit der mächtigen Masse des Meeres, Fische tummelten sich zwischen den Korallenstämmen und Haie streiften auf der Suche nach Beute über die Riffe.

»Atemberaubend«, staunte ich und versuchte, alles visuell aufzunehmen. Ich wollte nichts davon vergessen. Meine Iriden schnellten von links nach rechts, sodass es mich anstrengte. Und dann, gerade als ein Rotfeuerfisch gemächlich an dem Cockpitfenster vorbeischwamm, offenbarte sich hinter einer Felswand ein helltürkiser Palast.

Ich traute meinen Augen nicht. Nie hätte ich es für möglich gehalten, dass unter Wasser derlei Kunstwerke erbaubar waren.

Den jupiterianischen Palast säumten zahlreiche Säulen aus rotem Korallgestein. Kleine Türmchen wurden von fluoreszierenden Anemonen beleuchtet und fungierten als Lichtquellen, die den Ozean in reinstes Türkis tauchten. Der Palast fußte auf einer mächtigen Felsformation, die mindestens hundert weitere Meter in die Tiefe ragte. Vor dem Eingang erstreckten sich mandalaartige Kreise, die in Blautönen leuchteten und den Weg zum Palast markierten.

Das Tor schien überdimensional und durch den schmalen, geöffneten Spalt schimmerte ein sanftes Grün. Delfine sowie Meermenschen schwammen rhythmisch hindurch, als hätte sie jemand gerufen.

Leonardo parkte unser Raumschiff auf einer Plattform zwischen zwei Korallenriffen und drehte sich dann zufrieden zu mir. »Und, was sagst du?«

Erwartungsfreudig grinste er mich an, doch ich konnte nicht antworten. Ich war zu geflasht und musste das erst mal verarbeiten. Zusammenhangloses Gestammel war alles, was ich ihm derzeit bieten konnte.

»So beeindruckend?« Er lachte hell auf.

Ich nickte. Mir stand noch immer der Mund offen.

Die fließende Leichtigkeit, mit der dieser Palast inmitten des Ozeans gebaut worden war, faszinierte mich. Der Land-Palast war wirklich ärmlich gegen das hier. Gut, dass die anderen planetarischen Oberhäupter nicht wussten, in welch abgespeckter Version sie auf Jupiter stets empfangen wurden.

Ich schniefte gerührt. »Es macht mich sprachlos«, gab ich Leonardo die noch schuldige Antwort.

»Das habe ich gemerkt.« Er grinste und griff nach meiner Hand. »Wieso schwimmen alle in den Palast?«

»Keine Ahnung. Vermutlich hat Elea wieder mal zum Dinner geladen.« Leonardo zwinkerte und erhob sich, nur um dann im hinteren Ende des Raumschiffes rumzukramen.

Flaschen klirrten und etwas Metallartiges fiel zu Boden, darauf folgte ein unterdrücktes Fluchen.

»Brauchst du Hilfe?«, hakte ich nach.

»Nein, nein, alles gut. Bleib einfach sitzen und schließ die Augen.«

»Wieso?«, provozierte ich ihn und erntete dafür die erwartete Reaktion. Leonardo streckte seinen Kopf aus der hintersten Ecke des Raumschiffs und schob seine Augenbraue nach oben.

»Okay, okay, ich mach ja schon«, beruhigte ich ihn und schloss grinsend die Augen, was gerade mal drei Sekunden lang gut ging.

»Ich gucke aus dem Fenster und beobachte Delfine, das funktioniert besser, ja?«

Ich konnte regelrecht hören, wie Leonardo schmunzelnd den Kopf schüttelte.

Delfine schwammen in fließenden Bewegungen an unserem Raumschiff vorbei. Ich spürte, wie alles in mir weich wurde und merkte erst jetzt, wie die Anspannung abfiel, von der ich gar nicht gewusst hatte, dass sie so stark in mir war.

Leonardo werkelte direkt hinter mir und mahnte mich alle zehn Sekunden, mich nicht umzudrehen. Bis ich es schließlich durfte.

»Tadaaaaa!«, grölte er freudig und streckte die Arme breit aus, um sein Meisterwerk zu offenbaren.

Inmitten des Raumschiffes hatte er ein kleines Tischchen aufgebaut und es mit einer roséfarbenen Leinentischdecke bedeckt. Darauf stand eine Vase mit Wildblumen und Rosen. Er hatte für zwei gedeckt und in den Weingläsern perlte bereits das dunkelrote Getränk, nachdem ich mich schon tagelang sehnte.

Ich blinzelte sein breites Grinsen ungläubig an. »Woher hast du…?«

»… den Lambrusco?«, unterbrach er mich und wies mich mit einem Zwinkern an, mich zu setzen. »Der kommt aus deiner Küche. Ich habe ihn mitgehen lassen, nachdem du mir ein Dinner Date zugesichert hattest. Seitdem sammle ich alles Mögliche, was dir so gefallen hat auf unserer Reise, und verstecke es hier auf dem Raumschiff.«

Ich gaffte ihn noch immer ungläubig an.

»Die Tischdecke hat mir Irina bereitgestellt. Die Blumen hat Odette mit Kirian für uns gepflückt«, erklärte er und deutete auf den sinnlich duftenden Strauß.

»Und das hier«, kündigte er an und verschwand erneut im hinteren Teil des Raumschiffes. »Das hier sind die Cupcakes, die du so lecker fandest auf den Plejaden«, posaunte er, als er mit einem Tablett voller fluoreszierender Küchlein zurück nach vorne trat.

Ich wusste nicht, was ich sagen sollte. So etwas Romantisches hatte noch nie irgendjemand für mich gemacht. Meine Netzhaut

358

nahm rapide an Feuchtigkeit zu und ich spürte die Emotionen hochkommen, die mir Leonardo bescherte.

»Danke«, hauchte ich gerührt und stand auf, um ihn fest zu umarmen. Mich überkam heftige Liebe, die ich in die Kraft meiner Umarmung fließen ließ, sodass Leonardo kurz aufkeuchte.

»Bitte«, hüstelte er und gab mir einen Kuss auf die Stirn.

Dieser Moment war wunderschön. Ohne sexuelle Hintergedanken, ohne Erregung, einfach bloß Dankbarkeit und Verbundenheit.

Und ich war dankbar. Dankbar, dass ich mit Leonardo beides teilen konnte. Wilde Leidenschaft und fürsorgliche Zuneigung.

»Das ist das Romantischste, was je jemand für mich getan hat«, gab ich zu. Ich wollte es ihn wissen lassen.

»Dann bekommst du das ab jetzt öfter.« Er grinste frech und holte erneut ein Tablett aus der Ecke, die mir vorkam wie Mary Poppins Zauberkoffer. »Auf Fundus hab ich verzichtet«, witzelte er, »doch auf Olivenbrot und eingelegte Auberginen nicht.«

O Himmel, ich liebte diesen Kerl!

Wie heftig ich grecurianisches Essen vermisst hatte, wurde Leonardo in dem Moment klar, als er das Tablett auf den Tisch abstellte und ich mich sofort darüber hermachte.

»Sorry, ich kann mich nicht zurückhalten! Setz dich und mach mit, damit es weniger peinlich ist!«, wies ich ihn mit vollen Backen an.

Er lachte amüsiert und schoppte sich ein großes Stück Olivenbrot in den Mund.

»Gut fo?«, fragte er mit nun gleich vollem Mund. Und dann lachten wir beide, sodass wir Mühe hatten, dass uns das gute Essen nicht wieder aus dem Mund purzelte.

Unglaublich. Der Mann hatte sogar nach einem ausgiebigen Mahl noch ein Sixpack! Wie war das denn möglich? Verdauten Jupiterianer nicht?

Ich richtete meinen Oberkörper auf, damit mein Verdauungsbäuchlein sich etwas straffte, und lächelte dabei ablenkend.

Wir hatten das gesamte Brot, alle Auberginen und die gesamten Cupcakes aufgegessen. Das Aprikosenmus, das Leonardo nach den Küchlein reichte, hatten wir nur mehr langsam zu uns genommen. Doch es war schlichtweg zu gut gewesen, um es übrig zu lassen.

Dafür hätten wir noch Platz für ein Gläschen Rotwein gehabt.

Ich schaute tief ins leere Glas. So musste sich Theos nach einer trinkfreudigen Nacht vorkommen.

»Die Flasche ist leider leer«, erklärte er und zuckte die Achseln entschuldigend. »Doch ich habe noch eine kleine Überraschung.« Er zwinkerte und zog hinter sich eine grüne Flasche hervor. Darauf stand Ginlikör auf Anedarisch.

»Nicht dein Ernst?« Ich lachte und nahm ihm die Flasche aus der Hand. »Du weißt schon noch, dass mich das Zeug das letzte Mal ziemlich ausgeknockt hat, oder?«

»Ich weiß. Dieses Mal knocken wir uns gemeinsam aus.« Er lachte voller Vorfreude und leerte die grüne Gefahr in unsere Gläser.

»Das endet übel«, prophezeite ich und prostete ihm zu.

»Auf uns und die unendliche Freiheit, die wir nun durch unsere Verdienste als Friedensbotschafter genießen können!«, toastete Leonardo überschwänglich.

Mit jedem Glas wurde die Unterwasserwelt verschwommener und ich war mir nicht sicher, ob es am Fließen des Wassers oder an meinem Alkoholpegel lag. War ich mir eigentlich doch. Ziemlich sicher Letzteres.

»Lass uns zurück an die Oberfläche fahren«, schlug Leonardo vor. »Am Strand unter Palmen können wir uns ausruhen.«

Meinen schummrigen Blick musste er als »Ja« gedeutet haben, denn mit einem sanften Streicheln über meine Schläfen hievten mich seine breiten Schultern in den Cockpitsessel. Er hantierte klirrend mit den leer getrunkenen Gläsern und räumte unser Romantic Dinner Ambiente weg. *Nein*, schrie etwas in mir und bedauerte, dass das Raumschiff nun wieder zu dem kühlen Metallkloß mutierte, das es nun mal war.

Als sich das Ding in Bewegung setzte, fuhr mir ein mulmiges Gefühl durch den Magen.

»Seit wann spüre ich Rotwein denn so doll?«, jammerte ich ins Leere und griff mir an die Schläfen.

»Das kann am Unterwasserdruck liegen«, erklärte Leonardo und liebäugelte im Millisekundentakt mit der Tiefenmeteranzeige. Es schien, als wäre er darauf bedacht, dass wir nicht zu schnell nach oben fuhren.

»Danke«, flüsterte ich und blinzelte ihn noch immer etwas benommen an. Mir stieg die Schwere des Wasserdrucks wohl tatsächlich zu Kopf und das, obwohl das plejadische Raumschiff laut Orun ein eigenes Druckausgleichssystem installiert hatte.

Der grün und türkis beleuchtete Palast wurde immer kleiner und die Korallenriffe waren bald nur mehr kleine bunte Flecken inmitten eines großen, dunkelblauen Teppichs. Ehrfürchtig lugte ich der Unterwasserszenerie nach. Wie groß und weit das Meer doch war, faszinierend.

Einige der Delfine begleiteten uns auf unserem Weg zurück an die Wasseroberfläche. Ich bildete mir ein, dass sie mich anlächelten, und lächelte dankbar zurück.

Mit jedem Meter näher an Land lichtete sich der Nebel in meinem Kopf, der wie ein Druckpolster auf meinem Gehirn saß.

»Puh, so schön deine Welt da unten auch ist, das mit dem Druck muss ich üben«, gab ich zu und schüttelte meinen Kopf zuerst nach links, dann nach rechts, um wieder normal zu hören und das benommene Gefühl loszuwerden.

Plötzlich spürte ich auch den Rotwein nicht mehr und war bereit für Runde zwei. Leonardos Grinsen bestätigte, was ich dachte.

»Lambrusco ist alle, doch wir haben haufenweise Rum mit Kokosnüssen«, posaunte er siegesreich, als er das Raumschiff in eine Bucht parkte und die Abstiegsrampe ausfuhr.

Mit einer edlen Bewegung reichte er mir die Hand und führte mich ritterlich zur schmalen, metallenen Treppe.

»Prinzessin Alyra«, hauchte er mir theatralisch einen Kuss auf den Handrücken.

»Och komm, hör doch auf!«, schimpfte ich lachend und zog meine Hand weg, um ihm einen Klaps auf die Schulter zu geben.

»Was?«, empörte er sich. »Du bist eine Prinzessin und ich ein Prinz.« Leonardos weiße Zähne blitzten im Licht der Sonne, als er mich frech angrinste.

»Ja. Doch du weißt, dass ich den royalen Humbug nicht ausstehen kann. Wir sind Menschen wie alle anderen«, erklärte ich und schubste ihn, sobald unsere Sohlen den heißen Sand erfühlten.

Seine blau schimmernden Muskeln fielen theatralisch zu Boden. »Deine Worte schmerzen mich zutiefst«, schauspielerte er und hielt sich das Schienbein.

Ich stieg gekonnt an ihm vorbei und steuerte die Beachbar an, die keine hundert Meter entfernt ein paar Jupiterianer mit karamelligem Alkohol glücklich machte.

»Während du dein individuelles Shakespeare-Drama mimst, hole ich uns Drinks«, rief ich ihm noch zu und bot meinen besten Hüftschwung dar, als ich durch den heißen Sand stapfte.

Mir ging es gar nicht um Kokosnüsse und wenn Leonardo nur einen Funken Grips besaß, wusste er das auch.

Er besaß diesen Funken, das wusste ich, deshalb wunderte es mich auch nicht, als ich einen starken Arm spürte, der sich beschützerisch über meine Schultern legte.

»Okay, *Mensch wie alle anderen*, darf ich dich auf einen After Dinner Cocktail in mein Zimmer einladen?«

Seine raue Stimme hauchte die Worte, als wären sie bereits in pure Verführung getunkt. Ich antwortete nicht, doch das musste ich auch nicht. Mein Grinsen genügte.

Ich wagte es nicht, ihn anzusehen, sonst wären unsere erweiterten Teasing-Künste zunichtegemacht worden. Doch ich spürte seine leidenschaftlich blitzenden Augen auf mir ruhen.

So schnell hatte Leonardo wohl noch nie in seinem Leben Drinks bestellt.

31

KABOOM. KABOOM. KABOOM. Ich zog heftig an meinem Strohhalm, in der Hoffnung, der Rum würde mich beruhigen. Mit jedem Schritt, den wir uns Leonardos Zimmer näherten, pochte mein Herz wilder und trieb mir das Blut in Windeseile durch die Gefäße. Ich sollte nicht mehr durcheinandertrinken.

»Alles ok?«, hauchte er mir mit einem Lächeln ins Ohr und fasste meine Hand ein bisschen fester.

»Klar, ich bin nur irgendwie ... ach nichts«, winkte ich ab, doch wie erwartet blieb Leonardo abrupt stehen und bohrte seine blauen Iriden in meine.

»Was ist los?«, fragte er um einiges besorgter als vorher.

»Keine Ahnung«, gab ich schwach zu. Das stimmte schließlich.

»Magst du nicht mehr?«, hakte er verunsichert nach und wirkte dabei verletzlich.

»Klar! Alles gut. Ich war nur noch nie in deinem Zimmer. Das ist ja doch etwas sehr Intimes.«

Nach einer kurzen Pause hob Leonardo mit seinen filigranen

Fingern mein Kinn an und grinste mir schelmisch ins Gesicht. »Wir hatten schon intimere Momente als eine Zimmerschau.« Er zwinkerte und plötzlich war der nervöse Herzschlag auch wie weggefegt.

»Du bist mein absoluter Ruhepol, weißt du das eigentlich?«, schmunzelte ich und folgte ihm durch den kleinen Vorraum, der zu seiner Zimmertür führte.

»Klar. Genau genommen weiß ich das seit unserem ersten Treffen in deiner Küche«, brüskierte er sich und grinste selbstgefällig, ehe er die Tür zu seinen Gemächern aufriss und mich eintreten ließ.

»Et voilá! Mein Reich. Fühl dich wie zu Hause!«, posaunte er durch den Raum, der so groß war wie der gesamte grecurianische Salon. Himmel, ich konnte mir richtig gut vorstellen, wie das Gespräch zwischen dem jupiterianischen Architekten und Torus abgelaufen sein musste.

Architekt: »Wie luxuriös und prachtvoll soll der Palast werden?«
Torus: »Ja.«

Ich kicherte in mich hinein, als ich mir das fahle Gesicht des Architekten vorstellte und Torus keine Miene verzog, als er seine übertriebenen Wünsche äußerte.

Etwas belämmert stand ich im Türrahmen und musterte die Einrichtung. Und ihn.

»Was ist? Stimmt etwas nicht?«

»Sich hier zu Hause zu fühlen wird wohl schwer. Gegen dein Reich wirkt der grecurianische Palast wie ein Bauernhaus.«

Was es ursprünglich auch war. Theos wollte es bewusst bescheiden belassen und ich hatte es immer gemocht, obwohl mir Prunk auch immer etwas geschmeichelt hatte. Und trotzdem mochte ich es nicht, wenn man mich Prinzessin nannte. Ich war seltsam.

Leonardos Arm griff nach meinem Handgelenk und zog mich in sein Zimmer. So entkam ich immerhin meinen wirren Gedanken. »Ich geb dir eine Führung und schmeiß alles raus, was dir nicht gefällt«, meinte er zwinkernd und mein Gefühl sagte mir, dass er das ernst meinte. »Das hier ist meine kleine Garderobe.«

Leonardos Arm zeigte in die linke Ecke des Raumes, direkt neben der Tür. Dort sorgte ein Sichtschutzparavan für ein abgetrenntes Verhältnis, wobei das gänzlich sinnfrei war. Die Garderobe bestand aus zwei Dutzend helltürkisen Hosen und das war's.

»Minimalistisch«, kommentierte ich und schürzte die Lippen.

»Das hier ist mein Lounge Bereich.«

Er zog mich weiter ins hintere linke Eck des Raumes und ich zählte meine Schritte, während er das tat. Achtundzwanzig. Verdammt, sein Reich hätte ein eigener Planet werden können.

Vor uns ergaben drei Sofapartien in hellem Türkis eine gemütliche Symbiose. Die breiten Fenstertüren dahinter führten auf eine riesige Terrasse mit Blick aufs Meer. Weiße Leinenvorhänge bedeckten leicht die Sicht ins Freie und erinnerten mich an die Reinheit von Sirius. Auf dem rechteckigen Couchtisch mit abgerundeten Ecken stand ein Obstkorb mit exotischen Früchten, darunter einer Ananas, die dem Kokosholz des Tisches eine warme Note verlieh.

»Gemütlich«, kommentierte ich wieder und als hätte Leonardo darauf gewartet, führte er mich weiter in die andere Ecke des Raumes. Um die dreißig Schritte später standen wir vor zwei Türen. Er drückte die goldene Klinke der rechten Tür nach unten und schwang das dunkle Holz auf.

Ich konnte kaum glauben, was ich hier sah. Vor mir erstreckte sich ein Spabereich mit Pool, künstlich angelegten Kaskaden und einer ... Poolbar?!

Überrascht riss ich meinen Kopf zu Leonardo und formte meine Augen zu Schlitzen. »Das ist nicht dein Ernst?«

Er grinste nur und fuhr sich geschmeichelt durchs Haar.

»Wieso haben wir uns Kokosnüsse mit Rum am Strand geholt, wenn du eine eigene Bar in deinem Zimmer hast? Ähm, Reich? Ähm, Planeten?!« Ich starrte ihn ungläubig an. Fasziniert und dennoch ungläubig.

»Für genau diese Reaktion«, meinte er trocken. »Ich liebe es, dich zu überraschen.«

Mit einer Leichtigkeit warf er sich hinter den Tresen und fing an zu mixen. Dabei legte er eine Fingerfertigkeit an den Tag, sodass ich nicht erkennen konnte, was Mister unverschämt und unwiderstehlich da zusammenbraute.

Mit einem neugierigen Schmunzeln ließ ich mich auf den Rattansessel neben der Bar fallen und reckte mein Gesicht zur Sonne. Gab es auf Jupiter überhaupt Regen?

Die warmen Strahlen der Sonne verwöhnten meine Haut, als sich ein breiter Schatten vor mein Gesicht zog.

»Bitte sehr, ich nenne ihn Grecurianischer Orgasmus.«

Ich errötete unweigerlich, überspielte die Röte jedoch gekonnt mit einem abschätzigen: »Das werden wir ja sehen«.

Doch Leonardos Grinsen zufolge durchschaute er mich und als ich den ersten Schluck von dem purpurroten Getränk nahm, riss ich überrascht die Augen auf.

»Sag mal, hast du Grecur den gesamten Lambrusco geplündert?« Leonardos weiße Zähne blitzten zufrieden auf, als ich noch einen Schluck nahm – nun um einiges gieriger.

»Ist das Zimt? Und Kokos?«, fragte ich neugierig und ein bisschen skeptisch.

Er nickte zweimal.

»Der Orangensaft gibt dem Ganzen die fruchtige Note«, erklärte er und klopfte sich selbst auf die Schulter.

Ich verzog anerkennend die Lippen. »Respekt, Drinks mixen kannst du wirklich gut«, gab ich zu und exte das Glas.

Er holte bereits ein weiteres hinter dem Tresen hervor, exte sein eigenes Glas und holte auch sich Drink Nummer zwei.

Skeptisch beäugte ich den jupiterianischen Prinzen. »Wie viele der Dinger hast du vorbereitet?«

»Einige«, antwortete er kryptisch und setzte sein unverschämtes Grinsen auf, das ich anfangs so abscheulich fand und jetzt … Tja, jetzt liebte ich es.

Ich nahm das zweite Glas dankbar entgegen und wir prosteten uns zu.

»Auf uns und den Frieden«, toastete Leonardo und griff nach meiner Hand, nur um sie liebevoll zu streicheln. Sein Daumen kreiste auf meinem Handrücken und bescherte mir Gänsehaut.

Verliebt betrachtete ich seine kantigen Züge, denen das volle Haar eine weiche Note verlieh.

Und einfach so zog er mich auf seinen Schoß und fing an, meine Lippen mit seiner Zunge zu spalten. Sein Kuss kam so unvorhergesehen, dass ich fast meinen Lambrusco-Kokos-Orangen-Cocktail umkippte.

»Ich hoffe, du erlaubst uns eine kurze Pause von deinem neuen Lieblingsgetränk?«, raunte er mir ins Ohr und übersäte meinen Hals mit Küssen.

Ich schloss die Augen, um jede seiner Berührungen intensiver wahrzunehmen, und stöhnte laut, ehe ich mir auf die Lippe biss.

»Du kannst dich hier ganz ausgelassen verhalten, mein Reich ist groß«, flüsterte er und knabberte an meinem Ohr. Normalerweise hätte ich ihn für dermaßen proletenhafte Aussagen ausgelacht, doch jetzt, in diesem Moment, war ich einfach nur erleichtert, mich nicht zurückhalten zu müssen.

»Ist gut«, keuchte ich und ließ jegliche Zurückhaltung los. Jetzt war alles egal, wir hatten alles erreicht, was wir wollten, und sogar mehr, als wir für möglich hielten.

Ich durfte die Liebe zu Leonardo fließen lassen. Und das tat ich.

Gierig grub ich meine Finger in sein wirsches Haar und drückte sein Gesicht an meines. Er liebkoste meine Zunge mit seiner und beflügelte alle vorhandenen Geschmacksknospen, während seine Hände sanft und dennoch bestimmt meinen femininen Körper abtasteten und immer weiter Richtung Hüfte wanderten.

Ich schälte das Lederbustier, das ich in zig Ausführungen besaß, von meinen Brüsten und legte die rosigen Knospen frei. Leonardo zwirbelte sie zwischen seinen Fingern und saugte daran, als wären es Rosen, die er zum Blühen bringen wollte. Ich stöhnte begierig.

»Mehr«, hauchte ich atemlos und warf meinen Kopf in den Nacken.

»Bekommst du«, drückte er mit einem Kuss auf meinen Hals und hob mich auf seine Arme, nur um mich ins Innere seines Reiches zu tragen. Mit einem ekstatischen Ausdruck im Gesicht legte er mich auf die kühlen Laken seines Bettes. Die weißen Leinenvorhänge wehten sanft im Wind und simulierten den Zustand, den ich auf Sirius hatte: Ich schwebte.

Leonardo wollte sich auf mich legen, doch ich schwang meine Beine um seine Lenden und drehte ihn gekonnt auf den Rücken. Ich wollte oben sein. Ich wollte dieses Gefühl der schwebenden Leichtigkeit und Liebe nicht verlieren.

Mit einem Schmunzeln beugte ich mich zu Leonardos geschwollenen Lippen und küsste sein wissendes Grinsen weg.

»Ich habe es immer gesagt: Du bist besonders, Alyra von Grecur.«

»Ich bin selbstbewusst, unabhängig und modern«, flüsterte ich in sein Ohr und biss ihm lächelnd in sein Läppchen.

»So sollten viel mehr Frauen sein«, flüsterte er und schob mir wild den seidigen Stoff meines knappen Kleides von den Hüften.

»Das werden sie. Dafür sorge ich höchstpersönlich. Die Zeiten der patriarchalen Strukturen sind vorbei«, keuchte ich und streifte Leonardos helltürkise Leinenhose von seinen Lenden.

Das törnte ihn dermaßen an, dass es mich selbst noch mehr erregte. Er keuchte wild auf und streifte mit seinen Fingern mein Haar glatt. Meine wilden Locken flossen wie Seide durch seine sehnigen Finger.

Er umfasste meine Hüften, als wären sie ein Kelch und ich bewegte sie rhythmisch, während ich mich auf ihn drauflegte.

Sein Eindringen fühlte sich an wie ein Befreiungsschlag nach all den Strapazen, die wir gemeinsam durchgemacht hatten. Nun wirklich. Zu hundert Prozent. Ohne jegliche Hemmung.

Ich stöhnte laut und er keuchte auf.

In diesem Moment hätte ich nirgendwo anders als hier sein wollen. Nicht nur das. Ich wollte hierbleiben. Am liebsten für immer.

Diesen Moment für immer genießen. Leonardo immer in dieser Intensität spüren.

Einfach das Leben auskosten, das ich mir all die Jahre so vehement verwehrt hatte!

»Ich liebe dich«, hauchte ich, sodass Leonardos Muskeln vor Erregung zuckten.

»Und ich dich erst«, rief er und keuchte heftig, als er weiter sein Glied in mich ein- und ausgleiten ließ. Und dann, endlich, als wäre es schon längst überfällig, vereinten wir uns.

Es fühlte sich an, als wäre ich endlich angekommen.

Unsere verschwitzten Körper lagen rastlos nebeneinander. Leonardo rückte sofort nah an mich heran, nachdem ich mich neben ihn legte. Seine blauen Augen durchlöcherten mich neugierig und ich sah ein freudiges Strahlen durch seine Iriden zucken, das ich noch nie vorher wahrgenommen hatte.

Es sprühte Entschlossenheit aus und dennoch ... Unsicherheit?

»Alles okay?«, fragte ich und wollte dabei locker klingen. Ich lächelte in sein Gesicht und streifte ihm eine dunkle Haarsträhne aus der Stirn.

Leonardo biss sich auf die Lippe und sah mich mit großen Augen an.

»Willst du zu mir ziehen?« Er fragte es leise und vorsichtig, als hätte er Angst, meine Antwort zu hören. Doch ich hörte das Meer im Hintergrund rauschen, das verführend im heißen Sand abebbte, als wollte es mir etwas sagen. Ich spürte den Ruf hierzubleiben und die Freude, die sich bei dem Gedanken daran in meinem Herzen ausbreitete.

Dieses Gefühl des Angekommenseins war so intensiv und nichts im Vergleich zu jenen Gefühlen, die ich auf Grecur fühlte.

Mein Herz entschied ganz klar für mich. Hier war ich richtig.

Hier fühlte ich mich angekommen.

Hier wollte ich sein.

Nicht nur wegen Leonardo, sondern weil meine Seele es einforderte. Dieses Glück, das ich mir all die Jahre nicht gegönnt hatte. Hier lag es überall, ich brauchte lediglich meine Hände ausstrecken, um es intensiv wahrzunehmen.

»Ja, ich möchte hierbleiben.«

Mein Herz sprach in diesem Moment für mich und umarmte mein Gehirn ganz fest, damit es nicht mit Verstandesargumenten reingrätschen konnte. Doch noch fester umarmte mich ein überglücklicher Leonardo, der sich wie ein kleines Kind über meine Antwort freute. Ich erntete von oben bis unten Küsse und bei jedem fünften Kuss drückte er mich noch ein bisschen fester. Ich musste lachen, weil mich seine Finger dabei leicht kitzelten, als sie die sensible Haut meiner Taille umspielten.

Nun hatte sich Ryans Vermutung bestätigt: Ich gehörte offenbar wirklich nicht nach Grecur. Zumindest nicht *nur* dorthin.

Mein Herz schlug für alle Planeten ein bisschen, ganz besonders für Jupiter und Anedar. Sie waren alle ein Teil von mir und ich spürte das.

Vielleicht war das der Grund dafür gewesen, dass das Universum mich wählte, um alle Planeten in Einklang zu bringen.

»Und jetzt ... jetzt stoßen wir mit unseren Grecur-Jupiter-Symbiose-Cocktails darauf an!«, jubelte ich, zog Leonardos warmen und schwitzigen Körper hoch, drückte ihm einen durch und durch glücklichen Kuss auf den Mund und schliff ihn in seine hauseigene Bar, in der wir ungestört unser Zusammenziehen feiern konnten.

32

»FABULÖS!«, RIEF TORUS mit grinsender Miene und warf die Hände in die Luft, ehe er motiviert klatschte, um Rum in Kokosnüssen bei seinen Ladys zu ordern.

Himmel, ich würde wöchentliche Detox-Kuren brauchen, wenn ich hier wohnte.

Leonardos Vater drückte mich überschwänglich an seine Brust und gratulierte uns beiden.

»Wie wunderbar! Ein Grund für Theos, mich – ähm, uns alle – öfter zu besuchen!«, jubelte er weiter und klopfte wild an Eleas Tür, um ihr die frohe Kunde mitzuteilen.

»Wir können es Elea auch später noch sagen«, wollte ich ihre Privatsphäre wahren, doch da schwang die Tür schon auf und eine genervte Schönheit in hellem Türkiskleid stand im Türrahmen.

»Was ist, Daddy?«, fragte sie genervt, während sie die Tür sofort hinter sich ins Schloss fallen ließ, als wollte sie etwas verbergen. Doch ihre Mimik änderte sich sofort, als ihre hellblauen Augen sich mit meinen verhakten. »Alyra!«, freute sie sich und drückte mich beinahe heftiger als Torus an ihren schmalen, zarten Körper. »Du bist wieder da! Wie schön, dich hier so oft zu sehen«, meinte sie ehrlich und lächelte schwesternhaft. Selbstbewusst warf sie sich das lange blonde Haar über die Schulter und stützte den Arm in ihre Taille. Ihre Lippen wirkten geschwollen und ihr Atem ging noch schwer. Ich war mir nicht ganz sicher, ob das an den Neuigkeiten oder dem, was sie offenbar in ihrem Zimmer verbarg, lag.

»Dann kannst du dich freuen, Elea«, sprach Torus mit stolzer Stimme. »Alyra wird bei uns einziehen.«

Eleas Augen wurden riesig und ihr Ausdruck wurde hell wie eine Lampe. Sie strahlte über beide Ohren, ehe sie mich erneut umarmte und laut posaunte: »Ich wusste, dass du wie eine Schwester für mich werden würdest! Ich freue mich riesig, Alyra!«

Dann räusperte sie sich und ließ von mir ab.

»Auch wenn ich nicht ganz verstehe, wieso du von allen Hotties des Universums ausgerechnet *ihn da* ausgewählt hast.« Sie lugte verächtlich zu Leonardo und schubste ihn mit ausgestreckter Zunge.

»Glaub mir, das war so nicht geplant«, gab ich zu und wir alle lachten. Nur Leonardo äffte ein gespieltes »Ha ha ha« nach und rollte die Augen in Eleas Richtung.

Elea schnalzte amüsiert mit der Zunge.

»Jetzt komm aber, ein bisschen Spaß tut uns gut. Ihr habt diesen intergalaktischen Krieg dermaßen souverän abgewehrt und jetzt diese Verkündung, ich bin aufgeregt!« Sie zwinkerte und umarmte nun ihren großen Bruder, der nach kurzem Zögern einknickte und die Umarmung etwas gehemmt erwiderte.

Die beiden waren herzzerreißend miteinander.

Torus räusperte sich und streckte seine Brust heraus. Der Ansprache- aka Verkündungsmodus war aktiviert.

»Nun denn, liebe Kinder. Die Drinks sind bereit! Wir stoßen an. Auf ein einheitliches Miteinander. Auf bedingungslose Liebe für alle. Und vor allem: Auf Alyra und Leonardo.«

Er reichte uns allen eine Kokosnuss von den Tabletts, die die Jupiterianerinnen mit einem Lächeln hielten. Sie gratulierten uns ebenfalls, als hätten wir verkündet, dass wir heiraten wollten.

Leonardo schielte mich schmunzelnd von der Seite an und schob seine Hand in meine.

»Denk nicht mal dran«, murmelte ich und er lachte hell auf.

»Stell dir mal vor, was hier los ist, wenn wir ein Baby erwarten«, witzelte er in mein Ohr und grinste frech.

Ich verkniff mir ein Lachen und murkste stattdessen ein zerknautschtes Nasengeräusch meine Kehle hinunter. »Himmel, hier wird wirklich alles als Grund zu feiern verwendet.«

»Du hast dir den Planeten ausgesucht.« Er zwinkerte und drückte meine Hand.

»Das hab ich«, hauchte ich verliebt und starrte in sanfte, blaue Augen, die mir mehr Geborgenheit schenkten als alles, was ich jemals zuvor gekannt hatte.

Drei Kokosnüsse mit Rum, einen leichten Rausch und eine gefühlte Million Glückwünsche später standen wir vor dem Teleportationskanal.

Elea war nach der ersten Kokosnuss zurück in ihr Zimmer gehuscht, sodass ich noch immer sinnierte, was oder wer wohl ihre Aufmerksamkeit gestohlen haben mochte.

Torus winkte ein gerührtes »Bis später« und nahm seine Frau liebevoll in den Arm, die wohl auch enorm von seiner neuen Sicht auf die Welt profitierte.

Glückselig blinzelte sie ihren Gatten an und schwenkte ihren Blick dann dankend zu mir.

Der kleine Side-Effekt, den das Aktivieren von bedingungsloser Liebe mit sich zog, freute mich bei jeder Partnerschaft, die ich in neuem Licht erblühen sah, noch mehr. Mein Herz war mit Dankbarkeit gefüllt und mit diesem Gefühl stieg ich auch in den Teleportationskanal.

Wir hätten das Raumschiff nehmen können, doch in diesem

Fall war der Kanal die schnellere Variante, denn der führte direkt in den grecurianischen Palast, weshalb bei einer Versammlung auf Grecur viele Oberhäupter bislang über Jupiter nach Grecur gekommen waren.

Diese spezielle Teleportationskanal-Verbindung lag der jahrzehntelangen Freundschaft zwischen meinem Vater und Torus zugrunde.

Keine Minute später fanden wir uns im grecurianischen Palast wieder. Ein aufgewühlter Hektor empfing uns zwar überrumpelt, doch auch freudig und war sichtlich nervös, dass er von diesem spontanen Besuch nichts gewusst hatte und so Theos nicht vorinformieren konnte.

»Beruhige dich, Hektor, alles ist gut. Ich suche meinen Vater persönlich«, beschwichtigte ich den jahrelangen Getreuen des Palastes und lächelte sanft. Es schien zu helfen, denn seine Miene wurde weicher. Ich zog Leonardo an Hektor vorbei und in den Salon, der an das Teleportationsstudio angrenzte.

Hier war bereits wieder alles blitzeblank aufgeräumt worden. Keine Lambruscoflasche, keine Rotwein-Flecken, auch kein schlafender Vater mit mangelnder Nüchternheit auf der Couch. Ich schliff Leonardo weiter in den Flur und mit einem Grinsen an der Küche vorbei.

»Hey, weißt du noch«, setzte er an, ehe ich einen wissenden Blick über die Schulter warf.

»Um Lambrusco, Feigen und Olivenbrot kümmern wir uns später. Glaub mir, Theos wird uns ohnehin nicht nach Jupiter zurückkehren lassen, ehe wir ausgiebig mit ihm gegessen haben.«

Und das war mir recht. Ich hatte schon ewig kein grecurianisches Mahl zu mir genommen. Mein Magen erwartete es bereits mit einem Hauch Wehmut.

»Miss Alyra!« Hektor hielt schwer atmend vor mir und streckte seinen Zeigefinger in die Höhe, als müsste er sich sein Sprachrecht erst erkämpfen.

»Ja, Hektor?«, fragte ich mit einem diplomatischen Lächeln, um den Stresspegel, den unser getreuer Mitarbeiter ausstrahlte, abzuwehren. War uns Hektor etwa nachgerannt? Indem er dreimal ums Haus lief?

»Ganz schön aus der Puste«, murmelte Leonardo und erntete dafür einen Stoß in die Rippen.

»Theos befindet sich nicht im Haus, Miss Alyra.«

Ich hob die Augenbraue überrascht. Vater war fast immer zu Hause. Oder an einem Ort, wo es Lambrusco gab.

»Wo ist er denn?«, hakte ich nach.

»Im Dorf, Miss Alyra. Er hilft beim Wiederaufbau der Stadt nach dem Angriff der Romdonianer«, erklärte Hektor detailgetreu und nickte am Ende zufrieden, als hätte er seine Pflicht des Tages somit erfüllt.

»Ich danke dir, Hektor. Dann werden wir ihn in der Stadt ausfindig machen.« Ich faltete die Hände vor der Brust und schloss mit einem dankbaren Lächeln die Augen. Reynas Move gehörte mittlerweile zu meiner Signature-Gestik.

Hektor lächelte steif und wollte sich gerade davonmachen, als ich ihn zurückhielt. Betroffen, als hätte er etwas falsch gemacht, linste er mich an.

»Hat dich mein Vater schon fest und herzlich umarmt, Hektor?« Die Frage war rein rhetorisch gemeint. Ich kannte die Antwort bereits.

Hektor blinzelte mich irritiert an und machte große Augen, als ich ihn warm in die Arme schloss und so lange festhielt, bis auch sein Brustkorb leicht zu leuchten begann.

Sofort schlug die Stimmung im Foyer um. Es war, als hätte jemand all den Stress, die Nervosität und die Hektik weggekehrt und nochmal extra alles auf Ruhe und Ausgeglichenheit poliert.

Mit einem zufriedenen Lächeln löste ich mich aus der Umarmung und blickte in nicht verstehende, jedoch friedselige Augen.

»Nun schwingst auch du mit der Frequenz der bedingungslosen Liebe. Genieße es und lasse die Hektik hinter dir, Hektor.«

Ich klang dabei wie Reyna.

»Danke, Miss Alyra«, sagte Hektor ehrfürchtig und griff sich ans Herz.

Ich fasste mir an meines und griff mit der anderen Hand nach Leonardos filigranen Fingern. Mein Gefühl sagte mir, dass ich ihn jetzt brauchen würde.

In den letzten Tagen war so vieles geschehen, dass ich es beinahe verdrängt hatte, dass Grecur schwer unter Beschuss gekommen war. Und ich war dabei gewesen. Ich hatte Ryan sterben gesehen. Und Leonardo voller Enttäuschung wegrennen.

In dieser Erinnerung lag so viel Schmerz, dass ich gar nicht merkte, wie sehr ich mich verkrampfte.

Ein scharfes Seufzen aus Leonardos Mund wies mich darauf hin, dass ich meine Fingernägel tief in seinen Handrücken gekrallt hatte. Weiße, blutlose Mondsicheln zeichneten sich auf seiner bläulich schimmernden Haut ab.

»Um Himmels willen, es tut mir leid!« Erschrocken nahm ich seine Hand in meine, doch er drehte mich schnell zu sich.

»Ich halte das aus und bin für dich da. Ich weiß, dass du nicht daran gedacht hast, das da draußen heute erneut zu sehen. Das haben wir beide nicht.«

Wie naiv eigentlich. In meiner Liebeswolke hatte ich all das Schlimme verdrängt, das die letzten Tage geschehen war. All die Kollateralschäden, all die Toten, all die ... Verluste. Kyras und Freyas Beerdigung stand noch an und ziemlich sicher auch Ryans.

Ich sog scharf die Luft ein, als sich Kyras strenge Gesichtszüge in meinem geistigen Auge abzeichneten. Mein Magen heulte gequält auf, als ich an die Kinder in Käfigen dachte, die die Rettungsmission nicht überlebt hatten. Zumindest war mir das gesagt worden. Nein, sie hatten nicht überlebt, wo hätten sie denn sein sollen?

Die Käfige verblassten, als sich Ryans blasses Gesicht in mein Gedächtnis stahl und mich reuevoll anblinzelte, ehe er einen letzten warmen Atemzug nahm und ihn mit der restlichen Kraft in seinem Körper ausatmete, nur um dann leblos zusammenzusacken.

Mein Herz raste und mir wurde schwindlig. Gehetzt wie vorher Hektor suchte ich nach einem Anker, der mich stützte, der es verhinderte, dass ich in diesen Sog aus Schuldgefühlen hineingerissen wurde, doch die Reue und Trauer überwältigte mich plötzlich wie eine riesige Welle, die ich nicht kommengesehen hatte.

»Leonardo«, schluchzte ich und zuckte energisch um mich, bevor mich schützende, starke Arme festhielten und meinen Anker mimten.

»Sch, sch, alles ist gut. Wir müssen da nicht raus, wenn du das nicht möchtest«, flüsterte er mit fließender Stimme, die auf mich einwirkte wie Baldrian.

»Ich bleibe bei dir, wir stehen das gemeinsam durch. Wir werden von allen gebührend Abschied nehmen«, beruhigte er meine Sinne weiter. Er wusste genau, was mich plagte, worum es hier ging.

Mein Schluchzen wurde ein Wimmern und ich hörte bereits Hektor mit einem Glas Wasser und einem nassen Tuch herbeieilen. Erst, als das Wimmern abebbte, spürte ich den kühlen Steinboden unter mir. Leonardo hatte mich zwischen seine Beine gezogen und hielt mich fest in seinen Armen. Auf meiner Stirn lag ein kühles, nasses Tuch, das nach Rosmarin und Lavendel roch. Neben uns stand ein leeres Glas Wasser.

Ich blinzelte durch meine tränenbenetzte Wimperndecke und starrte in sanfte blaue Augen, die mich lächelnd beäugten.

»Geht's dir besser?«

»Ja. Dank dir«, murmelte ich und wischte mir mit dem Handrücken die feuchte Wange trocken. Langsam rappelte ich mich hoch und legte meine Arme um Leonardos starke Schultern.

Mein Seidenkleid war von den vielen Tränen besudelt, wilde Flecken, die teils schon eingetrocknet waren, zeichneten sich auf dem sensiblen Stoff ab.

»Ich glaube, ich bin bereit«, nuschelte ich durch mein wirres Haar, das mir beim Inspizieren des Kleides ins Gesicht gefallen war.

»Wenn du das sagst, bin ich es auch. Ich habe es übrigens ernst gemeint vorhin: Wir werden alle gebührend verabschieden. Ryan,

Kyra und Freya und sonst alle, die ihr Leben lassen mussten. Okay?« Er seufzte tröstend und wischte mir eine Träne von der anderen, noch feuchten Wange.

»Okay.« Ich lächelte dankbar und stand auf. Dabei musste ich wie ein Reh bei seinen ersten Gehversuchen aussehen. Meine Knie schlotterten, meine Knöchel zitterten und mein Kopf schwirrte.

Das waren die besten Voraussetzungen, um dem emotional instabilen Vater zu verkünden, dass man ausziehen wollte.

33

GRECUR LAG IN Schutt und Asche. Die einst naturbelassene und vielfältige Flora unseres Planeten war von einer hellgrauen Staubschicht verschleiert, die die Szenerie in trostloses Territorium tauchte.

Hier und da ragten Überreste von eingeschlagenen Kometenbombern aus der Erde, um welche sich pures Chaos ausbreitete.

Gefühlt war die ganze Stadt auf den Beinen, um beim Wiederaufbau mitzuhelfen. Durch Leonardos Gesicht huschten tausende von Emotionen, die größtenteils mir zu verdanken waren. Immer wieder lugte er in meine Richtung, um zu sehen, ob es mir gut ging. Angst, Sorge, Zweifel, Stärke, Entschlossenheit, Unsicherheit. Immer wieder drückte er meine Hand fest in seine, als wäre es ein Krafttransfer, der mich stärkte. Paradoxerweise tat es das auch.

Ich fühlte mich der Situation gewachsen, auch wenn mich das, was ich sah, zutiefst erschütterte.

Dankbar blickte ich in den hellblauen Himmel, der sich bereits von der Trübheit befreit hatte. Mein Herz leuchtete und ich spürte keinen Groll gegenüber Romdon oder Bellor. Die bedingungslose Liebe lallte mich in rosa Wonne und strotzte eine mächtige Energie der Vergebung aus, die mir Kraft schenkte.

Ich wusste, dass Bellor und seine Romdonianer ein geschundenes, von der Seele abgetrenntes Volk waren, das nun endlich den Weg zur bedingungslosen Liebe und dadurch auch zur emotionalen Fülle gefunden hatte. Auch wenn noch einiges an Vergebungsarbeit für alle anstand – das Schlimmste war überstanden.

Durch den wolkenlosen Himmel konnte ich die schwirrenden Lichtreflexe, die die energetische Auffüllung der Sirianer symbolisierte, sogar erspähen.

Leonardo erkannte sie offenbar auch. Mit zusammengekniffenen Augen fokussierte er etwas am Himmel, das auf den ersten Blick nicht da zu sein schien.

Hinter einem riesigen Berg kleiner Trümmer, die auf dem Marktplatz zusammengetragen wurden, entdeckte ich einen ächzenden Theos, der sich die Schweißperlen von der Stirn wischte.

»Vater!«

Ich rannte zu ihm und umarmte ihn fest. Die eingetrockneten Tränen auf meinem Gesicht verschmolzen mit dem Schweiß auf seiner Brust und gaben mir das Bedürfnis, heute noch ins Meer zu hüpfen, um mich mit der leichten Yin-Energie des Ozeans zu verbinden.

»Alyra, meine Tochter!«, jubelte auch er und schloss seine starken Arme fest um meinen Körper. Sofort sammelten sich einige Bewohner Grecurs um uns und jubelten mit, als wäre es ein Grund zu feiern, dass ich hier war.

Theos löste die Umarmung und legte seine staubbenetzten Hände auf meine Schultern, die sich dadurch schwer anfühlten. Sein neugieriger Blick traf meinen und verwandelte sich in ein unsicheres Zucken. »Ist alles okay, Alyra?«

»Klar, Dad«, winkte ich sofort ab. Mein diplomatisches Geschick sank mit jeder Minute, in der ich mein wahres Ich bedingungslos ausstrahlte. »Ich wollte«, setzte ich an, doch Leonardo räusperte sich. »Wir wollten«, korrigierte ich mich, sodass der jupiterianische Prinz zufrieden grinste, »wir wollten dir etwas mitteilen.«

Ich lächelte schief, doch die zweifelnde Falte, die sich zwischen Theos' Augenbrauen bildete, zeigte mir einmal mehr auf, dass es auch männliche Intuition gab. Skeptisch zwirbelte er seinen Bart und als hätte er eine Eingebung, richtete er sich auf und grinste plötzlich. Sein Blick zuckte nervös in die Runde und ich verstand, wieso er sich die Skepsis für später aufbehielt und spielte mit, um dem Volk zu geben, was es brauchte: Mut und Hoffnung.

»Wie war das Friedensfest auf der Venus?«, fragte ich fröhlich und schob meine Hand fester in Leonardos.

Ein neugieriges Flüstern fuhr durch die versammelten Grecurianer. Und als hätte jemand eine Bühne aufgestellt, richtete sich Theos auf und fing an zu erzählen. Ausführlich und detailgetreu. Er erzählte den Grecurianern von dem Essen, das es gab. Von den liebevollen Kindern, die sich in den Wiesen neckten und in den hohen Gräsern verstecken spielten. Er berichtete auch von einer Frau, in die er sich verliebt hatte und von ihrer wundervollen, sinnlichen Art, die ihn an die einstige grecurianische Königin erinnerte. Bei seinen Worten nahmen alle, die eine Mütze oder Kappe trugen, diese ab und hielten sie andächtig ans Herz, um meiner verstorbenen Mutter zu gedenken.

Theos leitete die Stimmung um auf die Vielzahl an Blumen und Kräutern, die die Venus zu bieten hatte. Er beschrieb die rosige, liebevolle Energie des Planeten inbrünstig, während immer mehr Grecurianer auf den zertrümmerten Marktplatz strömten und seinen Worten lauschten.

Theos ging dabei auf, als wäre es sein Element. Wann hatte er das letzte Mal dermaßen frei und lebendig zu seinem Volk gesprochen? Ich konnte mich erinnern, dass er es bei der Beerdigung meiner Mutter getan hatte, doch seither ...

Sein Brustkorb leuchtete mit jeder Minute, in welcher er von Irina und der Venus sprach, noch mehr. Als er den Grecurianern eröffnete, dass es fortan monatliche Kulturerkundungsfeste auf allen Planeten geben würde, ertönten ein begeistertes Jubeln und Klatschen. Manche blafften etwas im Hintergrund gegen Romdon und die Vereinigung aller. Die grimmigen Blicke blieben in der Unterzahl, dennoch waren sie da.

Leonardos Blick zuckte in die Richtung der Wutbürger und gab mir einen kleinen Schubs. »Magst du ihnen helfen, die Liebe zu spüren?«, fragte er sanft mit rauer Stimme.

Ich ging auf die Männer und Frauen zu, die keine Begeisterung für dieses neue, lichtvolle, vereinte Universum zeigten, und legte meine Hand zögerlich auf ihre Brust. Eine nach der anderen, einer nach dem anderen.

Sie gewährten mir die Geste. Dem missmutigen Gesichtsausdruck zufolge jedoch nur, weil ich Theos' Tochter war.

Das Strahlen, das darauf folgte, zauberte allen Anwesenden ein ehrfürchtiges Staunen ins Gesicht.

Und plötzlich berührte ich wie ein Fluss, der alles mitnahm, alle Grecurianer. Ich spürte Oberkörper, die sich bewusst an meine Hände lehnten und diese bedingungslose Liebe erleben wollten.

Einer nach dem anderen fing an zu leuchten, bis der gesamte Marktplatz in hellem Licht erstrahlte.

Zufrieden blickte ich in die mittlerweile riesige Runde und dann zu Theos, der stolz lächelte.

»Ihr könnt diese Erkenntnis an alle weitergeben, liebe Grecurianer! Verbreitet die bedingungslose Liebe in allen Herzen, lasst niemanden aus. Wir sind nun alle eins und das darf so bleiben. Die Zeiten der Getrenntheit und des Egos sind vorüber. Die Liebe regiert und das tut sie mit liebevoller Sanftheit und Leichtigkeit. Freut euch auf eine lichtvolle und verbundene Ära der Einheit!«

Die Worte sprudelten nur so aus meinem Mund und ich fühlte die wohlige Wärme, die sich in meinem Brustkorb ausbreitete und aus ihm in die Menge strahlte. Diese Frequenz der Liebe berührte alles und alle und war dermaßen intensiv, dass mir die Tränen kamen.

Ich ließ sie fließen und erkannte, dass auch Theos gerührt seufzte und Leonardo in die Arme nahm. Voller Dankbarkeit und Zuversicht.

Die Energie blieb und alle Grecurianer gingen nun ganz anders ihren Wiederaufbau-Tätigkeiten nach. Voller Liebe und ... Zusammenhalt.

Theos nahm mich an der Hand und winkte auch Leonardo zu sich. »Ich glaube, wir haben uns ein Gläschen Lambrusco und ein ausgiebiges Essen verdient, was sagt ihr?«

Leonardos Magengrummeln sprach für sich und brachte meinen Vater zum Lachen.

»Das bedeutet eindeutig Ja. Dann könnt ihr mir auch eure Mitteilung erzählen«, zwinkerte er und wir trabten gemeinsam zurück in den grecurianischen Palast.

»Ihr wollt was?«

Schockiert lugte Theos durch sein Rotweinglas zu mir. Seine braunen Augen wirkten dabei überdimensional groß und glubschten mich an wie Kugelfische.

Leonardo tupfte sich gekonnt die Mundwinkel mit der Serviette ab, ehe er sich aufrichtete und lächelnd räusperte. »Theos, wir sind nun alle miteinander vereint. Torus freut sich enorm darüber, dass du dadurch einen Grund hast, öfter zu uns zu stoßen«, bezirzte er meinen Vater, der seine Serviette auf den Teller legte und ihn wegschob. Dafür schenkte er sich noch etwas Wein ein und nahm einen kräftigen Schluck.

»Aber Alyra, mein Kind, meine Tochter«, winselte er und zog die Unterlippe nach vorne. Er konnte wirklich heftig melancholisch sein.

Liebevoll nahm ich ihm das Rotweinglas aus der Hand und trank sein Glas, um seine sentimentale Seite durch den Lambrusco nicht weiter zu steigern. Grimmig verzog er das Gesicht.

»Vater. Ich komme immer, wenn du dich nach mir sehnst. Und jeden Sonntag zum Familiendinner sowieso!«, lenkte ich ein und hörte, wie Leonardo dabei scharf die Luft einsog.

Ich trat ihm mit meinen ramponierten Römersandalen gegen das Schienbein und er stöhnte laut, ehe er den Schmerz in ein gequältes Lächeln verbog.

»Natürlich! Jeden Sonntag sind wir hier!« Er grinste unter Zwang und schielte mahnend zu mir. Ich grinste siegesreich zurück.

Wie viel stand es eigentlich mittlerweile zwischen uns? 100:3? Meine Mundwinkel zogen sich bis zu den Ohren.

Leonardo rollte die Augen und ließ seinen Blick dann verliebt auf mir ruhen. Ich erwiderte ihn mit einem verwegenen Wimpernaufschlag.

»Ihr seid wirklich süß zu zweit«, kommentierte Theos unser visuelles Liebesspiel. »Da kann ich ja gar nicht nein sagen, auch wenn ich weiß, dass ich dich schrecklich vermissen werde.«

Er hatte noch gar nicht zu Ende gesprochen, da lagen meine Arme schon um seine Schultern und ich drückte seinen behaarten Brustkorb ganz fest, als wäre er ein Teddybär.

»Danke, Vater. Dass du einverstanden bist, war mir wichtig«, gab ich offen zu.

Er nickte gerührt und wischte sich eine aufkommende Träne aus den Augen. »Doch du kommst wieder, wenn ich einmal nicht mehr bin, ja?«, hakte er unsicher nach.

»Daran denken wir nicht, Vater!«, mahnte ich.

»Jemand muss Grecur Liebe und Hoffnung geben und anführen«, argumentierte er.

»Das tun die Grecurianer fortan selbst, Vater. Sieh doch.«

Ich schob den cremeweißen Leinenvorhang des Salons, in welchem wir auch immer diniert hatten, zur Seite und legte dadurch die Sicht auf das Zentrum Grecurs frei.

Alle Bewohner halfen einander, umarmten sich, lachten, unterstützten und bedankten sich. Sie alle strahlten. Man spürte die Verbundenheit, die ihnen durch die Erkenntnis der bedingungslosen Liebe zuteilgeworden war.

Zufrieden lächelte ich der Szene entgegen und Theos warf seinen mächtigen Arm auf meine Schultern.

»Ich bin so stolz auf dich, Alyra. Das alles ist dein Werk. Du bist die Translatorin des Universums. Du hast die universelle Sprache der Liebe in zahlreiche Seelen integriert. Und das, obwohl ich dich immer ein bisschen kleingehalten habe, weil ich Frauen derlei Dinge nie zutraute.« Sein Blick verfinsterte sich und seine braunen Iriden wurden dunkel, als er den Kopf senkte.

»Es gibt vieles, das ich heute anders machen würde. Doch an dir würde ich nichts, einfach nichts ändern. Du bist vollkommen. Vielleicht das Vollkommenste, das im Universum existiert.«

Theos murmelte die Worte erkenntnisträchtig in sich hinein, doch in mir lösten sie eine Woge der Liebe und Dankbarkeit aus, die ich so noch nie gespürt hatte.

Mich überkam dieses freie Gefühl der Anerkennung, diese Genugtuung, dass ich meinen Vater nach all den Jahren des dogmatischen Pflichtbewusstseins, das mich so gequält hatte, doch noch stolz machte.

Indem ich ICH war.

Indem ich mich aus eben diesem Pflichtbewusstsein befreite.

Indem ich wurde, wer ich immer war. Eine mächtige, selbstbewusste und selbstbestimmte Frau, die alle Regeln bricht, um sich selbst zu finden und dadurch die Welt auf eine neue Bewusstseinsebene zu hieven.

Dass mein Vater, der stets konservativ und patriarchal eingestellt war, diese Ode der Perfektion an mich sprach, brachte die Glücksgefühle in mir zum Sprudeln, als wäre ich eine heiße Quelle. Das hatte ich immer gewollt. Ich hatte mich aufgegeben für seine Anerkennung. Ich war stets brav und gehorsam gewesen.

Doch erst, als ich mich gegen unser dogmatisches Pflichtsystem aufgelehnt hatte und zu mir fand, meine Freiheit auskostete, erst jetzt bekam ich die Anerkennung, die ich all die Jahre verzweifelt angestrebt hatte.

Indem ich losließ.

Indem ich ICH war.

Stolz durchflutete meinen Körper und ich spürte, wie sich

meine Wirbelsäule aufrichtete und sich mein Brustkorb gen Himmel bog. Es schien mir fast, als würde ich schweben.

Vielleicht tat ich es auch.

Im Bewusstsein der Einheit, das unser Universum letztendlich erreicht hatte, war alles möglich.

EPILOG

Rau spritzte die Gischt an die Felsen der Bucht. Ich saß im trockenen Gras ein ganzes Stück darüber. Leonardo streichelte zart meinen Handrücken, während sein Blick meinem folgte – weit hinaus in den Horizont.

Ich hatte so viel lernen dürfen die letzten Monate. Wie unbewusst und unwissend ich doch all die Jahre gewesen war! Ryan hatte wohl recht damit gehabt, dass ich nie richtig zu Grecur gepasst hatte. Das war aber auch nie meine Bestimmung gewesen, das hatte ich nun erkannt.

Hätte ich nicht aus der Reihe getanzt mit meiner Gabe und meiner Flamme im Herzen, die sich durch Leonardo erst richtig entzündete, wäre ich nun bescheiden und zufrieden in einer beschränkten, jedoch liebevollen Ehe gesteckt, hätte etwas Bodenständiges gearbeitet, weil man das hier eben so machte, und wäre irgendwann an Langeweile gestorben.

Doch ich durfte einen anderen Weg gehen und dafür war ich jetzt, nach all dem Chaos und dem Schmerz, unglaublich dankbar. Tatsächlich spürte ich sogar Dankbarkeit für Ryans Fehltritt, denn er löste diese Welle der Veränderung in meinem Leben erst aus.

Leonardo biss mir liebevoll in den Nacken. »Du bist das Besonderste, was mir jemals begegnet ist«, hauchte er an meinen Hals, sodass seine Lippen fast unmerklich meine Haut streiften.

Liebestrunken drehte ich mein Gesicht zu ihm. »Und du bist das Aufregendste, was mir jemals begegnet ist.«

»Auch noch das Unanständigste?« Er grinste. Seine bläuliche Haut schimmerte fast grünlich durch das warme Licht der Sonne.

»Definitiv!«

Wir lachten beide und er schlang seinen Arm um meine Schultern.

Liebe war die Lösung. Wie einfach! Es lag im Grunde auf der Hand. Doch erst durch ihn hatte ich es erkannt. Ich musste die Liebe verlieren und auch den Glauben daran begraben, um sie von einem neuen Sichtwinkel aus betrachten zu können.

Liebe ist ein Gefühl. Und Gefühle empfinden alle auf dieselbe Art und Weise. Sogar die Romdonianer.

Da wir in Resonanz zueinanderstehen, kann Liebe als Universalsprache fungieren.

Eine einzige Träne der Erkenntnis bahnte sich ihren Weg aus meinem Augenwinkel. Still. Leise. Dankbar. Sie repräsentierte die Freude über die Erfahrungen der letzten Tage und das neue Bewusstsein, das sich mit jeder Sekunde in unserem Universum ausbreitete und alles in Liebe hüllte. In bedingungslose Liebe.

»Woran denkst du?«, fragte Leonardo und lächelte schief, ohne die stille Erkenntnisträne zu bemerken.

»An den Spiegel-Effekt«, antwortete ich prompt.

Der Prinz Jupiters blinzelte verwundert. »Der bitte was?«

Ich lachte und zog ihn näher an mich heran. »Das universelle Gesetz der Resonanz besagt, dass wir mit Energien in Resonanz, also Wieder-Schwingung stehen, die unseren Energien ähneln. Der Spiegel-Effekt funktioniert ähnlich. Senden wir feindliche Vibes aus, wie es die Planeten jahrhundertelang taten, kommt Misstrauen zurück. Senden wir Liebe und Offenheit aus, wie wir es jetzt tun, kommen Herzlichkeit und Verbundenheit zurück«, erklärte ich meine Erkenntnisse und liebte es, dass ich sie mit Leonardo teilen konnte. Ryan hätte solche Themen mit einem Schnauben abgetan, weil er nicht daran glaubte.

»Kurz: Was wir aussenden, kommt zu uns zurück?«, fragte mein Partner nach einer Bestätigung. Er wusste, dass ich es liebte, wenn er zuhörte und als Conclusio meinen Hirnmatsch komprimiert zusammenfasste.

Ich schlang meine Beine um seine schmale Leiste und drückte meine femininen Rundungen an seinen maskulinen Oberkörper. Es fühlte sich an wie eine Vereinigung von Yin und Yang. Harmonische Vollkommenheit durch Integration zweier gegensätzlicher Anteile. Meinen Gegensatzanteil blickte ich gerade an. Ich fühlte die Liebe und Dankbarkeit, die sich als wohlige Wärme in meinem Brustkorb ausbreitete. Ich hätte es wirklich schlechter treffen können mit meinem Gegensatzanteil.

»Ganz genau«, antwortete ich mit einem leisen Hauchen, ehe meine Lippen auf seine trafen und ich ihn leidenschaftlich küsste.

DANKSAGUNG

Es ist vollbracht. Das dachte Alyra in jenem Moment, in welchem Bellor seinen Sohn Kirian auf den Arm nahm und sich zu allen an die Friedenstafel setzte. Und das schreibe ich jetzt hier.

Dieses Buch ist mein vierter Roman und mit Abstand mein absoluter Liebling. Nicht wegen der Story. Nicht wegen der Figuren oder des Settings.

Sondern wegen der Message. Diese Message formuliere ich tagtäglich als Selbstbewusstseins- und YIN-Coach, und emotionale Intelligenz sowie das in Frieden Gehen mit den eigenen Gefühlen ist mir ein Herzensthema (Word Twist!).

Solange wir Liebe an Bedingungen knüpfen, Entweder-Oder-Verhältnisse schüren, Wenn-Dann-Verbindungen eingehen, kappen wir unser Einheitsbewusstsein, das uns über unsere spirituelle Krone mit allen und allem (!) verbindet. Klingt hart, ist es auch.

Deshalb möchte ich in diesem Buch all meinen geistigen Helfern und Führern, all meinen spirituellen Lehrern und am allermeisten meiner Intuition danken, die mich stets die richtigen Worte finden und alles in Liebe tun lässt. Danke.

Zudem möchte ich dem gesamten Bookapi-Team, allen voran Jay, danken. Ihr habt dieses Buchbaby zu einem strahlenden Diamanten geschliffen. Großen Impact an diesem Feinschliff hatte auch die liebe Nina, die mich im Lektorat immer daran erinnerte, dass es im Buch noch immer einen Krieg gab, als ich bereits mit Torus Rum in Kokosnüssen schlürfen und mit Leonardo you know what machen wollte (ich lache gerade selbst sehr laut darüber). Und die auch dieses unnormal schöne Cover kreierte, das all meine Vorstellungen übertroffen hat. Danke dir, Nina!

Danke auch an die liebe Katrin, meine langjährige Schreibpartnerin, ohne die dieses Buch nie so schnell fertig geworden wäre. Ich liebe unsere Dienstagabend-Sessions!

Und dann möchte ich noch DIR danken. Wenn du das liest, hast du die Reise von Isolation und Misstrauen hin zu Togertherness und bedingungsloser Liebe durchlebt und ich danke dir, dass du die Reise bis zum Ende gegangen bist.
Ich habe dieses Buch wie alle meine Bücher mit Licht und heilender Energiefrequenz aufgefüllt, ganz a la sirianischer Methode, also solltest du dich delighted und erfüllt fühlen, gib diese Energie gerne an deine Liebsten weiter, so wie es die Bewohner des TOTU-Universums auch taten. Liebe lässt sich ganz einfach multiplizieren und vermehren.

We are all one.
We are all love.
Feel the vibe & stay connected.

In Liebe
   deine Sara

DIE AUTORIN

Sara Erb, geb. 1993, ist Autorin und Selbstbewusstseinscoachin. Sie studierte nach ihrem Auslandsjahr in London Germanistik an der Universität Innsbruck und absolvierte nach ihrem Studium die Ausbildungen zur Journalistin, Stylistin und Mentaltrainerin. Die damalige Tätigkeit als Journalistin und Moderatorin führte sie nach Innsbruck, wo sie noch heute lebt und arbeitet. Durch die Schreibbegeisterung erlebte ihr Blog *lasaraleona.com* großen Erfolg im österreichischen Raum. »Translator of the Universe« ist nach der Urban Fantasy Trilogie »Chelsea Stern« (adakia Verlag) ihr vierter Roman. Sara Erb hat ein Faible für starke Protagonistinnen, die erkennen müssen, dass alles, was sie brauchen, bereits in ihnen steckt.